Sándor Márai · Tibor Simányi

LIEBER TIBOR

Briefwechsel

Sándor Márai · Tibor Simányi

LIEBER TIBOR

Briefwechsel

Herausgegeben und aus dem Ungarischen übersetzt
von Tibor Simányi

Piper
München Zürich

Von Sándor Márai liegen bei Piper außerdem vor:
Die Glut
Das Vermächtnis der Eszter
Die jungen Rebellen
Himmel und Erde
Ein Hund mit Charakter
Bekenntnisse eines Bürgers (Serie Piper 3081)
Land, Land (Serie Piper 3184)

ISBN 3-492-04377-1

Gesetzt aus der Sabon
Gesamtherstellung: Kösel, Kempten
Printed in Germany

Vorwort

Gross war er, schlank und vornehm. »Signor conte« nannten ihn seine Freunde, die armen Leute von Posillipo (Neapel), und dann in Salerno der Wirt nebenan, der Bademeister und der dichtende Schuster. Erst später, viel später, schon viele Jahre nach seinem Tod, als sein Roman *Le Braci*[1] Hunderttausende begeisterte Leser gefunden hatte (und auch der Roman *L'eredità di Eszter*[2] erschienen war), erkannten sie, daß er tatsächlich dem Hochadel angehörte: dem Hochadel der Literatur. Und sie wußten nicht, daß er ihnen einen seiner beiden zauberhaftesten Romane, *Das Wunder des San Gennaro* (der andere heißt *Verzauberung in Ithaka*), gewidmet hatte:

> Pasqualino, weil er sechs Jahre alt war und jeden Morgen den Müll abholte;
> dem einarmigen Fischer, weil er das Meer besänftigte;
> Santo Strato, weil er aufpaßte auf das Haus und auf die Kranken;
> den Blumen;
> den Tieren;

---

1 Die Originalausgabe erschien 1942 unter dem Titel *A gyertyák csonkig égnek* in Budapest.

2 Die Originalausgabe erschien 1939 unter dem Titel *Eszter hagyatéka* in Budapest. Neuauflage unter dem Titel *Das Vermächtnis der Eszter*, München 2000.

dem Meer;
den armen Leuten des Posillipo;
Italien.

Hier, im reifen Licht Süditaliens, wo Menschen vieler Rassen schon seit Jahrtausenden das gesellschaftliche Zusammenleben proben und mit resignierender Klugheit erkannt haben, daß es nie so ganz gelingen kann, hier in Salerno begann unsere Bekanntschaft, unsere Freundschaft, unsere Korrespondenz. Sie sollte zwanzig Jahre lang dauern, bis zu seinem Tod im Februar 1989.

Sie umfaßt zwei Jahrzehnte des 20. Jahrhunderts: die siebziger und die achtziger Jahre, und sie begann, indem ich ihm 1969 von Zürich aus, wo ich bei einem kleinen Zeitschriftenverlag tätig war, einen kurzen, tastenden Brief schrieb, nachdem ich von einem gemeinsamen Bekannten seine Adresse in Salerno erfahren hatte. Wir waren einander noch nicht begegnet, weder brieflich noch persönlich. Doch nun folgte Brief auf Brief, und ein intensives, andauerndes Gespräch bahnte sich an – mittels der Schreibmaschine. Was verlieh unserem Gespräch Intensität und Dauerhaftigkeit? Schließlich war er eine Generation, vierundzwanzig Jahre, älter als ich, mir unvergleichlich weit voraus im Beruf, bereits an der Schwelle zum Greisenalter. Ich suche nach einer Antwort.

Bald schon offenbarte sich eine gemeinsame Grundhaltung gegenüber den Fragen der Zeit, ihren Attacken, den geistigen wie den gesellschaftlichen, auf das Individuum. Indem wir unsere Epoche, ihre bösen Irrtümer, ihre Herausforderungen, aber auch ihre Erfolge, ihre Schönheiten und ihre Animositäten zu hinterfragen suchten, kamen wir einander näher. Gefördert hat dies Annähern aneinander auch meine Hingabe an sein Werk, das mich von jeher angesprochen hat und nach so vielen Jahrzehnten mit unveränderter Anziehungskraft anspricht. Er, immerwährender

Emigrant, hatte nur eine »Heimat«: die ungarische Sprache und die Literatur, die in dieser Sprache geschrieben wurde. Und auch ich war und bin jedenorts und jederzeit bereit, eine glühende Liebeserklärung abzugeben an die ungarische Literatur – auch diese Liebe, die wir teilten, war geistiges Bindeglied bei unseren Gesprächen, war Ansporn. Er sprach und las in mehreren Sprachen – in Deutsch, Französisch, Italienisch, Englisch –, doch dachte und schuf er nur in Ungarisch. (Ich lebe zweisprachig, und die Zweisprachigkeit ist ein besonderer Bewußtseinszustand, ein überdeckender, ausgleichender. So etwa ist mir, wenn ich ein Buch lese, beim Begreifen des Gelesenen nicht bewußt, ob es ein deutscher oder ein ungarischer Text ist. Auch meine Zweisprachigkeit hat uns verbunden.)

Er war so alt wie das Jahrhundert, in dem er sein Werk und sein Leben vollendete: geboren am 11. April 1900 in Kassa – bitte, versuchen Sie den Namen richtig auszusprechen: Das »a« ist ein dunkler, ins »o« hinüberklingender Laut, und die beiden Mitlaute »ss« sind wie ein doppeltes »sch«. Auf deutsch nennt man die Stadt am nordöstlichen Rand des Karpatenkranzes Kaschau, Košice auf slowakisch, und ihr alter lateinischer Name ist Cassovia. Eine anspruchsvolle Stadt ist Kassa gewesen mitten in ihrer vielsprachigen Umwelt: Magyaren, Deutsche, Slowaken und Ruthenen lebten im Komitat Szepes, das heißt Zips. (Auch Márais Vorfahren waren aus Sachsen gekommen.) Die Stadt gab ihm viel mit auf den Weg. Zu Beginn des Jahrhunderts studierte er an den Universitäten von Frankfurt am Main und Berlin. 1923 heiratete er die zwanzigjährige Kaschauerin Ilona – sie ist die »Lola« der Briefe und der Tagebuchaufzeichnungen, oft nur mit einem »L.« gekennzeichnet. Die beiden ließen sich in Paris nieder. Von dort aus berichtet er für ungarische und deutsche Zeitungen, dann unternimmt er eine weite Reise in den Nahen Osten, deren Erlebnisse und Eindrücke er in einem schillernden

Buch zusammenfaßt: *Auf den Spuren der Götter*. Schließlich kehrt er heim in die ungarische Sprache, nach Budapest. In den dreißiger und frühen vierziger Jahren veröffentlicht er die großen Romane und Dramen, die ihm Ruhm und Anerkennung einbringen, auch über die Grenzen des Landes hinaus. 1942 wird er zum korrespondierenden Mitglied der Akademie der Wissenschaften gewählt; nach 1945 bietet man ihm das Amt des Vorsitzenden des ungarischen PEN-Clubs an – er lehnt es ab; man trägt ihm an, Ungarn in Bern als Generalkonsul zu vertreten – auch das lehnt er ab. Im August 1948 verläßt er Ungarn. Die weiteren Stationen sind die Schweiz, Posillipo (Neapel) in Italien, dann New York, wieder Italien: Salerno; im Frühsommer 1980 die letzte Heimstätte: San Diego in Kalifornien. Die letzte Ruhestätte: der Pazifische Ozean, in den Lolas und seine Asche gestreut wird. Immerwährender Emigrant – »zu Hause« nur in der Sprache.

Ich selbst war nie »Emigrant«. Auch nicht zu Weihnachten 1956, als ich, einer von Zehntausenden, auf der Flucht vor den sowjetischen Panzern, die im November und Dezember Ungarns Volksaufstand niedergeschlagen hatten, in Wien ankam. Ich fühlte mich nie als Emigrant. Meine Zweisprachigkeit – Familienerbe: meine Großmutter (ihre Vorfahren waren aus Bayern gekommen) hatte ihr Leben lang ein fürchterliches Ungarisch gesprochen, meine Mutter erst in der Schule die Landessprache erlernt (nur meines Vaters Muttersprache war Ungarisch, er sprach aber auch ein gepflegtes Deutsch – mit dem unverkennbaren Akzent) – half mir über die ersten Schwierigkeiten hinweg; wie auch die Erinnerung an schöne Aufenthalte vor dem Krieg in der Grazer Umgebung; wie auch mein Studium der Germanistik in Budapest. Auch den beruflichen Anschluß fand ich bald, bei einer Zeitschrift zunächst, dann bei einem Buchverlag, in dem 1967 mein erstes Buch erschien: *Der Raub Europas – Biographie eines Kontinents*. Es folgte ein

Jahr Zürich. Dann folgte Köln: Sieben Jahre lang, vom April 1970 bis Ende 1976, leitete ich den Ungarischen Sprachdienst des Kurzwellensenders »Deutsche Welle«, der weltweit vernehmbaren »Stimme Deutschlands«. Und hier tritt Márai wieder in dieses Erinnerungsstück.

Schon lief unsere Korrespondenz, stets mit der etwas steifen Anrede »Sehr geehrter Herr«, die er erst nach meinem ersten Besuch in Salerno im Sommer 1971, als wir einander endlich auch persönlich kennengelernt hatten, in ein »Lieber Herr« umwandelte. »Steif«, sagte ich, seien die ersten Anreden gewesen: In der Tat, man warf ihm Steifheit vor, Zurückhaltung, ja Ablehnung im Umgang mit Bekannten, sogar mit Freunden. Das stimmt so nicht. Er unterhielt sich gerne, auch hingebungsvoll, oft, wenn ein Wort seine Aufmerksamkeit erregte, leidenschaftlich mit seinem Gesprächspartner; er war Freund, wenn es galt, Freund zu sein – doch immer, vermutlich unbewußt, unter dem anerzogenen, vielleicht auch angeborenen Formzwang unserer vergehenden Zivilisation. Und so war er nie das, konnte es nicht sein, was ein jiddisch-wienerisches Wort »Haberer« nennt: der Gefährte und Zechbruder. Eine solche Anmaßung hätte er brüsk abgelehnt.

In seinem Brief vom 10. November 1975 redete er mich mit »Lieber Freund« an: »Ich rechne auf Ihr Verständnis«, schrieb er, »wenn ich, angeregt durch unsere mehrjährige Bekanntschaft und Korrespondenz, Sie bitte, in Zukunft diese nähere Anrede anzuwenden.« Im Sommer 1976 besuchten sie, Sándor und Lola, wieder einmal Wien, und im innenstädtischen Café – wo ihm, als der Ober das Blechtablett mit dem großen Mokka und dem Glas Wasser auf den kleinen Marmortisch stellte, ein Seufzer des Glücks entflog: »Endlich wieder Kaffeehaus!« – in diesem Café also bot er mir das Duwort an. Fortan redeten wir einander mit »Lieber Sándor«, »Lieber Tibor« an.

Ein kleines familiäres Ereignis drängt sich mir auf, ein intimes Fest. Im August 1973 verbrachte ich ein, zwei Wochen in Massa Lubrense nahe Salerno, und eines Tages bat mich Sándor zum Mittagessen. Lola kochte, sie kochte vorzüglich. Es gab Rindfleisch mit Paradeissauce – Pardon: Tomatensoße (aber Tomatensoße ist nicht gleich Paradeissauce). Wir tranken Champagner, zum Abschluß Kaffee und einen sehr alten Armagnac. Erst nun erfuhr ich den Anlaß des feierlichen Mittagessens: Sándor und Lola feierten ihren fünfzigsten Hochzeitstag.

Die Reisen nach Salerno trat ich meistens von Köln aus an, und so kam mir der Gedanke – wahrlich ein naheliegender Gedanke –, ihn um Mitarbeit zu bitten. Er willigte ein und lieferte vierteljährlich einen längeren Beitrag: Vom September 1972 bis Dezember 1976 insgesamt zwanzigmal – »Quarterly« nannte er in den Briefen die Beiträge. Nur so, nur durch die Wellen des Äthers konnten seine Worte sein früheres treues Lesepublikum erreichen, denn seine Bücher waren schon Ende der vierziger Jahre eingestampft worden.

Zwei Damen treten auf als Dauergäste in unserer Korrespondenz: selbstverständlich Lola, immer wieder Lola, stets im Hintergrund, doch geradezu mit radioaktiver Kraft strahlend, selten namentlich erwähnt, doch unübersehbar anwesend. Sie war schön. Sie war elegant, nicht nur in Kleidung und Auftreten, sondern und vor allem in ihrem Wesen. Die andere Dame, mit der Lola sporadisch Briefe wechselte, war meine Tochter Ildikó, Teenager damals (heute Mutter von drei Kindern). Sie lebte mit ihrer Mutter in Wien, wir trafen uns dort meistens zu Weihnachten und zu Ostern, und dann sahen wir einander im Sommer wieder, wenn ich sie in den Urlaub mitnahm: mehrmals nach Salerno, wo wir fast jeden Tag mit den Márais beisammen waren, auf dem Strand tagsüber oder am Abend in einer der unzähligen Trattorien; oder wir unternahmen Ausflüge in die nahe Umgebung – nach Neapel, nach Amalfi, heiß und weiß, glühend-glitzernd, nach Pompeji. Und im Sommer 1980 nach San Diego in Kalifornien. Als Teilaufenthalt einer Amerikareise verlebten wir dort zwei herrliche Wochen – und sahen die Márais zum letzten Male. Sie waren kurz zuvor aus Salerno dorthin übersiedelt, um die letzten Lebensjahre doch in der Nähe ihres Ziehsohnes János zuzubringen. Wir gingen spazieren im lebensfroh-schönen Balboa-Park, oder wir aßen gemeinsam zu Abend. Das letzte Mal. Denn als ich im Sommer 1985, schon in der Rente, zu einem kurzen Aufenthalt in Washington war und sie von dort aus anrief, bat mich Sándor, von einem Besuch abzusehen: Lolas Zustand lasse den Empfang eines Gastes nicht mehr zu. Am 4. Januar 1986 starb sie.

Das ist der kurze äußere Abriß unserer Freundschaft und unserer Korrespondenz, die nun in diesem Band vorliegt. Nun gilt es, einen geistigen, einen literarischen, einen tagesgeschichtlichen Abriß der beiden Jahrzehnte zu entwerfen, welche die Korrespondenz umfaßt. Aber die Korrespondenz ist lückenhaft! Ich habe die Briefe, die ich von Sándor Márai erhalten habe, sorgfältig aufbewahrt und vor ein paar Jahren der Handschriftensammlung des Budapester Petőfi Literatur Museum als Dauerleihgabe überlassen. Von meinen Briefen an ihn habe ich keine Durchschläge gemacht, und so sind nur jene vorhanden, die er beiseite gelegt hat und die im Nachlaß gefunden wurden; auch diese werden in der Handschriftensammlung aufbewahrt. Bei der Übersetzung der Briefe habe ich Hinweise, Ereignisse, Begriffe und Namen, die dem deutschen Leser nicht, oder nicht mehr, geläufig sein dürften, in Anmerkungen kurz erläutert. Es liegt in der Natur der Sache, daß die vorliegende Edition kein geplantes, im voraus durchdachtes und konzipiertes Buch sein kann – einzelne Briefe enthalten Ad-hoc-Äußerungen zu Tagesereignissen, manchmal rein Persönliches, manchmal allerdings Einsichten und Erkenntnisse, die über den Tag hinaus gültig geblieben sind wie etwa die schlichte Mahnung vom 2. November 1983, die heute besonders nachdenklich stimmt: »Was man sowohl in Washington als auch in Moskau eher fürchtet als den Krieg, ist der nukleare Terrorismus. Etwas in der Welt und in den Menschen ist zur Explosion gelangt, und die Kohäsionskräfte Tugend, Geschmack, Gesetz funktionieren nicht mehr.« In ihrer Gesamtheit jedoch geben die Briefe Kunde von einer Zeitspanne, in der Europa die menschliche und historische Katastrophe seiner Zweiteilung durchlebt hat. Die Zweiteilung prägte auch Márais Schicksal als Mensch und Dichter, wie dies in den Briefen unüberhörbar anklingt. Darum wollen wir sie kurz durchleuchten.

Die Landschaften der Zeit

Im letzten Jahr des entsetzlichsten aller Kriege (an dessen Ausbruch sie durch ihren Pakt mit Hitler am 23. August 1939 nicht ganz schuldlos war), 1945, befreite die Sowjetmacht die Völker Mitteleuropas vom Wahn und Fluch der Epoche: der Bewertung des Menschen nach Blut und Rasse. Man meinte, die böse Spanne im Jahrhundert des Hasses sei nun vorbei. Doch dann, von 1948 an, das sie das »Jahr der Wende« nannten, gingen die von Moskau eingesetzten kommunistischen Parteien in den Ländern, welche laut Übereinkunft der Kriegsalliierten der Sowjetunion zugeordnet worden waren, daran, die Gesellschaften, die Produktionsarten, die Denkweisen und den menschlichen Verhaltensmodus an jene in dem Sowjetstaat anzugleichen: Der sowjetische Erlösungsimperialismus begann seine ungeheure Kraft zu entfalten.

War er die Fortsetzung des alten russischen mit anderen Mitteln? Jenes altrussisch-altslawischen, der bereits im 19. Jahrhundert alle slawischen Völker hatte »sammeln« wollen? Der gefordert hatte, daß alle slawischen Flüsse in das »große russische Meer« münden sollten, und in die Welt hinaus- und in die russische Seele hineinposaunt hatte, die

Russen seien anders als »Europa«, der verfaulende, sündige Kontinent? Der der übrigen Welt zugerufen hatte, sie möge am russischen Wesen genesen? Wie Dostojewski? »Die Befreiung der geknechteten Völker«, schrieb er, »kann nur von Rußland ausgehen... Nur am russischen Wesen kann der faule Westen genesen.« Und er sprach von der Mission der orthodoxen Kirche, die allein »das göttliche Antlitz Christi in seiner Reinheit bewahrt hat. Dies ist vielleicht überhaupt die vorbestimmte Aufgabe des russischen Volkes innerhalb der Menschheit, dieses göttliche Bild bei sich zu bewahren, bis die Zeit kommt, es einer Welt zu enthüllen, die den Weg verloren hat. Und wenn Europa bei uns wirklich anklopft, damit wir uns erheben und ausziehen, um sein ›l'Ordre‹ zu retten, so werden wir vielleicht zum erstenmal, und zwar alle zugleich, einsehen, wie wenig Ähnlichkeit wir die ganze Zeit über mit Europa hatten, trotz unseres zweihundertjährigen langen Strebens und unserer Träume, ein Europa zu sein.« Gewichtiger noch ist vielleicht das Wort Tolstois: »Es liegt kein Grund vor zur Annahme, daß die Russen dem gleichen zivilisatorischen Entwicklungsprozeß unterworfen sind wie die europäischen Völker, noch daß dieser Prozeß ein besonderes Gut darstellt...«

Von 1948 an waren nicht Slawentum und Christentum die ideologischen Mittel der »Erlösung«, sondern »Klassenkampf« und »Planwirtschaft«, in der Kunst »Parteilichkeit«. Sie wurden mit aller geistigen wie technischen Macht einer erstarrenden Bigotterie eingesetzt. Entfacht wurde wieder der Haß des Menschen gegen den Menschen.

Der Terror schlich umher, schlau und schonungslos, in den Straßen, den Betrieben, den Familien, in den Träumen. Aber die Dichter sangen. Es sangen jene, die, nach den Moskauer Säuberungen der dreißiger Jahre übriggeblieben, im Gefolge der Roten Armee in ihre Länder zurückkehrten (über ihr Tun und Lassen in der Sowjetunion berichtet die ausgezeichnete Dokumentation *Die Säuberung*, herausgegeben von Reinhard Müller, Reinbek bei Hamburg 1991; und erschütternd berichtet über den sowjetischen Erlösungsimperialismus *Das Schwarzbuch des Kommunismus*, München 1998). Es sangen auch die frisch Angeworbenen: Sie stimmten pathetische Töne an, schmetterten Huldigungen in die Lüfte und dachten, wie ihnen zu denken vorgegeben war – sie kleideten sich in die wallende Toga der Parteilichkeit, die den Terror, die Armut und die Ausbeutung der menschlichen Schaffenskraft überdecken sollte. Noch niemals in der Menschheitsgeschichte, unter welchem Terrorregime auch immer, haben Dichter die Glaubwürdigkeit des gedruckten Wortes so willig und so schmachvoll verraten; denn sie sangen weiter, als die Urbedingung allen künstlerischen Schaffens, die freie Meinungsäußerung, längst nicht mehr galt. Sie sangen, als ob der große Julien Benda nie vom »Verrat der Schriftgelehrten« / »La trahison des clercs« gesprochen hätte. Und so ging das Magische des Dichterwortes verloren, und unheilbar geschädigt wurde der Ruf des Schriftgelehrten. Doch ist nicht der Charakter sein vornehmstes Attribut? Der Charakter, dessen subtilste Erscheinungsform das Gewissen ist? Daher die relativierende Frage: Um wie vieles besser waren die kommunistischen Schreibtischtäter, als die nationalsozialistischen schlecht gewesen waren?

Die ideologische Geschlossenheit der unifizierten Gesellschaften, die sich von der Ostsee bis zur Adria auch mit technischen Sperren von der übrigen Welt abriegelten: mit Tod spendenden Minenfeldern, mit Drahtverhau und – wohl die krankhaft-absurdeste von allen Sperren! – mit einer Mauer quer durch die Millionenstadt Berlin – diese ideologische Geschlossenheit war die einzige wesenhaft reaktionäre Kraft in der Welt: Durch ihre Geschlossenheit trennte sie die Völker voneinander.

Und die Menschen. Der Menschenhaß regierte wieder, unter anderem Titel. Wie man kurz zuvor noch »den Juden« haßte, so hatte man jetzt »den Klassenfeind« zu hassen, »den Kulaken«, »den Kapitalisten«, »den Imperialisten« und wie die erfundenen Feindbilder noch heißen mochten: Es regierte der Haß als Qualität, als Merkmal, als Maßstab der revolutionären Bereitschaft. Und noch etwas anderes kennzeichnete die Epoche und ihre Gesellschaft, das Traurigste, das Beschämendste, was die sowjetische Menschenbeherrschung hervorgebracht hat: die charakterliche Verelendung des Menschen.

Márai wußte darum – auch das klingt unüberhörbar an in den Briefen. Und noch etwas findet der Leser in ihnen: verifizierte Zeugnisse seiner Charaktergröße, seines geistigen Widerstandes, der ihn jeglichen Erfolg kostete – wie er seinem Werk nun, zehn Jahre nach seinem Tod, zuteil wird.

Den letzten, den entscheidenden Anstoß, Ungarn zu verlassen, dürften ihm die böswilligen, drohend murrenden Attacken auf sein letztes Buch gegeben haben, den zweiten Teil der Trilogie *Die Beleidigten*. Dieser Teil mit dem Titel *Abzeichen und Bericht* spielt im Berlin der frühen dreißiger Jahre – beklemmend darin, aufwühlend und irgendwie doch bestechend die Darstellung einer Massenkundgebung der Nationalsozialisten. Ebenso beklemmend, ebenso bestechend auch die Begegnung des Romanhelden mit einem großen deutschen Dichter, einem Nobelpreisträger, der sich ins Exil des freiwilligen Schweigens zurückgezogen hat und mit seinem Gast von der Verantwortung des Stils spricht: »Was können wir«, ruft er aus, »die Dichter, Denker, Priester und Künstler von sechzig Millionen Menschen, noch sagen, die wir nicht stärker sind als Karl May und nicht imstande zu besiegen, was nun aus dem schlechten Stil in großsprecherischer Verantwortungslosigkeit, anmaßendem Größenwahn, prahlerischen und schäumenden Versprechungen mechanisch folgt? Denn all das ist bereits eingetroffen und wird seinen Gang nehmen. Und man kann nichts dagegen tun ... Wenn anstelle der genauen Formulierung, der in Harmonie ausgedrückten Schönheit und Wahrheit der schlechte Nebensatz überhandnimmt, kann man den Konsequenzen nicht mehr mit der Macht des Geistes entgegentreten.«

Das war zuviel, war verdächtig in den Augen der Hüter der reinen Lehre. »Die kommunistische Presse«, schreibt Márai in seinem Erinnerungsbuch *Land, Land!*, »feuerte eine Breitseite auf die Bücher ab. Man ließ einen aus Moskau heimgekehrten Philosophen – er hatte sich als kommunistischer Ästhet einen großen Namen gemacht, war eine internationale Berühmtheit – eine langatmige Studie über die Bücher schreiben, welche die Hitlersche Welt analysierten. Diese mit Empörung und Anklage verfaßte Studie stellte manche Äußerungen der Romanhelden so dar, als gäben sie auch die Meinung des Autors wieder. Beim ersten Lesen war es schwierig zu begreifen, was den kühl überlegenen marxistischen Criticus zu dem wutschnaubenden Keuchen bewogen hatte. Doch zum Schluß, mit einer durchsichtigen Kehrtwendung, entpuppte sich der wahre Sinn des giftigen Schreibens: Es war die Verurteilung der Gewalt, die Kritik am Seelenzustand des totalitären Denkens, was den kommunistischen Kritiker empörte, der alles, was ich von der Hitlerschen Gewalt und dem Totalitarismus geschrieben hatte, als einen getarnten Angriff auf den Kommunismus wertete.« (Der apostrophierte Ästhet war György Lukács; seinem Werk hat inzwischen die Entwicklung von der Industriegesellschaft zur Informationsgesellschaft den Boden, den Marxismus, entzogen.)

Márai ging also. »Ich begriff«, schreibt er, »daß ich das Land verlassen mußte. Nicht nur deswegen mußte ich fortgehen, weil man mich nicht frei würde schreiben lassen, sondern vor allem deswegen, weil man mich nicht frei würde schweigen lassen.« Man ließ ihn, den hoffnungslos »Bürgerlichen«, sogar mit gewisser Erleichterung ziehen (die Todesstätten, die man »Internierungslager« nannte, und die Deportiertendörfer, in welchen man bald schon ganze Bevölkerungsschichten zusammentreiben sollte, waren 1948 noch nicht im Betrieb). Márai ging nach »Europa«. Und hier müssen wir einen Augenblick innehalten.

In Márais Werken, auch in den vorliegenden Briefen, ist oft die Rede von »Europa« (in das die mitteleuropäischen Völker einmal zurückkehren würden, daran glaube er »wie an den Sonnenaufgang«). Und heute, da unzählige Institutionen sich mit dem Eigenschaftswort »europäisch« schmücken, ist der Begriff erst recht präsent. Doch was ist »Europa«? Was ist es in seinem ureigenen Wesen? Wir wollen eine Begriffsbestimmung wagen.

Was sind Europas wesenhafte Merkmale? Als erstes, unverkennbar prägendes Merkmal bieten sich die christlichen (genauer: judeo-christlichen) Religionen und ihre vielfältigen Kultformen an. So etwa bleibt die römisch-katholische Kirche ein immerwährendes Merkmal Europas. Durch die Reformation, die Katharsis war, Ansporn auch, wurde der Katholizismus nur noch mächtiger. Römischer Katholizismus und Protestantismus bleiben – das ist ihnen Verpflichtung und Daseinsberechtigung zugleich – Europas disziplinierende und erzieherische Gewalt.

Ein weiteres Merkmal sind die politischen und sozialen Strukturen in den christlichen Ländern – überall die gleichen, von Anbeginn und über die Jahrhunderte. Ebenso die Produktion, Güterverteilung und Konsum, die Wirtschaft schlechthin, die ebenfalls von Anbeginn und über die Jahrhunderte unter den gleichen Bedingungen betrieben wurde in den christlichen Ländern – schon lange nicht mehr Beute wurde gemacht, sondern es wurde – »ora et labora« mahnten die christianisierenden Benediktinermönche – *erzeugt*: Spätestens seit der Jahrtausendwende trug kein europäisches Volk mehr parasitäre Züge wie manches großflächige asiatische Reich, das dann bald wieder entschwand. Und dann: die Rechtssysteme, in allen Ländern aufbauend auf dem alten römischen Recht. Und schließlich das Entscheidende in der Entwicklung: Alle diese Merkmale – deren Inhalte niemals statisch gewesen sind, sondern sich weiter entwickelten – bilden *den gemeinsamen und gleichzeitigen Erkenntnis- und Erlebnisinhalt im Bewußtsein der Völker.* Die Gemeinsamkeit und die Gleichzeitigkeit ergaben eine Gemeinschaft in der Entwicklung. Die Entwicklung wiederum war angeregt worden, als die Völker dem altrömischen Staatswesen oder dessen bereits fortentwickelten Formen begegnet waren. Hier also unsere gesuchte Begriffsbestimmung:

Europa ist die kulturelle und zivilisatorische Entwicklungsgemeinschaft jener Völker, die auf europäischem Boden, vom alten Rom bestimmt, zu einem staatsbildenden Dasein gefunden haben.

Also durchlebten die Völker, deren mit lateinischen Urkunden belegbare *bewußte* Geschichte – nachdem sie dem Mythos ihres voreuropäischen Daseins entwachsen waren – mit Rom begann, alle Phasen und Formen der Entwicklung in greifbarer Gemeinsamkeit und Gleichzeitigkeit. Die daraus sich folgerichtig ergebende Bewußtseinsbildung – über alles Nationale hinaus, eher es formend und bereichernd! – ist ihnen gemeinsamer Erlebnisinhalt gewesen. Auch der *Herbst des Mittelalters*, der Ausklang seiner Lebens- und Geistesformen, wie ihn in Frankreich und den Niederlanden Johan Huizinga so eindringlich schön beschreibt (ein Lieblingsbuch Márais, wie aus den Briefen hervorgeht), ist den Völkern Europas gemeinsame Entwicklungsphase gewesen. Wie auch die nächste: die Renaissance. Sie ist auch in den beiden Randstaaten Polen und Ungarn zur höchsten Blüte gereift. Und so blieb der tiefste Sinn Europas – bei allen Irrungen wie Kreuzzüge, Inquisition oder Glaubenskriege – stets dies: die Freiheit des individuellen Zweifelns, jeglichen Fortschritts Vorbedingung.

Doch in der unendlichen Weite östlich dieser Länder hat die Renaissance nicht stattgefunden. Dort hat ein Luther, ein Calvin, dort hat die Katharsis Reformation, dort hat das Fegefeuer Bauernkriege nicht stattgefunden. Dort hat ein Konzil wie jenes von Trient, ein Werk der Erneuerung, dort hat die Gegenreformation, missionarischer Aufbruch, ein militanter auch, nicht stattgefunden. Dort hat der schöpferische Zweifel des 18. Jahrhunderts, Ursprung und Fundament der weiteren geistgetragenen sozialen und staatsstrukturellen Entwicklung in Europa: dort hat die »Aufklärung« nicht stattgefunden. Dort bildete sich eine Grenze, eine trennende (wie Dostojewski und Tolstoi sie manifestierten). Im 20. Jahrhundert wurde die Grenze schmerzlich greifbar.

Zeiten der Vergeblichkeit

»Wir fuhren in der sternenklaren Nacht einer Welt entgegen, in der niemand uns erwartete.« Ja, niemand erwartete im Westen den heimatlosen Bürger, die »displaced person«. Anfang der fünfziger Jahre erschienen noch ein paar Bücher von Márai auf deutsch und französisch, dann wurde es still um den Dichter und sein Werk. Die Frage: warum?, läßt sich nicht, oder noch nicht, mit Bestimmtheit beantworten. Gewiß ist nur, daß der »Entspannung« oder »détente« genannte, von vornherein hoffnungslose Versuch einer Annäherung, eines Ausgleichs, in mancher Augen sogar einer Verbrüderung mit der Sowjetmacht und ihren unfreiwilligen Satelliten, es den »Dissidenten« aus dem Sowjetreich ermöglichte, sich im Westen häuslich niederzulassen: in manchen Zeitungsredaktionen, manchen Universitätsseminaren, in manchen Buchverlagen.

Der Entspannungsversuch mußte von vornherein hoffnungslos bleiben, weil die Sowjetmacht – wirklich nur sie? – ihn als die Anerkennung und Billigung ihrer Herrschaft über die Abermillionen von der Ostsee bis zur Adria verstand und ihn auch so handhabte: als die endgültige Kodifizierung des ihr 1945 zugebilligten Besitzstandes – gegen die aber die unbefragten Abermillionen sich immer wieder aufgelehnt hatten: mit Streiks und Demonstrationen die Polen; mit einem selbstmörderisch blutigen Ringen die Ungarn; mit dem Versuch, den Sozialismus zu vermenschlichen, die Tschechen und die Slowaken. Und schließlich mochte nicht einmal ein noch so gutgläubiger Entspanner so blauäugig sein zu erwarten, daß die Sowjetführung ihre Breschnew-Doktrin von der »beschränkten Souveränität der sozialistischen Länder« auf dem Altar der westlichen Entspannungssehnsucht opfern würde – oder doch? (Die Wende in der Beziehung der Sowjetmacht zu sich selbst und zur übrigen Welt kommt erst später und aus ganz anderen Gründen: Die sowjetische Planwirtschaft vermochte die Zweifrontenrüstung – gegen den Westen und gleichzeitig gegen China – nicht durchzuhalten. Doch das ist schon ein anderes Blatt Geschichte.)

Das war also die Zeit, da es als schick und mutig galt, gegen die USA, gegen die Nato und überhaupt gegen das verrottete Bürgertum und seinen verdammten »Kapitalismus« zu demonstrieren: »revolutionäre Zellen« bildend, grölend und randalierend, entführend und mordend – während der schützende Schirm jener dunklen Macht Nato und des Rechtsstaates das Demonstrieren erst möglich machte. (In den Ländern der Sowjetmacht hätte man demonstrierende Regimegegner in ein Internierungslager oder in den Gulag verbannt oder gleich gehängt. Oder man hat unbotmäßige Länder ganz einfach niedergewalzt: wie 1956 Ungarn, wie 1968 die Tschechoslowakei.) Doch nun kamen die »Dissidenten«, die falschen, und lächelten.

Sie erklärten ihren willig zuhörenden Gesprächspartnern, der Kommunismus sei eigentlich eine feine Sache, bloß hätten ihn die Kommunisten drüben falsch gemacht; sie, die Dissidenten, würden ihn ganz anders machen (dieser Irrgedanke geistert heute noch durch manche Köpfe). Hier stellt sich wieder einmal eine Frage, auf die wir nicht, oder noch nicht, mit aller Gewißheit antworten können: Wurden die Demonstrierer, wurden die Dissidenten von einer unsichtbaren Abteilung der früheren Komintern heimlich gelenkt?

Was all das mit Márais Werk zu tun hat? Viel, sehr viel. Denn in dieser trüben Atmosphäre konnte sein Werk, konnte sein formvollendeter Stil nicht aufblühen, der einer Atmosphäre der inneren Freiheit bedurfte. Auch davon sprechen die Briefe. Die Worte, die der Romanheld Berten, ein im nationalsozialistischen Deutschland ins Schweigen exilierter deutscher Dichter, spricht, bekunden auch Márais innerstes Bekenntnis: »Nur der Stil kann den Menschen noch retten, ein Stil, dem die ethische Haltung Klang und Inhalt verleiht.«

In den siebziger und achtziger Jahren habe ich immer wieder, immer wieder hoffend und immer wieder enttäuscht, versucht, diesen oder jenen Verlag aufmerksam zu machen auf Márais so reiches Werk. Manche antworteten gar nicht erst. Jene, die antworteten, freundlich und höflich, lehnten ab. Manche gaben auch Gründe an, unpolitische Gründe, die doch, unausgesprochen, irgendwie anmuteten wie Gründe aus einer getrübten Atmosphäre. Hier ein Briefauszug, stellvertretend auch für andere Antworten, von einem traditionsreichen Verlag mit dem Datum 26. Januar 1988:

»Die Herausgabe und das Bekanntmachen seines Werkes würde doch ein zu großes Maß an Zeit und vor allem an pekuniärem Einsatz erfordern, wobei – leider – erwartungsgemäß der Erfolg oft gering bleibt, da der deutsche Buchmarkt literarische Texte aus dem ungarischen Sprachraum kaum trägt.«

Ähnlich erging es mir, als ich bei dieser oder jener Zeitung anläßlich eines Geburtstages einen Gedenkartikel anregte. Drei Beispiele mögen dies bezeugen. Vom 18. Februar 1975 ist die Antwort einer überregionalen deutschen Zeitung: »Natürlich spricht vieles dafür, daß man in der

Zeitung an den 75. Geburtstag Alexander Márais erinnert. Andererseits: eine Würdigung, wie Sie sie vorschlagen, werde ich kaum unterbringen können. Wenn wir unser Feuilleton nicht ganz mit Geburts- und Gedenktagsaufsätzen füllen wollen, müssen wir Zurückhaltung üben und uns auf eine Auswahl beschränken.«

Das Datum 13. März 1980 trägt die Ablehnung einer anderen überregionalen deutschen Zeitung: »Es tut mir leid, Sie enttäuschen zu müssen, aber der Platzmangel zwingt uns, die Geburtstage zahlreicher großer Schriftsteller unserer Epoche unberücksichtigt zu lassen. So wird es uns vermutlich auch nicht möglich sein, auf den 80. Geburtstag von Alexander Márai einzugehen.«

Und von einer Wiener Qualitätszeitung erhielt ich den vom 4. April 1985 datierten lapidaren Bescheid: »Die Gedenktage häufen sich und Márai ist wirklich nur Spezialistenstoff.«

Die drei Auszüge sind Belege dafür, wie oft unterschwellige Strömungen, gespeist von Politik, geschäftlichen Rücksichten und nicht zuletzt von Unkenntnis, einen klaren Blick in die wahren Werte trüben. Gleichsam als die Ausnahme, die bekanntlich die Regel bestätigt, sei jedoch angeführt, daß »Die Welt« am 11. April 1980 meinen Gedenkartikel mit dem Titel »Auch zum Schweigen muß man frei sein – Ein Europäer sucht unverdrossen das Gute und Schöne – Ungarns großer Dichter Alexander Márai wird 80« veröffentlichte.

»Ich lebe einsam, wie ich nur kann, und warte auf den Stellungsbefehl«, schrieb er in seinem letzten Brief, »ich ersehne ihn nicht, wehre mich aber auch nicht gegen ihn.« Den Tod gab er sich selbst. Die Renaissance seiner Werke erlebte er nicht.

Wien, im Oktober 2001 *Tibor Simányi*

BRIEFE

SALERNO, 20. Januar 1969

Sehr geehrter Herr,

Ihren Brief habe ich erhalten, ihn aufmerksam und mitfühlend gelesen. Auch Sie gehören der Generation an, die in dem Augenblick, da sie ihren ersten Auftritt hatte, erfahren mußte, daß sie an der Schwelle steht zwischen zwei Welten. Mit dieser Erkenntnis ist der erste Schritt schwierig.

Vielleicht können Sie von Glück reden, daß Sie sich in der Schweiz niedergelassen haben. In der kleinbürgerlichen Atmosphäre bietet man dem Zugereisten die Möglichkeit einer gewissen exterritorialen Lebensform – man ist nicht ungeduldig mit dem Fremden.

Ihren Madách-Aufsatz[1] habe ich mit Interesse gelesen – im Ausland sieht man Madách eher als einen provinziellen Faust-Nachahmer an, darum ist ein so gewissenhafter Aufsatz wie der Ihre von Nutzen. Ein Satz jedoch – »Der Mensch kann sich nicht von der Erde trennen« – scheint nun nicht mehr zeitgemäß; die Astronauten, die die Erde aus Mondnähe betrachtet haben, sahen es anders als Madách und jedermann vor ihm. Der Mensch ist ein geheimnisvolles

1 Tibor Simány: »Imre Madách und seine ›Tragödie des Menschen‹«, in: Österreichische Osthefte, Wien 1965.

Wesen, und vielleicht hat er das letzte Wort noch nicht gesprochen.

Ich wünsche Ihnen gute Arbeit. Bitte, geben Sie von Zeit zu Zeit Nachricht von Ihren Tätigkeiten, Ihrem Leben.

In Hochachtung grüßt Sie

Ihr

PS: Der Roman *A nővér* ist auf deutsch unter dem Titel *Musik in Florenz* in Wien erschienen. Die deutsche Übersetzung des Romans *Sértődöttek (Die Beleidigten)* war die letzte Kraftanstrengung von Tibor Podmaniczky – meisterhaft. Mit dem Manuskript, das auf deutsch noch nicht erschienen ist, hätte ich etwas vor. Wenn es aktuell wird, können wir uns darüber unterhalten.

SALERNO, 28. April 1970

Sehr geehrter Herr,

Ihren Brief aus Wien (zusammen mit der Übersetzung) und auch den anderen aus Köln habe ich erhalten. Ich danke für beide.

Besonders danke ich dafür, daß Sie das Manuskript[1] noch vor Ihrer Abreise übersetzt haben. (Es ergab sich ein kleines Mißverständnis: Dewey sagt: »The soul is: verb« – also »Verbum«, nicht »Wort«.) Erlauben Sie mir die Frage, wieviel Honorar ich für die Arbeit zahlen soll? Bitte, protestieren Sie nicht: Wir leben beide von der Arbeit, also ist es

1 Über den amerikanischen Philosophen John Dewey.

nur natürlich, daß wir das Honorar für die Übertragung verrechnen.

Das Manuskript erhielt ich gerade am 11. April[1]. Der siebzigste Geburtstag ist eine Schwelle, an der sich der Wanderer darauf besinnt, was ihm der Arzt manchmal sagt: Die Befunde sind normal, Sie dürfen essen und trinken, was Sie wollen, auf eines nur mache ich Sie aufmerksam – fangen Sie nicht an, einen Fortsetzungsroman zu lesen.

In Ihrem Brief aus Wien fragten Sie taktvoll an, ob ich etwas gegen eine Gedenksendung zum Siebzigsten einzuwenden hätte. Ich antwortete wie jetzt: Nein, ich habe dagegen nichts einzuwenden, ich kann auch nichts einzuwenden haben, und ich würde gern den Sendetext lesen. Und wenn die Deutsche Welle Honorar zahlen will, dann möge man in meinem Namen einen gewissen Betrag an das Internationale Rote Kreuz überweisen zur Unterstützung von Schriftstellern und Publizisten, die vor dem Kommunismus geflohen sind.

Ich hoffe, daß die neue Tätigkeit Sie interessieren, doch nicht so sehr in Anspruch nehmen wird, daß Sie für Ihre eigene Arbeit keine Zeit finden.

Nochmals: Dank für die Übersetzung. Und alles Gute

von Ihrem

1 An Márais Geburtstag.

SALERNO, 12. Mai 1970

Sehr geehrter Herr,

Ihren Brief habe ich erhalten. Den Lexikonauszug[1] darin habe ich schon früher gelesen. Manchmal erreichen mich solche Botschaften aus Ungarn. Ich habe den Auszug zu den anderen gelegt.

Werden Sie bald heimisch am Rhein – das ist dort Deutschlands bester Landstrich. Was Sie darüber schreiben, daß Amerika in der Beurteilung der Dortigen »müde« ist, könnte perspektivistischer Irrtum sein. Amerika ist eine große Macht, aber nicht omnipotent, und nun »realisiert« es, wie die Banker sich ausdrücken: Es erwartet von seinen Partnern, daß sie größeren Anteil nehmen an den gemeinsamen Anstrengungen. Wenn aber die einzelnen Partner es so verstehen, daß es genüge, wenn sie der Sowjetunion, die dadurch »zahmer« wird, einen europäischen Status quo anbieten, dann wird sich Amerika überlegen, was zu tun sei. Doch am Ende wird auch das anders sein.

Ich wünsche Ihnen gute Gesundheit und erfolgreiche Arbeit,

mit Hochachtung

1 Im jüngsten ungarischen Literaturlexikon wurde der Name von Sándor Márai zum erstenmal seit seiner Emigration 1948 angeführt; ich sandte ihm eine Photokopie.

SALERNO, 8. Juni 1970

Sehr geehrter Herr,

Ihren Brief und den Text der Gedenksendung[1] habe ich erhalten, und ich danke für beides.

Ihrem Brief entnehme ich, daß Sie sich langsam anfreunden mit der neuen Umwelt. Ich wünsche Ihnen aufrichtig, daß Sie sich dort wohl fühlen und daß Ihre Arbeit in jeder Hinsicht erfolgreich werde.

Es wünscht Ihnen alles Gute

Ihr ergebener

SALERNO, 10. Juli 1970

Sehr geehrter Herr,

viel Glück zur Grundsteinlegung[2] – was danach kommt, dreht sich dann von allein, wenn auch vielleicht nur auf dem Zinsfuß.

Ich habe Ihnen eines der wenigen verbliebenen Exemplare des Romans *San Gennaro vére* geschickt. Auf deutsch ist er unter dem Titel *Das Wunder des San Gennaro* erschienen, Holle Verlag, Baden-Baden; vergriffen. Dem beigelegt habe ich den Band *Napló 1945–1957*, auf deutsch erschienen unter dem Titel *Geist im Exil* im Broschek Verlag, Hamburg; vergriffen. Eine Ausgabe *Béke Ithakában (Verzauberung in Ithaka)* besitze ich leider nicht, aber man kann das Buch bei der Londoner Auslieferung bestellen,

1 Zu seinem 70. Geburtstag am 11. April.
2 Miete einer neuen Wohnung.

wenn dort noch ein Exemplar vorrätig ist: The Danubia Book Co. 1st Flr. 78 Shaftesbury Ave., London, W.1. – Außerdem ist noch auf ungarisch die Bühnenfassung des Romans *Begegnung in Bolzano* in Versen erschienen, unter dem Titel *Ein Herr aus Venedig*; zu beziehen bei Occidental Press, Washington D. C. 20013. P. O. Box 1005. Sollten Sie diese Bücher bestellen und auch erhalten, dann bitte ich um Nachricht, denn ich wüßte gern, wie der Kundendienst ist.

Das wäre im Augenblick alles. Fortsetzung folgt? Ich weiß nicht. Vielleicht. Ich wünsche Ihnen erfolgreiche Arbeit und gute Gesundheit.

Mit herzlichen Grüßen

SALERNO, 15. Oktober 1970

Sehr geehrter Herr,

ich hoffe, Sie haben den Sommer am herrlichen Rheinufer gut verbracht. In Salerno ist die Landschaft zwar noch sonnenbeschienen, aber am Abend brennen schon die Elektroöfen.

Ich habe die deutsche Fassung von *Die Barden von Wales*[1] mehrmals gelesen. Es ist eine hervorragende Arbeit,

1 *Die Barden von Wales (A welszi bárdok)* ist die vielleicht bekannteste Ballade des größten Epikers ungarischer Zunge: János Arany, 1817–1882. Von besonderem Interesse mag der dreifache historische Hintergrund der Ballade sein: Die Geschichtswissenschaft bezweifelt es zwar, aber die Legende will hartnäckig wissen, daß König Eduard I. von England, nachdem er 1277 Wales erobert hatte, fünfhundert Barden auf dem

und sie liefert erneut den Beweis: Es ist *nicht wahr*, daß gereimte und metrische Verse [aus dem Ungarischen] nicht in fremde Sprachen übersetzt werden könnten. Die peinliche Grimassenschneiderei, in der sich heutzutage so viele unter dem Stichwort »Poesie« üben, ist eben nicht »Poesie«, sondern Clownerie, Trapezkunststück, Zungen-Ausstrecken – Ausweichen vor der großen Aufgabe, die Sándor Weöres

---

Scheiterhaufen hinrichten ließ, damit sie nicht, die glorreiche Vergangenheit des Landes heraufbeschwörend, das Volk gegen das englische Joch aufwiegeln könnten. Bei einem Festmahl, so die Ballade, fordert König Eduard die Barden auf, seine Taten zu rühmen, und schickt alle, da sie sich weigern – »Der deinen Namen preisend nennt, / Es lebt in Wales kein Bard« –, in den Feuertod. Der letzte ruft ihm noch zu:

»Fluch auf dein Haupt ist jeder Laut,
Den jemals singt ein Bard!«

Nach London zurückgekehrt, hört der König auch noch im Schlaf die Klageworte der sterbenden Barden und läßt Trommeln schlagen, Posaunen schmettern:

»Doch durch der Pauken grellen Lärm,
Der Hörner Schmetterklang,
Fünfhundert singen hoch und hell
Der Blutzeugen Gesang.«

Nun, im Mai 1857, besuchte Kaiser Franz Joseph I. (noch nicht zum apostolischen König von Ungarn gekrönt, also nicht rechtmäßig »König von Ungarn«) – nachdem auf sein Ersuchen hin eine russische Armee von 200000 Mann den ungarischen Freiheitskampf von 1848/49 niedergeworfen hatte – zum zweitenmal das Land. Man forderte mehrere namhafte Dichter auf, aus diesem Anlaß huldigende Verse darzubieten, doch keiner fand sich dazu bereit. Nur eben János Arany mit der Ballade *Die Barden von Wales*.

Es versteht sich von selbst, daß die Ballade – und das ist der dritte historische Hintergrund – während der Terrorherrschaft Stalins verpönt war.

(zweifellos der begabteste unter den zeitgenössischen ungarischen Dichtern) in einem früheren Gedicht (als er noch »Gedichte« schrieb, denn nun schminkt er sich auch schon mit farbigen Worten das Gesicht und mimt den Clown) so ausgedrückt hat: »Fang die heißen Worte auf, die der Seele entströmen« (ich zitiere aus dem Gedächtnis, hoffentlich genau). Ihre Übersetzung löst eine außerordentlich schwere, komplexe und komplizierte Aufgabe: Sie erfaßt den Sinn des Gedichtes, seine Form und seinen inneren Klang, mit einem Wort: Arany. Der deutsche Leser, wenn er aufmerksam liest, kann teilhaben am ursprünglichen Erlebnis der Ballade. Gratuliere, großartige Arbeit.

Mitte November fliegen wir nach Amerika und bleiben dort, in New York und Massachusetts, bis Mitte Januar – dann zurück nach Rom, wo wir den Winter verbringen. Von April an – wenn es uns und Salerno dann noch gibt – wieder hier. Die Adresse bleibt die alte.

Einige interessante Reflexionen haben mich im Zusammenhang mit dem Roman *Das Urteil von Canudos* erreicht. Ein Leser fragt aus großer Entfernung, warum ich eigentlich dieses Buch geschrieben habe. Ich habe nicht geantwortet – aber fragen darf man.

Die »Occidental Press« ließ mich wissen, daß die erste Auflage von *Ein Herr aus Venedig* vergriffen ist; im Frühjahr bringen sie eine neue Auflage heraus. Wenn das stimmt, schicke ich Ihnen ein Exemplar.

Alles Gute wünscht Ihnen

Ihr

KÖLN, 5. November 1970

Sehr geehrter Herr,

Ihren Brief vom 15. Oktober erhielt ich erst heute, weil ich zwei Wochen lang in Wien gewesen bin. Nach Wien kehre ich immer wie zu einer Kraftquelle zurück. Und etwa 25 km südwestlich von Wien kenne ich einen Weinbauern, bei dem ich oft eingekauft habe. Auch diesmal nahm ich sechs Flaschen guten, sauberen Weines mit.

Ich danke für Ihre anerkennenden Worte zu meiner Übersetzung der *Barden von Wales*. Ich meine auch, daß man gereimte und metrische ungarische Gedichte sehr gut in fremde Sprachen übertragen kann, wiewohl es natürlich Grenzen gibt. Als weiteres Beispiel dafür lege ich die englische Übersetzung der *Barden von Wales* bei, ein Werk des kanadischen Universitätsprofessors Watson Kirkconnell (er hat auch *Budas Tod* von János Arany übersetzt). Mir scheint, daß die englische Version perfekt ist.

Das Manuskript des Romans *Sindbad geht heim* möchte ich noch bei mir behalten, wenn Sie es nicht unbedingt brauchen. Das vergangene halbe Jahr hat mir ein bißchen zugesetzt, so daß ich manch Vorhaben nicht verwirklichen konnte, so habe ich auch im Interesse von *Sindbad* nichts unternehmen können. Ende September verstarb in Budapest meine neunundsiebzigjährige Mutter an den Folgen eines Unfalls. Ich konnte sie nicht besuchen, man hatte mir abgeraten, um ein Visum zu ersuchen. Somit ist für mich auch die letzte Verbindung mit Ungarn dahingeschwunden.

Ihr Roman *Das Urteil von Canudos* hat mich mächtig angesprochen, und ich glaube auch zu begreifen, warum Sie ihn geschrieben haben, genauer: Mir hat er viel gesagt – nicht vom Ende des vergangenen Jahrhunderts, sondern vom Heute.

Ich wünsche Ihnen angenehmen Aufenthalt in New York und Rom.

Mit aufrichtiger Hochachtung Ihr

SALERNO, 14. Dezember 1970

Sehr geehrter Herr,

die Reise nach Amerika habe ich auf Anraten der Ärzte bis Ende März verschoben; die Feldscher meinten, es sei klüger, nicht Hals über Kopf in den Winter von New England zu fliegen. Also verbringen wir den Winter in Rom – die Adresse in Salerno bleibt die alte; wir kehren dorthin von Zeit zu Zeit zurück, um Wäsche zu wechseln und nach Briefen zu schauen.

Die Deutsche Welle[1] hat mich benachrichtigt, daß sie das Honorar für die am 23. 5. und 24. 5. 70 gesendeten Beiträge, wie ich gebeten hatte, an das Rote Kreuz überwiesen habe. Ich hoffe, daß diese erste Hilfe in gute Hände gerät. Danke für die Erledigung.

Friedliches Weihnachtsfest und gute Gesundheit, erfolgreiche Arbeit auch im neuen Jahr wünscht Ihnen

Ihr

1 Der Ungarische Sprachdienst der Deutschen Welle, Köln, sendete von 1972 bis Ende 1976 jährlich viermal literarische Beiträge von Sándor Márai.

SALERNO, 9. Januar 1971

Sehr geehrter Herr,

ich danke für die Neujahrswünsche und erwidere sie: gute Gesundheit und friedliche, erfolgreiche Arbeit!

Was Sie von der gegenwärtigen deutschen Politik schreiben, erinnert mich an einen Ausruf Chateaubriands: »Die Macht, die sich vor dem Feind demütigt, soll nicht darauf rechnen, daß sie später vor dem Feind Gnade findet.« Schade, daß manche unserer großen Zeitgenossen – etwa der römische Papst [Paul VI.] oder Kanzler Brandt – Chateaubriand wohl nicht gelesen haben. Tatsachen kann man de facto anerkennen, doch es ist überflüssig, sie vorzeitig auch de jure anzuerkennen – und wenn jemand den Expreßzug besteigt, der nach einem unbekannten Ziel fährt, ist es überflüssig, sich mit dem Schaffner zu küssen.

Sie schreiben, vielleicht habe das Rote Kreuz meine Geldsendung nicht an die richtige Stelle weitergeleitet. Könnte man ihm nicht den Weg weisen? Ich möchte die Hälfte des Betrages (ohne Namensnennung) an einen in Paris lebenden ungarischen Emigranten überweisen lassen – er ist siebzig Jahre alt, Historiker, und lebt in großer Not. Die andere Hälfte sollte einem geflüchteten polnischen oder tschechoslowakischen Schriftsteller zugute kommen. Ich wäre dankbar, wenn Sie die Möglichkeiten herausfinden könnten und mich benachrichtigten, wem ich in der Sache schreiben sollte.

Einen Monat haben wir in Rom verbracht, bei unfreundlicher und regnerischer Witterung und bei mangelhafter Heizung. Dennoch kehren wir zurück für den Rest des Winters, und im April brechen wir auf nach Amerika.

Alles Gute. Es grüßt Sie herzlich

Ihr

SALERNO, 4. März 1971

Sehr geehrter Herr,

der Winter hier war bis zuletzt eher gnadenvoll – doch seit zwei Tagen, wohl anläßlich des offiziellen Frühlingsbeginns, beeilt er sich, das Versäumte nachzuholen: Es toben Schneestürme (hierzulande gelten sie als ägyptischer Schicksalsschlag). Die arme Bevölkerung erträgt die bösen klimatischen Erschwernisse bei mangelhaften Heizbedingungen, und wir frösteln mit ihr. König Ferdinand von Aragonien hatte doch recht, wenn er sagte, seine wohlhabenden Untertanen seien alle dumm, wenn sie in Sevilla überwintern wollten, ist doch der Sonnenschein dort trügerisch – er verglich ihn mit der Glasur auf der Eistorte; er glänze, ohne zu wärmen. Der König selbst, ein Weiser, zog im Winter nach Burgos, wo der Schnee zwar bis zum Gürtel reicht, die Häuser aber aus dicken Steinen erbaut sind, und in den Kaminen lodert das Feuer. Hier ist es leider anders, aber auch das vergeht, und ich hoffe, in Köln hat man noch Sinn fürs Heizen – in Rom keine Spur davon. Die Heizwerte erkennt man nur an der Hotelrechnung.

Vom Deutschen Roten Kreuz erhielt ich, bezüglich des Betrages, der ihm von der Deutschen Welle überwiesen wurde, die Antwort, man habe die »hochherzige Donation« gänzlich an die Darmstädter Sektion des PEN-Clubs weitergereicht mit der Weisung, das Geld zu verteilen. Ich bin schon seit fünfundzwanzig Jahren nicht mehr Mitglied des PEN-Clubs (1945 wollte man mich zum Präsidenten der ungarischen Sektion machen, aber ich wich der Ehre aus, denn ich hegte den Verdacht, man würde mich zur Verbrüderung mit den Sowjets zwingen, und der Verdacht war nicht unbegründet). Im weiteren nahm ich nicht teil an der Arbeit des Clubs, doch hie und da las ich die Namenliste der an den Versammlungen Mitwirkenden und glaube, das [hiesige]

Rote Kreuz hätte das Geld nicht unnützer verwenden können, denn der ganze Sinn des Vereins besteht darin, kommunistischen Schriftstellern und Mitläufern [im Westen] Auftrittsmöglichkeiten zu verschaffen. Ich lasse die Sache auf sich beruhen; doch es ist bezeichnend, in welch hintergründigen Verflechtungen heutzutage auch wohlmeinende Institutionen gefangen sind.

Ich kenne das Marx-Zitat[1], es ist aktueller denn je. Aber ich kann mich nicht erinnern, in welcher seiner Arbeiten er es publiziert hat. Wenn Sie die Quelle kennen, nennen Sie sie mir bitte gelegentlich.

Wie ich schon sagte, Mitte April starten wir nach New York und wollen Mitte Juni zurückkommen – für eine kurze Weile in die Schweiz, dann über den Sommer wieder hierher, sofern unsere italienischen Freunde nicht zwischendurch alles auf den Kopf stellen, wozu sie stets Bereitschaft zeigen. Wenn Sie Ihre geplante Italienreise realisieren werden und wenn es im Sommer noch Italien und uns gibt, werde ich mich freuen, Sie hier zu sehen.

In wahrer Freundschaft

---

1 Das Marx-Zitat: »Indem Rußland auf die Feigheit und die Furcht der Westmächte zählt, spielt es den Haudegen und überspannt seine Forderungen soweit wie möglich, um später großmütig dazustehen dadurch, daß es sich mit den nächstliegenden Zielen zufriedengibt... Hat die [russische] Gefahr abgenommen? Nein, nur die Blindheit der regierenden Schichten Europas ist auf ihrem Zenit angelangt. Erstens ist die russische Politik unwandelbar, wie der offizielle Historiker, der Moskowite Karamsin, anerkennt. Ändern können sich seine Methoden, seine Taktik, seine Manöver, aber der Polarstern seiner Politik, die Beherrschung der Welt, ist ein Fixstern.« Aus: *Europa. Vom Mythos zur Wirklichkeit*, München 1962.

SALERNO, 27. Juni 1971

Sehr geehrter Herr,

nach meiner Rückkehr fand ich Ihren Brief und die beiden Beilagen vor. Ihr Essay *Zweifrontenkriege in Europa* ist eine reale Lagebeschreibung. Was die abschließenden Zeilen betrifft: »Es zeichnen sich drei Kristallisationspunkte der Potentialbildungen in der Welt ab. Es sind dies: Washington, Moskau, Peking«, wollen manche Beobachter auch noch Tokio hinzufügen. Auf diese Weise könnte die Quadratur des Dreiecks gelingen. Doch was wird mit dem Mond? Die Russen deuten schon an, daß man die trügerische Venus unter Quarantäne stellen sollte.

Ihr Romanentwurf *Maske und Abgang* ist ein interessantes Thema. Der Held, der in einer Welt der Diktatur die Rolle des »stummen Ritters«[1] spielen will, verschwindet lautlos in den Kasematten des Regimes ... Doch sein Schweigen ist nur dann heldenhaft, wenn er nicht nur *gegen* etwas schweigt, sondern auch *über* etwas. Und der Held ist – fast immer – auch ein Betrogener. (Othello tötet sich mit einem Vergleich: »... ich den beschnittenen Hund am Hals ergriff und traf ihn ...« – Hinweis des Autors: »Er ersticht sich.«)

Es würde mich interessieren, die Tonbandaufzeichnung der Geburtstagssendung in O-Ton zu hören. Ein Tonbandgerät besitze ich hier und jetzt nicht, aber ein solches Gerät kann man sich leicht ausborgen. Ein Zwiegespräch, das wir für die Öffentlichkeit führen sollten – der Vorschlag ist ehrenhaft. Aber ich glaube nicht – zumal was mich betrifft –,

1 *Der stumme Ritter (A néma levente)* ist eine in Ungarn sehr bekannte reizende Liebeskomödie in Versen von Jenő Heltai. Die angebetete Zilia erlegt dem Renaissance-Ritter Peter drei Jahre Probezeit auf, während deren er stumm bleiben soll.

daß eine solche Ersatzhandlung viel Sinn hätte. Dennoch danke ich, daß Sie daran gedacht haben.

Ich glaube, Sie haben recht, wenn Sie sich für eine Herbstreise entscheiden, obwohl die Touristen in diesem Jahr Italien nicht zu sehr geplagt haben. Der Sommer verspätet sich, doch hoffentlich stellt er sich noch ein und hält bis Ende Oktober, wie es sich hierzulande ziemt.

Das Trompetengeschmetter in der Zeitschrift »Kortárs« [»Zeitgenosse«] war selbstverständlich ein Akt der kommunistischen Strategie, mit dem man mich zur Heimkehr verlocken wollte. Auch eine Fortsetzung folgte. Doch nun scheinen sie begriffen zu haben, daß alle Lockrufe vergeudete Liebesmüh sind.

Es wird mich freuen, wenn einige Seiten aus dem Roman *Das Wunder des San Gennaro* wenigstens über den Äther das heimische Publikum erreichen. (Und Sie haben recht, in Zukunft werde ich mich hüten, das Honorar über das Rote Kreuz überweisen zu lassen. Wenn Sie zufällig die Adresse des deutschen PEN-Clubs in Darmstadt kennen, wäre ich für die Bekanntgabe dankbar, denn dann könnte ich anfragen, wen man eigentlich mit dem Geld unterstützt hat. Bis dato haben sie nämlich nicht einmal mit dem Ohrwaschel gewackelt.)

In New York fand ich einige Exemplare des Versdramas *Ein Herr aus Venedig*[1] vor. Sie hatten erwähnt, Sie hätten Interesse an dem Buch: Ich habe ein Exemplar an Sie verschickt.

Die Reise nach Amerika war außerordentlich interessant. Doch alles, was der Reisende während so kurzer Zeit wahrnimmt, ist derart vielschichtig und kompliziert, daß

1 *Ein Herr aus Venedig (Egy úr, Velencéből)* ist die Bühnenfassung des Romans *Begegnung in Bolzano* in Versen von Sándor Márai.

man guten Gewissens keine Meinung von der Lage dort äußern kann.

Ich hoffe, Sie im Herbst zu sehen. Mit aufrichtiger Hochachtung

Ihr

SALERNO, 4. September 1971

Sehr geehrter Herr,

ich danke für Ihren Brief, und es freut mich, daß Sie im Rahmen Ihrer Italienreise auch Salerno aufsuchen wollen.

Ich habe mich wegen des Tonbandgeräts erkundigt, aber ein Mehrgeschwindigkeitsgerät, wie Sie es beschreiben, wird hier nicht feilgeboten. Wenn Sie also eines mitbringen wollen, achten Sie sehr darauf, lassen Sie es nicht ohne Aufsicht im Auto.

Soviel ich weiß, sind Sie noch nie in Süditalien gewesen, es schadet also vielleicht nicht, wenn ich Sie auf folgendes aufmerksam mache: 1) Tragen Sie kein Geld und auch den Paß nicht in der Mantel- oder Hosentasche, sondern nur im Gürtel; 2) essen Sie keine Krustentiere, Austern, Meereskrebse oder -spinnen und ähnliches; 3) trinken Sie nichts anderes als Mineralwasser (Ferrarelle oder Pellegrino). Das sind bloß Bauernweisheiten, aber sie sind nützlich.

Hier meine Telephonnummer (sie steht nicht im Telephonbuch): Prefisso: 089; 356-190. Nach neun Uhr abends bin ich fast immer zu Hause.

In Neapel nehmen Sie sich bitte die Zeit und besuchen Sie beide Museen, also das Capodimonte und das Nazionale mit den antiken Kunstwerken. Es lohnt sich auch, durch die Räumlichkeiten der königlichen Bibliothek zu schlendern.

Es wird mich freuen, Sie persönlich kennenzulernen. Über das etwaige Interview werden wir dann noch sprechen. Ich wünsche gute Reise,

Ihr ergebener

ROM, 15. November 1971

Lieber Herr,

es freut mich, daß Sie wohlbehalten zu Hause angekommen sind – und wir beide haben uns gefreut, Sie persönlich kennengelernt zu haben.

Ich danke für die Ausschnitte aus Wiener Zeitungen, die Sie mir freundlicherweise zugeschickt haben. Besonders das »Kabinett« mit »Ablöse« weckte in mir heitere Erinnerungen an die k.u.k. Zeit. Ich weiß nicht, wann wir nach Wien kommen, vorläufig bin ich hier in Rom mit medizinischen Renovierungstätigkeiten beschäftigt.

Was Sie vom Nobelpreis schreiben, trifft zu – dieser, wie im allgemeinen die literarischen Preise, ist schon seit geraumer Zeit kein Wertmaßstab mehr für die Dichtkunst. Von Neruda[1] sagte ein spanischer Dichter und Nobelpreisträger, Jiménez[2], er sei ein »schlechter großer Dichter«. Was ich aus seiner, Nerudas, Feder gelesen habe, grenzte eher an Großmäuligkeit als an Dichtkunst.

Nach dem unangenehmen gesundheitlichen Zwischenspiel des vergangenen Jahres arbeite ich nun wieder regel-

1 Pablo Neruda, chilenischer Dichter, Nobelpreis für Literatur 1971.
2 Juan Ramón Jiménez, spanischer Dichter, Nobelpreis für Literatur 1956.

mäßig. Wir haben uns noch nicht entschieden, wo wir den Winter zubringen wollen: Die Adresse in Salerno bleibt unverändert.

Mit den besten Wünschen, Ihr ergebener

PS: Ich konnte hier das Tonband[1] doch abhören, es war sehr interessant. Ich danke für die schöne Gedenksendung.

SALERNO, 10. Januar 1972

Lieber Herr,

ich danke für die guten Neujahrswünsche und erwidere sie. Ich hoffe, die Wiener Feldscher haben bei Ihnen nichts Beachtenswertes gefunden, und Sie beendeten die Untersuchungen im Esterházy-Keller[1].

Die Reise nach Wien haben wir auf das Frühjahr verschoben – es schien uns wegen des Klimas am richtigsten. Der Winter war hier bis jetzt noch gnädig, frühlingshaft waren Weihnachten und das Neujahrsfest.

Zwei Jahre lang, 1922–1923, habe ich in Berlin gelebt unter dem Vorwand, mich an der dortigen Universität zum Philosophen ausbilden zu lassen. Das ist nicht gelungen, weiser bin ich nicht geworden, aber an Berlin hege ich

1 Das Tonband mit der Gedenksendung zu Márais 70. Geburtstag.

2 Der Esterházy-Keller in der Inneren Stadt ist ein bekannter Weinkeller, in dem der Fürst zur Zeit der zweiten Türkenbelagerung Wiens, 1683, in den Kampfpausen den Soldaten Wein ausschenken ließ.

schöne Erinnerungen – in jenen Jahren war es eine Weltstadt, ohne Mauer.

Man kann die westliche Politik nicht rationell beurteilen, weil sie keinen praktischen Sinn aufweist. Habgier, Zynismus und die Wühlarbeit eingebauter Fachleute – das sind die treibenden Energien. Doch es will scheinen, daß der Schwerpunkt hinüber nach Asien schwenkt. Und das bereitet, vorläufig zumindest, den Russen größere Sorge als den Westlichen.

Interessant war die Zeit in Rom; nicht einmal die akuten Karbondioxyd-Wolken und die drängelnde Akquisiteurmentalität konnten uns hindern, hie und da etwas von Rom zu erhaschen. In Salerno ist die Luft sauberer, hier wollen wir den Winter verbringen.

Ihren Aufsatz über die romantische Periode der ungarischen Literatur habe ich gelesen und mit Freude die Übertragungen mit den Originalversen verglichen. Eine schreierische Kulisse – Petőfis Werk[1] – verdeckt andere Schönheiten dieser Epoche vor der Außenwelt. So blieb etwa Vajda[2] namenlos für das Ausland, obwohl neben Byron[3] auch er manch romantisches Wort zu sagen hatte.

Alles Gute im Neuen Jahr, lieber Herr – Lust zur Arbeit und richtig angewendete Kraft. In Freundschaft grüßt Sie

Ihr ergebener

1 Sándor Petőfi, ungarischer Nationaldichter, vgl. Brief vom 4. November 1988.

2 János Vajda, 1827–1897, der letzte romantische und zugleich der erste moderne Dichter Ungarns.

3 George Gordon, Lord Byron, 1788–1824, spektakulärer Repräsentant der englischen Romantik.

SALERNO, 7. Februar 1972

Lieber Herr,

am 28. Januar erhielt ich Ihren vom 15. Januar datierten Brief, in dem Sie reklamieren, warum ich nicht schreibe. Wahr ist, daß ich Ihnen Anfang Januar geschrieben habe – ist der Brief verlorengegangen, oder verspätet er sich nur? Das wäre nicht überraschend bei der allgemeinen Schlamperei.

Was Sie von den »gutbürgerlichen« Deutschen schreiben, die die Anarchisten[1] unterstützen, findet in den hiesigen Zeitungen kein Echo, denn das Phänomen ist auch hier bereits Stehsatz. Was der wirkliche Grund ist? Es gibt deren viele: Unbefriedigtheit, Rachedurst, Sehnsucht nach dem Reiz und, über alles, Rollenerfüllung. Zum Glück hat sich der Lauf der Geschichte in unserer Zeit so sehr beschleunigt, daß auch so ein anarchisches Zwischenspiel sich bald verflüchtigen wird. An den amerikanischen Universitäten ist es schon ruhiger geworden.

Der WDR hat zwei meiner TV-Spiele, *Das Wunder des San Gennaro* und *Die Rolle*, gezeigt und zwei Hörspiele, *Reise zu zweit* und *Das Verhör*, gesendet. Doch unsere Beziehung hat sich dann abgekühlt. In der Dramaturgie sollen Änderungen vorgenommen worden sein. Rotkäppchen und der Wolf hocken ja in jedem Busch, damit muß man schon rechnen.

Der Winter war bis jetzt mild, und nun dauert er nicht mehr lange. Ich schreibe am Pensum (Erinnerungen).

Gute Gesundheit und gute Arbeit, wir beide grüßen Sie

in Freundschaft

---

1 Anspielung auf die Entführungen und Morde (Schleyer, Buback).

SALERNO, 20. März 1972

Lieber Herr,

für Ihren Brief vom 14. März danke ich Ihnen (von dem meinen vom 10. Januar könnte nur der Poststempel von Salerno Auskunft geben).

Ich antworte postwendend, damit mein Schreiben Sie noch erreicht, ehe Sie sich ins Krankenhaus begeben zwecks gewisser Untersuchungen. Ich hoffe, daß nur die Gewissenhaftigkeit der Doctores der Grund für die Leberspiegelung ist und daß man nichts Ernstes findet. Nach diesen und jenen persönlichen Erfahrungen in der nahen Vergangenheit kann ich nur die Bauernerkenntnis festhalten, daß der Patient mit Seelenkraft unglaublich viel zur Besserung seines Schicksals beitragen kann. Möge dies bei Ihnen nicht notwendig sein, und mögen Sie bald befreit sein aus dem Strafklotz der Abstinenzen. (Bitte denken Sie ans Pfeifenrauchen – es ist eine wissenschaftliche Sache; gewiß, es ist schmutzig und stinkend, aber nicht schlecht als Notlösung.)

Wir planen die Reise nach Wien für Ende Mai und hoffen, daß hier die Lage nicht umkippt, so daß wir unseren Plan ändern müßten. Und vielleicht sehen wir uns dort wieder. – Der Fall Baader-Meinhof hat hier seine Fortsetzung, zumindest nennt man das Zwischenspiel Feltrinelli in diesem Zusammenhang. Der Millionär, der sich zu den Anarchisten gesellt, ist eine bekannte Gestalt des Puppenspiels. Bedenklicher ist das Echo: Als ob die Vereinbarungen einer Zivilisation krachten und krächzten.

Bitte seien Sie so freundlich, mir das Tonband der Sendung vom 18. März zuzuschicken; es interessiert mich sehr, was Sie über *Land, Land!* gesagt haben.

Sie schreiben, Sie tun sich »schwer« beim Schreiben, aber Sie arbeiten. Die Entfremdung zwischen Schriftsteller,

Verleger und Leser ist heutzutage von solchem Ausmaß, daß der Schriftsteller nur dann über die Runden kommt, wenn er beim Schreiben nicht an den weißen Elefanten denkt; wenn er vergißt, daß es den Verleger und die Kritik gibt, und nur schreibt…, und, im Gegensatz zum seichten Schriftsteller, der den Erfolg dadurch zu erhaschen hofft, daß er »auf das Niveau des Lesers hinabsteigt«, alles tut, um hinauf auf das Niveau des Lesers zu gelangen. Denn der Leser ist ein geheimnisvolles Wesen, und wenn man ihn anspruchsvoll anspricht, entgegnet er auch anspruchsvoll.

Der Winter hier war mild, mit einigem Halsweh haben wir ihn überwunden. Bitte beruhigen Sie mich, daß man im Krankenhaus nichts Besonderes gefunden hat.

Beste Grüße, Ihr ergebener

SALERNO, 17. April 1972

Lieber Herr,

es freut mich, daß die Befunde negativ sind, und ich hoffe, die ärztlichen Vorschriften sind nicht allzu streng. Bitte schreiben Sie mir, wie der endgültige Befund lautet.

Die Ungewißheit des Postverkehrs hat mehrere Gründe: die lockere Auffassung der »sozialistischen Arbeitsmoral«, Schlendrian also, gelegentliche stille Streiks, Verlangsamung des Arbeitstempos – doch der wahre Grund, glaube ich, ist, daß die aus der Vergangenheit fast unverändert überlieferten Organisationen die durch die Vermassung entstandene Mehrarbeit nicht bewältigen können. Wenn das so weitergeht, muß man neue Möglichkeiten des Korrespondierens erfinden – vielleicht werden wir einander in

Zukunft über unsere Sorgen durch Kurzwellenübertragung der Gedanken informieren. Oder mittels Brieftaube, das könnte sich als verläßlicher Weg erweisen.

Sie schreiben, daß Sie zwischen dem 8. und dem 22. Mai in Wien sein werden. Es ist nicht unmöglich, daß auch wir in der zweiten Maihälfte nach Wien kommen, ich werde Sie dann unter der angegebenen Telephonnummer anrufen. Die Reise hängt auch davon ab, ob ich bis dahin das Manuskript zu Ende schreiben kann, an dem ich seit einem Jahr arbeite – *Land, Land!*, Erinnerungen, März 1944 – August 1948. Ich schreibe am letzten Kapitel; über den Winter ist es mir gelungen, zu Papier zu bringen, was ich wollte, vielleicht reicht der Atem bis zum Ende.

Man schrieb mir, daß das deutsche Publikum der Monotonie der Fernsehprogramme gewissermaßen überdrüssig geworden sei und daß die Rundfunkstationen wieder bereit wären, Hörspiele auszustrahlen. Trifft das zu? Ich habe aus einem Roman eine Art Hörspielfolge entwickelt, auch die deutsche und die englische Version sind fertig. Sie leben nahe an der »Quelle«, was meinen Sie, welcher deutsche Sender könnte an dem Manuskript Interesse haben? Und mit wem lohnt es sich, in der Sache zu korrespondieren? Ich wäre dankbar für die Mitteilung.

Seit sechs Wochen ist hier Frühling, ungefähr das einzig Gute, was ich von hier berichten kann. Ich hoffe, diese Zeilen treffen Sie bei guter Gesundheit an.

Viele gute Grüße, Ihr ergebener

SALERNO, 8. Mai 1972

Lieber Herr,

Leberfibrose ist (so habe ich es von Klinikern gehört) eher Zustand als Krankheit. Aus eigener Erfahrung kann ich hinzufügen: Die Leber ist regenerationsfähig. Aber die Diät ist wichtig. Haben Sie dazu die Möglichkeit neben der Verköstigung in Wirtshaus und Kantine? Es ist kaum wahrscheinlich, daß unsereiner die Kochkunst erlernt. Bitte geben Sie auf sich acht, es lohnt.

Danke für die freundlichen Erläuterungen über die Hörspielmöglichkeiten, auch für die Adressen. Es hat mich besonders gefreut, daß Sie sich die Mühe gemacht und auch noch den Klappentext beigefügt haben – zusätzlichen Dank dafür. Ich weiß noch nicht, was ich mit dem Manuskript anfangen soll; die Übersetzung, »home made« (aus dem Englischen), ist, fürchte ich, schwach. Doch von Zeit zu Zeit muß man sich zu Wort melden, zumindest rede ich mir das ein.

Was Sie vom deutschen Seelenzustand schreiben, erinnert an die Aussage eines Schizophrenen: Er fühle sich, als stünde er stets vor einer geschlossenen Tür, wisse aber nicht, an welcher Seite der Tür. Es ist, als ob »Heimat« ein amorpher Begriff sei. Eine Dame, die lange Zeit im Ausland gelebt hat, bekannte, für sie sei »Heimat« in der Badewanne. Und der alte Léautaud[1] meinte am Ende seines Lebens: »Es gibt keine andere Heimat, nur das Leben.« Für mich ist die ungarische Sprache die »Heimat«. Alles andere ist verschwommen.

Vor der Reise nach Wien muß ich noch eine Antwort aus Kanada abwarten. Das Erinnerungsbuch ist fertig, nun kor-

1 Paul Léautaud (Pseudonym: Maurice Boissard, 1872–1956), französischer Publizist, bedeutend sein *Journal littéraire*.

respondiere ich wegen der Drucklegung. Auch sonst habe ich zur Zeit keine Lust zum Reisen, aber Wien muß ich früher oder später doch hinter mich bringen.

Als ob die Witterung hier auf dem Kopf stünde – abends muß man noch heizen, und das war schon zur Zeit des älteren Plinius[1] eine Seltenheit. In Italien wird heute gewählt – hierzulande eher Sportereignis als politische Entscheidung. Man wählt nicht, sondern man votiert *gegen* den *anderen*. Am Ende, per saldo, ist das Ergebnis das gleiche.

Ich will hoffen, daß Sie aus Wien bei guter Gesundheit zurückgekommen sind, wenn auch nicht »nach Hause«, so doch irgendwohin, wo Sie Ihre Wohnung haben.

In Freundschaft, mit vielen guten Grüßen,

Ihr ergebener

SALERNO, 12. Juni 1972

Lieber Herr,

zu den Filmaufnahmen der Verhaftung einiger Mitglieder der Baader-Meinhof-Pfadfindergruppe schaltete ich nur zufällig den Fernseher ein: Die Szenen wirkten zunächst, als habe man ein Kapitel aus dem ausgezeichneten Roman *Im Land der Skipetaren* von Karl May zum ruhmvollen Angedenken verfilmt. Besonders beeindruckend war der Polizeioffizier in Zivil, der die Fenster des Hauses gegenüber, *unter* dem Auto auf dem Bauch liegend, ins Visier nahm –

1 Gaius Plinius, Secundus, zum Unterschied von seinem Neffen »der Ältere« genannt, 23–79 (fand beim Ausbruch des Vesuvs den Tod); erhalten ist sein umfassendes enzyklopädisches Werk in 37 Büchern unter dem Titel *Historia naturalis*.

das ist, vom strategischen Gesichtspunkt aus gesehen, eine bravourös originelle Variante der Möglichkeiten von Straßenkämpfen. Doch »was ist der wahre Grund« von alledem? Usw. – Als ob der Schreiber des beiliegenden Zeitungsausschnittes etwas ahnte. Eine junge Generation gewann das Gefühl, daß man den Erwachsenen nicht trauen könne, weil diese die Revolution ablehnten. Ersetzt sie also die »Revolution« durch solche »Miniunternehmungen«? Da sich nun dank der zeitgenössischen Informationstechniken auch in globaler Hinsicht die Kunde verbreitet hat, daß alle pädagogischen Versuche (Religion, Philosophie, moralische Erziehung) erfolglos geblieben seien und die menschliche Natur nur adaptierbar sei, man sie jedoch nicht grundlegend ändern könne – als ob daher eine Generation den Rat einer der unzähligen Ehefrauen des seligen Lajos Hatvany[1] befolgte, die 1918[2] von Berlin aus ihrem Mann in Budapest folgendes telegraphierte: »Kauf dir eine Kanone und mach dich selbständig.«

Doch vorläufig, meine ich, ist es doch vernünftiger, anstelle der Kanone eine Eigentumswohnung zu kaufen. Es hat mich gefreut, Ihrem Brief zu entnehmen, daß die Grundsteinlegung in Wien stattgefunden hat.

Die Wiener Verkehrsanarchie ist wahrscheinlich bloß ein höfliches Plagiat: Hier reicht schon diese Verkehrsart an die Vollendung heran. In den Straßen ist es manchmal so, daß der Fußgänger (aber auch der Autofahrer) nur mit dem infraroten Orientierungsinstinkt der Tiefseefische von einem Zielpunkt zum anderen gelangt. Bis dato ist es mir immer noch gelungen.

---

1 Lajos Hatvany, 1880–1961, Industrieller, Literaturmäzen, Publizist.

2 1918: In Budapest brach im November eine linksgerichtete Revolution aus.

Ich hoffe, die Kur war erfolgreich – no news good news. Ich befinde mich zur Zeit im Zwischenstadium von »ich fühl mich nicht wohl« und »bin ich etwa krank?«. Vielleicht helfen die Sommerbäder.

Das Erinnerungsbuch ist fertig. Wenn ich noch länger lebe, schreibe ich auch den zweiten Band mit dem Inhalt: 1) Begegnung mit Amerika (15 Jahre); 2) Ein Wiedersehen mit Europa; 3) Heimkehr in das Alter. Das »Rohmaterial« ist vorhanden, die Trägersäulen müssen noch bestimmt werden. Das ist die schwierigere Aufgabe. Aber Gide[1] sagte, ein gutgebautes Haus hat immer Bewohner.

Danke für die Karte aus Wien – und in Ihrem Brief las ich mit nostalgischem Gefühl die Worte »Tafelspitz« und »Ottakringer Bräu«. Ich hoffe, der Traum wird eines Tages Wirklichkeit (ich denke an den Tafelspitz).

Gemäß Ihrem Wunsch lege ich ein unveröffentlichtes Manuskript bei. Das Tonband habe ich erhalten, danke, es ist eine ausgezeichnete Aufnahme.

Gute Gesundheit, gute Arbeit, in Freundschaft grüßt

Ihr ergebener

SALERNO, 23. Juli 1972

Lieber Herr,

ja, der Umzug ist eine Variante des Erdbebens, auf der Richter-Skala in den oberen Werteinheiten anzusiedeln. Es freut mich, daß Sie ihn hinter sich gebracht haben. Es gibt Zeitgenossen, die nach wie vor für das Zelten eine Lanze brechen; vielleicht haben sie recht. Doch nun, da Sie eine

1 André Gide, 1869–1947, französischer Schriftsteller, Nobelpreisträger, war mit Márai befreundet.

leere Wohnung gemietet und auch Möbel haben bringen lassen, geben Sie vielleicht doch den Plan auf, in Wien eine Eigentumswohnung zu erwerben?

Ich bedauere sehr, aber zur Problematik der amerikanischen Literaturagenturen kann ich nichts Vernünftiges sagen. Ich habe es mit zweien versucht, beide haben mich schwer geschädigt. Dann habe ich die Versuche sein lassen, ich verstehe nichts davon. An Ihrer Stelle würde ich dem Verlag Simon and Schuster schreiben, ihm sagen, daß Sie eine seiner Publikationen ins Deutsche übertragen haben[1] und dankbar wären, wenn man Ihnen raten würde, wie man ein Buch eines gewissen Themas publizieren könnte. Im allgemeinen antwortet man in Amerika bereitwillig und höflich. Auch der »Agent« antwortet – mir zum Beispiel schrieben beide nach geraumer Zeit, sie hätten das Manuskript verloren.

Das geplante Buch würde vielleicht eher einen »akademischen Verlag« interessieren, doch vielleicht wäre es zielführender, es in England zu versuchen. Das Verlagswesen ist weltweit so verworren, daß die Schriftsteller vielerorts auf der Basis von »do it yourself« verlegerische Unternehmungen organisieren.

Was Sie davon schreiben, daß es »heutzutage gutes Geschäft ist, Linker zu sein«, trifft zu – doch wo ist die Linke, und wes Geistes Kind ist sie in Wahrheit? In meiner Jugend waren die Sozialdemokraten die »Roten«, ihnen gegenüber standen die »Schwarzen«, also die Kapitalisten, die Kirche und der Staat. Die Kommunisten waren damals nur noch eine zerstreute Sekte. Dann folgte eine Zeitenwende, die Kommunisten wurden eine Machtorganisation, und sofort gebärdeten sich die Sozialdemokraten als Ge-

---

1 *The Road to Sarajevo* von Vladimir Dedijer; *Die Zeitbombe – Sarajewo 1914*, Wien 1967.

gengewicht, das der neuen »Linken« wehren sollte – sie tun es auch heute. Doch die Welt dreht sich weiter, und nun werden langsam die Kommunisten ein konservatives Gegengewicht, das dem weltweit aufflackernden anarchischen Radikalismus wehrt (z.B. hier in Italien, auch in Frankreich, auch in der Sowjetunion und in den Satellitenländern...). Mao hat mit dem radikalen Anarchismus experimentiert, dann rief er erschrocken nach der Armee, damit sie die Anarchisten erledige und die konservative kommunistische »Ordnung« wiederherstelle. Die linken Schöngeister drehen sich wie der Wetterhahn und suchen nach einem Platz. Bethlen[1] sagte im Parlament zu den Pfeilkreuzlern[2]: »Die Herren marschieren so lange nach rechts, bis sie eines Tages an der äußersten Linken ankommen.« So geschehen.

Das Erinnerungsbuch wird gedruckt (in Kanada, denn alles entsteht auf so gewundenen Umwegen), es erscheint noch in diesem Jahr. Wenn ich kann, schreibe ich auch den zweiten Band. Aber ich mache kein leichtfertiges Versprechen mehr, auch mir selbst gegenüber nicht.

Der Sommer gestaltete sich bis jetzt der Regel nach: Vormittags scheint die Sonne, und man kann im Meer baden, nachmittags schüttet es. Mir ist um jeden Tag leid, der so den Sommer verkürzt.

Danke für die freundliche Aufforderung, gelegentlich gebe ich der Deutschen Welle gern ein Originalmanuskript. Doch welcher Art? Tagebuchaufzeichnungen? Ist das rundfunkgemäß? Und in welchem Umfang? Von Zeit zu Zeit –

---

1 Graf István Bethlen, geb. 1874, ungarischer Ministerpräsident von 1921 bis 1930, danach Abgeordneter zur Nationalversammlung, wurde 1945 von den Sowjets verschleppt und starb 1947 unter ungeklärten Umständen.

2 Nach dem Muster des Hakenkreuzes machten die ungarischen Nazis das »Pfeilkreuz« zum Symbol ihrer Partei.

zweimal, dreimal im Jahr – werde ich versuchen, dem ungarischen Hörer ein paar Worte zukommen zu lassen.

Gute Gesundheit, Lust zur Arbeit. Wir beide grüßen Sie herzlichst.

Ihr ergebener

SALERNO, 21. August 1972

Lieber Herr,

das kleine Mädchen[1] hat sich über das Dirndl gewiß gefreut – ich wünsche Ihnen, daß Sie noch lange Zeit Gelegenheit haben, die Rolle des Osterhasen zu spielen. Geben kann man immer. Soll man auch.

Die geplante »geistige Olympiade«[2] dürfte ein interessanter Wettbewerb werden – kommunistische und mitlaufende Schriftsteller und Dichter, wie sie mit schwitzenden Versfüßen nach streng bestimmten Zielen hechten ...! Doch die Menschen achten schon auf anderes, die Literatur interessiert diese Generation nicht mehr. Sie lesen, weil man ihnen das Buch in die Hand drückt, doch sie erwarten keine Antwort mehr von der Literatur.

Der August war heiß, manchmal brannte die Hitze bis an die Knochen, sie krachten und krächzten wie auf dem Scheiterhaufen. Am Meeresstrand die gerösteten Fleischmassen – hin und wieder befiel mich Übelkeit. In dieser Welt der Bikinis ist es geradezu unverständlich, wozu die übertriebene Schamhaftigkeit gut sein soll, mit der Jungen

1 Gemeint ist meine Tochter Ildikó Simányi.
2 Die »geistige Olympiade« war eine kommunistische Veranstaltung unter Teilnahme von Sympathisanten, auch aus dem Ausland.

und Mädchen sich krawattenbreite Bänder um ihre unteren Bauchgegenden binden – bedarf es doch keiner besonderen Vorstellungskraft, um zu erraten, was unter der Krawatte steckt. Es ist aber auch möglich, daß die Nacktheit gesund ist – »der Schleier wurde gelüftet«, in jeder Bedeutung, und eine Generation hat begriffen, daß sich unter dem Schleier nichts anderes verbarg, bloß menschlicher Körper, der selten erotische oder ästhetische Vorstellungen weckt. Karinthy[1] schrieb, es gebe zweierlei Nabelschauer: den einen wie Buddha, den anderen wie Casanova – der eine beschaut den eigenen Nabel, der andere den anderer. Doch es kann sein, daß heutzutage die Nabelschau auch Casanova langweilen würde.

Im Laufe meiner Sommerlektüren habe ich zwei Bücher simultan gelesen: Trotzkis letztes Buch, in dem er (drei Jahre vor seiner Ermordung in Mexiko) von den Grausamkeiten und den Methoden der Stalinschen privilegierten, autokratischen Tyrannei berichtet, von deren charakteristischen Gestalten – und Joseph Conrads nicht sehr gelungenen Roman *Under Western Eyes,* den der große Schriftsteller 1910 verfaßte: Er beschreibt die Grausamkeit, die Methoden und die charakteristischen Gestalten der zaristischen Tyrannei. Es war verblüffend, wie die beiden Lektüren einander ähnelten – man konnte einzelne Kapitel verwechseln. Der Russe braucht die Empörung, die Konspiration, das fiebernde und mystische »Palaver« – doch braucht er auch die Freiheit? Schwierige Frage.

Beiliegend übergebe ich das gewünschte Manuskript, bitte schicken Sie es irgendwann zurück.

Was ein etwaiges Manuskript für die Deutsche Welle betrifft – im September schicke ich ein paar Tagebuchaufzeichnungen. Wir wollen sehen, wie es sich bewährt. Ich

---

1 Frigyes Karinthy, 1887–1938, ungarischer Schriftsteller, Satiriker.

könnte etwa dreimal im Jahr solche Tagebucheintragungen liefern, in der Hoffnung, daß sie im Äther den heimischen Hörer erreichen.

Gesundheitlich geht es mir einigermaßen, ich hoffe, auch Ihnen hilft die Kur. Aber ich bin müde – vielleicht deswegen, weil ich etwas schreiben möchte, und Eliot sagte, die Jungen sind müde, wenn sie etwas beenden, die Alten, wenn sie es beginnen.

Viele gute Grüße, Ihr ergebener

SALERNO, 25. September 1972

Lieber Herr,

das Oktoberfest naht, und die Münchner werden den Schock[1] mit ein paar Maß Bier hinunterspülen. Die Terroristen werden sich statt der Briefbomben der Liebespakete bedienen – der Terror als mögliche Variante, etwas zu beseitigen, bleibt nun eine Zeitlang modisch, wie er es auch in der Vergangenheit gewesen ist – 74 Jahre ist es her, daß ein romantischer Anarchist in Genf Königin Elisabeth[2] niederstach. Und alles ginge weiter wie gehabt, wenn nicht hinter und unter den Symptomen Tatsachen sichtbar würden wie Geschwüre, die mit der Zeit nicht heilen. Früher verdichteten sich ideologische Leidenschaften hinter dem Terror. Der

1 Anspielung auf den Anschlag arabischer Terroristen auf die jüdische Olympiamannschaft in München am 5. September 1972.

2 Kaiserin-Königin Elisabeth, Gemahlin Franz Josephs I., wurde am 10. September 1898 von dem italienischen Anarchisten Luigi Luccheni ermordet.

zeitgenössische Terrorismus ist nicht idealistisch, sondern nationalistisch – die Iren, die Araber Palästinas (wie dreißig Jahre zuvor die Juden Palästinas), die Jugoslawen usf. lassen Bomben nicht für Ideale hochgehen, sondern um des Besitzes willen. Hegel meinte, in der Geschichte seien die Kämpfe am gefahrvollsten gewesen, bei welchen beide Seiten recht hatten – dies kennzeichnet auch das nahöstliche Ringen: Die Juden haben unbedingt recht, wenn sie ein Vaterland ihr eigen nennen wollen, und auch die palästinensischen Araber haben recht, wenn sie zurückkehren wollen in die Heimat, aus der sie vertrieben wurden. Es wird hier noch lange Zeit keinen Frieden geben, weil eine der Großmächte, Rußland, zwar keinen »Großen Krieg«, aber auch den Frieden nicht wünscht, bietet doch die gegenwärtige Situation die Chance, im mediterranen Trüben zu fischen. Die Juden haben recht. Aber jeder Krieg ist unmoralisch, auch sogenannte präventive und vaterländische Kriege sind es – und jeder Krieg hat nur eine einzige Rechtfertigung: den Sieg. Doch zu »siegen« – im schulischen Verständnis –, das ist hier beinahe unmöglich. Es empfiehlt sich also, noch lange vorsichtig zu sein, wenn man einen eingeschriebenen Brief bekommt.

Da nun die Hitzeperiode vorüber ist, unternehmen wir manchmal Wanderungen. Unlängst besuchten wir Capri, wo man Gast bei einer ungewöhnlichen Modenschau sein konnte: Man präsentierte die neuesten sowjetischen Modekreationen; auf der Piazza wimmelte es von kommunistischen Modeschöpfern und Mannequins – das Phänomen war interessant. Es hat lange gedauert, bis die Kommunisten Mode kreierten. Ein italienischer Journalist bereiste vor einiger Zeit die Länder hinter dem Eisernen Vorhang und erzählte nun, ein Marktweib in Warschau habe auf die Frage, was sie von der Freiheit halte, geantwortet: »Freiheit ist nur für die Reichen.« Sie meinte, der Arme sei vergebens frei, arm bleibe er auf jeden Fall. Doch jede Meinung muß gehört werden.

Ein naher Bekannter aus der Heimat (betagter Mann, in seinem Fach eine Leuchte) besuchte uns im Sommer, wir wechselten auch einige Briefe. So schildert er die Lage in der Heimat: »Die Heimat ist nicht nur das Land, sondern auch die Auffassung von der Vergangenheit, die gemeinsame Hoffnung der Zukunftsgestaltung und die Beurteilung der Gegenwart. Die Nation ist auf dem Weg zum biologischen Selbstmord, der Großteil der Intelligenz ist schwach und charakterlos, auch die Schriftsteller und die Dichter sind es. Der Weg ist vorgezeichnet: Man beugt sich. Man kann nicht in einer Person Prophet und Speichellecker sein. Sklavenschicksal, entsprechend entlohnt, Verrat und Niedertracht...« Er fügt noch hinzu, er glaube nicht, »daß der sowjetische Imperialismus das Jahr 2000 überlebt«. – Leider werde ich nicht mehr in der Lage sein, die Prophezeiung zu kontrollieren.

Ja, es gibt so etwas wie »ungarische Landschaft« – von der Terrasse des Kisfaludy-Hauses in Badacsony[1] ist sie wahrnehmbar: eine ernste, verhangene, sanfte Landschaft. In den Gedichten von Arany ist sie plastisch lebendig.

Beiliegend übergebe ich die Tagebuchaufzeichnungen. Nach meiner Erfahrung sind es solche Miniessays, die den Hörer – wenn es dieses federlose zweibeinige Tier noch gibt – am wenigsten langweilen.

Die schon zweimal verschobene Reise nach Wien planen wir für Ende Oktober. Ich hoffe, diesmal klappt es. In welchem zentralen Hotel – aber kein Luxushotel – soll ich Zimmer bestellen?

Das heutige Wien kenne ich nicht.

Viele liebe Grüße und gute Wünsche von Ihrem ergebenen

---

1 Károly Kisfaludy, 1788–1830, Dichter der Romantik; Badacsony liegt in Pannonien.

SALERNO, 24. Oktober 1972

Lieber Herr,

Josef Weinhebers[1] Herbstgedicht klingt angenehm – atmosphärisch ist es hier zur Zeit leider nicht vergleichbar, weil der Winter einen Monat früher gekommen ist als üblich; anstelle des Herbstes stellte sich ein Vorwinter ein, so wie man anstatt des Frühlings eher einen Nachwinter vermerken mußte. Doch das Gedicht ist schön, der Dichter fürchtet sich nicht vor den »Fesseln des Reims« und auch davor nicht, ausgelacht zu werden, wenn er seine Stimmungen und seine Gefühle preisgibt. Was die Prophezeiung: »Die Masse stirbt, es bleibt der Adel Ich« betrifft, bin ich skeptisch. Das Ich beginnt amorph zu werden, die Masse ist wimmelnd lebendig.

Die Bücher von Heinrich Böll kenne ich nicht, ich habe kein einziges gelesen. Leider bin ich zurückgeblieben hinter der zeitgenössischen deutschen Literatur. Das letzte Buch, das ich zu Ende gelesen habe, war Ernst Jüngers *Stahlgewitter* – eher verlegen räuspernd als überzeugt habe ich es aus der Hand gegeben: Es ist etwas arrogant Esoterisches in seiner Attitüde, etwas deutsch Montherlantsches. Doch Montherlant[2] (exit) war auf zynischere Weise Dandy, aufrichtiger. Mit einem Wort, ich bin zurückgeblieben. – Der Nobelpreis bedeutet nicht literarische Anerkennung, auch er ist (wie jeder literarische Preis) die Folge mafioser Praktiken. Stets meldet sich jemand zu Wort und wehklagt im Namen der Nichtbedachten – und wer nicht bedacht wurde, ist nicht in schlechter Gesellschaft, denn er hat teil am Scherbengericht, dem Tolstoi, Strindberg, D'Annunzio und

1 Josef Weinheber, 1892–1945, österreichischer Dichter und vielseitiger Sprachkünstler.

2 Henry de Montherlant, 1896–1972, französischer Romanautor und Dramatiker.

dazu auch die gesamte »Nyugat«-Generation[1] der ungarischen Literatur unseres Jahrhunderts zum Opfer fielen. Es wäre korrekter, wenn man den Nobelpreis durch Ziehung verteilte: Man gäbe einem großen Computer die 100 000 Namen ein (mindestens so viele sind es in jedem Jahr), die Anspruch auf den Preis anmelden, und ein Programmierer würde maschinell den Namen des Gewinners aus dem Computer ziehen. Aber es kann noch Wirklichkeit werden.

Ich danke für die Wiener Hoteladressen, mit nostalgischer Erinnerung las ich die eine oder andere. Die Wienreise scheint unter einem schlechten Stern zu stehen: Wir waren schon reisebereit, ich wartete nur noch auf die Bürstenabzüge – die Fahnen meines neuen Buches, das in Kanada gedruckt wird. Aber die Korrektur verspätet sich, wahrscheinlich aus drucktechnischen Gründen, und ich muß die Korrekturen abwarten, denn das Buch soll laut Vertrag Ende des Jahres erscheinen. Und so kann ich nicht planmäßig am Monatsende nach Wien fahren – das ist wirklich lächerlich fatal. Ich weiß nicht, ob Ihre geplante Reise zustande kommt – doch wenn ja, tut es mir aufrichtig leid, daß wir uns diesmal nicht treffen können.

Ich danke für das Tonband der Sendung im September, die Aufnahme ist sehr gut.

Gute Gesundheit! Es grüßt Sie in Freundschaft Ihr ergebener

---

1 »Nyugat«-Generation – eine ganze Reihe von bedeutenden Dichtern und Schriftstellern, die sich in der ersten Hälfte des 20. Jahrhunderts um die literarische Zeitschrift »Nyugat« (»Westen«) scharten.

ROM, 2. Dezember 1972

Lieber Herr,

danke für Ihren Brief, den ich mit Interesse las, denn Sie sehen die deutschen Probleme von innen in Lebensgröße. Es ist schwer zu verstehen, was die Mehrheit der deutschen Wähler gedacht hat, als sie für die Ostpolitik optierte – denn diese Politik hat mehrere Schönheitsfehler, zum Beispiel auch den, daß das ostdeutsche Volk in dieser Sache noch nicht abgestimmt und von dem nationalen Selbstbestimmungsrecht keinen Gebrauch gemacht hat, und so ist die große Eile unverständlich, mit der die Westdeutschen etwas bestätigten und anboten, was die primär Interessierten, die Ostdeutschen, noch nicht sanktioniert hatten. – Was die etwaige »Finnlandisierung«[1] Europas betrifft, nun, das wäre ein langer Weg. Die Sowjets haben große Probleme, sowohl im Inneren wie auch außen. (Der »U. S. News and World Report«, eine Pentagon-nahe, nüchterne Zeitschrift, publiziert seit Monaten die Daten des großangelegten militärischen Aufmarsches, der an der russisch-chinesischen Grenze im Gang ist. Und wer weiß, was die Muschiks in Wahrheit denken, wenn sie sich beeilen, in Amerika Getreide zu kaufen?) – Luns, Generalsekretär der Nato, sagte auf der letzten Bonner Tagung richtig, man solle vorsichtig sein bei der Freundschaft mit den Russen, denn die Sowjets haben den Plan, den Kommunismus auch über ihre Grenzen und Interessensphäre hinaus zu verbreiten, nicht aufgegeben. Das stimmt, doch in der jetzigen Weltlage ist es nicht wahrscheinlich, daß die Sowjetmar-

1 Im Jahr 1948 mußte Finnland mit der Sowjetunion einen Vertrag über Zusammenarbeit, Freundschaft und Beistand abschließen. Das Land blieb zwar unabhängig, seine Außenpolitik mußte es aber nach sowjetischen Wünschen ausrichten.

schälle eine Zweifrontenpolitik initiieren würden. Freilich, einen Unfall kann es immer geben. Quod deus avertat.

Was die Gefahr eines »nationalen Selbstmordes« betrifft, da bin ich optimistischer: Die alte Virtus ist noch nicht ausgestorben, und der angebliche Ausspruch Napoleons auf dem Schlachtfeld von Borodino[1] (als man ihm meldete, die Leichen von dreißigtausend französischen Soldaten bedeckten das Feld der Ehre, soll der Kaiser mit der Achsel gezuckt und gesagt haben: Eine Nacht in Paris...!) gilt heute noch. Wenn es etwas gibt, wofür man leben kann, beeilen sich die Menschen immer zu leben und holen die Versäumnisse nach.

Ich danke für die freundliche Einladung und lege das Manuskript bei für die Dezember-Sendung. Wenn das so funktioniert, können wir es alle drei, vier Monate wiederholen. Auch das »bescheidene Echo« ist der Mühe wert.

Der Plan eines Treffens in Wien zu Weihnachten ist sympathisch, doch ich will keine Pläne mehr machen; als ob Dämonen die Wiener Pläne hintertreiben würden. Vielleicht gelingt es doch noch einmal. Ich weiß noch nicht, wie lange wir in Rom bleiben; die Adresse in Salerno ist unverändert.

Hochachtungsvoll und in Freundschaft Ihr ergebener

1 Die Schlacht von Borodino, eine sehr blutige Schlacht, wurde am 7. September 1812 110 Kilometer westlich von Moskau ausgefochten.

SALERNO, 22. Januar 1973

Lieber Herr,

die Übersetzung ist hervorragend, und die ausgewählten Szenen[1] (besonders die Zunftszene) sind charakteristisch. Allerdings ist die Szene der Agnes und der Genoveva, hervorgehoben wie hier, in ihrer sprachlichen Eigenart etwas opernhaft, doch das beeinträchtigt nicht die »Gesamtheit«, denn das gesamte Spiel hat etwas Opernhaftes. Ich glaube, einige ergänzende Seiten – also von dem Wort des Paters Gregor: »Man hat die Stadt verkauft…« bis zum Ausruf des Meisters Johann: »Ich will nicht Held sein« – würden ein plastisches Bild davon geben, welchen Inhalt das Stück hinter der Handlung hat. Bitte überlegen Sie es sich.

Ich danke sehr, daß Sie sich mit dem Stück befassen, Ihre Mühe und Sorge tun gut.

Sie schreiben, Ihr Töchterchen könnte es mit der Mengenlehre weiter bringen als mit Goethe. Ich muß widersprechen. 73 Jahre lang habe ich Goethe gewälzt und stets etwas gelernt. Die Mengenlehre als Theorie und praktische Anleitung kenne ich nur aus dem Alltag, und der Alltag ist manchmal tatsächlich besorgniserregend. In den letzten zwanzig, fünfundzwanzig Jahren ist es gelungen, auf dem Fließband von Produktion-Konsum-Vermassung eine Lage zu etablieren, aus der man nur mit revolutionärem Ikonoklasmus weiter gelangen könnte. (Aber wohin…?) Daß man in Wien, wie auch andernorts in Westeuropa, nach »links« schielt, ist gleichermaßen die Folge der Nixonschen wie der Brandtschen Politik – der Unterschied ist nur, daß die Westeuropäer nun schon die Zeit gekommen wähnen, Nutzen zu ziehen aus der Ostpolitik, doch zugleich erwar-

1 Die Rede ist vom historischen Drama *Die Bürger von Kaschau.*

ten sie, daß Amerika weiterhin den strategischen Schirm über ihren Köpfen ausbreitet. Nixon wird dazu, selbst wenn er es wollte, kaum Möglichkeit haben, weil die amerikanische öffentliche Meinung eine solche verschrobene Außenpolitik nicht zuläßt. Am Dorfrand hier erfahre ich etwas vom Fluß der Welt aus drei amerikanischen und einer englischen Zeitschrift (es gibt unter ihnen zwei, »Foreign Affairs« und »U. S. News and World Report«, die mich mit ihren Informationen selten enttäuscht haben), und ich entnehme ihnen, daß man in Amerika mit dem Linksruck der europäischen öffentlichen Meinung rechnet. Alles, was geschieht – die vorbereitenden Verhandlungen zur »Sicherheits-« (oder eher zur »Unsicherheits-)Konferenz in Helsinki[1], das heißt also die Zustimmung zum [sowjetischen] Status quo, dann das Ergebnis der deutschen Wahlen und das »Grundgesetz« –, verspricht die Verwirklichung der Wunschträume des Sowjetimperialismus: die Abrüstung Westeuropas, seine Neutralisierung, in der Folge die Inthronisierung von Volksfrontregierungen mit Hilfe von linken Mitläufern, des weiteren mit Hilfe dieser die russische Kontrolle von Europas wirtschaftlicher und sozialer Entwicklung. So stellen sie es sich vor – es ist nicht gesagt, daß es auch so sein wird. In Amerika ist die Epoche von »links um« entschieden zu Ende. In der Zeitspanne von 1953 bis 1957 vermochte Amerikas wirtschaftliche, militärische und soziale Überlegenheit den russischen Imperialismus in die Schranken zu weisen, zumindest hätte sie ihn in seine Schranken weisen können. Dies wurde versäumt. Innere Kräfte haben die Hände der tatenfrohen Staatsmänner gefesselt. Nun folgt eine Periode, in der Amerika ebenso wie die Sowjetunion wird rechnen müssen mit der

1 Gemeint sind die Vorbereitungsarbeiten zur Konferenz über Sicherheit und Zusammenarbeit in Europa in Helsinki am 3. Juli 1973.

inneren Kritik und dem inneren Widerstand, dem gesellschaftlichen Gegengewicht. Die Sowjets können solchen inneren Erscheinungen leichter entgegenwirken, als es in Amerikas »open society« möglich ist. – In den vergangenen fünfundzwanzig Jahren hatten die Atombomben auch eine segensreiche Wirkung: Die beiden Supermächte vermieden den konservativen Weltkrieg (zu dem sie oft genug Vorwand gehabt hätten), denn sie befürchteten, es könnte daraus ein Atomkrieg entstehen. – Eine andere segensreiche Erscheinung ist es, daß bei den deutschen Wahlen kein einziger Nazi oder Kommunist ein Mandat erhalten hat. Die Italiener und die Franzosen sollten sich dies zu Herzen nehmen.

»Stets war dieses Leben so auf Erden.«[1] So war es nicht stets. Doch man sollte nicht zurückblicken. Bertrand Russell schrieb, ehe sein Geist nachließ, ein alter Mensch solle versuchen, nicht in die Vergangenheit, sondern in die Zukunft zu schauen, das sei gesünderer Zeitvertreib. In diesem Jahr hat die Menschenart den größten Schock erlebt, den sie im Lauf ihrer Entwicklung erleben konnte: Ein paar Männer gelangten auf den Mond. Die Zuschauer keuchten zunächst vor Erregung, doch dann gähnten sie nur noch, denn so ist der Mensch, er kann nicht zweimal hintereinander auf einen überstarken Schock mit der gleichen inneren Erschütterung reagieren. Doch wenn Schock und Gleichgültigkeit vorbei sein werden, kommt die Zeit des Erwachens: die neue Rollenmöglichkeit im Universum für einen Wurm, den Menschen. Ich werde es nicht mehr erleben, aber es wird ein interessanter Augenblick sein.

Die Neujahrssendung des *Tagebuchs* habe ich im Radio ausgezeichnet gehört.

---

1 Eine Zeile aus dem großen Gedicht »Der alte Zigeuner« von Mihály Vörösmarty, 1800–1855.

Es trug sich etwas zu in Rom[1]: Der Arzt, der seit 1970, dem Beginn meiner Krankheit, meine Zellenmenge kontrollierte (Dozent, Internist an der römischen Klinik), versäumte die angemeldete Untersuchung, weil er unerwartet gestorben ist. (Er war um die Fünfzig. Infarkt.) Und so muß ich versuchen, gesund zu bleiben, bis ich einen neuen Arzt finde.

In Freundschaft, mit den besten Wünschen

SALERNO, 1. März 1973

Lieber Herr,

mit großer Freude habe ich die ausgezeichnete Übersetzung gelesen und danke für die Mühe und das Wohlwollen, das Sie für diesen Versuch aufbringen. Ich glaube, das ist die Szene [siehe Brief vom 22. Januar 1973], die auch auf der Bühne am stärksten wirkt. Ich danke Ihnen, daß Sie sich mit dem Theaterstück beschäftigen – es ist nur zu natürlich, daß in dieser verworrenen Welt nicht viel Hoffnung besteht auf einen Erfolg des Experiments. Das Wort »Ich will nicht Held sein« ist heute, auf dem Karneval der feigen Konformisten, Schlagwort – die Frage ist nur, ob sie begreifen, daß es Augenblicke gibt, in welchen man, wenn auch zähneklappernd, tatsächlich »Held« sein muß.

Ja, manchmal antwortet eine Seele. Das tut gut. Was Sie von der Enttäuschung des Auswanderers schreiben, der

1 *Es trug sich etwas zu in Rom:* Titel eines historischen Romans von Sándor Márai, Toronto 1971.

keine Heimat fand im Vaterland, ist ein sich wiederholendes Phänomen. Das Judentum lebt mit einem Trauma, das nur die Zeit heilen kann, wenn überhaupt...! Die innere, die menschliche Lage in Israel ist so komplex, die Menschen pflegen so tiefe Wunden, daß es sehr schwer ist, im Leben dieser Generation innere Harmonie zu erhoffen. Und dann: Ein jüdischer Bauer aus Marokko und ein Ingenieur aus Warschau oder ein Arzt aus Budapest können schwerlich miteinander Worte wechseln, besonders weil keiner sich beeilt, das Hebräische zu erlernen. Die Kinder, das ist wahr, werden sich schon zusammenraufen. Und alles in allem, Israel muß gerettet werden. Von einer militärischen Lösung kann hier wohl kaum die Rede sein. Die Juden haben grundsätzlich recht, wenn sie ein Vaterland wollen, und es gibt Beispiele dafür, daß Völker sich mit der Waffe ein Vaterland geholt haben. Doch man muß siegen, und bei Israels Lage ist das militärisch beinahe unmöglich; besonders wenn die Sowjets kein Interesse daran haben, daß die eine oder die andere Seite siegt – und im Zeitalter der »Energiekrise« können die Amerikaner auf das arabische Öl nicht verzichten.

Was in Helsinki, was in Wien geschieht beziehungsweise nicht geschieht, ist furchterregend genug. Die Anerkennung des mitteleuropäischen Status quo [der Sowjets] ist bereits Wirklichkeit, die Herausbildung des westeuropäischen Status quo im Hinblick auf Volksfrontregierungen eine gefahrvolle Perspektive. Die nahenden französischen Wahlen, wie sie auch ausgehen mögen, lassen schon die Drohung des neuen Status quo erkennen (die Italiener freilich wetzen schon das Messer, warten auf den Augenblick, wann man das klapprige Gleichgewicht umkippen kann). Die Weisen beschauen mit dem Fernrohr das Erdenrund und stellen fest, daß die polyzentrische Weltlage vier Brennpunkte hat: die Sowjetunion, Amerika, China und Japan. Und dann, aus Höflichkeit, erwähnen sie noch Westeuropa, wenn es... Das Bild eines politisch einheitlichen Westeuropa dämmert aber nicht. Nationalistische Mittelmächte raufen um Rolle und Beute (siehe die durch die Dollarkrise entstandene monetäre Lage; jeder westeuropäische Staat wertete den Dollar nach einem anderen Schlüssel ab) – und der Plan der Herausbildung einer westeuropäischen Machtbasis könnte zwischen zwei Stühlen auf den Boden fallen. Es ist nicht schwer zu erraten, wer dann sitzen bleibt.

Meine Verwandtschaft mit Madách[1] sieht nicht ganz so aus, wie der Verfasser des Artikels [in einer ungarischen Zeitung] sie darstellt: Ich bin nicht der Cousin von Alice Madách, sondern ihr angeheirateter Verwandter: Der jüngere Bruder meines Vaters hat Alice geheiratet, der Ehe entstammten zwei Kinder. In meiner Kindheit war ich oft in Csesztva und Sztregova[2]; das Ambiente im Leben Madáchs ist ein gutes Beispiel dafür, daß das Genie auch in unwürdiger Umwelt, ohne hilfreichen Flatus, zu schaffen vermag – die Komitatsherren von Nógrád[3], die Kasinoatmosphäre von Balassagyarmat boten ihm wahrlich keine geistige Anregung. Und doch schrieb er die *Tragödie* – ein Kunstwerk. Zu mehr reichte es nicht, die Schwindsucht raffte ihn dahin. Doch ein einziges Mal streckte er die Hand weit aus und erfaßte viel.

Manchmal kann ich die Deutsche Welle hören. Danke für die freundliche Aufforderung: Wie schon brieflich vereinbart, könnte ich alle Vierteljahre ein Manuskript beisteuern. Vielleicht erreicht es einen Hörer, auch das lohnt sich.

---

1 Imre Madách, 1823–1864, sein größtes und bekanntestes Werk, *Die Tragödie des Menschen*, stellt die Grundfrage der Philosophie nach dem Sinn des Lebens.

2 Güter der Familie Madách.

3 Komitat Nógrád im Nordosten Ungarns, Komitatshauptstadt: Balassagyarmat.

Der Winter hier war mild, es ist uns gelungen, ihn ohne Arzt hinter uns zu bringen. Ich hoffe, Sie sind bei guter Gesundheit.

In Freundschaft, viele liebe Grüße von Ihrem

SALERNO, 27. März 1973

Lieber Herr,

im Sinn unseres Briefwechsels lege ich das Pensum für April bei. Nun kann ich schon die ungarischen Sendungen der Deutschen Welle hören, so daß ich keine Tonbänder mehr brauche, wäre aber dankbar, wenn Sie mir die jeweilige Sendezeit mitteilen wollten.

Ich habe für den 15. April in Wien ein Hotelzimmer reservieren lassen, wir wollen über Ostern dort bleiben. Ich hoffe, diesmal kommt nichts dazwischen. Vielleicht wollen Sie auch Ostern in Wien verbringen – es würde mich freuen, wenn wir uns treffen könnten. (Auf jeden Fall werde ich mich unter der angegebenen Telephonnummer erkundigen, ob Sie in Wien sind.)

Der Winter ging einigermaßen erträglich vorüber, doch am Ende fühlten wir uns müde vom vielen Regen und der häufigen Tramontana[1]. Hoffentlich wird das Wetter mild zu Ostern in Wien.

Mit den besten Wünschen, Ihr ergebener

1 Nordwind in Italien.

SALERNO, 4. Juni 1973

Lieber Herr,

Ihren Brief habe ich erhalten; zur Zeit funktioniert die Post vorübergehend wieder. Doch als wir nach vierwöchiger Abwesenheit hier ankamen, fanden wir den Briefkasten leer vor. In dieser Zeit wurde kein einziger Brief ausgetragen.

Die zwei Wochen in Wien waren ein wohltuendes Wiedersehen mit einer bekannten Welt. Danach verbrachten wir eine Woche in Florenz und eine weitere in Rom. Auch Florenz erstickt im Benzindampf, doch es war dennoch schön, diese wundervolle Stadt wiederzusehen.

In Salerno empfingen uns die Auswirkungen der üblichen Gurkensaison: Regierungskrise, Bombenexplosionen, Streiks. Sonst ist alles Routine.

Wir haben die Karte Ihrer Tochter Ildikó erhalten, danke. Wir erwarten sie mit Freude im August: Am Strand haben wir eine Kabine gemietet, sie kann hier bleiben, solange sie mag.

Sie schreiben, es gebe drüben keine »Rechtskontinuität«. Das ist selbstverständlich, denn wo kein Recht ist, kann es auch keine Rechtskontinuität geben. (Die Bürger von Kaschau fordern am Ende des zweiten Aktes nicht »Freiheit«, denn »Freiheit« gibt es nicht, es hat sie nie gegeben, es wird sie auch nie geben – sondern sie fordern Recht. Sie rufen: »Es gibt kein menschenwürdiges Leben ohne Recht!« Ich glaube, sie haben sich nicht geirrt.)

Wir haben uns gefreut, Sie in Wien getroffen zu haben, und wir hoffen, den Wienbesuch wiederholen zu können. Bis dahin alles Gute,

in Freundschaft

PS: Das Erinnerungsbuch *[Land, Land!]* ist inzwischen eingetroffen, ein Exemplar geht nach Köln ab.

KÖLN, 25. Juni 1973

Sehr geehrter,

danke für das Buch *[Land, Land!]*. Ich danke nicht nur dafür, daß Sie es mir geschickt haben, sondern vor allem dafür, daß Sie es geschrieben haben. Ich werde es im Rundfunk rezensieren, das genaue Datum gebe ich später bekannt. Bis dahin nur ein paar persönliche Bemerkungen oder eher Erinnerungen, die beim Lesen lebendig geworden sind. Sie schreiben, die Befreier[1] hätten gewisse Achtung erkennen lassen vor dem »Schriftsteller«. Das stimmt. Aber nicht nur vor dem »Schriftsteller«, sondern im allgemeinen vor dem »Künstler«, weil dieser in einem gewissen Sinn von »Agitprop« (»Agitation und Propaganda«) und von »Sowjetkultur« als ein Vorkämpfer des »Marxismus-Leninismus-Stalinismus« galt. (Daß es unter den Rotarmisten auch solche gab, die wußten, daß Ehrenburg[2] kein wahrer Dichter war, sondern »propagandjist«, der mit den Mitteln eines wahren Schriftstellers den Plänen von Väterchen Stalin diente – das ist die überraschende, unerwartete Wendung in Ihrem Buch.) Also, sie achteten den Künstler, weil ihnen diese Achtung auf den Seminaren eingetrichtert worden war. Zu jener Zeit war ich Schauspieler, oder zumindest wähnte ich, einer zu sein oder zu werden, und so war ich für unsere russischen Freunde in dem Haus, in dem wir, meine Eltern und ich, die Belagerung[3] durchlebt haben, der »aktjor« [Schauspieler]. Einige Soldaten besetzten eine leerstehende jüdische Wohnung, und die Hausbewohner bedienten sie natürlich vorn und hinten. Aber das hat sich auch gelohnt! In unserem Haus gab es kei-

1 Rotarmisten in den Jahren 1944/45.

2 Ilja Ehrenburg, 1891–1967, der im Westen wirkungsvollste sowjetische Publizist.

3 Von Budapest im Winter 1944/45.

nen »zabra« [Raub] – unsere russischen Freunde beschützten uns vor ihren Raub- und Kriegskameraden. (Daß sie dafür Uhren und anderes einsammelten, versteht sich von selbst, aber wir gaben die Dinger auch gerne her.) Nun, unsere Freunde ließen mich Abend für Abend vortragen. Überraschend und interessant war, daß sie aufmerksam zuhörten, obwohl sie kein Wort verstanden. Und ich trug mein ganzes Repertoire vor, alles, was ich auswendig wußte, wahllos, und sie hörten andächtig zu. Eines Abends erklärte ihnen ein Hausbewohner, der etwas Russisch konnte, daß sie gerade einen Monolog aus Shakespeare *Richard III.* gehört haben. Und nun erlebten wir ein wahres Wunder: Sie kannten den Namen Shakespeare! Von da an mußte ich ihnen immer nur »Tretschi Richard« vortragen. Diese »Theaterabende« arteten natürlich in fürchterliche Saufgelage aus, und es kam des öfteren vor, daß sie nach meinem »Auftritt« ihre Revolver hervorkramten und auf die weibliche Marmorstatue im Hof zu schießen begannen. Dann tranken sie wieder ein bißchen und riefen mir zu: »Aktjor!« So war ich ihr »Bär«, den sie tanzen ließen. Doch sie zahlten auch königlich dafür! Erstens durfte ich trinken, soviel ich wollte, das heißt, ich hätte trinken dürfen, wenn ich gewollt hätte. Wichtiger war, daß sie mich mit Tabak versorgten, manchmal auch »chleba« [Brot] brachten. Als dann der »woina kaput« gegangen war [nach Kriegsende], nahmen sie mit Tränen in den Augen Abschied von uns. Wahrlich, die Bewohner eines ganzen Hauses verdankten diesen Soldaten, daß ihnen das Schlimmste erspart blieb. Nicht einmal zur »malinki robot«[1] nahmen sie einen Hausbewohner oder eine Hausbewohnerin mit.

Der Spruch »Dein ist das Theater, für dich spielst du«[2] hatte auch eine andere Version, eine, die sich auf das ganze

---

1 »Kleine Arbeit«, besonders für Frauen oft verhängnisvoll.
2 Nämlich vor leeren Häusern; Anspielung auf das Propagandaschlagwort: »Dein ist die Fabrik, für dich arbeitest du.«

Land bezog, eine bitter-lächerliche Erkenntnis: »Dein ist der Ast, unter dir sägst du ihn.«

Ja, die Schriftsteller, die 1945 im Gefolge der Roten Armee aus Moskau heimkehrten, wußten, was und wie der Kommunismus war, und sie wußten auch, was das ungarische Volk erwartete. Dennoch stellten sie ihr bescheidenes oder auch hervorragendes Talent in den Dienst des Systems, das sie 1956 [beim Volksaufstand] so »mutig« verurteilten, nachdem der Oberpropagandist Ehrenburg sein »Tauwetter« publiziert hatte. Aber es durften nur kommunistische Schriftsteller Kritik üben an all dem, was auf Geheiß der sowjetischen Partei zu Irrtum und Vergangenheit werden sollte – »bürgerliche« Schriftsteller und Publizisten konnten immer noch nicht publizieren. Schließlich hatte György Lukács mit tiefer historisch-dialektischer Überzeugung verkündet, daß nach der »Barbarei des Nazismus« nur der Kommunismus die »Zivilisation« retten könne – aber vielleicht wußte er nach seinem Moskauer Aufenthalt nicht mehr genau, wo die Grenze verläuft zwischen der – nationalsozialistischen oder kommunistischen – Barbarei und der Zivilisation.

Hier begann die Gurkensaison, die üblicherweise bis Anfang August dauert.

Mit aufrichtiger Hochachtung, Ihr

SALERNO, 23. Juli 1973

Lieber Herr,

Ihre Briefe vom 13. und 16. Juli habe ich gleichzeitig erhalten. Ich beeile mich, postwendend zu antworten. In unserer unmittelbaren Nähe gibt es ein gutes kleines Touristenhotel (nicht das »Fiorenza«, in dem Sie schon einmal gewohnt haben, sondern das dritte Haus von uns) – Bekannte, die dort abgestiegen sind, haben es gepriesen. Ich habe mich nach den Bedingungen erkundigt und lege den Prospekt bei. Ein Zimmer mit Badezimmer und Halbpension kostet pro Person zehn Dollar – ich glaube, das ist realistisch. Von uns ist das Hotel eine Minute entfernt, vom Strand drei Minuten.

Das Hotel nimmt keine American Express Card an. In der Innenstadt gibt es ein Hotel, das »Jolly«, mit American-Express-Verbindung, aber das ist viel zu kostspielig. Am besten nehmen Sie Travellerschecks mit.

Ildikó hat recht, wenn sie ihren Vaterkomplex betont – leider ist bei uns während der Hitzeperiode die Wassersituation derart, daß es im sechsten Stock mit der Wasserversorgung hapert, und in den heißen Wochen treten sanitäre Probleme auf. (Vergangene Woche war die Hitze unbarmherzig, oft hat uns das Wasser gefehlt.) In der Gesellschaft eines kleinen Mädchens kämen wir schon noch zurecht mit dem Wasser, aber einem Erwachsenen können wir keine Bleibe anbieten.

Wenn Sie also kommen, was uns freuen wird, bitte um Anruf mindestens eine Woche vor der Ankunft oder um ein Telegramm, denn nur so kann das Hotel das Zimmer bereitstellen. Im August ist hier alles überfüllt, leben doch die Hoteliers von den Einnahmen dieser vier Wochen.

Ich gebe diesen Brief morgen in Neapel auf, ich hoffe, Sie erhalten ihn rechtzeitig.

Sie haben recht, wenn Sie nicht mit dem Auto reisen, die Autostrada ist wie ein Schlachthof. Wenn Sie mit der Bahn kommen, empfehle ich den Schlafwagen, denn die Züge sind überfüllt. In Salerno gibt es Avis- und Hertz-Vertretungen; wenn Sie also für Ausflüge ein Auto mieten wollen, steht dem nichts im Weg.

Soviel für heute. Hoffentlich geht alles glatt vonstatten.

Viele gute Grüße, Ihr ergebener

SALERNO, 17. September 1973

Lieber Herr,

die Nachricht, daß Sie glücklich zu Hause angekommen sind, beruhigte uns. Am zweiten Tag nach Ihrer Abreise wurde hier offiziell kundgetan, daß in der Umgebung eine Choleraepidemie grassiert; einen Tag später verlangte man an der österreichischen Grenze von den aus Italien Einreisenden Impfzeugnisse. Es war also beruhigend zu wissen, daß Sie die Schranke passiert haben. Und daß das kleine Mädchen mit der Sommerfrische zufrieden war. Beruhigend ist auch die Nachricht, daß die Wiener Feldscher bei den Untersuchungen nichts Beachtenswertes gefunden haben.

Das Cholerazwischenspiel, heißt es hier, sei schon im Abklingen begriffen. Bevölkerung und Behörden haben sich überraschend diszipliniert verhalten. Es gab kein »Mammamia«, geduldig stellten sich die Leute vor den Impflokalen an (auch wir). In Neapel wurden innerhalb weniger Tage 800000, in Salerno mehr als 100000 Menschen geimpft. Die Fischer wehklagten, weil die Küstenbewohner keine Schnecken und Muscheln aßen, der Tourismus schrumpfte in diesen Wochen, und auch auf andere Weise herrschte in Neapel eine Atmosphäre wie im *Tod in Venedig*. Doch all dies beginnt langsam abzuklingen.

Es freut uns, daß Sie eine gute Zeit hatten hier – der September ist sonnenbeschienen, es herrscht nicht die dschungelfeuchte Hitze wie im August.

Bitte, grüßen Sie uns das kleine Mädchen, wir wünschen alles Gute,

Ihr ergebener

PS: Danke für die Buchrezension [von *Land, Land!*].

SALERNO, 20. Oktober 1973

Lieber Herr,

das »Quarterly« wird fällig, also lege ich das Manuskript bei. Doch in Ihrem letzten Brief schrieben Sie, es werde im Programm Änderungen geben – sollte dies die Sendung des Manuskripts beeinflussen, dann bitte, seien Sie so freundlich, es zurückzuschicken.

Am Monatsanfang waren wir für eine Woche in Rom, wo uns die Röntgenfachärzte mit ihren Strahlen durch und durch leuchteten, wie die Mauren den heiligen Sebastian mit ihren Pfeilen durchlöcherten. Der Befund war nicht sehr erfreulich. Also fahren wir nächste Woche nach Bern, dort lassen wir uns in einer Klinik gründlich untersuchen. Alles weitere wird sich weisen. Die Adresse in Salerno bleibt unverändert.

Von Ildikó erhielten wir eine schöne Mödlinger Ansichtskarte. Es freut uns, daß sie sich hier wohl gefühlt hat und gut nach Hause gelangt ist.

Ich hoffe, daß Sie bei guter Gesundheit sind und daß in Köln der Herbst schöner ist als die anderen Jahreszeiten.

Alles Gute wünscht

Ihr ergebener

SALERNO, 5. November 1973

Lieber Herr,

die Ansichtskarte aus Frankfurt habe ich nicht erhalten, jedoch Ihren Brief vom 28. Oktober. Ich hoffe, meine Postkarte aus Bern hatte mehr Glück.

Die in Frankfurt von Jahr zu Jahr sich wiederholende Trauerzeremonie überzeugt mich immer wieder, daß die »Literatur« ein Unternehmen zweier Personen zu werden beginnt: Dichter und Leser suchen einander, tasten im Dunkel. Zwischen ihnen ist der Betrieb. Doch mit Literatur hat das nichts mehr zu tun.

Vor zwei Tagen kamen wir nach einem zehntägigen Aufenthalt in der Schweiz zurück. Zu Beginn des Monats hatte ich ja in Rom einen unerfreulichen Röntgenbefund erhalten, diesen hatte ich nach Bern geschickt, und man riet mir, nicht bis November zu warten, sondern sofort zur Untersuchung nach Bern zu kommen. Also schwebten wir via Zürich dorthin. In der ausgezeichneten Klinik prüfte man alles gründlich und gab mir, vermutlich mit Rücksicht auf mein patriarchalisches Alter, noch einmal »Lauf« (wie die Kartenspieler es nennen): Man nahm von einer Operation

Abstand und verordnete eine sechswöchige »konservative« Medikamententherapie. Daraufhin flogen wir zurück, und nun: wait and see.

An Bern ist die Zeit tatsächlich vorbeigegangen – als ob alles: Krieg, Revolution, Kernspaltung, Umweltverschmutzung, Übervölkerung weit, weit entfernt geschähe. Der Friede, der sich dort vertieft hat, ist schon gallertig wie alter Wein. Es war schön, davon einen Schluck zu nehmen.

Der Flug über die Alpen war wie immer ein Geschenk, ein paarmal habe ich es schon erlebt – doch Einstieg und Ausstieg werden langsam ein kompliziertes und ermüdend langweiliges Unterfangen; die lärmenden Wandervögel mit ihren Habseligkeiten sind unangenehme Reisegenossen. Ich erinnerte mich, wie ich vor vierzig Jahren ohne Radar und Radio zum erstenmal von Budapest nach Venedig flog – mit einer einmotorigen Caproni-Maschine, die sich verirrte und anstatt nach Klagenfurt in Richtung Zagreb flog, weil der Kompaß nicht mehr funktionierte. Doch seitdem haben sich die irdische und himmlische Lage verändert.

Die jüdischen Soldaten haben wieder heldenhaft gekämpft, die jüdische Strategie ist meisterhaft gewesen – doch das kleine Israel in der arabischen Wüste hat vermutlich wieder bloß eine Atempause erhalten. Die Sowjets sitzen händereibend an der mediterranen Küste, sie machen, was sie wollen, denn die Araber sind ohne sowjetische Unterstützung hilflos, und wenn Moskau ihnen befiehlt, den Ölhahn abzudrehen, dann erfriert und erlahmt Westeuropa.

Die Schweizer verhalten sich heute wie seinerzeit die holländischen Kolonialherren in Sumatra: Viereinhalb Millionen Schweizer lassen eine Million fremde Kulis für sich arbeiten. Allgemein ist die Klage, daß die Schweizer Jugend nicht arbeiten will, im Krankenhaus bekommt man keine Schweizer Hilfskraft, die Verkehrsbetriebe bekommen keinen Schweizer Schaffner usw. Was aber die Jugendlichen mit der freien Zeit anfangen? – auf die Frage gibt es keine Antwort. Sie schimpfen über die Fremden und verpulvern das Geld, das sie ihnen in die Tasche stopfen.

Ich spiele mit dem Gedanken, den Einakter *Ungebetener Gast* ins Deutsche übertragen zu lassen. Kennen Sie einen verläßlichen Übersetzer? Und wie hoch ist das Honorar für so einen luftigen, nur vierzig Manuskriptseiten starken Dialog?

Zur weihnachtlichen Wienreise wünsche ich im voraus gutes Wetter. Fände sich eine gutgeheizte und preisgünstige Bleibe, dann hätten wir auch Interesse daran. Aber im Augenblick hängt bei mir alles vom Placet der Ärzte ab.

Ich wünsche alles Gute, mit freundschaftlichem Gruß

SALERNO, 30. November 1973

Lieber Herr,

für Ihren Brief vom 18. November danke ich.

Der deutsche Jurator, der mit Genugtuung feststellte, daß im Interesse des sozialen Gleichgewichts wieder einmal ein Reicher ausgeraubt wurde, war ein romantischer, methodisch denkender Mann mit charakteristisch deutschem Gedankengang. In Italien gibt es nicht einmal die Spur von solch ideeller Betrachtungsweise. Hier wird gewerbsmäßig geraubt – man raubt Menschen, man raubt Banken aus, jeden Tag und in jeder Variation; man raubt meistens Menschen, weil es technisch am einfachsten ist. Zur Zeit spricht man von fünf Persönlichkeiten, die in den letzten Tagen aus dem Verkehr gezogen wurden: zwei steinreiche Fabrikanten aus dem Norden, zwei Ärzte aus Sardinien und der Enkel des texanischen Milliardärs und Ölbauern Getty. Es fehlt von ihnen jede Spur. Ein namhafter Schriftsteller (ein fortschrittlicher) erklärte den Italienern im sonntäglichen Zeitungstext, daß im 18. Jahrhundert der Menschenraub mit dem Ziel unternommen wurde, soziale Fehlleistungen zu korrigieren, weil zu jener Zeit die Demarkationslinie zwischen »Herren« und »Volk« viel zu starr war; der Menschenräuber – wie Robin Hood, Jóska Sobri[1], Rinaldo Rinaldini – verkündete, er übe Gerechtigkeit, wenn er raube, denn die Herren kümmerten sich nicht um das Volk. Doch heutzutage, im Zeitalter des Profits und der Konsumtion, so der Fortschrittliche, sei es schwieriger, zwischen »Reichen« und »Armen« eine Trennlinie zu ziehen – und der Menschenräuber korrigiere gerade diese Fehlerhaftigkeit. Hingegen will der zeitgenössische Robin Hood in Wahrheit nicht »Gerechtigkeit üben«, sondern einfach in den Profit tunken, denn auch er möchte einen Porsche fahren – und dann empfiehlt er sich. Die meisten werden nicht gefunden. Die Möglichkeit, daß Stehlen einfacher und lukrativer ist als Arbeiten, wird manchmal auch in der zeitgenössischen ungarischen Literatur artikuliert. Wie etwa in dem beseelten Gedicht, das beweist, welche Wirkung die Literatur auf das öffentliche Leben haben kann: »Stehlet nur reinen Herzens, tapfer stehlet; jener kämpft mit dem Schwert, dieser mit dem Gold. Euer Kampfruf heißt: Stehlet!« Der Verfasser des Gedichts ist Gyula Illyés[2], er hat es vor dreißig Jahren geschrieben, damals gab man es als Manuskript von Hand zu Hand; ein eifriger Forscher, Endre Illés, hat es unlängst ausgegraben. Die Bauern befolgten den Rat des völkischen Dichters und stahlen.

1 Jóska Sobri ist das ungarische Pendant von Robin Hood.
2 Gyula Illyés, 1902–1983, bedeutender »völkischer« Dichter, der auch vom kommunistischen Regime anerkannt wurde.

Selbstverständlich kann man die Annahme nicht von der Hand weisen, daß hinter dem neuzeitlichen gewerbsmäßigen Menschenraub politische Absichten stecken. Die Lösegelder werden immer höher. Es ist schwer vorstellbar, daß einfache, bescheidene Räuber Summen in der Höhe von einer bis zwei Millionen Dollar ausgeben können, ohne Aufsehen zu erregen. Oder sie das Geld anlegen können – obwohl auch das vorkommt: Vor ein paar Tagen wurde in Mailand eine aus Sprößlingen großbürgerlicher Familien organisierte Bande festgenommen; die Jungen, Gymnasiasten, haben in den vergangenen Wochen erfolgreich fünf Banken ausgeraubt, einer von ihnen trug das geraubte Geld in eine benachbarte Bank und zahlte es auf ein Sparbuch ein, denn sie wollten nicht auf die Zinsen verzichten. Es kann sein, daß linke oder rechte politische Mafias auf diese Weise Reserven sammeln und eine »Divisionskasse« anlegen für spätere größere Unternehmungen. Im vergangenen Jahr haben Menschenräuber 15 Milliarden Lire (etwa 20 Millionen Dollar) Lösegeld eingeheimst. Bis jetzt ist keine einzige Lösegeldlira aufgetaucht. Wo ist das Geld geblieben? (Die Festnahme der Baader-Meinhof-Bande war eine bravouröse Seltenheit – hierzulande ist es anders.)

Vorzeitig krachte hier die Witterung winterlich, Minusgrade überall, hinzu kommt die »Energiekrise«, also ungeheizte oder schlecht geheizte Zimmer von den Alpen bis Palermo. Wir werden einen harten Winter haben, auch dann, wenn das arabische Erpressungsmanöver in der Praxis nachlassen sollte. Eine Zivilisation muß wieder einmal erfahren, daß sie ebenso unerwartet schnell verunglücken kann, wie sie zu schaffen vermag.

Danke für die Information über die Übersetzungsmöglichkeiten. Es würde mich natürlich freuen, wenn Sie die Übertragung des kleinen Spiels annähmen, doch ich weiß nicht, ob Sie es bei Ihren vielen Verpflichtungen tun können. Wenn doch, schreiben Sie, bitte, unter welchen Bedingungen das möglich wäre. Viel Hoffnung habe ich nicht, was die etwaige Aufführung betrifft. Überall nur Niedertracht und Gewöhnlichkeit. – Es überrascht auch nicht, daß das Münchner Theater auf die Anfrage keine Antwort gab. Doch danke für die Mühe.

Dieser Tage haben mir gute Seelen den schön gestalteten Photoband *Košice* zugeschickt, er ist soeben in der Slowakei erschienen. Auf mehr als zweihundert Seiten, manche sind farbig, wird meine Vaterstadt der Welt als »Košice« vorgestellt. Die Legenden zu den Photos in slowakischer, dann, ergänzend, in russischer, französischer und ungarischer Sprache stellen Kassa [Kaschau] als eine slowakische Stadt vor: Als ob das Magyarentum nichts zu tun hätte mit dieser selten schönen, im vornehmen Sinn des Wortes urbanen Stadt, mit deren Bau die Magyaren und Sachsen vor siebenhundert Jahren begonnen haben. Den wunderschönen gotischen Dom und die edlen Wohnhäuser aus der Renaissance und der Barockzeit wie auch die öffentlichen Gebäude (in welche sie in naher Vergangenheit Zigeuner aus der Umgebung einquartiert haben) zeigt man mit zynischer, unverschämter Lügerei so, als wären diese tschechisches und slowakisches Schaffen aus vergangenen Zeiten. Mit keinem Wort erwähnen sie Rákóczi[1], Kazinczy[2] und die vielen anderen, all die Magyaren, die in dieser Stadt ein halbes Jahrtausend lang geschaffen und gerungen haben; als wären die

1 Ferenc II. Rákóczi, Fürst von Siebenbürgen, 1676–1735, Führer des ungarischen Kuruzenaufstandes im Bund mit König Ludwig XIV. von Frankreich; der Aufstand gegen die habsburgische Herrschaft in Ungarn blieb nach dem englisch-österreichischen Sieg bei Höchstädt, 1704, gegen Frankreich isoliert. Rákóczi starb im türkischen Exil; sein Leichnam wurde 1906 im Dom zu Kaschau bestattet.

2 Ferenc Kazinczy, 1759–1831, Literat, Erneuerer der ungarischen literarischen Sprache, Autor und Übersetzer; als erster übertrug er 1790 *Hamlet* ins Ungarische.

»Bürger von Kaschau«, als sie um die Freiheitsrechte kämpften, Tschechen gewesen. Die Wahrheit ist, daß niemals Tschechen in Kaschau vorgekommen sind, bis sie sich im Jahr 1918 dorthin stahlen. Dieses Buch ist ein charakteristisches Beispiel der zynischen Geschichtsfälschung.

Bern habe ich in jeder Hinsicht in bester Erinnerung. Ärzte und Krankenhaus sind in ethischem wie auch fachlichem Sinn ausgezeichnet; die Preisgestaltung ist realistisch. Im Sommer (gerade als Sie hier waren) habe ich mich elend gefühlt, nun ist meine Gesundheit erträglich. Diesen Winter fahren wir nur nach Rom, ansonsten bleiben wir hier, wenn Allah es geschehen läßt.

Die Sendung vom 11. November habe ich gut gehört.

Beste Wünsche und liebe Grüße

SALERNO, 9. Januar 1974

Lieber Herr,

für die festtägliche Botschaft danke ich und erwidere sie mit den besten Wünschen. Ich hoffe, Ildikó hat Weihnachten frohgemut und bei guter Gesundheit gefeiert, und auch Sie waren zufrieden im winterlichen, aber, wie anzunehmen, wohltemperierten Wien.

Zu Jahresbeginn schmetterten die Staatsmänner in die Lüfte, was die Spatzen schon seit fünfundzwanzig Jahren von allen Dächern pfeifen, was jedermann mit gesundem Menschenverstand bereits prophezeit hat und was die Volkswirtschaftler vorausgesagt haben: Unabhängig vom Ölschock werden die saturierten Märkte, die Ausbeutung der Naturschätze und die Verschmutzung der Umwelt den Kreislauf von Unbeschränkter Produktion plus Unbeschränktem Konsum plus Unbeschränktem Profit in eine Sackgasse treiben. Selbstverständlich bleibt alles beim alten: Man wird immer mehr Autobusse erstellen, doch jeden Schusterbuben und jede Schreibmamsell in ein eigenes Auto setzen.

Ich danke für die Information über die deutsche Übersetzung. Wenn man die mit deutscher Gründlichkeit kalkulierten Daten – 60 Anschläge und 30 Zeilen pro Seite mal 16 ergeben einen Bogen etc. – in einen Computer speichert, der dann die Wurzel zieht, sieht man einigermaßen klar, was zu tun ist. Wenn die Zeit gekommen sein wird, werde ich Sie bitten, das kleine Spiel zu übersetzen – freilich, man müßte vorher wissen, wie die Interpunktion, Punkt und Beistrich, zu verrechnen sei, oder wird alles beigelegt wie beim Metzger die Zulage? Wir leben in einer wissenschaftlichen Welt, es ist schwer, sich da zurechtzufinden. Doch wer sagt: »Ich habe ein Theaterstück geschrieben«, spricht nicht die Wahrheit. Ein Bühnenstück kann man nicht »schreiben« – nur um-schreiben. Und nicht nur einmal, sondern mehrmals, so lange, als man es eines Tages nicht mehr umschreiben kann, weil einem nichts Neues mehr einfällt. Zur Zeit bin ich gerade damit beschäftigt, und sobald es mir gelingt, den toten Punkt zu erreichen, kommen wir auf das Übertragen zurück.

Wenn jemand (wie ich gelesen habe) feststellt: »Weihnachten ist zum Kotzen«, dann spricht er anders als Dickens im *Christmas Carol* – wenn er aber meint, daß in der Konsumzivilisation das Weihnachtsfest mit einer Kommerzialität gefeiert wird, die Brechreiz in die Kehle schickt, dann hat er doch recht.

Alles Gute im Neuen Jahr. Beste Wünsche von Ihrem ergebenen

SALERNO, 11. Februar 1974

Lieber Herr,

mit ethnischen Emigranten-Arbeitsgemeinschaften zusammenzuarbeiten, das ist immer eine peinvolle Aufgabe. Das gegensätzliche Verhalten der Früher-Gekommenen und der Später-Gekommenen, der Überdruß an unverdauten Erinnerungen und Leidenschaften, das Bewußtsein, gleichermaßen heimatlos zu sein dort, woher sie gekommen, und auch dort, wo sie eingetroffen sind – all das ist ein Hindernis, um das Zusammenleben zu synchronisieren.

Ich verstehe, daß Ihnen die Situation unbehaglich ist, bloß weiß ich nichts Besseres, nirgendwo. Aus Österreich sind viele ausgewandert, dort geborene Schriftsteller und Künstler, weil sie die bürokratische Kleinlichkeit und den Geiz nicht ertrugen. Nach wie vor zu beherzigen ist Adys[1] weiser Rat: »Weil ich nicht will, daß ich jemals verlerne / Die Liebe zu dir, bestell ich zur ewigen / Hüterin ihr die verschönernde Ferne.« Leider aber verschönert manchmal auch die Ferne nicht.

Es freut mich, daß Sie keine ernsten gesundheitlichen Beschwerden haben. »Cholesterin« ist eines der modischen Wörter, welches die Ärzte feierlich hermurmeln, wenn sie nichts Bestimmtes sagen können. Das allgemeine Befinden ist wichtig, alles andere nur Zeitvertreib.

---

1 Endre Ady, 1877–1919, einer der größten, manche meinen: der größte ungarische Lyriker, ein Meister des Symbolismus, Wort- und Begriffeschöpfer, Erneuerer der Sprache, entstammte einer kleinadligen (im Ungarischen nannte man das schmerzlich-scherzhaft: »Siebenzwetschgenbäume-Adel«) kalvinistischen Familie; in seiner steten, aufbrausenden und devoten Suche nach Gott – man nannte den Kalvinismus auch die »ungarische Religion« – und in seiner steten Sehnsucht nach Liebe, auch der körperlichen Liebe, im leidenschaftlichen Geißeln des Magyarentums erklomm er die Gipfel seiner Dichtkunst.

Der Winter war bis jetzt erträglich, ich habe fleißig getippt. Doch im Alter gibt es jeden Tag kleinere oder größere Überraschungen. Ein alter Freund, Militär von Beruf, schrieb mir dieser Tage: »Neben den Alterserscheinungen gibt es immer Neuerscheinungen.«

Die Solschenizyn-Show ertönt nun schon mit der vollen orchestralen Instrumentierung. Irgendwie traue ich nicht diesem zweifellos begabten Mann, aber auch der »Sache Solschenizyn« nicht: Die Dostojewski-Maske; wie er ungestört in seiner Moskauer Wohnung lebt, eine neue Ehefrau und ein Auto sein eigen nennt, ausländische Journalisten empfängt und Erklärungen abgibt, während der Gulag-Krimi im Westen zum Bestseller wird; und während ein Teil der sowjetischen Presse ihn einen Hochverräter und Feind des Sowjetvolkes nennt – etwas ist hier nicht in Ordnung. *Iwan Denissowitsch* und *Der erste Kreis der Hölle* sind mit ehrlichem Aufbegehren und Überzeugung geschriebene Bücher. Chruschtschow[1] hielt es für angebracht, daß das Buch

1 Nikita Sergejewitsch Chruschtschow, 1894–1971, blieb nach Stalins Tod 1953 siegreich in den Machtkämpfen im Kreml und wurde 1955 Generalsekretär der Kommunistischen Partei, nach Georgi Malenkows Entfernung aus dem Amt 1958 auch Ministerpräsident; er entmythologisierte den Stalinismus – man sprach nur noch vom (verwerflichen) »Personenkult« – und führte in die internationale Politik den Begriff ein: »friedliche Koexistenz verschiedener Gesellschaftsordnungen« (da die Sowjetunion auf Lieferungen aus dem Westen angewiesen war). Das war die Zeit des »Tauwetters«, so genannt nach einer 1954 veröffentlichten Novelle von Ilja Ehrenburg. Nach einigem Zögern ließ Chruschtschow 1956 den ungarischen Volksaufstand blutig niederwerfen; er scheiterte 1962 mit dem Versuch, auf Kuba Atomraketen zu stationieren, wie auch mit seinem landwirtschaftlichen Programm und seiner gegen China verfolgten Politik. Eine neue oppositionelle Gruppe im Kreml entfernte ihn 1964 von der Spitze der Partei und aus dem Amt des Ministerpräsidenten.

Denissowitsch erscheine. Doch dann fror das Tauwetter[1] ein. Im Kreml aber braucht die eine oder die andere Gruppe der Bandenkämpfe von Zeit zu Zeit einen Vorwand, um taktische Bewegungen durchzuführen: die Neostalinisten gegen die Détentisten und umgekehrt; es ist nicht unmöglich, daß die eine oder andere »Gang« Solschenizyn als »agent provocateur« mißbraucht; nicht unmöglich, daß der NKWD[2] das Gulag-Manuskript in den Westen schmuggelte, damit die Neostalinisten später, wenn der Lärm zu groß geworden wäre, sagen könnten: Seht, wohin wir geraten, wenn wir die Détente zulassen! Aber auch das Umgekehrte ist nicht unmöglich. Ich zweifle nicht an Solschenizyns Gutgläubigkeit, es kann sein, daß er »malgré lui« Agent provocateur ist; daß er nicht davon weiß. Doch das ganze krimiähnliche Zauberstück ist nicht überzeugend. Die Détente ist eine zynische und gefährliche Augenauswischerei. Vor kurzem verstarb einer der hervorragendsten amerikanischen Diplomaten, Charles Bohlen, einer der wenigen, der wußte, was in Jalta geschehen war, denn er war dort gewesen. Kurz vor seinem Tod veröffentlichte er ein Buch (er war Russenfreund, Stalin und Chruschtschow hatten eine hohe Meinung von ihm, er war lange Zeit Botschafter in Moskau, doch Dulles[3] stellte ihn später kalt, er traute ihm nicht), in seinem Buch also

---

1 In der Ära des »Tauwetters« konnte Alexandr Solschenizyn seine sowjetkritischen Romane und Schriften veröffentlichen; sein großes Werk *Der Archipel GULAG, 1918–1936* erschien im Dezember 1973 in Paris; im Februar 1974 wurde Solschenizyn aus der Sowjetunion verbannt und konnte den ihm 1970 zuerkannten Nobelpreis entgegennehmen.

2 NKWD (Narodny Komissariat Wnutrennych Del), sowjetischer Geheimdienst.

3 John Foster Dulles, 1888–1959, Außenminister während der Eisenhower-Regierung 1953–61, erweiterte das auf der europäischen Nato basierende antikommunistische »Eindämmungssystem« durch lokale Verträge mit asiatischen Staaten.

schreibt er: »Solange in der Sowjetunion keine tiefgreifende, wesentliche Änderung eintritt, kann man nicht mit den Leuten im Kreml verläßliche Vereinbarungen treffen.« Sollten Sie Herrn Brandt sehen, machen Sie ihn, bitte, auf Bohlens Buch aufmerksam. Auch dem römischen Papst [Paul VI.] würde es nicht schaden, wenn er das Buch läse, nachdem er Mindszenty[1] ausgebootet hat (mit dem jeder anständige Mensch solidarisch sein muß, auch wenn er sonst nicht mit all seinen Worten einverstanden ist).

---

1 József Kardinal Mindszenty, Primas von Ungarn und Erzbischof von Esztergom (Gran), 1892–1975; als Gegner totalitärer Regime wurde er dreimal verhaftet: 1919 von den Kommunisten, 1944 von den Nationalsozialisten und 1948 wieder von den Kommunisten. Während des Volksaufstandes 1956 kam er frei, nach dessen Niederwerfung fand er Asyl in der Budapester amerikanischen Botschaft. Auf Drängen des Vatikans und der dringenden Bitte Präsident Nixons nachgebend, verließ er endlich 1971 Ungarn, wurde im Vatikan von Papst Paul VI. empfangen. Er wurde jedoch aus seinen Ämtern entlassen. In seinen Memoiren, erschienen 1974 in Berlin und Wien, schreibt der Kardinal: »Aus all dem, was nachher geschah, kann ich mit aller Wahrscheinlichkeit darauf schließen, daß der Papst dem Ansturm des Budapester Regimes, das sich auf das Vatikanische Garantieversprechen berief, nicht mehr widerstehen konnte. Am 1. November [1973] wurde ich aufgefordert, meinem erzbischöflichen Amt zu entsagen ... Ich bat ihn [den Papst], diese Entscheidung zu widerrufen. Aber es geschah nichts dergleichen, sondern eben am 25. Jahrestag meines Schauprozesses [in Budapest], am 5. Februar 1974, wurde meine Entfernung vom erzbischöflichen Sitz in Esztergom bekanntgegeben. Am nächsten Tag sah ich mich zu meinem tiefsten Schmerz gezwungen, durch mein Sekretariat folgende Erklärung zu übergeben: ›... Kardinal Mindszenty hat weder von seinem erzbischöflichen Amt noch von seiner Würde als Primas von Ungarn abgedankt. Die Entscheidung wurde vom Heiligen Stuhl allein getroffen ...‹ So ging ich den Weg in die Abgeschlossenheit einer totalen Verbannung.«

Unter den Reaktionen, die das Erinnerungsbuch *Land, Land!* betreffen, ist die beiliegende »Kritik« von Interesse. Der Absender schreibt (sein Brief kam auf Umwegen), die Rezension habe in ungarischen Intellektuellenkreisen Aufmerksamkeit geweckt. Viele meinen, der Kritiker habe die Niederträchtigkeiten nur geschrieben, um die Worte von der »moralischen Reinheit der ungarischen Revolution« [1956] zitieren zu können. Das ist durchaus möglich.

Anbei der Februar-Beitrag. – Für Ihre Bereitschaft, das kleine Theaterstück zu übersetzen, danke ich herzlich, vorläufig aber habe ich das Manuskript zur Seite gelegt; wenn ich dann nichts mehr daran verderben kann, schicke ich es Ihnen.

Mit den besten Wünschen, Ihr ergebener

SALERNO, 21. März 1974

Lieber Herr,

Ihren Brief vom 2. März erhielt ich mit zwei Wochen Verspätung, so konnte ich die Sendung vom 9. März nicht mehr hören. Das tut mir leid, denn ich hätte gern die an die Adresse der Budapester »Kritika« [Zeitschrift] gerichtete Antwort gehört.

Danke für die Ansichtskarte aus Berlin: Als ob die Euphorie – sofern man den Wahlergebnissen in den beiden deutschen Ländern Glauben schenken darf – zu verfaulen begänne.

Mit Verständnis las ich, was Sie in Verteidigung des »kleinbürgerlichen Bürokratismus« geschrieben haben – wer Wien und die Wiener mir gegenüber verteidigen will, tritt offene Türen ein; denn mit Wien bin ich so, wie wenn man in der Familie meckert. Es ist zweifellos erfreulich, daß, wie Sie schreiben, die österreichischen Universitätsstudenten zu sanitären Zwecken nicht ihre Hände verwenden, sondern hygienische Papierstreifen. Beruhigend ist auch, daß die österreichischen Arbeiter, vorläufig, nicht in den Straßen randalieren, wie sie es in den dreißiger Jahren taten, als sie, wütend gemacht von den zwielichtigen Schlagwörtern des Austromarxismus, so aktiv waren, daß der »Mini-Metternich«, der kleinwüchsige Dollfuß[1], sich gezwungen sah, in den Straßen Wiens mit Kanonen schießen zu lassen – was, wir wollen es à la Talleyrand zugeben, mehr war als Sünde: Es war Fehler. Erfreulich ist auch, daß man einem Kranken die Arbeitsstelle nicht kündigen kann (so etwas gibt es auch anderswo, doch wie lange noch?). Alles in allem, eben weil ich Wien und die Wiener ein bißchen zu kennen glaube, muß ich daran denken, daß man nicht den Philister mit dem Bürger verwechseln darf. Denn in Wien gab es eine ermüdet-elegante Aristokratie, es gab ein Kleinbürgertum von Krämern und Beamten, doch den »Bürger« im historischen, katalysierenden Sinn gab es nicht, wie es ihn in den Hansestädten oder in Colberts[2] Organisation gegeben hat. (Und wir Ungarn bekamen von Wien nie etwas anderes als den Krämer und den Beamten, die alle nur genommen haben, was zu nehmen war in der ungarischen Kolonie, doch gebracht haben sie nichts – die

---

1 Engelbert Dollfuß, 1892–1934, Kanzler von Österreich 1932–34, richtete nach italienischem faschistischem Muster den Ständestaat ein. Im Februar 1934 zerschlugen loyale paramilitärische Formationen die Sozialdemokratische Partei in bürgerkriegsähnlichen Kämpfen. Im Juli 1934 wurde er von österreichischen Nazis ermordet.

2 Jean-Baptiste Colbert, 1619–1683, Finanzminister unter Ludwig XIV., erarbeitete ein Wirtschaftsprogramm, durch das Frankreich führende Macht in Europa wurde.

schönen oberungarischen und siebenbürgischen Städte haben sächsische, schwäbische und italienische Meister erbaut, Österreicher kamen nie dem bürgerlich werdenden Ungarn zu Hilfe.) Und doch: Felix Austria...! Wie viel Schönheit, Gemütlichkeit, Harmonie, Geschmack! Doch nun, da ich diese Zeilen niederschreibe, kommt mir mein Besuch in Wien vor fünfunddreißig Jahren in den Sinn, drei Tage vor dem »Anschluß«[1], als die Stimmung entschieden euphorisch war. Im Gefolge seiner Truppen zog Hitler in die schöne Stadt ein, und die österreichischen Nazis (wie auch die ungarischen) warteten mit weiser Vorsicht ab, bis sie von den deutschen Nazis die Armbinde, die Peitsche und die Maschinenpistole erhielten. Und es begann eine Gaudi und ein Jodeln in einem Ausmaß, daß man es nicht vergessen kann. Die deutschen Nazis waren wenigstens auf eigene Gefahr Nazis, und mancher von ihnen trug auch die verdiente Konsequenz – doch als das Volksfest zu Ende war, verschwanden die österreichischen Nazis mit einem Zaubertrick wie im Märchen, und sie leben noch immer, wenn sie nicht gestorben sind. (Nicht einmal davon wollten sie hören, daß sie irgendwie jene entschädigen sollten, die sie ausgeraubt hatten.)

Doch all das gehört der Vergangenheit an. Was die Gegenwart betrifft: Heute vor einem Jahr sah ich Wien nach fünfunddreißig Jahren mit Freude wieder. Doch aus allem, was ich wiedersah, dämmerte die Erkenntnis herauf, daß große Geister im Lauf der Geschichte nicht ohne Grund geflohen sind aus diesem Wohlstandsstaat, denn es ist etwas in seiner Idylle, das nach Luft schnappen läßt und würgt. Von Grillparzer über Nestroy (ich freue mich, daß ich in der »Burg« gerade Nestroy gesehen habe), über Karl Kraus,

1 »Anschluß« Österreichs an das Deutsche Reich am 12. März 1938.

Musil bis Doderer[1] schreckten viele vor dem Phänomen zurück, das der »Herr Karl«[2] so charakterisiert: »I hab Krankenkasse, i bin völlig gesichert... I hab alles z'Haus, Schlafmittel, wenn was sein sollt..., daß 's mi net unvorbereitet trifft.« Der Wiener Kleinbürger, der in der Euphorie einer mit Schlagobers begossenen Zivilisation die Bruckner-Symphonie durchgeistigt anhört, doch im Familienalbum die Ansichtskarte aus dem Jahr 1918 aufbewahrt, auf der ein anderer Wiener Kleinbürger, ein Verwandter, »Grüße aus Rochitsch« schickt und die das berühmte Gruppenbild von der Hinrichtung des Cesare Battisti zeigt – er *auch* ist Wien. Viele schreckten auf, in der Vergangenheit wie in der Gegenwart, als *Der Mann ohne Eigenschaften* ihnen, gemütlich und quietschvergnügt, entgegentrat und Doderer die »Mördergrube im Hinterkopf« getreu nachzeichnete.

Und noch etwas: Sie schreiben von der »Heldenhaftigkeit« des Kanzlers Kreisky[3], der es bei seinem letzten offiziellen Besuch in Budapest ablehnte, sich mit Kádár[4] in der kommunistischen Zentrale zu treffen. Das ist eine schöne Demonstration – doch Kanzler Kreisky, als er die Einla-

---

1 Im 19. Jahrhundert: Franz Grillparzer, Johann Nepomuk Nestroy; im 20. Jahrhundert: Karl Kraus, Robert Musil, Heimito von Doderer: bedeutende österreichische Dichter, Schriftsteller und Satiriker.

2 *Der Herr Karl:* Satire von Carl Merz und Helmut Qualtinger, vorgetragen von diesem, auf das österreichische Kleinbürgertum.

3 Bruno Kreisky, 1911–1990, Vorsitzender der Sozialistischen Partei Österreichs (SPÖ), Bundeskanzler 1970–83.

4 János Kádár, 1912–1989, kommunistischer ungarischer Politiker, an die Macht gelangt nach der Niederwerfung des Volksaufstandes von 1956 durch die Rote Armee; Ministerpräsident 1956–58 und 1961–65, Erster Sekretär der Partei 1956–88, führte wirtschaftliche Erleichterungen ein, wodurch Ungarn zur »fröhlichsten Baracke im sozialistischen Lager« wurde.

dung der Budapester kommunistischen Regierung annahm, wußte schließlich, wohin er ging und wer ihn einlud. Kanzler Kreisky, als er nach Budapest ging, wußte wohl, daß ihn nicht eine frei gewählte Regierung eines freien Landes eingeladen hatte (was eine große Ehre ist), sondern ein unter der Aufsicht russischer Divisionen tätiger, Regierung genannter Verein, mit dem man auf der Basis der »Realpolitik« gemeinsame wirtschaftliche Interessen regelnde Vereinbarungen treffen kann, doch es ist überflüssig, ihn zum Ritter zu schlagen und mit ihm über die üblichen diplomatischen Beziehungen hinaus Freundschaft zu schließen. Wie dies auch der senile Papst [Paul VI.] tut, der an einem Tag den armen alten Mindszenty ausbootet aus dem Amt des Primas von Ungarn, in dem dieser in partibus infidelium zwar, aber doch eine symbolische Rolle innehatte, und am nächsten Tag Gromyko[1] empfängt; und dann all die namhaften Protagonisten der »Ostpolitik« und »Détente« genannten Augenauswischerei – die alle sind nicht Helden, wenn sie über das Ziel hinaus »schlecken« (wie man das in Budapest nannte).

Sie schreiben, im Westen könne man keinen Verleger finden usw. Das trifft zu. Es ist etwa zwanzig Jahre her, daß sich im Westen die geheimnisvolle Macht einrichtete, die Montherlant den »Dreizehnten Cäsar« nannte; dieser nahm alles in Besitz: die Presse, den Rundfunk, das Fernsehen, das Kino und die Schulen und würgte alles ab, was er nicht brauchte. (Ehe Montherlant sich erschoß, brachte er noch die Worte zu Papier: »Nero dachte daran, gleichzeitig mit der Feuerlegung in Rom die Tore des kaiserlichen

1 Andrei Andrejewitsch Gromyko, 1909–1989, 28 Jahre lang, 1957–85, sowjetischer Außenminister unter fünf Parteiführern. Im Sicherheitsrat der UN legte er 28mal Veto ein, weswegen man ihn »Mr. Njet« nannte.

Wildgeheges zu öffnen und in den Straßen Roms die Löwen loszulassen.«) – Es bleibt der Samisdat als Möglichkeit; er hat eine wertvolle Nebenerscheinung, daß nämlich der Leser wieder Gesicht bekommt.

Wir wünschen, auch Ildikó, angenehme Osterferien. Es grüßt Sie in Freundschaft

SALERNO, 25. April 1974

Lieber Herr,

Danke für die Ansichtskarte aus Wien, danke für Ihren Brief. Das Stichwort »Wien« haben wir schon erörtert, nur noch so viel: Ich verstehe, wenn jemand verteidigt, was er liebt – doch was mich betrifft: Mir gegenüber ist die Anstrengung überflüssig, denn »Wien« war eines der schönsten Geschenke meines Lebens. Doch mit den »Wienern« hatte ich immer meinen Streit. Es ist ja sonderbar, daß in der vornehmen Atmosphäre der Stadt ein nicht immer anziehender Menschenschlag wie die »Wiener« Gestalt annehmen konnte. Es ist kein Zufall, daß immer gerade jene vor den Wienern flüchteten, die dann ewig nostalgisch an Wien zurückdachten.

Ostern war hier zitternd kalt, der Atem setzte sich als Reif ab wie vor einem Jahr in Wien. Für die kommenden Wochen hingegen prophezeit man »heiße Zeiten«, nicht nur meteorologisch. Die hier fällige Volksabstimmung ist eine ernste Kraftanspannung. Das italienische Volk, 54 Millionen, möchte endlich wissen, wohin der Weg führt nach fünfundzwanzigjährigem Stampfen im Tümpel (36 Regierungen in 25 Jahren) – nach »links« oder nach »rechts«? Bei den Parlamentswahlen wird das nicht klar, weil die rechts- und linksgerichteten Fraktionen der großen Parteien das Bild verschleiern, und die kleinen Parteien streben dorthin, wo sie Beutemöglichkeit wittern. Jene, die sich hier auskennen, meinen, die Wahrheit werde auch diesmal nicht kund, weil viele Italiener anstatt »si« und »no« mit einem weißen Zettel abstimmen würden; dies entspreche eher dem nationalen Charakter. Die Spannung ist in diesen Wochen gewiß groß, alltäglich sind Attentate, Menschenraub, Sprengladungen mit Dynamit – die Kommunisten klagen die Faschisten genannten Rechtsgerichteten an, diese wollten mit solch verdeckten Attentaten Stimmung machen gegen die Linken, und umgekehrt; die »Rechten« schwören, die innere Lage sei im Zerfallen begriffen, das Land reif für eine Änderung. Kriegsminister Andreotti[1] sagte dieser Tage, es sei »schwer, einen Staatsstreich zu machen in einem Land, in dem es keinen Staat gibt«. Gewiß ist nur, daß das organische Etwas, das der »Staat« ist, hier fossil zu werden beginnt. Es gibt Beamte über Beamte, aber »Staat« als organische Funktion ist nur noch schwer wahrnehmbar.

Der kanadische Verleger, der meine letzten beiden Bücher in ungarischer Sprache veröffentlicht hat – begabter Mann, richtete eine Computer-Druckerei ein und lebt davon, daß er die Zeitungen und Zeitschriften der etwa vierzig ethnischen Minderheiten in Toronto druckt, denn jede der Minderheiten gibt mindestens eine Zeitung heraus –, klopfte dieser Tage unerwartet bei uns an und meinte, man sei drüben »unseretwegen beunruhigt«, und bot an, wir sollten nach Toronto übersiedeln, wenn es in Italien »zu

1 Giulio Andreotti, geb. 1919, mehrfacher italienischer Ministerpräsident und Minister.

heiß« werden sollte; in Toronto erwarte man uns mit allen Bequemlichkeiten. Die sorgenden Worte waren gut gemeint, doch wir haben nicht die Absicht, eine »wilde Abreise« anzutreten; wir warten ab, was kommt, und beginnen erst dann über eine Ortsveränderung nachzudenken, wenn die Unordnung schon in die Zimmer tritt. Es mag sein, daß es dann bereits zu spät ist, aber wir sind schon zu alt, um mit den Eventualitäten der Geschichte um die Wette zu denken.

Der kanadische Verleger sagte, Lajos Zilahy[1] sei endgültig nach Ungarn zurückgekehrt. Hierbei ist nur eines überraschend, daß er es nämlich nicht schon früher getan hat. Die Unterstellung, er sei zurückgekehrt, weil er in Ungarn eine »fette Stelle« erwarte, ist lächerlich. Zilahy ist 83 Jahre alt, in diesem Alter braucht niemand mehr eine »fette Stelle«. Wahrscheinlicher ist, daß seine juckende Rollengier ihn zurückgeführt hat. Oder vielleicht der Wunsch, in Ungarn zu sterben. Zilahy ist ein begabter, aber nicht sonderlich kluger Mann, ein Schachspieler, der immer nur den nächsten Schritt einigermaßen vorausberechnen kann, mehr ist von seiner Kalkulierungskunst nicht zu erwarten.

Soeben meldete das Radio, daß auch in Portugal die Freiheit auszubrechen scheint; Kissinger[2] von der Hochzeitsreise zu Sadat[3] geflogen sei; Golda Meir[4] ein Denkmal

1 Lajos Zilahy, 1891–1974, ungarischer Romancier und Bühnenautor, besonders erfolgreich mit seinen Gesellschaftsromanen.

2 Henry Kissinger, geb. 1923, in Deutschland geborener amerikanischer Staatsmann.

3 Anwar as-Sadat, 1918–1981, ägyptischer Staatsmann, wurde wegen der Versöhnung mit Israel von Extremisten ermordet.

4 Golda Meir, 1898–1978, Mitgründerin und Ministerpräsidentin des Staates Israel.

bekomme; die Minister des Gemeinsamen Marktes den Goldpreis freigegeben hätten. Die Gurkensaison beginnt.

In Freundschaft, mit vielen guten Grüßen (auch für Ildikó),

SALERNO, 1. Juli 1974

Lieber Herr,

Danke für die Karte aus Paris und den Brief vom 6. Juni, der erst am 17. ankam – doch meine Frau spielte gerade am vorangegangenen Abend mit den Knöpfen des Radioapparates, und plötzlich vernahmen wir einen bekannten Text. Danke für die ausgezeichnete Sendung.

Paris ist für uns eher die Jugend gewesen: Sechs Jahre lang, 1923–1929, haben wir dort gelebt, und später haben wir dann immer wieder einige Wochen oder Monate dort verbracht. Zuletzt war ich vor zehn Jahren in Paris, doch von diesem Besuch ist mir nur die Stunde in Erinnerung geblieben, die ich auf der Place de la Concorde in einem Taxi verbringen mußte, weil die aus allen Richtungen zuströmenden Verkehrsmittel sich ineinander verkeilt hatten wie im Frühling die Hunde, und man konnte sie nicht auseinanderdirigieren. (Der beiliegende Text [aus einer amerikanischen Zeitschrift] klingt aufrichtig – die Expatriierten schleichen, einer nach dem anderen, zurück nach Amerika: mancher, um dort zu sterben [Hemingway, Steinbeck], mancher, um zu schreiben [Wilder].)[1]

---

1 Ernest Hemingway, 1899–1961, John Steinbeck, 1902–1968, Thornton Wilder, 1897–1975 – bedeutende amerikanische Schriftsteller.

Nach Kanada bin ich nur als Tourist gekommen. Es ist kein »Land«, sondern ein leerer Kontinent, an dessen Randgebieten sich ein paar Menschen tummeln – ich weiß nicht, wie dort das Leben in Wirklichkeit ist. Die ungarischen Einwanderer sind im allgemeinen zufrieden. An den Universitäten hat man vor kurzem noch nach Leuten gesucht; ansonsten auch dort das übliche Übel: übertriebene gewerkschaftliche Forderungen, Inflation, Streiks, ethnische Auseinandersetzungen. Sollte ich von hier fortgehen, dann doch lieber nach Amerika (zur Zeit denke ich nicht daran, doch es kann sein, daß es irgendwann angebracht ist). Von der hiesigen Situation wissen Sie wahrscheinlich mehr als wir im Löwenkäfig. Man verspricht das Armageddon für den Oktober, wenn die Touristensaison vorbei ist. Doch gewiß ist es nicht. Die Soldaten sind hier eher Staatsangestellte als Soldaten: Sie sterben für das Vaterland, wenn es sein muß, aber die Rente riskieren sie nicht.

Die gewöhnlichen und die politischen Morde sind hier alltäglich. Das Fernsehen zeigt jeden Tag entdeckte Waffenlager; die Lösegelder, die man mit Menschenraub kassiert, dienen als Reserve für politische Ziele. Zwei tatkräftige Männer stehen im Ring: Guido Carli, Präsident der Banca d'Italia (er hat den Schlüssel zur Kasse), und ein Gewerkschaftsdiktator namens Lama, den aus dem Hintergrund die Kommunisten lenken. Was dazwischen liegt – Parteien, kommende-gehende Regierungen, Politiker –, zählt nicht.

Die Nachbemerkungen zum Rücktritt Brandts[1], die man in den italienischen und amerikanischen Zeitungen lesen konnte, waren eher achselzuckend als tadelnd. Ein gemä-

1 Willy Brandt, 1913–1992, Bundeskanzler 1969–74, Friedensnobelpreisträger von 1971 für seine Ostpolitik, Verfechter der Normalisierung der Beziehungen zwischen West und Ost und der Anerkennung bestehender Grenzen.

ßigter Alkoholiker, ein leicht depressiver Mann, ein Fünfgroschen-Hamlet, war zuwenig für die Rolle, die er aufgebürdet bekommen hatte. Ein rollenhungriger, eitler und nicht bedeutender Mann hat etwas de jure anerkannt, was de facto zur Kenntnis zu nehmen auch genügt hätte.

Sie tun gut daran, wenn Sie nach Spanien wollen. Doch bitte, beeilen Sie sich.

Den Roman, den ich im vergangenen Oktober zu schreiben begann, habe ich irgendwie zu Ende gebracht, er heißt: *Der Bestärker*; nun muß ich ihn noch ins reine schreiben. Ich bin mit dem Roman wie alte Eltern, wenn sie nach einem langen Eheleben die Ankunft eines nicht mehr erhofften Babys erwarten: ein bißchen stolz, ein bißchen aber schäme ich mich auch. In meinem Alter (75) gehört es sich nicht mehr, Romane zu schreiben. Aber der Mensch ist schwach.

Friedlichen Sommer, in Freundschaft

SALERNO, 6. August 1974

Lieber Herr,

von der hiesigen Lage wissen Sie gewiß alles, vielleicht sogar mehr als wir intra muros. Die Bombenexplosion am letzten Sonntag war nur wie das Aufblitzen eines Zündholzflämmchens mitten im stetigen Feuerwerk. Anderswo hätte das den Anschein eines »Reichstagsbrandes«[1] – hier

1 Anspielung auf den Brand des Reichstagsgebäudes in Berlin am 27. Februar 1933, der von den Nationalsozialisten als beginnender kommunistischer Aufstand ausgelegt wurde.

wird man wahrscheinlich Sand darüberstreuen. Doch in dem Augenblick, in dem die Arbeitslosigkeit ein Ausmaß erreicht (vielleicht schon im Herbst), daß die Menschen auf die Straße gehen, erschallt der Ruf nach der starken Hand, und es ist anzunehmen, daß nicht nur eine einzige starke Hand sich erhebt, sondern eine starke Rechte und eine starke Linke, und die eine wäscht dann die andere.

In den Taschen der Diktaturen tickt die Zeitbombe (manchmal tickt sie leider zu lange) – was gegenwärtig in Portugal und Griechenland geschieht[1], kann sich morgen auch anderswo zutragen (etwa in Spanien). Oder in der Sowjetunion, die sehr gefährlich und mächtig ist, aber vielleicht doch nicht so stark, wie es scheint. Die Wehrkraft des Warschauer Paktes[2] ist nicht verläßlich, die fernöstliche Front sehr lang, die Dissidenten trüben vorläufig bloß die Oberfläche, aber in einer Welt von Rundfunkinformationen dringen die Kurzwellen auch in die Tiefe hinab. Doch Sie mögen recht haben, die große Gefahr ist die geistige Penetration: die »Brückenbauer«, die Dialogbetreiber, die Hilfstruppen des »Dreizehnten Cäsar« – sie tun alles, um Westeuropa zu finnlandisieren.

Hoffentlich genoß Ildikó in Köln eine abwechslungsreichere Kost als hier, wo sie außer Kartoffelsalat und Wassermelone kaum etwas aß. Sicherlich hatte sie recht.

Es ist mir gelungen, den Roman [siehe Brief vom 1. Juli

---

1 Anfänge der demokratischen Entwicklung nach der jahrzehntelangen Diktatur Salazars in Portugal und der Königsdiktatur in Griechenland.

2 Am 14. Mai 1955 – einen Tag vor dem österreichischen Staatsvertrag, nach dessen Inkrafttreten die UdSSR ihre Truppen aus den angrenzenden Ländern binnen 90 Tagen hätte abziehen müssen, bildete Moskau aus seinen Satelliten Polen, Tschechoslowakei, DDR, Ungarn und Rumänien den »Warschauer Pakt«, einen Militärpakt, als Gegenstück zur Nato.

1974 ins reine zu schreiben, er erscheint bei dem kanadischen Verlag.

Sie schreiben, Sie wären bereit, den Einakter *Ein ungebetener Gast* ins Deutsche zu übertragen. Nun kann ich am Manuskript weiter nichts mehr verderben, also schicke ich es Ihnen zu, wenn Sie aus dem Urlaub zurück sind.

Gute Erholung, interessante und angenehme Sommerfrische wünscht Ihnen Ihr ergebener

SALERNO, 10. September 1974

Lieber Herr,

hoffentlich haben Sie Ihre Urlaubszeit in Spanien gut verbracht. Hier hatten wir einen dunstig-heißen Waschküchensommer. Doch alles in allem, wir haben ihn schön verlebt.

Beiliegend übersende ich das »Quarterly«. Auf meinen letzten Brief habe ich noch keine Antwort erhalten – das ist beim gegenwärtigen Postgang nicht überraschend. Dennoch schicke ich das Manuskript, denn unter den zum Strauß gebundenen Blümchen gibt es eines oder zwei, die sonst schnell verwelken.

Mit freundschaftlichem Gruß

Ihr ergebener

SALERNO, 30. September 1974

Lieber Herr,

danke für den Telephonanruf und den Brief. Die Sendung habe ich gut gehört, die Bartók-Musik krächzte zwar hie und da, aber den Text konnte man tadellos verstehen. Ich danke für den sorgfältigen Vortrag.

Es freut mich, daß Sie von der Spanienreise einen guten Eindruck hatten. In Wirklichkeit hat dort die Post-Franco-Ära[1] schon begonnen, doch das Entsetzen des Bürgerkrieges ist noch lebendig im allgemeinen Bewußtsein – das konnte man schon vor zehn Jahren, als ich zuletzt dort gewesen bin, wahrnehmen. Haben Sie Ávila besucht? Schön wäre es, den Prado noch einmal zu sehen: die Tintorettos, Dürers Selbstbildnis, die wundervollen Goyas. (Auch die Zeichnungen.) Madrid ist eine schwerfällige Stadt – doch Toledo, Ávila, Segovia, der Escorial, Aranjuez ... sie alle sagen noch etwas, noch immer stemmen sie sich gegen Europa, den »barbarischen Kontinent«, mit dem Hispanien zu identifizieren, der Spanier niemals bereit gewesen ist. Doch all das ist nur noch Abschiedsseufzen. »Europa« verschlingt das Spanische, wie Eurasien Europa verschlingt.

Es bleiben die beiden tatenfrohen Mächte: die USA und die Sowjetunion – und im Hintergrund der Schatten des gelben Sturmwetters. Die Spannkraft der Ethnien in der Sowjetunion ist, so scheint es, ein starkes Ferment – wie mein alter Freund von drüben geschrieben hat, daß nämlich um 2000 herum der sowjetische Imperialismus nicht mehr expansiv sein werde. Doch das warte ich nicht mehr ab.

---

1 Francisco Franco, 1892–1975, General, im spanischen Bürgerkrieg, 1936–39, Führer der nationalen Kräfte, die die demokratische Republik beseitigte. Bis zu seinem Tod blieb Franco Staatsoberhaupt und Diktator (Caudillo) Spaniens.

Es hat mich gefreut zu lesen, was Sie von dem Roman *Das Wunder des San Gennaro* und vom Erinnerungsbuch *Land, Land!* geschrieben haben. Den Roman schrieb ich vor zwanzig Jahren, als wir nach Amerika übersiedelten. Auch heute noch glaube ich, daß es über das Rationale hinaus auch noch etwas »anderes« gibt. Genauer: Ich »glaube« nicht, hoffe aber, daß im Universum Verstand wirkt. Möglich jedoch, daß mein Glaube nur Feigheit ist.

Krúdys[1] jüngste Tochter schrieb mir ein paarmal, noch nach New York, bat um Rat, wie man die Werke Krúdys im Ausland verlegen könnte. Ich empfahl ihr, es außer im deutschen Sprachgebiet auch im spanischen zu versuchen – auf geheimnisvolle Weise »hört« irgendwie das Spanische das Ungarische. Der deutsche Versuch ist leider mißlungen.

Anstelle der »gestohlenen Jugend« bekam Ihre Generation ein tatkräftiges Mannesalter. Sie kann reisen, auswählen... Das war zwischen 1930 und 1950 für uns, die wir drüben gelebt haben, nicht wirklich möglich. Nun könnten wir eher davon sprechen, daß die Zeit des gestohlenen Alters angebrochen ist – meine Generation möchte sehen, was von den vielen Änderungen anhaltend zur Wirklichkeit gereift ist. Doch das ist nicht mehr gegeben, nur noch die Änderung ist anhaltend, die Ergebnisse werden amorph, wenn sie Gestalt annehmen.

Dr. S. K. kenne ich persönlich nicht; er schrieb mir ein paarmal, ich antwortete. Ich weiß, daß er ein gebildeter, ge-

1 Gyula Krúdy, 1878–1933, ein eigenartiges Phänomen der ungarischen Literatur, der Vergangenheit zugewandt, die er sehnsuchtsvoll vergegenwärtigte; Freund Márais, der Krúdys letzten Tag in dem zauberhaften Roman *Sindbad geht heim* verewigte. Die deutsche Übersetzung mußte erfolglos bleiben – viel zu viele lokale und historische Hinweise, die nur ein Kenner Budapests und der ungarischen Geschichte verstehen kann, verwirren den deutschen Leser.

wissenhafter Literaturforscher ist, ein verläßlicher Bibliograph. Rührend, was er von seinen Reiseumständen schreibt. Einmal verlangte er für seine Biographie ein Buch, ich schickte ihm ein Exemplar *Land, Land!*, doch auch dieses kam zurück wie die fünf anderen.

Ich hoffe, Sie haben das Manuskript *Ein ungebetener Gast* erhalten und übernehmen die Übersetzung, obwohl ich weiß, daß die Chance, es aufzuführen, fast gleich Null ist. Ich bitte auch mitzuteilen, was ich für die Übertragung schulde, damit ich den Scheck schicken kann.

Sie kennen die Lage hier. In der Via Trento [Márais Wohnadresse] ist zwar die Freiheit noch nicht ausgebrochen, aber die Autobusse verkehren schon seit zehn Tagen nicht mehr, das Wasser fließt manchmal, manchmal nicht, manchmal brennt das Licht, manchmal nicht; die Post hat sich normalisiert, indem sie, je nach Einfall, funktioniert oder auch nicht. Die »Rechte« und die »Linke« wetzen das Messer, stapeln die Bomben – die Lage ist nicht ohne Gefahr, weil die Hiesigen zwar feige sind, dafür aber wild. Die »Gefahren« beunruhigen mich nicht, aber die Unbequemlichkeit mag ich nicht, weil ich schon alt bin. »Lieber Unrecht als Unordnung.«

Wir wünschen Ihnen beide gute Gesundheit, es grüßt Sie in Freundschaft

SALERNO, 28. Oktober 1974

Lieber Herr,

Ihr Brief und das Manuskript kamen hier gleichzeitig an, danke für beides. Die Übersetzung ist, wie ich erhofft und mir vorgestellt habe: Sie gibt nicht nur den Sinn wieder, sondern sie läßt auch die Obertöne anklingen. Ich bin dankbar für die Sorgfalt. Das Honorar lege ich bei und hoffe, daß ich die Umrechnung richtig getroffen habe. Sollte sich eine Differenz ergeben, dann bitte ich um Mitteilung.

Zur Zeit habe ich keine Vorstellung, wie ich das Manuskript an den Mann bringen könnte, und auch keine Hoffnung, daß ein diesbezügliches Unterfangen erfolgreich sein würde. Ich lege das Manuskript in die Schublade und warte, bis vom Copyright Office in Washington (ich habe ihm ein Exemplar zugeschickt) die Urheberrechtsbestätigung kommt. Das dauert erfahrungsgemäß zwei Monate. Erst dann werde ich mir den Kopf zerbrechen, ob es sich lohnt, etwas zu unternehmen – irgendwie hatte ich keine Lust, das Manuskript unter Wert herzugeben. Doch ich wiederhole, ich glaube die Lage zu kennen und hege keine Hoffnung.

Das Buch von Mindszenty [siehe Brief vom 11. Februar 1974] kann nützlich sein, sofern die Erinnyen der Verdunkelung es nicht in die Unterwelt versinken lassen. Auf ungarisch publiziert es derselbe kanadische Verleger, bei dem mein jüngstes Buch erschienen ist. Das Buch ist also in jeder Weise nützlich (wenn auch, wie ich höre, die Schreibart nicht erstklassig sei). Zur Person: Mindszenty ist widerfahren, daß er entpersönlicht wurde – »verfeinert zur stupenden Idee« (siehe die Ode von Arany an Széchenyi[1]). Auch das ist nütz-

---

1 Am 8. April 1860 gab sich Graf István Széchenyi (geb. 1792) in der Irrenanstalt zu Döbling bei Wien durch einen Pistolenschuß den Tod. Er war der überragende geistige Führer des »Reform-

lich, für die Person auch. Denn soweit man ihn seinen Erklärungen nach beurteilen kann, ist Mindszenty kein originärer Denker, auch kein großer, ringender Priester – er ist ein anständiger, nüchtern urteilender Kirchenmann, der mutig für seine Überzeugung einstand, mutig die Angriffe seiner Feinde und später seiner vermeintlichen Verbündeten ertrug: die Listen des senilen Papstes und der vatikanischen Kreise. Jeder ehrliche Mensch muß Solidarität mit ihm empfinden. Doch was die Person betrifft – die Platitüden, Gemeinplätze und Stilblüten, die er von Zeit zu Zeit auftischte (wie: »die Heiligkeit der Gebärmutter«, »das Geschenk der Gnade« u. ä.), sind eher desillusionierend. Und doch: Der entpersönlichte Mindszenty ist ein nützlicher Verbündeter für jeden, der die Wahrheit wissen will.

Was Sie über die hiesige Lage schreiben, ist absolut richtig. Ich habe keine Angst davor, daß man mir den Kopf einschlägt, wenn es aber kein Wasser, kein Licht gibt, wenn der Verkehr und die Post nicht funktionieren und wenn all das lange anhält, dann ist das langweilig. Es ist nicht gesagt, daß es so kommt, aber die Vorzeichen versprechen nicht viel Gutes. Das Volk hier ist der mafiosen Gesellschaftsspiele der politischen Parteien überdrüssig geworden – rechts oder links, aber es verlangt nach einer Änderung. Der italienische Charakter (wenn es einen solchen gibt) ist feige, aber wild – und der Feige, wenn er in Panik gerät und wild wird, kann gefährlich sein.

Unabhängig von der hiesigen Lage wollen wir Mitte Dezember nach Amerika fliegen, Weihnachten und das Neu-

---

zeitalters« (Vormärz), den Lajos Kossuth, politischer Führer des Freiheitskampfes 1848/49, den »größten Ungarn« nannte. Die Nachricht von seinem Tod erschütterte das Land. János Arany wurde gebeten, den Verstorbenen mit einem Gedicht zu ehren. Er schuf die Ode »Széchenyis Andenken«, in der er meinte, Széchenyi sei nicht gestorben, sondern »verfeinert zur stupenden Idee«.

jahr bei den Kindern[1] verbringen, und dann suchen wir uns für ein paar Wochen einen sonnigen Platz. Die Karten habe ich schon gekauft (infolge der Erpressung mit dem Öl sind die Interkontinentalflüge unanständig teuer geworden, doch wenn man zwei Monate zuvor die Karten kauft und den vollen Preis bezahlt, gewähren die Fluggesellschaften einen beachtlichen Nachlaß). Das ist geschehen – ich habe auch die Retourkarten gelöst, was vielleicht übertriebener Optimismus ist. Nun soll die Maschine nur noch starten und auch landen.

Noch einmal danke für die Übersetzung. In Freundschaft grüßt Sie Ihr ergebener

PS: Was Sie davon schreiben, daß Mindszenty sich selbst und die Welt von einer gewissen öffentlich-rechtlichen Höhe aus betrachtet[2], geht auch aus seinen Äußerungen hervor, die er während seiner Wanderungen von sich gegeben hat. Doch die öffentlich-rechtliche Hierarchie, deren eine Verkörperung der Primas gewesen ist, hat aufgehört zu sein – nicht nur im kommunistischen Ungarn, wo man sich hie und da an sie erinnern mag, sondern auch in der ungarischen Wirklichkeit. Mindszentys hierarchische Sichtweise ist das Festhalten eines Mannes an einer Illusion – man soll ihn deswegen nicht verurteilen, denn sie ist auch ehrenwerte Überzeugung, kann doch die Tradition auch historische Kraftquelle sein. Doch vergebens halten sich an dieser Hierarchie jene fest, die hoffen, die Vergangenheit in öffentlich-rechtlichem Sinn dort und so fortsetzen zu können, wo sie unterbrochen wurde.

---

1 Sohn János, Schwiegereltern und drei Enkelkinder.

2 Im königlichen Ungarn übte der Primas zur Zeit eines Interregnums die königliche Gewalt aus. Mindszenty meinte, seit 1945 herrsche in Ungarn Interregnum.

SALERNO, 2. Dezember 1974

Lieber Herr,

Dank für Ihren Brief und für die deutsche Rezension des Mindszenty-Buches. Das Buch ist unbedingt nützlich, es klärt auf, und das macht es wertvoll. Als ob über die »Ostpolitik« und die »Détente« die Abenddämmerung sich auszubreiten begänne. Langsam wird vieles evident.

Ihrer pessimistischen Sicht der Dinge kann man schwer widersprechen. Glücklicherweise ist das Übel schon so groß, daß die Weisen sich gezwungen sehen, etwas zu unternehmen, denn sonst wird das Übel unüberwindlich.

Man sagt, die »offiziellen Beobachter« in Amerika glaubten nicht an einen totalen Rechts- oder Linksruck in Italien. Zu groß sei der Einsatz, niemand wage, die Hand auszustrecken. Was man eher befürchtet, wäre ein anarchisches Zwischenspiel – davor haben, ganz offensichtlich, selbst die Kommunisten Angst.

Wo kann man etwas darüber lesen, daß man Goethe aus dem Kasino ausgebootet hat? Er selbst bereitete sich frohgemut darauf vor, zu Eckermann sagte er: »Ich fühle mich historisch.« Im Handumdrehen habe ich zusammengerechnet, was für mich von Goethe wirklich lebendig geblieben ist: Die *Italienische Reise,* der zweite Teil von *Faust,* die *Wahlverwandtschaften,* der *Orphikus,* die letzten Gedichte, vielleicht noch die *Novelle* und der gesamte Eckermann. In diesen blättere ich auch heute noch täglich gerne. Und das reicht für den persönlichen Gebrauch. (Von olympischen Persönlichkeiten bleibt manchmal nur wenig übrig – von Thomas Mann zum Beispiel sind für mich *Buddenbrooks* und *Der Tod in Venedig* relevant, und vielleicht noch die Einleitung zu einer Schopenhauer-Auswahl. Das Weitere ist blaß geworden. Doch das ist natürlich keine Kritik, bloß persönliche Notiz.)

Wir fliegen am 20. Dezember, wenn nichts dazwischenkommt. Es wird gar nicht schlecht sein, wieder die Tannen zu sehen, den Schnee, die kleinen Kinder, und dann das räucherige, sonderbare, schmutzige New York. Für Mitte Februar planen wir die Rückreise.

Geruhsame, friedliche Weihnachten wünschen wir Ihnen und Ildikó.

In Freundschaft grüßt Ihr ergebener

SALERNO, 6. Februar 1975

Lieber Herr,

nach anderthalbmonatigem Herumreisen in Amerika kamen wir vor ein paar Tagen wieder in Salerno an, wo uns die wohlbekannte Unordnung empfing. Die Reise war interessant, aber ermüdend: In sechs Wochen etwa dreißig Stunden in der Luft, dabei in elf Kilometer Höhe stets die gleiche Routine bei einer Geschwindigkeit von tausend Kilometern in der Stunde, dann immer wieder: Hotel, Restaurant, Klimaänderungen – um Boston herum war es arktisch, in Florida aber herrschte tropische Hitze (nur zwei Wochen lang hielten wir sie aus), und dazu noch die 75 Jahre, denn man muß ja auch das Alter in Rechnung stellen. Doch das Erlebnis war die Mühe wert. Noch nie zuvor hat mich Amerika so unmittelbar angesprochen. Wenn auf zeitweilige Stabilisierung Hoffnung besteht, dazu haben nur sie die Kraft. Sorgen und Probleme gibt es haufenweise, doch ihre Stärke ist imponierend. Eine außerordentlich hochentwickelte technische Zivilisation funktioniert dort trotz aller Hindernisse mit höchster Drehzahl; ihre Organisationsfähigkeit und ihre Disziplin sind auch heute noch erstaunlich. Etwas mehr als fünfzehn Jahre habe ich in New York verlebt und manchmal vor lauter Bäumen den Wald nicht gesehen. Nun sah ich den Wald, der dunkel ist, geheimnisvoll und voller rätselhafter Kraft. Doch auch dort hat sich die Grundstimmung verändert: Dieses große Etwas, das Amerika ist, blickt nur noch über die Schulter zurück auf Europa – mit all seiner Aufmerksamkeit späht es nach dem Fernen Osten, rüstet sich für diese Richtung. Als ob es sich primär nicht mehr als atlantische, sondern als pazifische Macht empfände.

Gesundheitlich haben wir die Strapazen gut überstanden. Florida kommt für mich, trotz all seiner Schönheiten, als Rücksiedlungszone nicht in Frage, denn gerade das habe ich nicht gut vertragen, was so viele Menschen in den Wintermonaten dorthin zieht: das Klima. Dieses tropische Klima ist enervierend. Doch man kann im Januar im Garten des Hotels in Hemdsärmeln sitzen, man kann tagsüber im Ozean baden. Miami Beach mit seinen brutalen, barbarisch verschwenderischen Hotels, Miami mit seinen hinterwäldlerischen Attitüden – all das mag interessant sein, paßt aber nicht in meine Reisepläne. Doch ich freue mich, daß alles fahrplanmäßig vor sich gegangen ist.

Danke für Ihren Brief, der uns in Bellingham erreichte. Weihnachten und Neujahr haben wir dort in einer schneebedeckten Landschaft verlebt. Dann fuhren wir nach New York, von dort nach Florida und auf einem krummen Umweg zurück nach Europa. Bei dem Flug nach Amerika hatte sich ein amüsantes Zwischenspiel ereignet: Über dem Ozean gab einer der Motoren seinen Geist auf, wir mußten zurück nach Rom, wo man aber die Bostoner Maschine nicht reparieren konnte. Man verpackte uns in einen für 370 Personen gebauten Jumbo 747, der dann mit einer Verspätung von zwölf Stunden in New York landete – anstatt in Boston. Von New York ließ man uns in der eisigen

Nacht mit einer an einen Planwagen erinnernden Maschine einer Provinzlinie weiter nach Boston fliegen: Während des Fluges vollführte die Maschine solche Sprünge wie der Ziegenbock, wenn er verliebt ist. Doch endlich kamen wir an, und von nun an verlief die Reise glatt. Das Fliegen ist ein wunderbares Geschenk unseres Lebens, doch man muß aufpassen, daß die Gewerkschaften nicht dreinreden.

Armer alter Jean-Paul Sartre – mit all seinen clownähnlichen Bemühungen erweckt er eher Mitleid als Empörung. Die rohe Behandlung, welche in den Gefängnissen die mit weltanschaulichen Feigenblättern geschmückten Raubmörder erdulden müssen, ist ja empörend. Doch das deutsche Vollzugswesen ist menschlich, denn es zwingt die Gefängnisinsassen nicht, Sartres 3000 Seiten starkes Flaubert-Buch zu lesen. Das würde kein Mensch aushalten.

Eine Firma namens Goldmann-Verlag publizierte nun meinen vor vierzig Jahren unter dem Titel *Scheidung in Buda* erschienenen Roman auf deutsch als Taschenbuch; der Roman war zuerst im Paul Neff Verlag[1] herausgekommen, und dann erschien er bei einem halben Dutzend anderer ausländischer Verlage. Ich ließ an Ihre Adresse ein Exemplar schicken, denn es ist ein sonderbares Phänomen, daß der Verlag gerade dieses ein halbes Jahrhundert alte Buch für den Taschenbuch-Gebrauch ausgesucht hat.

Hoffentlich treffen diese Zeilen Sie bei guter Gesundheit und bei ungebrochener Arbeitslust an. In Freundschaft und mit den besten Wünschen

Ihr ergebener

1 Als *Die Nacht vor der Scheidung*.

SALERNO, 5. März 1975

Lieber Herr,

der erwähnte Vorfall ist nur eine bunte Blüte im reichen Blumenstrauß: Der Terrorismus ist bereits epidemisch, und es gibt keine Möglichkeit, ihm zuvorzukommen oder ihn zu verhindern. Die einzige Hoffnung ist, daß Epidemien mit der Zeit ermüden. Es kann sein, daß ein giftiges Element in der menschlichen Atmosphäre vorherrscht, später klärt es sich vielleicht auf, wie die Influenzaseuchen müde werden. Gewiß ist jedoch, daß die Szene, als die fünf rechtskräftig verurteilten anarchistischen Sträflinge den Flugsteig zur Lufthansa-Maschine betreten, die sie in die Freiheit fliegen soll, von historischer Dimension ist. Der Staat, wie Plato, Hegel und Schopenhauer ihn sich vorstellten, ist nicht mehr handlungsfähig.

Gerade wird mein Buch *Das Urteil von Canudos* ins Englische übersetzt, und bei dieser Gelegenheit las ich einigermaßen verwundert das einschlägige Kapitel der ungarischen Ausgabe (S. 120), als die gefangengenommene Anarchistin dem Marschall erklärt, daß »der Staat nicht mehr helfen kann«. Das Buch ist vor fünf Jahren erschienen. Ahmt das Leben die Kunst nach...? Leider tut es das manchmal.

Es versteht sich von selbst, daß die Legionen des Dreizehnten Cäsar – die aus kleinbürgerlichen plebejischen Intellektuellen geworbenen Mitläufer – weltweit die wichtigeren strategischen Punkte besetzen: das Radio, die Presse, das Verlagswesen usw., denn Cäsar hat vor nichts Angst, nur davor, daß irgendwo jemand übrigbleibt, der seine Meinung sagt. Doch vorläufig entscheidet sich das Schicksal der Volksfronten immer noch in den Wahllokalen. Wie lange noch? – weiß niemand. Alles ist sehr dunkel.

Am heutigen Tag werden in Italien gleichzeitig bestreikt: die Eisenbahn, die Schiffslinien, die Fluglinien, die Autobusse, dann die Post, das Telephon usf. Die Menschen sind gleichgültig, apathisch, jeder sucht nach einer individuellen Lösung, wir auch.

Ein belgischer Schriftsteller namens Iwan Gilkin prophezeite am Anfang des Jahrhunderts in seinem Buch *Jonas*, daß am Ende des Jahrhunderts der Große Fisch (der kommunistische farbige Ferne Osten) Jonas (die westliche Zivilisation und Lebensform) verschlingen werde. Das Buch ist 1900 in Brüssel erschienen. In Bibliotheken ist es noch auffindbar.

Anbei das Quarterly. Sollte es aus irgendeinem Grund unerwünscht sein, bitte ich um Rückgabe.

An eine Reise denken wir jetzt nicht, zu Ostern wollen wir nach Rom, nicht weiter. Doch später einmal möchte ich Salzburg und Umgebung sehen.

Schöne Ostern in Wien, mit freundschaftlichen Grüßen

SALERNO, 14. April 1975

Lieber Herr,

das »moralische Debakel«, worüber zur Zeit dieser und jener Zeitungskommentator (und auch Ministerpräsident) Betrachtungen anstellt, ist in Wirklichkeit die logische Fortsetzung der vor zwei Jahren in Paris geschlossenen »Vereinbarung«, mit der man 160000 vollbewaffnete Nordvietnamesen und Vietcong-Krieger in den südvietnamesischen Stellungen belassen hat[1] – genauso wie alles, was 1956 in Budapest und 1968 in Prag geschah[2], die Fortsetzung von Jalta[3] gewesen ist. All das, was nun in Vietnam und Kambodscha geschieht, haben die Amerikaner und auch die Südvietnamesen bereits in Paris gewußt – nur in Oslo wußte man es nicht, als man die Unterhändler mit dem Friedensnobelpreis belohnte. (Der nordvietnamesische Preisgewinner [Le Duc Tho] besaß wenigstens so viel Gauneranstand, den »Friedenspreis« nicht anzunehmen. Der andere Unterhändler [Henry Kissinger] nahm ihn an.

»Wo liegt die Grenze, von der an Amerika zu widerstehen bereit ist?« fragt man heutzutage, mal spöttisch, mal verzweifelt, an vielen Orten. Die Frage ist rhetorisch, doch man stellt sie auch in Amerika. Eine Großmacht in einer mit interkontinentalen Atomraketen vollgestopften strategischen Sackgasse ist selbstverständlich nur dann mit aller Konsequenz zum Widerstand bereit, wenn ihre vitalen Interessen es erfordern. (In der Dominotheorie mag Wahrheit stecken, aber Domino kann man lange spielen – ohne

---

1 Im Januar 1973 vereinbarten vietnamesische und amerikanische Unterhändler in Paris den Waffenstillstand und den Rückzug der amerikanischen Truppen aus Vietnam.

2 Am 4. November 1956 startete die Rote Armee einen Großangriff gegen Budapest und schlug den Volksaufstand blutig nieder. Am 21. August 1968 marschierten Truppen des Warschauer Paktes unter der Führung der Roten Armee in die Tschechoslowakei ein und setzten dem »Prager Frühling« ein Ende.

3 Auf der Konferenz von Jalta vom 4. bis 11. Februar 1945 zwischen Stalin, Roosevelt und Churchill wurde der Status quo Nachkriegseuropas bestimmt. In die »Erklärung über das befreite Europa« wurden zwar die Grundsätze der Atlantikcharta vom 4. August 1941 zwischen Roosevelt und Churchill aufgenommen, aber in den von der UdSSR besetzten Ländern nicht durchgeführt.

letzte Konsequenzen.) Verträge, Bündnistreue usw. sind nur noch Reliquien aus dem etymologischen Wörterbuch. Als man de Gaulle fragte, was er von der Haltbarkeit der deutsch-französischen Vereinbarung halte, antwortete er achselzuckend, daß »Verträge wie Rosen und junge Mädchen sind: Eine Zeitlang blühen sie, dann verwelken sie«. (Von Thukydides wissen wir, wie »Realpolitik« ist: Der Peloponnesische Krieg hat 28 Jahre gedauert, und der weise Grieche stellt am Ende seines Buches fest, daß »dieser Krieg keinen Sinn hatte«.) Neu und besorgniserregend ist, daß in unserer Zeit die Medien die Bestimmung von »vitalen Interessen« übernommen haben, jene machthungrigen Interessenvereine also, welche die öffentliche Meinung, die Regierungen, die Institutionen konditionieren und manipulieren.

Und all das ist schmerzvoll. Über Bad Godesberg (Programm der SPD von 1959) sind wir schon hinaus. Ein »München«[1] – wenn man die »Vereinbarungen« von Jalta sanktioniert – ist nahe. Die Kommunisten sind im Vormarsch begriffen, die Amerikaner ziehen sich zurück. Es ist gespenstisch, wie die Jargonworte »elastische Absetzbewegung« und »Frontbegradigung«[2] zurückkehren. So geschehen auch in den Jahren 1938/39: Hitler drängte nach vorn, und der Westen sog hörbar Luft durch die Zähne und steckte zurück. Doch dann kam der Augenblick, an dem

---

1 Auf der Konferenz von München vom 29. September 1938 zwischen Hitler, Mussolini, Chamberlain und Daladier wurden die Forderungen Hitlers von den beiden Westmächten Großbritannien und Frankreich voll anerkannt. Im März 1939 zerschlug Hitler trotz der Bestandsgarantie der Westmächte die Rest-Tschechoslowakei. »München« steht als Synonym für das Zurückweichen vor der Gewalt.

2 Wiederkehrende Begriffe in den deutschen Kriegsberichten von 1942 an bei dem ständigen Rückzug der deutschen Armeen in der Sowjetunion, in Polen und dann in Deutschland selbst.

man nicht weiter zurückstecken konnte. Dann – aber erst dann und keine Sekunde früher – sah sich der Westen zähneknirschend gezwungen, einen Schritt vorwärts zu tun. Und dann gab es keinen Halt mehr, dem Westen blieb nur noch eines übrig: das *fuite en avant.* (Es ist anzunehmen, daß man in Moskau, aber auch in den Heiligenschreinen der spanischen, französischen und italienischen kommunistischen Parteien kopfschüttelnd und besorgt beobachtet, was in Portugal geschieht.[1] Wo ist die Schwelle, fragen sich die Experten. Es war interessant zu beobachten, daß Peking während des vietnamesischen Dramas die Amerikaner nicht bedrängte, den fernöstlichen Raum schleunigst zu verlassen ... Offenbar brauchen sie dort das amerikanische Gegengewicht.)

Als Präsident Ford auf dem Flughafen von San Francisco das erste importierte vietnamesische Kriegswaisenbaby mit gerührtem Lächeln aus dem Flugzeug entgegennahm, wurde mir übel. Doch dann war das auch vorbei, denn ich bin schon sehr alt und kann mir überflüssige Übelkeiten nicht leisten.

Von der Sendung am 30. März habe ich nur einige Sätze gehört; von der Sendung am 12. April nichts, denn wie hungrige Geier auf das verendete Zebra warfen sich andere Stationen auf die Wellenlänge. Ich danke für die Aufmerksamkeit und wäre dankbar, wenn Sie mir den Text zuschickten.

Bitte, übernehmen Sie die Rolle des Postillions und schicken Sie die beiliegenden Zeilen an die Adressatin: Leider kenne ich Ildikós Adresse in Mödling nicht.

In Freundschaft und mit den besten Wünschen

---

1 Revolutionsähnliche Demokratiebewegung in Portugal nach der Salazar-Diktatur, etwa ab 1974.

SALERNO, 6. Mai 1975

Lieber Herr,

wenn ich nicht Angst davor hätte, das Wort könnte quietschen, würde ich schreiben, ich habe die Festschrift gerührt gelesen. Und das ist wahr. Ich sollte mit einem summierenden Stammeln auf die Frage antworten, welchen Sinn diese Jahreszahl [75. Geburtstag am 11. April], kurz bevor das Lampenlicht ausgeht, für mich hat. Doch ich glaube, Schriftsteller sollten äußerst wortkarg sein, wenn sie versuchen, ihre sogenannten letzten Worte zu formulieren. Vielleicht ist es am richtigsten, nur so viel zu sagen: »Danke, es war sehr schön und interessant.« (Das waren die vergangenen fünfundsiebzig Jahre – wie auch die Gedenksendung.)

Sie schreiben in Ihrem Brief, man müsse zur Kenntnis nehmen, daß die Russen siegen werden. Zur Zeit sind die Russen im Vormarsch, die Amerikaner im Rückzug, das rote China ist noch nicht global handelsfähig. Diese Lage ist gefahrenträchtig (zwischen 1933 und 1939 haben wir es erlebt), denn wenn die eine Macht stets vorwärts schreitet, aber die andere stets rückwärts, kommt der Augenblick, da die zurückweichende Macht nicht weiter rückwärts treten kann, weil sie dann in sich selbst und ins Nichts träte. In diesem Augenblick muß sie, zähneknirschend, einen Schritt vorwärts tun. Wie 1939. Und dann gibt es keine Möglichkeit mehr, sich an etwas festzuhalten. Davor kann und soll man Angst haben. Doch »siegen«? Es ist, als ob auch dies bereits ein fossiler Begriff wäre.

Das Schrumpfen von Zeitungen ist Welterscheinung und nicht gegenwärtigen Datums. Als ich 1952 nach New York kam, erschienen dort mehr als ein Dutzend Zeitungen – die Hearst-Blätter und eine so ausgezeichnete Tageszeitung wie die »New York Herald Tribune«. In diesem Winter fand ich in New York nur noch drei Blätter vor: zwei Boulevardzeitungen und, leider, die »New York Times«. Alle anderen sind verblichen.

Wenn jemand an amerikanischen oder kanadischen Universitäten eine Professoren- oder Lektorenstelle sucht, kann er es am besten mit Hilfe spezialisierter, gut organisierter Agenturen tun. Wenn es Sie interessiert, schreibe ich ein paar informierten Freunden und besorge einige Adressen. (Als vor zwölf Jahren einer meiner Freunde, bekannter Pianist, die Schweizer Akustik nur schwer vertrug, besorgte ich für ihn eine einschlägige Agentur: Er bekam eine Stelle an der Universität von Seattle, hat dort heute noch eine ausgezeichnete und interessante Existenz, ein halbes Jahr lang unterrichtet er, das andere halbe Jahr geht er auf Reisen und gibt Konzerte. Allerdings schreibt er in seinem letzten Brief, die innere, die wirtschaftliche und soziale Lage wirke sich auch auf den Universitätsbetrieb aus: »Hier geht alles weiterhin gut, dennoch gibt es immer mehr Unannehmlichkeiten. An der Universität haben wir immer weniger Geld, und das gleicht natürlich nicht die immer zahlreicher werdenden Übel aus ... Doch man könnte mit all dem existieren, würden nicht einige grundlegende Prinzipien wie Wissen, Talent und Arbeit, vermischt mit Hautfarben und der sozialen Lage u. ä., in Frage gestellt.« Das schrieb er. Alles in allem ist er doch optimistisch, und das ist in seiner Lage nicht leicht, denn er ist wirklich talentiert, und in Amerika stellt man zwar das Talent ein, wenn man es braucht, manchmal bezahlt man es auch gut, betrachtet es aber stets argwöhnisch, denn »das Talent ist antidemokratisch«. (Recht haben sie, das ist es.)

Ganz junge Menschen, so unter zwanzig, können die Einwanderung versuchen, Älteren würde ich eher nur Besuch und Umschau empfehlen – aber nur dann, wenn im Hintergrund, in Europa, die sichere Rente auf sie wartet.

Salzburg ist sehr schön, eine jener seltenen Städte, bei deren Errichtung die Menschen nicht eine Stadt in die Landschaft setzten, sondern das, was Charakter und Atmosphäre der Landschaft erforderten, zur Stadt ausbauten. Danke für die schöne Karte, vielleicht kommen wir noch dorthin.

Ildikó hat rechtzeitig begriffen, daß es nicht viel Sinn hat, die grauen Gehirnzellen mit den Fossilien einer toten Sprache vollzustopfen, darum ist sie in Latein durchgefallen. (Chesterton hegte den Verdacht, daß im Mittelalter und in der Renaissance die herrschenden Klassen am Latein festhielten, damit die »niedrigeren« Klassen sie nicht verstünden. Nicht unmöglich.) Meine Frau bittet um Ildikós Mödlinger Adresse.

Damit auch ich um etwas bitte: Ich wäre dankbar, wenn Sie mir die Adresse eines tätigen deutschen Buchhändlers schreiben wollten, der verramschte Bücher, »Remittenda«, an- und verkauft. Ich möchte eines meiner Bücher (*Wandlungen der Ehe,* J.P. Toth Verlag, Hamburg 1949) erwerben. Der Verleger ist tot, der Verlag wurde liquidiert, und ich habe kein einziges Exemplar. Danke im voraus.

Mit den besten Wünschen (und nochmals danke für die Gedenksendung), in Freundschaft,

Ihr ergebener

SALERNO, 14. Juni 1975

Lieber Herr,

da auch schon der Schah von Persien weiß, daß die Fortschrittliche Intelligenzija – die »nützlichen Idioten«, wie Lenin sie nannte – gefährlicher ist als die russischen oder chinesischen Kommunisten, kann man sich nicht wundern, daß diese sehr einflußreichen Freischärler sich bemühen, auch die freien Rundfunksender zu kastrieren und zum Schweigen zu bringen – wie alles und jeden, der ihnen nicht dienlich ist. Beinahe zehn Jahre ist es schon her, daß ich meine Rundfunkvorträge [bei Radio Free Europe] eingestellt habe, denn ich bin zu der Erkenntnis gelangt, daß der auszustrahlende Text nicht so sehr vom Westen nach dem Osten gerichtet werden sollte (dort weiß man ohnehin schon um die Wahrheit), sondern vom Westen nach Westen. Doch auch das würde nicht helfen.

Aus den europäischen Echos, die den unglücklichen Vietnamkrieg begleiteten, könnte man einen bunten, wenn auch keinen duftenden Strauß binden, wenn jemand die Mühe nicht scheute, jene europäischen Zeitungsmeinungen zusammenzusuchen, die in den vergangenen zehn Jahren Amerika schmähten, das nicht gewillt war, Vietnam zu verlassen. Nun schmähen es dieselben mit umgekehrtem Vorzeichen, weil es Vietnam verließ.

Was Ihre etwaige Umschau in Amerika betrifft, so habe ich in dieser Sache drei Freunden geschrieben (alle drei sind Universitätslehrer). Eine Antwort ist schon da, die anderen werde ich der Reihe nach schicken. Für einen »visiting professor« gibt es derzeit kaum Chancen: Die Wirtschaftskrise hat diese Stellenmöglichkeit einfrieren lassen, zumindest vorläufig. Da die meisten US-Universitäten von Privatspenden leben, kann sich die Lage kaum ändern, solange die wirtschaftliche Lage nicht besser wird. Dieser Tage besuchte mich ein Bekannter – junger und, so scheint's, versierter Mann, Professor in Philadelphia –, auch von ihm erhielt ich nützliche Informationen. Summa summarum: Mit Agenturen zu experimentieren lohnt nicht, es kostet nur Geld und bringt nichts. Es wäre ratsamer, den Presseattaché der amerikanischen Botschaft in Bonn aufzusuchen und mit ihm die Möglichkeiten durchzusprechen. (Meine private Meinung: Für einen »visiting professor« böte sich eher eine Chance, wenn er den Unterricht der Zusammenstellung von Rundfunkprogrammen vorschlüge, eventuell Programme für ethnische Sendungen.) Man muß vieles bedenken, zum Beispiel auch, daß in amerikanischen Kleinstädten der Zeitvertreib an der Universität ziemlich monoton ist. Man kann auch an einer Ivy-League-Universität[1] eine Stelle erhaschen, aber das ist schwieriger. – Wenn ich weiterhin etwas erfahre, schreibe ich.

Nach langem Zögern zog hier endlich der Sommer ein. Krimhilde (von János Arany weiß ich, daß das der deutsche Name für »Ildikó« ist) wird inzwischen die lateinische Sprache bewältigt haben, und Sie werden den Sommerurlaub gemeinsam verbringen – aber wo? Wir bleiben hier.

Ich lege das aktuelle Quarterly bei – mit der wiederholten Bitte, es zurückzugeben, wenn es, aus welchem Grund auch immer, nicht gesendet werden kann.

Viele gute Grüße, in Freundschaft, Ihr ergebener

SALERNO, 21. Juli 1975

Lieber Herr,

schlechte atmosphärische Verhältnisse oder andere technische Schwierigkeiten haben leider verhindert, daß ich die Sendung vom 30. Juni (auf die Sie mich freundlicherweise auf einer Ansichtskarte aufmerksam gemacht haben) höre – nicht einmal der gute kleine Grundig konnte erfolgreich ge-

1 Populärer Name für angesehene Universitäten wie Harvard oder Yale u. a.

gen die Schwierigkeiten ankämpfen. Es tut mir leid, aber so war es.

Auf meine Anfrage kam eine weitere Antwort, im wesentlichen ist sie identisch mit der ersten. Wenn Sie wollen, können Sie mit dem Briefschreiber den Kontakt durch mich herstellen, doch wenn Sie wünschen, schreiben Sie ihm direkt unter Berufung auf mich. Béla Síki unterrichtet an der Universität von Seattle eine Meisterklasse; er ist ausgezeichneter Musiker und absolut verläßlicher Freund.

Der *Ungebetene Gast* klopfte beim Lektorat einer deutschen TV-Station an, doch man sagte ihm, draußen sei es luftiger. Kann sein, daß die Argumente berechtigt sind, kann aber auch sein, daß die Ablehnung andere Gründe hat – was ich in den letzten sechs bis acht Jahren an europäischen TV-Produktionen gesehen habe, überzeugte mich, daß dieses Medium hier wie auch in Amerika das Außergewöhnliche verwirklicht: Von Jahr zu Jahr sinkt es unter das eigene Niveau. Ein Grund dafür kann auch sein, daß das TV-Publikum immer mehr unter das eigene Niveau sinkt, und es ist wahrlich schwierig, die große Masse ungleich gebildeter (oder eher gleichermaßen ungebildeter) Zuschauer mit experimentellen Produktionen verwöhnen zu wollen. – Das sehe ich ein. Doch ich dachte, der Einakter wäre vielleicht eher geeignet für ein kleines Kammertheater, das in einer Großstadt sein Publikum auswählen kann. (Eventuell ergänzt durch ein ähnliches Bühnenstück, das, auch in deutscher Übersetzung, in der Schublade auf seinen Mentor wartet.) Der Hamburger TV-Sender hat zwei meiner Stücke gesendet *(Das Wunder des San Gennaro* und *Das Verhör)*, darum fragte ich bei diesem Sender an. Das dritte Stück, eben das erwähnte, haben sie angekauft, doch die Produktion fiel ins Wasser, angeblich deswegen, weil die Schauspielerin, die für die Hauptrolle vorgesehen war, gestorben ist, und man fand keinen passenden Ersatz.

Falls Sie einen Bühnenverleger kennen (keinen Agenten, vor einem solchen möge der heilige Hilarius jeden Schriftsteller bewahren), einen Verleger also, der die Vertretung von Theaterstücken für deutsche Bühnen übernimmt, wäre ich für den Hinweis dankbar.

Vielleicht erreicht Sie dieser Brief erst nach der Sommerfrische, die Sie an einem kühlen Ort mit Ildikó verbringen – doch hoffentlich nicht in Portugal (dort sind Ereignisse möglich, die sich auf ganz Europa auswirken könnten).

Hier sind die Politiker dabei, die Ergebnisse der Regionalwahlen vom 15. Juni wiederzukäuen – während die Menschen den sommerlichen Vergnügen nachgehen. In diesem Sommer sind hier mehr fremde Touristen als im Vorjahr. Uns geht es soweit erträglich.

Viele freundschaftliche Grüße

SALERNO, 28. Juli 1975

Lieber Herr,

unsere Briefe haben sich gekreuzt. Dieser Tage erreichte mich auf meine Anfrage eine weitere Antwort, die ich auszugsweise wiedergebe. Der Ehemann der Briefschreiberin war amerikanischer Diplomat, später Universitätslehrer, nun bereitet er sich darauf vor, eine Lehrstelle an einer iranischen Universität zu übernehmen – was sie schreibt, ergänzt und bestätigt die bisherigen Informationen: Es ist zur Zeit schwierig in Amerika, einen Lehrstuhl zu bekommen. (Wenn auch nicht unmöglich.) Darum las ich in Ihrem Brief mit Erleichterung, daß vom Stellenwechsel und von damit verbundenen existentiellen Problemen nicht die Rede ist. – Ich freue mich darob. Unabhängig davon kann man sich immer wieder erkundigen; doch nur vom Pferderücken, aus dem Sattel.

Radio Free Europe und ein, zwei ähnliche Feigenblätter wird man weiter betreiben – in der Hoffnung, daß sie ihre ursprünglichen Aufträge nicht würden erfüllen müssen; diese Waffengattung wird nicht eingesetzt. Erfahrungsgemäß ist es beinahe gleichgültig, worauf man in Helsinki oder sonstwo den Stempel drückt – das, was man »Geschichte« nennt, ist unabhängig von den Verträgen, es »geschieht«. Wo und wie? Als ob es unabhängig vom menschlichen Willen geschähe wie die tektonischen Erdbewegungen, wie die von unten nach oben wirkenden Kräfte.

Ein außerordentlich mächtiger Schutzherr dürfte Solschenizyn lenken und schirmen (er selbst weiß es vielleicht gar nicht, an seiner Gutgläubigkeit darf man nicht zweifeln) – doch wie *Ein Tag im Leben des Iwan Denissowitsch* niemals in der Sowjetunion hätte erscheinen können, wenn der damals und dort mächtigste Mann, Chruschtschow, aus zeitbedingten taktischen Gründen nicht den Befehl gegeben hätte zur Herausgabe des Romans (später ließ er ihn fallen), so hätte auch Solschenyzin nicht in den Westen kommen können, um dort den *Gulag* fortzusetzen, stünde nicht hinter ihm eine Macht im Kreml, die einfach befohlen hat, ihn herauszulassen. Anders ist so etwas unmöglich. Wer das ist oder sind? – das ist tiefes Geheimnis. Die Armee vielleicht.

Mit freudigem Gefühl las ich in Ihrem Brief, daß Sie in Köln meiner gedacht haben [mit einem Vortrag], und es tat mir leid, daß ich nicht irgendwo in der letzten Reihe dabeisein konnte. Doch auch so: danke.

Hoffentlich werden Sie in der Gesellschaft von Krimhilde alias Ildikó gute Ruhe finden in den schönen Alpen von Österreich. Wir verbringen den Sommer hier einigermaßen gut, im September wollen wir in die Umgebung von Salzburg, wenn nichts dazwischenkommt.

Mit vielen guten Wünschen und freundschaftlichen Grüßen

SALERNO, 16. September 1975

Lieber Herr,

danke für Ihren Brief und die Ansichtskarten aus Melk und der Wachau – letztere ist wie die Kulisse einer in der Schublade vergessenen Wagner-Oper. Wir spielen mit dem Gedanken, Ende September auf zwei, drei Wochen nach Oberösterreich zu fahren: Salzburg ist vielleicht ein viel zu sehr touristisches Phänomen. Aber auch Innsbruck kenne ich nicht, vielleicht beginnen wir dort das Wandern, wir hoffen jedenfalls, daß nicht das Wetter oder ein anderes Exmachina die Pläne durchkreuzt.

Der Terror hat sich nun schon global entwickelt. Offensichtlich geht es nicht mehr nur um persönliche Aktionen, auch nicht um nationalistisches oder weltanschauliches Geplänkel, sondern um eine globale Möglichkeit des Krieges (an die nicht einmal Orwell[1] gedacht hat). Die Schlachten werden vorläufig noch mit konservativen Waffen ausgetragen, doch die Mini-Atombombe gehört nicht mehr in die träumerischen Kategorien der Science-fiction.

---

1 George Orwell, 1903–1950, englischer Romancier, Satiriker und Essayist, berühmt für seine gegen die Diktatur gerichtete Satire *Farm der Tiere* (1945) und den antikommunistischen Roman *1984* (1949).

Da die Opfer nun nicht mehr ausgesuchte Einzelpersonen sind, auch nicht qualifizierte Klassenfeinde, sondern jeder, der lebt – er liest gerade im Café die Zeitung oder fährt im Autobus, also Sie oder ich, unpersönlich, wie auch der Soldat im Krieg den nicht kennt und nicht haßt, den er tötet –, kommt die Zeit einer zwangsläufig anderen Strategie: Da kann man dann mit dem Feind nicht mehr handeln, da muß man den opfern, der gerade aufs Korn genommen wurde, da kann man die einzelnen nicht mehr schützen, sondern muß die Front halten, was es auch koste, also wie im Krieg der Kommandant handelt, wenn er nicht die einzelnen Soldaten schirmen kann, sondern jeden einsetzen muß, damit die Front nicht schwankt. Was Rimbaud[1] vor hundert Jahren angekündigt hat, ist eingetreten: »Voici les temps des assassins«. Die Mörder haben kein Gesicht mehr, sie sind unpersönlich wie die Musketiere des Exekutionskommandos auf Goyas berühmtem Bild.

Von Ildikó haben wir eine überraschende Karte bekommen: aus Indonesien – wie ist sie hingekommen? Und hoffentlich kehrt sie gesund wieder nach Hause zurück. Meine Eltern haben mich als Kind noch zur Sommerfrische an die Ostsee mitgenommen, es waren außerordentlich langweilige Sommerzeiten. Ildikó ist wahrscheinlich reicher geworden an Erlebnissen, wenn auch heutzutage das Reisen so routinemäßig geworden ist, daß die Details keinen Geschmack, keinen Duft mehr haben.

Ich lege das fällige Quarterly bei und wiederhole: Wenn die Sendung, aus welchem Grund immer, nicht zeitgemäß sein sollte, bitte das Manuskript zurück.

Der Sommer hier war kurz, aber ungetrübt. Trotz der Streiks, der Bomben, des Menschenraubs; und trotz der

---

1 Arthur Rimbaud, 1854–1891, seine Jugendgedichte zählen zu den bedeutendsten französischer Lyrik.

Angstmacherei der deutschen, österreichischen, schweizerischen und französischen Fremdenverkehrsorgane besuchten in diesem Jahr laut offiziellem Bericht mehr Touristen Italien als in den vorangehenden Jahren. In Neapel und Umgebung grassiert eine Babycholera-Seuche, doch auch das hält die aus den dicken Autobussen herausquellenden ausländischen Gruppen nicht ab. Ein sonderbares Land, dieses Italien. Jemand hat es einmal mit einem kranken Zentaur verglichen, den man nicht heilen kann, weil man nicht weiß, wen man zu ihm rufen sollte: Internisten oder Veterinärmediziner. Und inzwischen lebt der Zentaur zu aller Überraschung recht gut.

Wir wünschen Ihnen beide alles Gute, in Freundschaft

SALERNO, 6. Oktober 1975

Lieber Herr,

das Goethe-Wort geht so: »In jeder großen Trennung liegt ein Keim von Wahnsinn« [zitiert in *Land, Land!*]. Das Pascal-Zitat kann ich auswendig nicht wiederholen, es dürfte aber auf den Seiten der *Pensées* zu finden sein. Sein Sinn: »Frag nicht, ob er ein guter Schriftsteller ist, sondern nur, ob er ein Monsieur ist, denn wenn er ein Herr ist und schreibt, ist er gewiß ein guter Schriftsteller, da ein Herr nicht etwas unternimmt, von dem er nichts versteht.« Diese Auffassung ist nicht zeitgemäß.

Der Terror hat bereits sichtlich epidemische Züge angenommen. Der Krankheitserreger wird manchmal mit sozialer oder nationaler Etikette getarnt. Der wahre Grund ist wahrscheinlich die Unzufriedenheit. Und da im Westen, in

Amerika sowie in anderen westlichen und nördlichen Ländern, der »Werktätige« immer weniger Grund hat zur Unzufriedenheit – liegt doch in dieser Runde des Kapitalismus die Nivellierung der Einkommen nicht nur im Interesse des Arbeiters, sondern auch des Kapitalisten –, mag der wahre Grund vielleicht der Überdruß sein, den die Konsumgesellschaft in Form von vorfabrizierter geistiger Nahrung dem Menschen einflößt, der dann eines Tages zu erbrechen beginnt und der Unzufriedenheit mit Terror Ausdruck verleiht. Vor fünfzig Jahren hat Aldous Huxley diese Möglichkeit in einem kleinen Essay angetippt, wenn er schrieb: »Creation saving amusements … will merely accelerate the coming of the great orgy of universal nihilism.« Er war ein Glückspilz, denn er starb bereits 1963, wir Pechvögel haben die Vorhersage erlebt.

Die Sommerhitze hat mich schrecklich ermüdet. Wenn hier nicht alles kopfsteht, wollen wir in diesem Monat noch ins österreichische Tirol; ich hoffe, im »Goldenen Dachl« wird man mich stärken. Samstag abend drehte ich vergeblich die Knöpfe des Radioapparates, es wurde in allen Sprachen gesprochen, nur die Deutsche Welle konnte ich nicht einfangen. Zum Schluß erklärte eine albanische Rundfunkstation in deutscher Sprache die Grundelemente des Marxismus. Das hat mich gefreut, denn bis daher wußte ich nicht, was der Marxismus in Wirklichkeit ist.

In Freundschaft, mit den besten Wünschen, Ihr ergebener

SALERNO, 10. November 1975

Lieber Freund,

(ich rechne auf Ihr Verständnis, wenn ich, angeregt durch unsere mehrjährige Bekanntschaft und Korrespondenz, Sie bitte, in Zukunft diese nähere Anrede anzuwenden) – »das Leben ahmt die Kunst nach«, es ahmt aber leider meistens nur die schlechte Literatur nach. Die Entscheidung eines polnischen Emigranten [gemeint ist sein Selbstmord] mag eine Ausnahme sein. (Die Gefahr, daß er seine Stelle verliert, war wahrscheinlich nur ein Vorwand, um etwas zu tun, wozu er vielerlei andere Gründe hatte. Ich glaube, ein Selbstmord hat immer eine lange Vorgeschichte.) Das Exil vertragen viele nur so wie der Schizophrene (ich zitiere es im *Wunder des San Gennaro*), der geheilt ist, wenn er aber an die Zeit seiner Bewußtseinsspaltung zurückdenkt, fühlt er sich, als stünde er vor einer zugesperrten Tür, ohne zu wissen, an welcher Seite der Tür er steht ... Die Wirklichkeit ist, daß an der einen Seite der Tod ist, an der anderen das Leben. Alles andere ist bloß Illusion.

Es rührt mich, daß Sie in Köln über meine Bücher sprechen werden. Mit Interesse und freundschaftlichem Dank erwarte ich die Inhaltsangabe.

Die Reise nach Tirol müssen wir verschieben, weil der Mensch plant, aber die Gewerkschaft lenkt: Wir waren schon reisefertig, als die Eisenbahner einen zweiwöchigen Streik begannen. Der Zug, mit dem wir fahren wollten, stand zwischen Neapel und Rom fünf Stunden lang auf offener Strecke. Aber ich gebe die Reise nicht verloren, denn ich fahre gern nach Tirol, wenn auch die Witterung inzwischen winterlich geworden ist. Schon bin ich nicht mehr so beweglich wie vor langer, langer Zeit. Etwa im Vorjahr.

Danke für die Karte aus Frankfurt. Ein Frankfurter, Schopenhauer, schrieb, ich glaube in *Parerga und Parali-*

pomena, daß Xerxes in Tränen ausbrach, als er seine in Schlachtordnung aufgestellten Armeen sah, und meinte, nach hundert Jahren werde sich niemand mehr an diese prachtvollen Menschen erinnern, und er, der Frankfurter, sei dem Weinen nahe, wenn er vor dem Bücherregal stehe und sich vorstelle, daß nach zehn Jahren nur wenige der wunderbaren in Leder gebundenen Bücher leben würden. Was hätte er auf der Buchmesse gesagt, wo Hunderttausende Bände auf den Regalen in Reih und Glied stehen, Bücher, die bereits im Augenblick ihres Erscheinens zum Tode verurteilt sind. Wenn ich an die belletristische Bücherproduktion der letzten zehn Jahre denke, muß ich mein bejahrtes Erinnerungsvermögen anstrengen, um ein belletristisches Werk heraufzubeschwören. (In einer Entfernung von zwanzig Jahren ist es vielleicht Ernest Hemingways *The Old Man and the Sea,* das hoffen darf, später von einem Leser wieder in die Hand genommen zu werden.)

Das große Ereignis hier ist das Bahrgericht rund um den Tod eines Schriftstellers und Filmregisseurs namens Pasolini: An sich ist der Fall banal, ein Päderastenunfall (die Mignon und der Padrone gerieten in Streit miteinander, die Mignon war stärker und prügelte den Bräutigam zu Tode), doch das Begräbnis, das auch das Fernsehen übertrug, war interessant: Vom römischen Campo di Fiori trug man ihn zu Grabe; eine große Menschenmenge hatte sich um den Sarg versammelt, rechts die Homosexuellen, links die Heterosexuellen, etwas weiter die Bisexuellen, Moravia[1] hielt die Trauerrede, die Menge röhrte, er wurde begraben wie Garibaldi, Held und Opfer der Freiheit. Es fehlten nur die Spruchbänder: »Schwule aller Länder, vereinigt euch« und der Chorgesang: »Dieser Kampf wird der letzte ...« usw. Wir leben in einer seltsamen Welt; manchmal bedarf

1 Alberto Moravia, 1907–1990, berühmter italienischer Romancier.

es wahrer Anstrengung, damit der Zeitgenosse so richtig hinhören könne, denn das Pathologische ist immer auch langweilig.

Der Roman, mit dem ich mich in den letzten zwei Jahren abgemüht habe, ist in Kanada fertiggedruckt worden – Streiks und andere Hindernisse verzögerten das Erscheinen. Sobald ich einige Exemplare bekomme, schicke ich eines als abschreckendes Beispiel dafür, daß man von der fixen Idee des Buchstabenfabrizierens selbst im Greisenalter nicht befreit ist.

In Freundschaft alles Gute

PS: Danke für den Auszug aus dem Kindler Literaturlexikon; zufrieden sah ich, daß mein Familienname [Grosschmid] endlich einmal richtig buchstabiert wurde – ursprünglich »Groschen-Schmied«, die Vorfahren waren in der Münzstätte des sächsischen Kurfürsten angestellt, daher der Name.

SALERNO, 9. Dezember 1975

Lieber Freund,

ich weiß nicht, wofür ich zuerst danken soll: für das Verständnis oder für die Mühe – beides ist mir wertvoll. Besonders gefreut hat mich aber der Mut, daß es in der gegebenen Umgebung und Lage jemanden gab, der davon sprach, wovon man nicht oft genug sprechen kann: von der Feigheit der »Männer des Geistes«, von ihrem Kotau vor dem Zeitgeist. [Gemeint ist mein Vortrag über Márais Werk in Köln.] Aus dem »studio dumont« hallt solch eine mutige Meinung vielleicht nicht weit, doch heutzutage, da überall die Möglichkeit zu sprechen erstickt wird, ist ein Auftreten dieser Art wertvoll. Ich bin sehr dankbar dafür.

Was den Goldmann-Verlag betrifft: Ich kenne dort niemanden, habe nie mit dem Verlag korrespondiert. Soviel ich weiß, publiziert er eher bereits erschienene Werke als Taschenbücher. (*Die Nacht vor der Scheidung* gelangte durch die Vermittlung des Wiener Paul-Neff-Verlags an Goldmann, Neff schloß auch den Vertrag ab – und schluckte das halbe Honorar.)

Auf das Interesse eines ernstzunehmenden deutschen Verlags kann man heute nur dann rechnen, wenn der Roman oder das Theaterstück den Geruch von Bestsellern verbreitet. Bei einem Round-table-Gespräch im deutschen Rundfunk lautete die summierende Meinung: »Bestseller oder nichts.« – Die englische Übersetzung meines Romans *Das Urteil von Canudos* ist nun fertig. Ich habe das Manuskript noch nicht gesehen, doch sobald ich es erhalte, lasse ich einen Abzug machen, und dann kann man sich vielleicht überlegen, ob man mit dem Roman (der leider »aktuell« ist) in Deutschland etwas anfangen kann.

Den als Gedenkartikel getarnten Lockruf [in einer ungarischen Zeitung] habe ich gelesen. Seine Vorgeschichte beziehungsweise sein Nachspiel ist dieses: Der Autor, László Szücs, war Anfang der vierziger Jahre Dramaturg am [Budapester] Nationaltheater; seit fünfundzwanzig Jahren habe ich nicht mehr von ihm gehört. Als Nachklang zum verdächtig freundlichen Gedenkartikel erhielt ich von ihm einen Brief: Er schlug vor, mein im Winter 1945 im Kammerspiel des [Budapester] »Lustspieltheaters« [»Vígszinház«] aufgeführtes und durchgefallenes Theaterstück *Zauber* dramaturgisch zu überarbeiten. Ich antwortete ausweichend, in der Antwort war nicht einmal andeutungsweise die Möglichkeit einer Wiederaufführung enthalten. Überraschend schrieb er wieder und eröffnete, er habe das Stück dem Direktor des Madách-Theaters übergeben – er entschuldigte sich, daß er »ohne Erlaubnis und vorherige Ermächtigung« vorgegangen sei, und nun erwarte er die Antwort. Die nicht ausblieb. Postwendend brachte ich ihm Folgendes zur Kenntnis: »Für mich wird es immer die größte Ehre und wahre Genugtuung sein, wenn ein Text von mir – ein älterer oder ein neuer – den ungarischen Leser erreicht. Meine Bedingung lautet: In die Präsentierung eines Textes von mir in Ungarn willige ich nur dann ein, wenn das ungarische Volk vom Selbstbestimmungsrecht Gebrauch gemacht und durch demokratische, freie und saubere Wahlen geoffenbart hat, in welchem politischen, gesellschaftlichen und wirtschaftlichen System es zu leben wünscht. Vorher willige ich nicht ein, daß irgendein Text von mir, in welcher Form immer, in Ungarn veröffentlicht wird.«[1] – Das klingt etwas akademisch, aber ich dachte, es kann nicht schaden, mit genauen Worten zu sprechen, denn ein solches Angebot kann drüben niemals Privatinitiative sein. Ich habe die Antwort eingeschrieben verschickt und die Korrespondenz meinerseits abgeschlossen. Der Zweck solcher Versuche ist es, den Menschen vorzuzeigen: Sehet, sogar die Halsstarrigen erkennen nun schon an, daß die Lage im Land nicht mehr wie Ostrazismus [altathenisches Scherbengericht] ist, sondern von jedem akzeptierte End-

1 Der Brief an László Szücs, aus dem hier der einschlägige Absatz zitiert wird, ist vom 16. November 1975 datiert. Als Postskriptum steht zu lesen:

»Mit gleichzeitiger eingeschriebener Post habe ich ein Exemplar meines jüngsten, in Kanada in ungarischer Sprache erschienenen Buches *Land, Land!* an Deine Adresse verschickt. Ich hoffe, Du erhältst es.«

Das Buch wurde nicht ausgehändigt, sondern mit dem Vermerk retourniert: »Non admis, Conv. de Tokyo, Art 29 § 1/a«.

gültigkeit. Dagegen muß man auf jede Art und Weise protestieren.

Im übrigen habe ich das Stück *Zauber* wiedergelesen (seit fünfundzwanzig Jahren zum erstenmal); vielleicht setze ich mich eines Tages hin, um es zu überarbeiten – der dritte Akt ist herzlich schlecht, doch das läßt sich beheben. Natürlich überarbeite ich es nicht für eine heimische Bühne.

Zu lang ist schon dieser Brief. Ich lege das aktuelle Quarterly bei mit der Bitte, es zurückzugeben, wenn die Sendung aus irgendeinem Grund nicht genehm sein sollte. – Nochmals: Weihnachten. Die Reise nach Innsbruck wurde auf eine Reise nach Rom gekürzt. In der Villa Medici sahen wir eine sehr schöne Corot-Ausstellung, und es war beruhigend, die vielen jungen Menschen zu sehen, die sich an den Bildern ergötzten.

Noch einmal danke für alles. Wir wünschen alles Gute, auch Ildikó. – Ihr alter Freund

SALERNO, 29. Januar 1976

Lieber Freund,

Otto von Habsburg war vergönnt, Haltung zu lernen. Vor kurzem erschien ein Buch (*Geschichte Zitas* – von Emil Csonka), aus dem hervorgeht, daß man auch unter schicksalhaft schweren Umständen der bleiben kann, der man ist. (Ich habe Otto als Kronprinzen gesehen – zum ersten und zum letzten Mal vor sechzig Jahren –, und zwar aus einem Fenster des Königsschlosses in Buda. Das war also

1916[1]; mein Vater nahm mich damals mit nach Buda, um der Krönung beizuwohnen. Otto, in weißes ungarisches Festgewand gekleidet, blond und lockig, erinnerte an Little Lord Fountleroy.) Und heute, wenn ich manchmal seine Texte lese, will mir scheinen, daß er seit Joseph II. der erste Habsburger ist, der eine eigene Betrachtungsweise und Perspektive hat. Von einer Restauration träumt niemand, er am wenigsten, doch die Rolle eines Primus inter pares könnte ihm bei einer Neugestaltung des Donauraums zufallen. Allerdings ist er schon zu alt, um solches zu erhoffen.

Was Sie von den Wiener Roten schreiben, ist die natürliche folgerichtige Einwirkung der nahen verseuchten Gebiete – wie die Maul- und Klauenseuche auf andere Regionen übergreift. Doch in den Wahllokalen hat man in Österreich noch nie einen kommunistischen Abgeordneten ins Parlament entsandt. Man begnügt sich mit Streifzügen in den Randgebieten, solange nicht ein sowjetischer Ordnungstrupp direkt eingreift. Und nicht einmal das ist undenkbar (etwa nach Titos[2] Tod). Es kann sein, daß eines Tages wieder die Brücke über die Enns die Trennlinie sein wird. Dann fahren wir nach Innsbruck Backhendl essen. (Wohin wir im Frühling wieder wollen, wie wir im Herbst bereits reisebereit waren, als der zweiwöchige Eisenbahnerstreik uns von der Reise abriet.)

Die Lage hier ist Ihnen bekannt – das ist nicht einmal mehr »guignol«, eher »commedia dell'arte«. Die Kommunisten sind dem ihnen gefahrvollen Augenblick nahe, da sie zähneklappernd gezwungen wären, die Faust nach der Machtergreifung auszustrecken – in einem rohstoffarmen Land, in dem für 56 Millionen Menschen zur Zeit des Wirt-

1 Ottos Vater wurde am 20. Dezember 1916 als Karl IV. zum apostolischen König von Ungarn gekrönt.

2 Josip Tito (eigtl. Josip Broz), 1892–1980, Staatspräsident von Jugoslawien.

schaftsinfarkts Arbeit geschaffen werden soll; da die Nato, der Gemeinsame Markt und alles ohnmächtig würde, wenn sie, die Kommunisten, die Macht übernähmen. Noch dazu ist die Lira zusammengebrochen, weil das arme Land in den letzten zehn Jahren weit über seine Verhältnisse gelebt, mehr importiert als exportiert hat, während ihm seine Gewerkschaften einredeten, unbedingt weniger zu arbeiten. Sollte der »compromisso storico«[1] verwirklicht werden, dann gehen wir fort. Ungern, denn wir mögen die Italiener, leben gerne unter ihnen; auch deswegen ungern, weil in unserem Alter jede Ortsveränderung ermüdend ist. Doch vielleicht wird es anders. Die Italiener mögen Zaubertricks. Und Talleyrand meinte, über Achtzig – ob etwas drüber oder drunter, zählt nicht – gebe es keine Feinde mehr, sondern nur noch Überlebende. Er dürfte recht haben.

Die beiden Theaterstücke in Wien anzubieten scheint eine gute Idee zu sein, es würde mich freuen, wenn Sie es versuchten. (Selbstredend auf der Grundlage eines »joint venture«; ich hoffe, Sie stimmen zu. Die Bedingungen bestimmen Sie.) Ich habe die Stücke vor einiger Zeit dem Rowohlt-Bühnenverlag geschickt, doch sie haben sie mit einer höflichen Ausrede zurückgegeben. Vielleicht wäre zielführend, die Manuskripte dem Kölner Verlag Kiepenheuer und Witsch vorzulegen – wenn Sie meinen und es mit einem Telephonanruf versuchen wollten, wäre ich dankbar. Wenn auch die die Stücke nicht wollen, stecke ich sie in die Schublade.

Dank für die Wiener Ansichtskarte – Ildikó beginnt nun schon, sich mit Erwachsenenproblemen auseinanderzusetzen, stelle ich mir vor. Zwei, drei Jahre in diesem Alter bringen große Veränderungen. – In aufrichtiger Freundschaft

---

1 »Compromisso storico«, »historischer Kompromiß«, Schlagwort der italienischen Linken für den Fall einer Machtübernahme.

SALERNO, 1. März 1976

Lieber Freund,

gestern abend habe ich die Buchrezension auf der Wellenlänge 41 tadellos, vom ersten bis zum letzten Wort, hören können. Für mich war das Echo interessant und lehrreich. Danke für die Mühe.

Der Wiener Briefschreiber hat recht: Das »Angepöbeltwerden« habe ich vor drei Jahren in Wien auch zu spüren bekommen. Die aggressive Proletarisierung ist kein lokales Phänomen. Die vereinbarten Konventionen des menschlichen Zusammenlebens sind weltweit in Auflösung begriffen. Auch in Italien verbreitet sich die Roheit wie die Maul- und Klauenseuche; doch vorläufig sind die Leute noch höflich roh. Was aber der Briefschreiber berichtet von seinem Bekannten, der von Wien in die Schweiz zurückgeflüchtet ist, weil das Leben dort doch menschenwürdiger sei, hat mich überrascht. In der Schweiz ist die plebejisch-herausfordernde Frechheit noch am ehesten spürbar – »als Mundart«. Der »offenkundig total anarchistische Zustand«, den der Briefschreiber erwähnt, ist bereits allgemeines Phänomen wie die Grausamkeit, der Menschenraub und andere Alltäglichkeiten. Gerade lese ich die englische Version meines Romans *Das Urteil von Canudos* (das Buch ist vor fünf Jahren auf ungarisch erschienen) und sehe, daß alles, was ich von der Anarchie geschrieben habe, einen weißen Bart bekommen hat, veraltet ist und akademisch. Was Ortega[1] vor fünfzig Jahren diagnostiziert hat – den Unterschied zwischen »Mensch« und »Leute« –, ist bereits

1 José Ortega y Gasset, 1883–1955, spanischer Kulturphilosoph und Essayist. Sein bekanntestes und wirkungsvollstes Werk ist *Der Aufstand der Massen*, 1929; 1957 erschien *Der Mensch und die Leute.*

verschwommen, der »Mensch« wird überall schon durch »Leute« überdeckt, »homme« durch »gens«, »man« durch »people«. Die Selbstschutz-Bereitschaft, der neue Zwang zum »Kampf ums Dasein«, hat auch bei mir praktische Fähigkeiten entstehen lassen – anstelle von Empörung oder überempfindlichem Protest versuche ich mich mit Mimikry zu schützen, manchmal durch Bestechung (mit Worten oder auch anders) gegen die aggressive Bestie. Und manchmal gelingt es auch.

Wenn auf dem Moskauer Parteikongreß Berlinguer[1] den »nationalistischen Kommunismus« verkündet, also den Kommunismus »mit menschlichem Gesicht«, der die Freiheitsrechte achtet und koalitionsfähig ist, so ist er wahrscheinlich auf sowjetisches Einflüstern hin so mutig, denn sonst ist es kaum vorstellbar, daß eine so ketzerische Botschaft vor fünftausend sowjetischen Delegierten, mehr als hundert ausländischen Delegierten und in Anwesenheit der Mitglieder des Höchsten Konzils hinausposaunt werden könnte – das mag (nach französischem und spanischem Muster) das Zuckerbrot sein, das im gegebenen Augenblick den Wählern anzubieten ratsam ist, damit später die Kommunisten in Italien und auch anderswo durch Wahlen dem Regieren näher kämen oder sogar in eine demokratische Regierungskoalition aufgenommen werden könnten. (Wahrscheinlich flüsterte man zur Zeit der Spannung von Moskau aus auf Umwegen auch Imre Nagy[2] und Alexander Dubček[3]

1 Enrico Berlinguer, 1922–1984, italienischer Kommunistenführer, seit 1972 Generalsekretär der Partei.

2 Imre Nagy, 1896–1958, Ministerpräsident während des ungarischen Volksaufstandes von 1956, von den Sowjets hingerichtet.

3 Alexander Dubček, 1921–1992, tschechoslowakischer kommunistischer Politiker, Initiator des »Prager Frühlings« von 1968, der von Truppen des Warschauer Paktes niedergewalzt wurde.

solches zu – als dann die Demokratisierung sich über die erwogene Demarkationsgrenze hinaus entwickelte, fuhren die sowjetischen Panzer los.) Die italienischen, französischen und anderswo beheimateten Kommunisten können den »Eurokommunismus« nur so lange versprechen, solange sie nicht an der Macht sind – denn dann müßten sie das System verwirklichen, könnten also nicht den Menschen die vollen Rechte auf das Privateigentum, das freie Unternehmen und die geistigen und politischen Freiheiten gewähren; es begännen Terror und Gulag. (Der alte Budapester Witz: Fragt einer den anderen: »Sagen Sie, kann man in den wirtschaftlich hochentwickelten Ländern den Kommunismus verwirklichen?« Die Antwort: »Ja. Aber wozu?«)

Gegen Ostern werden wir versuchen, die letzten Herbst ins Wasser gefallene Österreichreise nachzuholen, vielleicht kommen wir für ein paar Tage auch nach Wien, denn es wäre schön, auf ein kleines Palaver zusammenzutreffen. Doch bis dahin wechseln wir noch ein, zwei Briefe. Viele Grüße, in Freundschaft

KÖLN, 14. März 1976

Lieber Freund,

ich danke für die Kopie Ihres Briefes an László Szücs [siehe Márais Brief vom 5. Dezember 1975]. Ich werde sie als literarhistorisches Dokument aufbewahren – nicht wahr, Sie gestatten, daß ich den Brief gelegentlich (ich weiß noch nicht, wo und in welcher Form) verwende, um den Stand der Entspannungspolitik ein Jahr nach der Geburt des totgeborenen »Geistes von Helsinki« [freier Verkehr von Ideen zwischen West und Ost] zu charakterisieren?

Anläßlich des Sturzes eines Politikers klagte die Londoner »Times« neuerdings, daß die Wertbegriffe des menschlichen Zusammenlebens locker geworden seien, man habe ihre Wirkung aufgehoben und lächerlich gemacht, nämlich den moralischen Mut, die Liebe zur Freiheit, den Willen, zwischen Recht und Unrecht zu unterscheiden, und die Bereitschaft, das Böse zu erkennen. Soweit die »Times«. Die Engländer erleben in diesen Jahrzehnten, was die Völker Mitteleuropas nach 1920 durchlebt haben: die Auflösung und das Zerbrechen von Strukturen. Wir sind den Engländern um eine bittere Erfahrung voraus. Und sie kennen auch Madách nicht [siehe Márais Brief vom 1. März 1973], sie wissen nicht, daß die Zeit kommen wird (oder schon gekommen ist), da es »der Menschen zu viele und der Robben zu wenige geben wird«[1]. Doch vorläufig gibt es noch genug Robben, nur deren Fett wird ungerecht verteilt. Vorläufig geht inmitten der übermäßigen menschlichen Herumtreiberei nur die menschliche Würde verloren – je mehr der Menschen, um so weniger der Würde.

Ich würde mich freuen, wenn wir uns um Ostern herum in Wien oder anderswo treffen könnten. Vor dem Hotel »Kaiserin Elisabeth« wird nicht mehr gebaut, die Kärntnerstraße hat man nach alten Stichen schön mit Mosaiksteinen ausgelegt, und nun ist sie eine angenehme Fußgängerzone. Der Graben ist leider immer noch aufgegraben, in der Gegend ist es sehr schwer, so sagt man, eine Untergrundbahn zu bauen, man muß die Fundamente des Stephansdoms und anderer historischer Bauten berücksichtigen – die Zuständigen meinen, die wahre Kunst sei, den Stephansdom an seinem Platz zu belassen, denn eine Untergrundbahn könne jeder bauen.

Ich wünsche gute Gesundheit, in ehrlicher Freundschaft

---

1 Anspielung auf die vorletzte Szene der *Tragödie des Menschen*, in der die Sonne im Auskühlen begriffen ist und nur noch ein paar Eskimos auf Erden leben.

SALERNO, 20. März 1976

Lieber Freund,

was Sie von Angola und dem Verhalten der Westlichen schreiben, erinnert an eine Tagebucheintragung des deutschen Diplomaten Ulrich von Hassell (die Nazis haben ihn hingerichtet[1]): Die Westlichen entgegnen auf die Hitlerschen Provokationen wie der Offizier, den man im Café geohrfeigt hat und der empört brüllt: »Ich warne Sie, wenn das noch einmal passiert, fordere ich Sie zum Duell!« So geschieht es auch jetzt – und der Augenblick kommt leider tatsächlich, wenn der geohrfeigte Offizier, zähneklappernd und zähneknirschend, gezwungen sein wird, den Querulanten zum Duell zu fordern. Doch dann ist es schon zu spät, im nachhinein klug zu sein, was man früher hätte tun sollen.

Es will scheinen, daß in Amerika die Windrichtung sich ändert – doch das ganze Machtsystem ist präatomar, ungelenk und schwerfällig. Glücklicherweise beschleunigt die Wissenschaft den Gang der Ereignisse; die Wissenschaft schreitet fort, schon gibt es Mini-Atombomben (scheu und rücksichtsvoll nennt man die Dingerchen »strategische Atomwaffen«); und wie es schon Taschencomputer gibt (alles wird einfacher und billiger), so wird es Taschen-Atombomben geben, mit Preisnachlaß, für kleinere Gangsterstaaten.

Interessant, was Sie von der »strukturellen Auflösung« in der Zeit nach 1920 schreiben. Im beiliegenden »Quarterly« habe ich im Zusammenhang mit Heisenbergs[2] »Unschärferelation« etwas Ähnliches anzugehen versucht. (Wenn der Text nicht zeitgemäß ist, bitte um Rückgabe.)

---

1 Ulrich von Hassel wurde wegen Teilnahme an der »Verschwörung« und am Attentatsversuch gegen Hitler am 20. September 1944 hingerichtet.

2 Werner Heisenberg, 1901–1976, deutscher Physiker und Philosoph, Nobelpreisträger für Physik von 1932, besonders bekannt für seine »Unschärferelation«.

Die Inflation verbreitet sich in Europa wie eine Epidemie – einige Male haben wir sie schon erlebt, man kann sich nicht dagegen wehren, man muß abwarten, bis sie ausläuft wie die Influenza. Sie ist eine unmoralische Seuche, weil die Armen noch bettelärmer werden, die Reichen werden dick, für Papier kaufen sie das wertvolle Material auf. Die italienischen Kantonalwahlen im vergangenen Juni und die französischen vorige Woche erwecken den Eindruck, als wäre der »Sozialismus« genannte Ideenkreis eine ähnliche Epidemie wie vor zweitausend Jahren das Christentum – man muß ihn hinter sich bringen, um von ihm geheilt zu werden. (Der Mensch im Westen brauchte tausend Jahre, bis er die verseuchte Zeit überwand und aus dem »Christentum« irgendwie zu sich selbst fand, sich mit der Renaissance und der Aufklärung zu heilen suchte.)

Die vergangenen Herbst unterlassene Reise nach Österreich wollen wir in der zweiten Aprilhälfte nachholen, »wenn…«. Auf jeden Fall hätte ich gern eine Wiener Telephonnummer, unter der Sie zwischen dem 20. und 25. April erreichbar sind.

In Freundschaft, mit den besten Wünschen

SALERNO, 18. April 1976

Lieber Freund,

gestern abend konnte ich die Sendung gut hören, danke für die Mühe.

Die Deutschen, Europa, die Identität… Der große Fragenkomplex beginnt sich zu verwischen, matt zu werden. Übrig bleiben die drei Mächte, dazwischen die Deutschen, ein Europa zusammenhaltender Rahmen ohne Bewußtheit.

Unheil witternd beobachten die Eurokommunisten die allgemeine isolationistische Stimmung in Amerika. Sie stellen es sich so vor, daß sie durch die Hintertür an die Macht gelangen, aber die Nato und der Gemeinsame Markt sollten doch weiterhin dafür sorgen, daß der Große Bruder sie ja nicht aufsaugt, wie es die »organische Lösung« in bezug auf die osteuropäischen Völker empfiehlt. Als vor kurzem im Zuge der amerikanischen Wahlrhetorik ein paar Worte davon gefallen sind, daß bei einer Regierungsbeteiligung der italienischen oder französischen Eurokommunisten die amerikanische Regierung sich gezwungen sehen könnte, ihre bisherige Bündnispolitik gegenüber diesen Ländern einer Revision zu unterziehen, schrie die »Unità«, die hiesige kommunistische Zeitung, empört, das sei eine »Einmischung in Italiens Angelegenheiten«. Die Eurokommunisten haben Angst davor, daß verwirklicht werden könnte, was sie mit schäumendem Mund fordern – die Auflösung der Nato und der Austritt aus dem Gemeinsamen Markt –, und dann blieben sie allein mit der Breschnew-Doktrin[1]. Die Möglichkeit, daß in einem an die Sowjetunion angeschlossenen ungarischen, tschechischen, polnischen usf. und später auch italienischen und französischen Reich die bis dahin enthusiastischen Intellektuellen als erste in die »Jungfräulichen Gefilde« abtransportiert würden (wie das in den baltischen Staaten geschah), beginnt im Bewußtsein der Intellektuellen doch schon zu dämmern. – Die Deutschen haben viel gelernt, und es ist interessant, daß sie nun, da die aktuelle Wirtschaftskrise abzuebben beginnt, auf den Landtagswahlen, auf einer nach der anderen, sich von den

1 Leonid Breschnew, 1906–1982, von 1966 bis zu seinem Tod Generalsekretär der sowjetischen kommunistischen Partei; nach der Niederschlagung des »Prager Frühlings«, 1968, wurde die »Breschnew-Doktrin« von der »beschränkten Souveränität der sozialistischen Länder« veröffentlicht.

Sozialisten abwenden – nicht aus wirtschaftlichen Gründen, sondern weil sie sich der Konsequenzen der Ostpolitik, der Schrecknisse des Isoliertwerdens, bewußt zu werden beginnen. Da es ihnen zu gut geht, sind sie erregt wie der reiche Mann, der in seinem nervösen Kummer zuzunehmen beginnt und dabei klagend wimmert. Doch schon der weise Reformator Martin Luther sagte: »Aus einem traurigen Arsch kann man keinen fröhlichen Furz erwarten.«

Auch wir haben die Osterreise wegen der Hotelzimmer auf die erste Maihälfte verschoben. Es wäre schön, mit Ihnen zusammenzutreffen. Wir werden rechtzeitig Nachricht geben, wann und wo wir sein werden.

Das Manuskript, das ich geschickt habe, mag die ersten beiden ergänzen – vielleicht wäre es zielführend, alle drei dem Kölner Verlag anzubieten, unabhängig von der Meinung des ohnehin zweifelhaften Wiener Theatermannes. Doch wenn Sie das, aus welchem Grund immer, nicht für richtig halten, bitte um Rückgabe der Manuskripte – und gleichzeitig um Nachsicht für die Belastung. Ich weiß, daß die Chancen minimal sind – der beiliegende Gedankengang beweist überzeugend, wo die »Literatur« heute steht. Das Zigeunerbordell von Mátészalka war eine Institution von hohem moralischem Niveau, gemessen an dem, was man heute »literarisches Leben« nennt. Dort haben schließlich die traurigen Priesterinnen gegen bescheidene Entlohnung einer mächtigen Gottheit, Eros, gedient – hier bieten die männlichen und weiblichen Prostituierten an der Straßenecke gegen Stundenlohn ihre Reize zum Kauf an.

Bis zum Wiedersehen, lieber Tibor, gute Grüße von uns beiden.

In ehrlicher Freundschaft

SALERNO, 13. Juni 1976

Lieber Tibor,

über den Brenner fuhren wir nach Hause, unterwegs machten wir in Meran und Bozen Station. Südtirol hat sich unabhängig gemacht von den öffentlichen italienischen Zuständen, es gibt hier Ordnung, Organisiertheit, also alles, was gut ist im Deutschtum, und das mengt sich angenehm mit der italienischen Glätte. Hier herrscht die Rauheit nicht, die einem über die Alpen manchmal begegnet. Bozen ist ein selten schönes Städtchen, im Rahmen der Dolomiten und der schneebedeckten, sonnenbeschienenen Gipfel war es wie ein Reisegeschenk nach dem langen Herumtreiben in Österreich.

Es hat uns gefreut, daß wir uns wieder einmal getroffen haben, auch die Gespräche waren erfrischend. Ildikó entwickelt sich harmonisch, auch sie wiederzusehen war eine Freude.

Hier erwarteten uns zwei Briefe von Dir, danke für beide. Die arrogante nasale Antwort des Herrn H. habe ich mit heiterem Verständnis gelesen. Es lohnt sich, die Unterschrift aufmerksam zu betrachten; das paranoide Gekritzel verrät vom Briefschreiber alles. Wenn Du die drei Bühnenstücke K&W zeigen wolltest, würde ich dankend zustimmen, doch wenn das Resultat negativ ist (wahrscheinlich, unter den gegebenen Umständen), bemühe Dich nicht weiter, ich lege die Manuskripte in die Schublade. Bitte um Nachsicht wegen der Störung.

Heute in einer Woche wird hier »gewählt«. Zwischendurch wird auch, hier und dort, gemordet. – Nach dem Ende des Zweiten Weltkrieges sind die Italiener ohne Aufsicht geblieben und erlebten im Zeichen einer korrupten Demokratie eine überraschend erfolgreiche gesellschaftliche und wirtschaftliche Umschichtung. Zwischendurch zerfiel die soziale Struktur auf mafiose Weise, und mit Wahlen kann man das nicht in Ordnung bringen. Wahrscheinlich wird weitergewurstelt wie bisher, nur unter immer wackligeren wirtschaftlichen Bedingungen.

Wir warten den Herbst ab, dann wollen wir sehen, was wir tun sollten.

Beste Grüße von uns beiden, in Freundschaft

SALERNO, 30. Juni 1976

Lieber Tibor,

die Wahlen wurden mit dem voraussehbaren Ergebnis abgeschlossen, Paralyse und Polarisation bleiben wie gehabt, es wird bloß alles ein bißchen schlimmer, weil unsere Italiener keinen Kredit haben, doch man muß leben, und es wird immer problematischer, wovon. Vorläufig gibt es viele Fremde; in diesem Sommer saugen die Italiener sich mit Valuten voll. Im Herbst zirpen dann die Grillen. Doch ich vertraue auf die italienische Lebenstüchtigkeit, die Leute werden schon etwas erfinden. Wenn die Straße nicht dazwischenbrüllt.

Ich schicke gleich auch das Quarterly, denn sonst verfault das bescheidene Thema.

Hier ist seit ein paar Tagen Sommer, man kann im verseuchten Meer schwimmen. Von Bozen haben wir einen guten Eindruck mitgenommen, Deutsches und Italienisches mischen sich dort harmonisch. Was für Sommerpläne hast Du? Beide denken wir in Freundschaft an Dich – viele gute Grüße

SALERNO, 20. Juli 1976

Lieber Tibor,

die Sendung am Sonntag abend konnte man gut hören, danke für die sorgfältige Darbietung.

Böse Hitzewellen suchen uns hier heim, nach offiziellem Bericht ist das Meer nicht nur von deutschen Touristen bevölkert, sondern auch von Haien und Kolibakterien. Dennoch, am Morgen das Meer und am Abend die Dachterrasse, das hilft uns über die tropischen Tage hinweg.

Nach den Wahlen scheint es wahrscheinlich, daß die Kommunisten – bescheiden vorläufig, im Jackett – Platz nehmen in der Regierung und dabei hoffen, daß die Nato und der Gemeinsame Markt sie vor dem Schicksal Dubčeks bewahren. Und da alles »upside-down« geht, ist auch nicht unmöglich, daß eine ähnliche Wende sich anbahnt – schließlich lebt auch Tito schon seit dreißig Jahren davon. Schäumend verkünden die Kommunisten, sofern der Gemeinsame Markt der Regierung der italienischen Kommunisten kein Geld gebe, sei das »Einmischung in Italiens innere Angelegenheiten«. Doch wer glaubt, sich in den dunklen Canyons der italienischen Politik zurechtzufinden, ist Optimist.

Südengland kenne ich nicht, wahrscheinlich ist es schön und wohltuend menschlich wie die englische Landschaft im allgemeinen. (Ich habe es nur bis Oxford geschafft.) Ildikó ist schon erwachsen genug, um sich der Reise zu erfreuen – ansonsten hassen Kinder nichts so sehr wie mit den Eltern zu reisen, und wenn die Eltern sie unterwegs in ein Museum schleppen, ist das für sie wie körperliche Züchtigung. Doch mit Euch ist das anders.

Gute Erholung, in Freundschaft grüßt Dich

SALERNO, 30. August 1976

Lieber Tibor,

danke für den Brief und die Ansichtskarte aus Bournemouth. England kenne ich nur aus seinen »Werken« – manchmal verriet Falstaff etwas von England, ein andermal Pepys oder Churchill. Was ich auf diese Weise erfahren habe, ist zuwenig. Ich bin öfter drüben gewesen, aber weiter als bis Oxford bin ich nicht gekommen. Am längsten trieb ich mich in London herum, sechs Wochen lang, stets als Tourist. Wer heutzutage dort lebt, stöhnt, daß die »Änderung« übelriechend schnell vor sich gehe – an die Stelle eines England mit snobistischen Klassenprivilegien trat tonangebend eine Proletenhaftigkeit, die ebenfalls Klassenprivilegien beansprucht; die Intelligenzija bemüht sich drängelnd auch dort – in den Gefilden der Medien und auf den Universitäten –, »linksstehend« zu sein, sie beeilt sich, hinter die Schranke zu gelangen, die früher zwei Zivilisationen voneinander trennte, und wie die Rindviecher in den Schlachthöfen von Chicago schieben und stoßen einander die Intellektuellen, um Zugang zu finden zum marxistischen Markt, wo dann die Überflüssigen geschlachtet werden – wie neuerdings hier in Italien, wie in Deutschland, wie in Frankreich ... doch wozu fortsetzen? Dem Chronisten gehen Atem und Papier aus.

Die »Sicherheit«, von der Du schreibst, ist vielleicht auch dort nur Illusion, aber die Engländer sind gewiß stur und zähe. Aus der Mischung von Kelten, Normannen und Sachsen überragt stets der Sachse, aus dem Zweikampf des Engels und der Bulldogge grinst anhaltend die Bulldogge hervor. Auf die Rolle in der Welt haben sie elegant verzichtet, nur noch England muß man retten vor dem Zögern der Waliser, der Schotten, der Iren. Aber das Öl aus der Nordsee wird sie vielleicht zusammenhalten.

Der Sommer hier war ermüdend; das morgendliche Schwimmen im Meer mag regenerieren, aber tagsüber die Hitze und der Waschküchendunst – das erschöpft. Diese Woche haben wir »labor day«, wir bereiten uns vor auf die erforderlichen Tätigkeiten im Herbst und im Winter. (Wir tragen uns mit dem Gedanken, wieder nach Amerika hinüberzufliegen, diesmal nach Kalifornien.)

Hier diktieren gänzlich die Kommunisten (mittels der Gewerkschaften), doch sie trauen sich nicht, mit ganzer Verantwortung nach der Macht zu greifen, sie haben Angst vor den inneren und äußeren Konsequenzen. Mit der Nüchternheit, die den italienischen Politiker kennzeichnet, möchten die hiesigen Kommunisten vom Gemeinsamen Markt und von Amerika schriftliche Garantie, daß diese sie mit Waffen und mit wirtschaftlicher Hilfe schützen würden, wenn sie die Macht übernähmen und etwas schiefginge. Wer weiß, vielleicht bekommen sie auch eine solche Garantie.

In Freundschaft, mit vielen Grüßen von uns beiden

SALERNO, 25. September 1976

Lieber Tibor,

ich weiß auch nicht, was »Ideologie« ist. In seinem *Unmöglichen Lexikon* hätte Karinthy[1] sie vielleicht so definiert: »In der Tasche zu tragende synthetische Theorie für fortschrittliche Intellektuelle, die zur Bildung einer eigenen Meinung nicht fähig sind.« So, irgendwie. Die linksgerichteten Ideo-

1 Frigyes Karinthy, 1887–1938; Dichter, Novellist, Parodist; in manchen seiner Werke wurde der romantische Stil der Zeit zur Parodie, die er bewußt pflegte wie etwa in seiner weltliterari-

logen vollführen hier Bocksprünge, um im kommunistischen Parteibüro noch rechtzeitig einen Mitgliedsausweis zu erlangen – sie tummeln sich wie die Rinder im Schlachthof, um über die Schranke zu gelangen, wo ihnen dann eine Rolle zugewiesen wird und wo sie gleichzeitig im geistigen Sinn (manchmal auch anders) abgeschlachtet werden. (Siehe die letzten Beschlüsse des sowjetischen Schriftstellerkongresses.)

Beim Anblick der Reliquien von Sir Walter Raleigh[1] dürfte Ildikó deswegen gelächelt haben, weil sie in der Geschichtsstunde etwas davon gehört haben mag, daß die Jungfräuliche Königin [Elisabeth I. von England] nach den rührenden Höflichkeitsbezeugungen Sir Walter höflich enthaupten ließ.

Der beiliegende Zeitungsartikel mag als lustiges Gedankenspiel erscheinen, doch nur beim ersten Lesen. Es ist nicht unmöglich, daß die amerikanische Armee auf gewerkschaftlicher Basis umorganisiert wird – die Soldaten verteidigen das Vaterland nur vierzig Stunden in der Woche, und wenn der Feind am Samstag oder Sonntag angreift, fordern sie Überstundenlohn, sonst sind sie nicht bereit zu kämpfen.

Der Präsidentenwahlkampf erinnert an eine Schönheitskonkurrenz. Schwer zu wählen – beide Kandidaten sind smart.

Unsere kalifornischen Reisepläne sind unverändert, doch wir haben uns noch nicht endgültig entschlossen. Weit über Siebzig ist man nicht leicht wacker, man muß die Umstände

---

schen Paradie des Stils: *So schreibt ihr.* Márai meinte: »Karinthy hatte keine Geduld zu seinem Genie.«

1 Sir Walter Raleigh, 1554–1618, englischer Abenteurer, einer der frühen Kolonisatoren Amerikas, Günstling von Königin Elisabeth I. Des Hochverrats angeklagt, wurde er von 1603 bis 1616 im Tower eingekerkert, 1618 hingerichtet. – Als Elisabeth ihn einmal in seinem Schloß besuchte, legte er seinen Mantel auf den Boden, damit die Schuhe der Königin nicht beschmutzt würden.

genau prüfen. Am Ende werden wir, glaube ich, doch hinüberfliegen.

Vielleicht antwortet K&W bis Ende Oktober. Wenn nicht, nimm bitte das Manuskript zurück, und Dich um Nachsicht bittend, wollen wir diesen (letzten) Versuch vergessen.

Anbei das »Quarterly«. Wir beide grüßen Dich herzlich

SALERNO, 17. Oktober 1976

Lieber Tibor,

zurück aus Rom, fand ich hier Deinen Brief vor. Wer meint, sich zurechtfinden zu können im Dunkel der Irrwege der amerikanischen Präsidentenwahlen, der ist Optimist. Aus ganzer Nähe habe ich so manche Wahlkampagne erlebt und die Erfahrung gemacht, daß nach dem 2. November nur sehr wenig für die Wirklichkeit übrigbleibt von dem, was im Zuge der Kampagne gesagt wurde. – Die Trommler verkünden den Sieg von Carter[1]. Das wäre für mich erschütternd: Ein Mann ohne Vorschulung, ohne Bildung beschließt, Präsident der Vereinigten Staaten zu werden, und das System stellt ihn ins Schaufenster, setzt ihn mit allen Konsequenzen in die Nähe des Hebels, der, wenn er ihn betätigt, bewirkt, daß die Welt explodiert... Ford[2] ist ein einfacher Mann, aber »more presidential«. Ich bin froh, daß die Wahl nicht obligatorisch ist.

1 Jimmy (James Earl) Carter, *1924, Demokrat, 39. Präsident der Vereinigten Staaten von 1976 bis 1980.

2 Gerald R(udolph, Jr.) Ford, *1913, 38. Präsident der Vereinigten Staaten, Vizepräsident in der Nixon-Regierung, folgte 1974 Richard Nixon nach dessen Rücktritt.

Die Zurückhaltung, mit der die Wähler in Schweden und in Westdeutschland den Sozialismus betrachten, ist Weltphänomen: Es hat sich herausgestellt, daß der Sozialismus den Massen nur so lange etwas bieten kann, als er von anderen wegzunehmen imstande ist – doch sobald er als Besitz-, Produktions- und Verteilungssystem zu funktionieren hat, ruft er einen Stimulusmangel hervor, der die Produktion lähmt. Mir fällt ein, was Du unlängst in Wien gesagt hast: Mit der zahm gewordenen deutschen Sozialdemokratie könnten die großkapitalistischen Großindustriellen und Wirtschaftsführer eher einig werden als mit einer in die Opposition gezwungenen Sozialdemokratie, die ihre Daseinsberechtigung mit Streiks und Lohnforderungen beweisen muß. Darin mag ein Körnchen Wahrheit stecken.

In Rom ist das sichtbare Zeichen der italienischen »austerity« dies: Seit der Anhebung des Benzinpreises kurven mehr Autos in den Straßen als zuvor (offizielle Daten). Ein geheimnisvolles Volk. Das Individuum macht sich vom Staat und von den Institutionen unabhängig und lebt mit der Geschicklichkeit von Mafiosi – wie es nur kann. Die Kommunisten sind nur so lange groß, als sie großmäulig fordern und versprechen können, doch denken sie dabei angstgequält daran, daß sie die Macht eines Tages mit aller Konsequenz übernehmen und ihre Versprechen einlösen müßten in einem an Rohstoffen bettelarmen Land mit 56 Millionen Menschen. Doch am Ende wird alles anders. Wie zum Beispiel in Portugal, zumindest vorläufig.

Unsere Winterpläne sind noch ungewiß. In guter Freundschaft

SALERNO, 22. November 1976

Lieber Tibor,

die neue Umgebung wird Dir möglicherweise mehr Zeit lassen für die eigenen Aufgaben. Zur Redaktion bedarf es ganzer Aufmerksamkeit. Einem Dirigenten gleich achtet der Redakteur gleichzeitig auf die Partitur und das Orchester, er muß rechtzeitig die Harfe aufrufen und die Trommel einsetzen. Das ist umständlich. Vielleicht wird das Leben im neuen Arbeitskreis ruhiger sein, denn Du hast mehrmals geschrieben, daß Du Dich dort atmosphärisch nicht »zu Hause« fühlst.

Zusammen mit Deinem Brief erhielt ich auch den Bericht eines alten Freundes aus Amerika über die allgemeine Stimmung nach den Präsidentenwahlen. Er schreibt unter anderem: »Habemus papam: Damit will ich nichts Geschmackloses sagen, es ist mir nur eingefallen, weil der gewählte fanatische Niemand [Carter] sich in allen Dingen als solcher empfindet. Die Schwarzen und die Arbeiter haben ihn ins Amt gesetzt, und wir werden die Zeche bezahlen, wenn die Gewerkschaften und die Schwarzen die Rechnung einreichen. Da auch der Kongreß dünner geworden ist, wird es niemanden geben, der diesen Halbverrückten bremsen könnte. Wo immer ich auf die Politik achten mußte, beobachtete ich stets den besten politischen Fiebermesser: das Geld und dessen Reaktion auf gewisse Erscheinungen. Nun, der Dollarkurs ist an allen Börsen gefallen, und lahmer geworden ist auch das New Yorker »Spiel«. Doch ich hoffe, daß vielleicht nach der Natur der Sache alles anders wird, als es die Demagogensprache verheißen hat. Hoffen wir es. Doch wenn zutrifft, was Lincoln gesagt hat, daß nämlich »über Vierzig jedermann für sein Gesicht selbst verantwortlich ist«, ist die Hoffnung nicht übertrieben. Außerdem erwies sich wieder einmal, daß neben den

Schwarzen und den Arbeitern auch die Television Geschichte formende Kraft besitzt (prime time, abends zwischen neun und elf Uhr, eine Minute: 100 000 Dollar). Nach den Wahlen empfand ich Trauer für die Heimat, doch dann verscheuchte ich sie, weil mir der Rat eines meiner Hauslehrer, Epiktet[1], einfiel, der meinte, es lohne sich nur, sich damit zu befassen, »was in unserer Macht liegt«. Da das politische Verhalten meines adoptierten Vaterlandes nicht in meiner Macht liegt, beschränkten sich meine Sorgen auf den Dollar, denn wenn er kraftlos wird, wirkt sich das auch auf unser bescheiden-wackliges Rentendasein aus. Doch möglich, daß alles anders wird.

Die anläßlich des zwanzigsten Jahrestages des Volksaufstandes [Oktober–November 1956 in Ungarn] im Westen erschienenen Überlegungen (zumindest jene, die ich gelesen habe) gedachten mit sympathisierendem Schulterklopfen der Revolution wie des romantischen Unterfangens eines braven kleinen Volkes. Aber ich las keinen einzigen Gedenkartikel, der betont hätte, daß der historische Sinn des Aufstandes nicht der dokumentierte Protest gegen die kommunistischen *Methoden* gewesen ist, sondern gegen den Kommunismus selbst. –

Was den Nobelpreis für Literatur betrifft: Der Preis wird in Stockholm überreicht, aber in New York entschieden. (Es sind immer dieselben fünf Dutzend Männer, die über die Preisverleihung befinden, wie auch darüber, welches Buch zum Distributor kommt.)

Es tut mir leid, daß ich Dich gestört habe mit der Weitergabe der Bühnenstücke. Ich dachte nur, Du hättest eine Leitung zu dem Verlag. Ich verspreche, ich werde nicht überrascht sein, wenn man kein Interesse an den Stücken bekundet. – Was das unhöfliche Schweigen beziehungsweise das Nichtantworten betrifft, so ist das heute deutsche

1 Epiktet, um 50 – um 138, griechischer Philosoph.

Routine. Die Deutschen sind ein großes Volk, außerordentlich ihre Fähigkeiten, zu planen, zu organisieren und auszuführen. Aber nach meinen persönlichen Erfahrungen kann man mit ihnen nur dann in angenehmer Atmosphäre verhandeln, wenn es ihnen schlechtgeht – dann sind sie menschlich, höflich. Sobald die Sonne scheint, sind sie unangenehm arrogant. Zur Zeit scheint gerade die Sonne.

Wir verbringen den Winter, so gut es geht. – Das Dezember-Quarterly versuche ich zusammenzukritzeln. Die Erinnerung an die letzte Krönung in Buda enthält Karbolgeruch. Als wir von Kaschau nach Budapest fuhren, standen in den Stationen überall Waggons mit Verwundeten: Aus den Waggons strömte der bittere Geruch.

Wir beide wünschen Dir gute Gesundheit, es grüßt Dich in Freundschaft

SALERNO, 27. Dezember 1976

Lieber Tibor,

verklungen ist also der »Schwanengesang«[1], ich konnte ihn gut empfangen. Es hat uns gefreut, daß wir Deine Stimme gehört haben. Ich danke für die Mühe und überhaupt für die Art und Weise, wie ich in den letzten sieben Jahren über die Deutsche Welle manchmal zu dem geheimnisvollen »Geneigten Hörer« sprechen konnte. Nur noch »from person to person« kann man Kontakt herstellen zu dem einzelnen in der Masse, jeder andere Versuch, jemanden anzusprechen, bleibt taub im infernalen Stimmengewirr.

1 Márais letzte Sendung am 27. Dezember 1976.

Was Du davon schreibst, daß die Arbeit Dich zwar interessiert hat, Du aber mit den Mitarbeitern nicht immer Freude hattest, ist alltägliche Erfahrung: Es ist schwer, an die sogenannt geistigen Unternehmungen in der Emigration selektiv heranzugehen. In der Heimat ist die Auswahl immer größer, im Guten wie im Schlechten. Daß »die Ungarn« in der Emigration gruppenweise nicht hilfsbereit seien – ich glaube, das ist eher ein Phänomen der Emigration als ein ungarisches; »die Tschechen« wie »die Rumänen« und die anderen zerfleischen sich wahrscheinlich ebenso. Im allgemeinen kennzeichnen in der Fremde Neid und Verdächtigungen das ethnische Verhalten. (Eine Ausnahme bilden die Engländer – die verabscheuen einander, mit grinsender Höflichkeit, im Lande ebenso wie in der Fremde.) Meinst Du nicht, daß eine Monographie von Interesse sein könnte, die Geschichte und Charakter der ethnischen Emigrationen verläßlich »aufarbeitet« (ein ekliges Wort)?

Die »Antwort« vom Verlag überrascht nicht, sie ist das schematische Phänomen der allgemeinen Lümmelhaftigkeit, nichts anderes. Es ist nicht einmal beleidigend, denn es ist eine natürliche Unart, wie wenn die Passanten auf der Straße einander anspuckten. Es tut mir leid, daß ich Dich damit belastet habe, bitte, vergiß es, es wird nicht wieder vorkommen. Gelegentlich schicke mir bitte das Manuskript zurück. Bitte um Nachsicht, und vielen Dank.

Die Sorge, daß Deine Altersrente nicht mehr bezahlt werden könnte, ist unbegründet: Es wird sie eben die Große Glocke bezahlen, wie auch meine wacklige amerikanische Rente, die schon lange nicht mehr vom Steuereinkommen bezahlt wird, sondern von Schulden. Ortega y Gasset schrieb vor fünfzig Jahren, daß im Arbeitsprozeß infolge der technischen Revolution eine Änderung eingetreten sei: Früher habe im Arbeitsprozeß das Werkzeug den Arbeiter ergänzt, heute sei es der Arbeiter, der die Maschine ergänze. Und es werden immer weniger Arbeiter gebraucht. Die Alten werden an jedem Ersten anstelle von Geld Liebespakete erhalten, gewürzt mit Vitaminen und der billigen Ausgabe von Engels' Werken. Aber ich verstehe, daß Du in Deinem Alter sorgenvoll in die Zukunft blickst: Um die Fünfzig herum hatte ich auch solche Sorgen. Zur Beruhigung nur so viel: Mit der vergehenden Zeit wird auch die Sorge geringer, und in zwanzig Jahren (was ich Dir von Herzen wünsche) wird Dich die tägliche Witterung mehr interessieren als das tägliche Brot.

Der Jahreswechsel naht. Achte auf die Gesundheit; das hat seine Art und Weise und erfordert Aufmerksamkeit. Uns geht es gut.

In Freundschaft grüßen wir Dich und wünschen alles Gute

SALERNO, 28. Januar 1977

Lieber Tibor,

da Du nun »procul negotiis« [den Geschäften fern], in Pantoffeln und hinter dem Paravent hervor die Ereignisse betrachtest, ist für Dich vielleicht nicht das Wort von Tompa[1] zutreffend: »... Daß nicht mit bittrem Hohn / der Fremde, welcher Mitleid noch empfand, / Verachten muß dies unglückselige Land ...«, – sondern eher Adys vorsichtiger Optimismus: »... Ich will dich erhalten, darum wähle ich

1 Mihály Tompa, 1817–1868, kalvinistischer Pfarrer, Dichter, in vielen seiner Gedichte ertönt die allgemeine Trauer nach der Niederwerfung des Freiheitskampfes von 1848/49.

zu deinem Wächter die verklärende Ferne.« Darin übe ich mich schon seit langem, aber ohne Fernrohr.

Was Du vom »kalten Anschluß« schreibst, erinnert mich an meinen letzten Besuch in Wien: Die Balkanisierung der schönen Stadt schreitet stürmisch fort. Doch es ist nicht unmöglich, daß – sobald man Wien mit seinen Nachbarn synchronisiert – im Osten eine Veränderung mit umgekehrtem Vorzeichen stattfindet: Der Osten wird »westlicher«, als es der Westen jetzt ist. Die Dissidenten-Kunststücke der Intellektuellen bedeuten nicht viel; dieselben eifrigen Brüderchen, die in den letzten dreißig Jahren enthusiastisch den Karren geschoben haben, vermuten nun, daß der Wind sich dreht, und bemühen sich, gute Punkte zu sammeln. Aber die ostdeutschen und die polnischen Arbeiter und Bauern – sie sind die einzige Kraft, die eine Änderung herbeiführen könnte – haben es satt, daß der Wurstpreis stets angehoben wird. Das könnte ernste Folgen haben. Der Spruch »Mehr Tage als Wurst« [ungarische Redewendung] ist ein bedeutendes Argument. Auch Panzern gegenüber.

Die volksdemokratischen Skalpjäger tasten sich fleißig an das im Westen aufs Korn genommene Wild heran – auch bei mir klopfte unlängst so ein Besucher an (»Akademiker, Universitätsprofessor«, in Begleitung eines Gorillas), doch nur im Vorzimmer unterhielten wir uns, denn ich bat ihn, sich auf demselben Weg zu entfernen, auf dem er gekommen war. Das Ziel bleibt immer das gleiche: noch einen weiteren Skalp an den Gürtel zu stecken, ihn den im Lande Gebliebenen herzuzeigen – seht, alle haben sich schon ergeben.

Dieser Tage erschienen in Kanada weitere Aufzeichnungen: *Tagebuch 1968–1975*. Es wird interessant sein zu beobachten, ob und wie im Geist von Helsinki der Versuch des »freien Austauschs von Ideen« funktioniert. Denn kein einziges Exemplar des Buches *Land, Land!* gelangte auf dem Postweg nach Budapest.

Ein Exemplar des neuen *Tagebuches* geht gleichzeitig an Dich ab. Die Zeile, die Du zitierst, lautet, wenn ich mich richtig erinnere, so: »Die Urmagyaren, als sie sich auf den Weg machten, suchten nicht nach einem Vaterland, sondern nach Weideland. Es waren die Dichter, die dann aus dem Weideland Vaterland machten.« Tausend Jahre später werden es vielleicht wieder die Dichter sein, die aus dem, was nach dem zeitgeschichtlichen Zwischenspiel noch übrigbleibt, »Vaterland« machen.

Ich wünsche Dir gute Gesundheit und Ruhe, in Freundschaft

SALERNO, 9. März 1977

Lieber Tibor,

beiliegend gebe ich die Briefkopie zurück. Freundliche und vernünftige Zeilen – das ist die andere Stimme aus Österreich. Das Hoffen, daß es dort »anders« wird, ist nicht unbegründet. Gegen die Höflichkeit kann der Eroberer nicht viel tun; 1945 sahen die Österreicher die sowjetischen Besatzungstruppen (und später manchmal die Flüchtlinge) als Subjekte des Fremdenverkehrs an, und sie behandelten sie auch so. Das Rentendasein in Österreich ist nicht das schlechteste – nicht unbedingt in Wien, sondern in Wiens Nähe, also in der Nähe von Theater, Musik und Kaffeehaus. Das Rentendasein ist wirklich ideal, besonders wenn die Inflation die Rente nicht auffrißt. Sorgenvoll öffne ich jeden Monat das Couvert unserer bescheidenen amerikanischen Rente – was ist sie noch wert? In Amerika gibt es unser, Greise, bereits 25 Millionen, und die Jungen, die

»Werktätigen«, murren, denn sie müssen die Zeche bezahlen. Das Alter, wenn Gesundheit sich zu ihm gesellt, ist nicht schlecht (jeden Morgen muß man das Werk aufziehen und schmieren, damit es bis zum Abend weitertickt) – doch als ein »Kind des Jahrhunderts« nehme ich übellaunig wahr, daß es nicht »mein« Alter ist. Rilke meinte, »man muß seinen eigenen Tod erleben«, und das ist ein guter Tod. Auch das Alter ist nicht schlecht, wenn es ein persönliches ist. Alte Menschen hat es immer gegeben. Doch nie gegeben hat es früher alte Massen. Jetzt sind sie da. Alte Menschen wurden, wenn sie es verdient hatten, einst respektiert. Doch niemand respektiert die alten Massen. Und sie sind ein furchterregendes Phänomen. Die alte Masse (deren eine Zelle ich bin) hat sich in kurzer Zeit, während eines Menschenalters, verwirklicht. Und beraubt manchmal den alten Menschen der Lust, lange unpersönlich alt zu sein.

Das Murren der Dissidenten ist auch hier hörbar. Es gibt unter ihnen auch Gutgläubige. Und dann gibt es nicht wenige, die sind wie der erschrockene Brandstifter, der in seiner Angst in das Gewand des Feuerwehrmannes schlüpft. Wie ich höre, hat man in der Tschechoslowakei kein großes Mitgefühl mit diesen Leuten, die dreißig Jahre lang den Karren geschoben haben, und nun, da der Karren rüttelt, beeilen sie sich abzuspringen. Viele sagen dazu: »Sieh mal, sieh mal!« – und fügen leise hinzu: »Recht geschieht ihnen.« Das ist natürlich kein eleganter Standpunkt, aber ein verständlicher. Die »westliche« Sorge, die Sowjets könnten Westeuropa schlucken, wird durch die Annahme gemildert, daß die Sowjets genug damit zu tun haben, ihre bisherigen Eroberungen zu verdauen; vielleicht liegt es gar nicht in ihrem Interesse, sich weitere 250 Millionen unzufriedene Menschen einzuverleiben. Sie begnügen sich mit der Zusammenarbeit mit Volksfrontregierungen und »finnlandisierten« Staaten.

Gefährlicher ist die Aufrüstung, die sich nicht mehr abstellen läßt. In der letzten Nummer der »Foreign Affairs« schrieb der amerikanische Admiral Turner (er war Oberbefehlshaber von Nato-Süd, hat hier in Neapel seine Sommerfrischen verbracht) darüber, was die Wahrheit sei. (Er wurde jetzt zum Präsidenten der CIA ernannt.) Wenn eine unvorstellbar schwere, aufs höchste aufgeheizte Lokomotive sich in Bewegung befindet, ist es schwer, sie abzubremsen, weil das eigene Gewicht sie in Bewegung hält – der Admiral sagt es nicht so, aber das ist die Kerntheorie.

Es wäre schön, Euch zu Pfingsten hier zu sehen. Schreib uns rechtzeitig, wenn es soweit ist, damit wir hier sind. Der Winter war ermüdend (nicht die Temperaturen, eher das Höhlenleben); Sonnenschein und dazu freundschaftliche Gespräche werden guttun.

Viele liebe Grüße

SALERNO, 20. April 1977

Lieber Tibor,

es ist schon lange nicht mehr zeitgemäß, etwas zu erzeugen, was die Menschen auch brauchen. Dem Orwellschen Rat entsprechend ist nur wichtig, daß das Rad sich dreht, gleichgültig, was die Mühle mahlt. Ein mitteleuropäischer, nach Amerika emigrierter Schuhfabrikant empfahl auf der Generalversammlung der dortigen Schuhmoguln, man solle in Zukunft Schuhe fabrizieren, welche die Form des menschlichen Fußes haben. Der Vorschlag rief allgemeine Entrüstung hervor, mit wütenden Drohungen protestierten die Schuhfabrikanten gegen die Verletzung der Grundprinzipien der Branche.

In einer eindimensionalen Zivilisation (egal, ob eine Konsumzivilisation oder eine sozialistische, wesentlich ist nur, daß sie eindimensional ist) verkümmert der »Anspruch«. Das stimmt. Doch wenn man die Anspruchsverkümmerung diagnostiziert, vergißt man, daß in jedem Zeitalter, in jeder Runde einer Zivilisation der Zeitgenosse sehr selten war, der »Anspruch« hatte. Ein Bürgermeister im Altertum, ein Bauer im Mittelalter, ein Kaufmann in der Renaissance oder ein Advokat in der Neuzeit, jeder hatte in moralischer und geistiger Hinsicht keinen höheren »Anspruch« als seine Mitmenschen im allgemeinen. Es war immer nur das Individuum, das auswählte, ablehnte oder anspruchsvoll zustimmte, das sich unterschied. Und das Individuum war in jeder Zivilisation ein seltenes Wesen. Es gibt es auch heute noch, doch es wird vielleicht raffinierter gewürgt als in anderen Zeiten.

Doch es will scheinen, daß eine Generation im Aufwachen begriffen ist aus dem rechtsgerichteten und dem linksgerichteten Konformismus. Neuerdings erhalte ich Briefe von unbekannten jungen Menschen, die fragen oder antworten, jedenfalls aufwachen, sich interessieren. Man darf es nicht überschätzen, aber es ist immerhin ein Zeichen.

Hier, wie auch anderswo, ist der Terror, ist der Menschenraub, ist das als Sport betriebene Morden bereits epidemisch. Wie junge Burschen mit dem Flobertgewehr auf Spatzen, so schießen die rasenden Zentauren aus dem Sattel des Motorrades auf die Passanten, ohne Absicht, nur weil man es kann. In Deutschland wie in Frankreich, in London wie in New York rasseln die Ansager die Nachrichten von Menschenraub und Mord herunter (vom Staatsoberhaupt abwärts kommt jeder einmal daran: Richter, Polizist, jeder) – und wenn ich an Angeberei litte, könnte ich feststellen, daß »das Leben (wieder einmal) die Literatur nachahmt«, weil die »Canudos« sich bereits in kontinentalen Weiten mehren.

Das »built in death« ist nicht nur ein Trick von Autoproduzenten – auch die Natur bedient sich dieser Produktionsmöglichkeit, das erfahren wir jeden Tag an uns selbst. Aber doch – bis dahin.

Ostern war hier eher Nachwinter als Vorfrühling. Hoffentlich bringt Pfingsten Licht und Wärme, und dann werden wir Euch hier wiedersehen.

In Freundschaft

SALERNO, 29. Mai 1977

Lieber Tibor,

da die »Bombe«, von der Du schreibst, nicht nur symbolisch explodiert, sondern auch in den Straßen, in den Gebäuden von Banken und Theatern usw., muß man sich vergegenwärtigen, daß die Menschenart Opfer einer Epidemie ist und niemand die Panazee kennt. Die Neigung zur Selbstzerstörung ist die gefährlichste Variante aller menschlichen Neigungen, und der »fortschrittliche« Intellektuelle, wenn er die Möglichkeiten des Selbstschutzes – also den Staat, die Regierung, die Institutionen – diskrediert, will zunächst gar nicht den Sowjets helfen, er will bloß alles vernichten um sich herum, wo er gerade ist – alles, was dem menschlichen Zusammenleben eine würdige Chance verliehen hat. Diese »Fortschrittlichen« sind unheilbar – die Kämpfer der Fünften Kolonne sind fleißiger, als es die Kapos[1] in Auschwitz gewesen sind, fleißiger als die Politruks[2] im Gulag.

1 Häftling im KZ, der ein Arbeitskommando leitete.
2 Dem militärischen Führer beigeordneter politischer Führer in einer sowjetischen Truppe.

(Ich lese gerade den zweiten Band [von Solschenizyn], der Autor ist weitschweifig, doch es lohnt, das Buch zu lesen, denn was er sagt, ist auch dann noch zutreffend, wenn die Details unverläßlich sind.)

Vergangene Woche waren wir in Rom. Wir gerieten in einen regelrechten Bürgerkrieg. An den Straßenecken des Centro storico wachten Polizisten in kugelsicherer Weste und mit Stahlhelm, überall Rettungswagen und schlendernde Ärzte – volle Bereitschaft. Am Abend wurden wir auf dem Weg von der Piazza Popolo hinauf zum Gianicolo anderthalb Stunden lang gedrängt – vollkommen war der Verkehrsinfarkt (sonst brauchen wir zehn Minuten). Dabei ist Rom voller Touristen, sie bevölkern die Museen, die Gasthäuser, die Stufen der Piazza di Spagna, anscheinend betrachten sie den Bürgerkrieg als eine Sehenswürdigkeit des Fremdenverkehrs, die das römische Fremdenverkehrsbüro vorbereitet hat zum Vergnügen der Gäste. Am Vormittag auf dem Campodiglio folgt eine Ziviltrauung auf die andere in den festlichen Räumlichkeiten, und der Chauffeur, den wir am Sonntag vor der Abreise fragten, wann und wo heute der Bürgerkrieg stattfände, antwortete allen Ernstes: »Heute gibt's keinen Bürgerkrieg, riposo«, und er lachte dazu.

Wir sind müde; vielleicht vom Wetter, vielleicht von der Geschichte, die monoton ist. Vielleicht vom Alter. Ich lese gerade Cellinis[1] *Vita*: Im 16. Jahrhundert war die Lage in Rom genauso wie heute; nach dem »Sacco«[2] stellte sich

---

1 Benvenuto Cellini, 1500–1571, Bildhauer, Goldschmied und Schriftsteller, schillernde Gestalt der italienischen Renaissance.

2 Sacco di Roma (Plünderung Roms): die während des zweiten Feldzuges Kaiser Karls V. gegen Franz I. von Frankreich nach der Erstürmung Roms (6. Mai 1527) bis Juli fortgesetzte grauenhafte Verheerung der Stadt durch die Söldner des Connétable von Bourbon, namentlich die deutschen Landsknechte.

heraus, daß es in Italien keine handlungsfähige Autorität mehr gab, der Papst, die Polizei, die Ämter, alles und jeder war hilflos, man taumelte ohne Ansehen dahin. Heute ist die Lage ebengleich, und dabei leben die Leute überraschend geschäftig, ja, scheinbar gut, denn sie machen sich unabhängig vom Staat. Jeder hilft sich, und manchmal dem Nachbarn, wie er kann.

Sitze die Zeit aus, warte die Rente ab. Irgend jemand wird sie zahlen; vielleicht ein Computer, der im Produktionsprozeß die Rolle vom Arbeiter übernimmt. Wir werden uns freuen, wenn wir Dich hier sehen können, und hoffen, daß wir noch dasein werden. – Gute Gesundheit, in Freundschaft

SALERNO, 1. August 1977

Lieber Tibor,

was Du von der Nichtbeachtung des Schriftstellers, des Manuskripts, des Briefes usw. schreibst, überrascht nicht. Jede Vereinbarung – die Vereinbarung zwischen dem Autor und dem Verleger, zwischen diesem und jenem Staat – hat ihren ursprünglichen Sinn und Wert verloren. Die Lümmelhaftigkeit, das »Schweigen«, das Nicht-einmal-Hinspucken – all das ist bereits Routine in internationaler Dimension. Ein Bekannter, der in den Gefilden der Vereinten Nationen tätig ist, schreibt, daß die meisten beim Sicherheitsrat eintreffenden Eingaben und Beschwerden stillschweigend liegengelassen werden, ohne Antwort bleiben, weil man darauf gekommen ist, daß die meisten Akten am besten erledigt werden können, indem sie nicht erledigt werden. Was soll ein bescheidener Schriftsteller – und sein gutgläubiger Freund – noch erwarten vom deutschen Verleger, der von den Höhen des Wirtschaftswunders das literarische Leben betrachtet? Es war schön, was Du geschrieben hast, danke, daß Du meinen Büchern helfen wolltest, doch bitte, kümmere Dich nicht weiter darum – warten wir ab, bis die D-Mark schlapper wird (was unvermeidlich ist), dann werden auch die deutschen Verlage wieder höflich. (Vielleicht.)

Offensichtlich gehorcht Ildikó ihren gesunden Neigungen, wenn sie in Mathematik durchfällt. So tat ich auch bei der Matura und wurde zu einer strengen schriftlichen Prüfung verdonnert.

Aufs Zureden eines Münchner (ungarischen) Verlegers hin bastle ich einen Band Gedichte zusammen, eine Auswahl aus vier alten Gedichtbänden. Der erste erschien 1921, und dann je einer alle zehn Jahre. Diese lyrische Spukerscheinung ist manchmal überraschend – selten das Gedicht oder auch nur die Verszeile, die unbeschädigt, ohne Verkalkung das halbe Jahrhundert überdauert hat. Gewiß, auch Dichter dieser Art sind selten. Ich gehöre leider nicht zu ihnen.

In Italien wimmelt es von Touristen, das Titelblatt des »Spiegels« hat sie nicht abgeschreckt. Hoffentlich Dich auch nicht, und wir werden Dich im Sommer hier sehen. In der ersten Sommerhälfte gab es ein paar heiß-feuchte Tage, ansonsten aber ging der Sommer erträglich dahin.

Bis zum Wiedersehen grüßen wir Dich beide in Freundschaft

SALERNO, 19. September 1977

Lieber Tibor,

die Nachricht von Ildikós Durchfallen erzeugt Übelkeit: Alles, was in Österreich kleinlich, in religiösem wie in säkularem Sinn bigott, was übelriechend und abgestanden provinziell ist, ist in der Nachricht enthalten, daß man ein vernunftbegabtes Mädchen bei der Prüfung durchfallen läßt, weil sie auf eine gewunden ausgeklügelte Frage nicht antworten konnte. Schlimmer als die Lehrgauner sind die Lehridioten. Mein Großonkel Béni Grosschmid, Verfasser eines Bandes über ungarisches Privatrecht, ließ Ignotus sen.[1], der bei der Prüfung verwirrt redete, mit der Bemerkung durch: »Sie sprechen nicht vom Prüfungsgegenstand, aber ich sehe, daß Sie intelligent sind.« Darum geht es ..., doch als ob gerade dies im heutigen Österreich fehlte. Die großen Talente, die feinen Geister, die edlen Charaktere sind dort ausgestorben. Geblieben sind ein rückständiger Katholizismus und ein ebenso rückschrittlicher, nach Kleister riechender Sozialismus mit der entsprechenden Engstirnigkeit und Einfältigkeit. Ildikó tut mir leid, ich fühle mit ihr. Doch sie ist wirklich vernunftbegabt und wird nicht nur die Prüfung, sondern auch anderes verwinden.

Daß auch meine Bücher bei der Prüfung durch den deutschen Verlag durchgefallen sind, überrascht nicht. Es ist allgemein bekannt, daß der in Deinem Brief erwähnte »ungarische Sachverständige« der westdeutsche Agent der Budapester Kommunisten ist, verständlich also, daß er meinen Büchern in Deutschland keine Chance einräumt. Der Verlag hat auch sonst den Ruf, daß in seinem geistigen Generalstab die fortschrittlichen Intellektuellen den Ton angeben – jene intellektuelle Lumpenbourgeoisie, die sich im

1 Später Chefredakteur der deutschsprachigen »Pester Lloyd«.

Westen wie im Osten hinter den Schreibtischen etabliert hat und die Berechtigung ihrer Existenz und ihrer Tätigkeit nicht anders unter Beweis stellen kann, nur so, daß sie alles vernichtet, was nicht »linientreu« ist. Ich danke Dir sehr für Deine selbstlosen, freundschaftlichen Bemühungen, doch ich bitte Dich, mach keine weiteren Versuche. Vielleicht ergibt sich noch eine andere Möglichkeit (jemand experimentiert anderswo), und dann wäre es gut zu wissen, daß auf Deine Übersetzung zu zählen ist, die auch ich für ausgezeichnet halte.

Ansonsten bleibt der Roman *Das Urteil von Canudos* verdammt aktuell. Man braucht nur die Morgenausgaben der Zeitungen aufzuschlagen und die deutschen etc. Nachrichten zu lesen.

Der Sommer war erträglich; es gab viele waschküchenfeuchte, dunstige Tage, die haben mich ermüdet. Wir hegen Reisepläne, doch zuerst müssen die gesundheitlichen Bedingungen geklärt werden.

Wenn Du *Gulag II* in die Hände bekommen kannst (bei Harper auf englisch als Taschenbuch), scheue nicht die Mühe, blättere es durch. Es ist anders als der erste Band, an manchen Stellen wie ein prozeßfähiges Bekenntnis – nicht sosehr das, was im Lager geschieht, sondern eher das, was die Gesellschaft ausmacht, aus der das Lager notgedrungen folgt.

Ich hoffe, Du bist bei guter Gesundheit. Wir beide grüßen Dich in Freundschaft

PS: Die beiden beigelegten Bücher sind soeben erschienen, ich schicke je ein Exemplar *[Das Wunder des San Gennaro]*, ich habe keine Widmung hineingeschrieben, da Du die erste Ausgabe ja hast. Vielleicht kennst Du jemanden, dann »gib es weiter«.

SALERNO, 23. September 1977

Lieber Tibor,

mit Verständnis las ich die an den Verlagslektor gerichteten Zeilen. Ich glaube nicht, daß der Schreiber des Briefes für die Absage verantwortlich ist, er hat wahrscheinlich bloß weitergeleitet, was man ihm in die Feder diktiert hat. Der »fortschrittliche Intellektuelle«, ein Diktator des westlichen Geisteslebens, ist unheilbar – es ist leichter, mit einem echten Kommunisten Worte zu wechseln als mit Leuten, die das Abzeichen nicht anstecken, aber den Karren schieben.

Wenn Du die Bücher zurückerhalten hast, wäre ich dankbar für eine Kopie der übersetzten zehn Seiten aus dem *Erösitö [Der Bestärker]*. Es würde mich sehr interessieren, die Übersetzung zu lesen.

Ich hoffe, daß bei Dir alles in Ordnung ist. In Freundschaft

SALERNO, 24. Oktober 1977

Lieber Tibor,

die Übersetzung [siehe voriger Brief] ist hervorragend. Sie ist nicht nur eine getreue Wiedergabe (das ist selbstverständlich), sondern mehr als das: Sie ist lebendig wie der Originaltext. Das ist selten, die meisten Übersetzer stimmen irgendwie den fremden Text um auf den eigenen Tonfall. Vielleicht ergibt es sich doch einmal, daß ein deutscher Verlag sich dieses Buches annimmt; es wäre für mich beruhigend zu wissen, daß Du die Übertragung bewerkstelligst.

Eine Publikation ist nicht unmöglich, doch vorläufig besteht nur wenig Hoffnung. In den letzten Tagen las ich Orwells Briefe, 1920–1940, in einem Brief aus dem Jahr 1939 beklagt er, daß das kapitalistische System die freie Meinungsäußerung ersticke; ein Schriftsteller, der anderer Meinung sei als das System, müsse schlau sein wie der Fuchs, um einen Verleger zu finden. Einige Jahre später schrieb er das gleiche über den Intellektuellenterror, der mit linken Slogans jede freie Meinung abwürge. Bücher, die nicht mit der Meinung der intellektuellen Strizzis übereinstimmen, müssen heute im Westen ebenso als Samisdat-Ausgaben erscheinen wie im Osten.

Der Terror, der in Deutschland und gleichzeitig auch im Ausland zutage tritt, beschwört wieder einmal lautstark die klassische Frage des Römischen Rechts herauf: »cui prodest?« Da diese deutschfeindlichen Terrorakte zentral organisierte Aktionen sind, muß man nicht lange suchen nach jenen, die Interesse daran haben, das Vertrauen der Deutschen in das eigene demokratische System zu erschüttern. Deutschland ist im Westen das einzige Lebewesen, das noch Rückgrat besitzt – die anderen schleichen im Staub umher, von den Sowjets gelenkt, wie Kriechtiere. Falls die Kommunisten das deutsche Rückgrat brechen, wird es nicht schwer sein, den Rest zu »finnlandisieren«. Möglicherweise ist das der Sinn des terroristischen Zwischenspiels. Eines Tages wird die Terrorepidemie ermüden, sie hört dann auf – doch bis dahin kann so manches geschehen, das man später nicht mehr wiedergutmachen kann. Die Reaktion der Deutschen kann man nicht voraussehen. Nietzsche meinte, wer gegen Drachen kämpfe, werde am Ende selbst zum Drachen.

Der Griff-Verlag übersiedelte 1948 von Budapest nach München. Viel hat er bis jetzt nicht publiziert, aber nun will man die Ärmel hochkrempeln. Zwei ältere Bücher von mir brachte er in schöner Ausstattung heraus. Mit dem Gedichtband trödele ich noch herum: Den lyrischen Abfall von sechzig Jahren zu einem Band zu gestalten, das ist ein geradezu unheimliches Unterfangen.

Unsere Gesundheit ist »così, così«. Der Herbst ist trostvoll, mild. Alles Gute von uns beiden.

In Freundschaft

SALERNO, 10. Dezember 1977

Lieber Tibor,

es ist schwierig, die Zeilen von Kosztolányi[1] zu deuten:

»Wer war der Zaubrer, der in lauem Dunst
das All gewaschen hat? Ob seiner Kunst
stehst du verwundert wieder, Wunderbarer?«[2] –

denn wer und was ist hier wunderbar? Der Dichter, der sich wundert, oder der Leser, der unter dem Eindruck der Verse sich verzaubert fühlt...? Ich glaube, Du hast recht, Kosztolányi wollte sagen, wundervoll sei, was wir sehen, doch hat er sich nicht genau ausgedrückt. Auch ich liebe dieses Gedicht, es ist eines der schönsten aus Kosztolányis Spätlyrik.

Der Terror legt jetzt für kurze Zeit eine Pause ein, um zu verschnaufen, man sammelt Kraft: Kein neues Phänomen,

1 Dezső Kosztolányi, 1885–1936, herausragender Lyriker, Essayist, Erzähler und Übersetzer, Schöpfer formvollendeter, an Natürlichkeit und Tiefe reicher Gedichte und Romane. Zur deutschen Ausgabe seines Nero-Romans *Der blutige Dichter* schrieb Thomas Mann 1924 ein enthusiastisches Vorwort. Márai war mit Kosztolányi befreundet.
2 Übersetzung von Martin Remané.

es hinterließ Spuren in den meisten Etappen der gesellschaftlichen Entwicklung. Der Terror tritt in Wellen auf, nach einer gewissen Zeit beruhigt er sich. Die »Medien« kommen ihm zu Hilfe, sie tischen ihn mit großen Lettern lauthals auf, was die Terroristen natürlich freut, ist doch das oberste Ziel der Terrorakte die Panikmache. – In Italien hier ist eine interessante Nebenerscheinung des alltäglichen Menschenraubs, daß zwar jedermann die Terroristen haßt und verachtet – die Polizisten, wenn sie hie und da einen Terroristen fangen, müssen Faustkämpfe austragen mit der wütenden, zum Lynchen bereiten Masse –, aber die Opfer werden selten betrauert. Wenn die Nachricht die Runde macht, daß dieser oder jener, einfache Zivilpersonen, nach der Zahlung einer Summe von einer Million Dollar (manchmal mehr) freigekommen ist, schauen die Leute einander an und fragen, manchmal nur mit dem Blick: »Woher...?«

Die großmäuligen Selbstkritiker, die das »System« mit Gasolin begossen haben und sich dann im Augenblick der Brandkatastrophe zu den Geschädigten gesellen und jammern, sind in jedem Zeitalter und überall hervorgetreten. Auch anderswo ist die Lage nicht besser als in Italien, aber vielleicht nicht so unverschämt. In dieser Etappe der Zivilisation besteht im Westen nur wenig Hoffnung auf eine Erleichterung – aber vier Fünftel der Menschheit sind noch nicht verblödet durch die Segnungen des wirtschaftswunderlichen Wohlfahrtsstaates: Der Stimulus der Not könnte in den nichtokzidentalen Massen die Bereitschaft zu einer neuartigen Zivilisation wecken.

In den nächsten Tagen fliegen wir nach Kalifornien – der Sinn der Reise ist die Suche nach ärztlichem Rat. Wenn alles glattgeht, werden wir vielleicht Ende Januar zurück sein. Und wenn wir es schaffen, kommen wir auch nach San Diego – dort, im Observatorium auf der Höhe der Sierra Nevada, sind die Photoserien zu sehen, die Nachricht geben davon, ob im Weltall noch alles auf seinem Platz ist. Es schadet nicht, sich zu informieren, bevor man sich auf einen längeren Weltraumflug begibt.

In der Tanzschule wird Ildikó wahrscheinlich mehr fürs Leben lernen als in der Schule. Ihr und auch Dir ein friedliches Weihnachtsfest, in Freundschaft Grüße von uns beiden

SALERNO, 5. Februar 1978

Lieber Tibor,

nach sechswöchiger Herumtreiberei in Amerika sind wir nun wieder hier, und so bekam ich Deinen Brief vom 19. Januar sowie die Karte mit den guten Wünschen erst jetzt in die Hand – letztere erwidere ich, mit der Zugabe von »alles Gute«.

Fünf Wochen lang schlenderten wir durch Kalifornien – zwei Wochen in den nördlichen Gefilden und drei im sonnenbeschienenen San Diego, mit einem Abstecher nach Mexiko, und zum Schluß verlebten wir eine Woche im von arktischen Stürmen und Schneefällen heimgesuchten eisigen New York. Wir schwebten insgesamt über 26000 km hin und her, und als Zugabe rollten wir noch etwa tausend Meilen auf der Achse. Wenn ich auch noch die Zahl meiner Lebensjahre dazugebe und die mit der Reise verbundenen vielen Schwierigkeiten, muß ich zufrieden sein, daß alles so relativ glatt verlaufen ist. Die Flugtechnik wird von Jahr zu Jahr vollkommener – das Ein- und Aussteigen von Jahr zu Jahr langweiliger, ermüdender, weil ja Massen reisen und die Menschen Leibesvisitationen über sich ergehen lassen müssen. Mit einem Wort, es gibt unser zu viele, und das verursacht Störungen.

Zwei Jahre ist es her, seit wir unsere adoptierte Heimat zuletzt sahen – das Wiedersehen war eine angenehme Überraschung. Aus oberflächlichen Reiseeindrücken von sechs Wochen eine zusammenfassende Meinung zu bilden wäre unverantwortlich – alles in allem scheint es aber den Menschen gutzugehen, sie sind nicht unzufriedener als die Menschen anderswo. Es gibt Probleme, es gibt Inflation und Arbeitslosigkeit, doch alles funktioniert, zumindest vorläufig, das große Werk rotiert. Von San Diego haben wir die besten Erinnerungen mitgebracht – diese große Kleinstadt oder eher kleine Großstadt (800 000 Einwohner) am Pazifischen Ozean ist der Aufenthaltsort, an dem ich die Zeit, die mir noch zugedacht ist, am liebsten verleben möchte. Vielleicht läßt sich dieser Plan verwirklichen. Der Dollar ist derzeit schwächlich, besonders im Ausland, aber im Inland hat er immer noch seinen Wert. Man bemüht sich, die Inflation zu bremsen, sie unter 10% zu halten. Um den Dollarwert im Ausland kümmert sich niemand. Die Verschwendung (von Rohstoffen und Energie) ist immer noch verblüffend, aber es geht. Und überrascht haben mich der Tonfall, die guten Manieren, die Höflichkeit der Südkalifornier – sogar im eisig-rauhen, im allgemeinen unhöflichen New York glaube ich eine ähnliche Änderung wahrgenommen zu haben. Nach dem lümmelhaften Ton in Europa, nach dem geschäftigen Geiz dort ist drüben alles irgendwie menschlicher, realer. Ich freue mich, daß wir die Reise unternommen haben.

Nun ist also Zeit, uns zu strecken. Ich hoffe, diese Zeilen treffen Dich bei guter Gesundheit an. Nächstens mehr und auch über anderes. Beste Wünsche, in Freundschaft

SALERNO, 21. April 1978

Lieber Tibor,

danke für die guten Wünsche – wie Du vermutest, brauchen wir solche wirklich. Am 16. März stürzte Lola im Café (jemand hatte ein Stuhlbein vor ihre Füße geschoben) und brach sich den linken Oberarm. Fünf Tage war sie im Krankenhaus, dann zwei Wochen lang zu Hause mit einem Plastikverband (totale Fixierung), dann, nach einer weiteren Röntgenuntersuchung, bekam sie einen schweren Gipsverband von der Hüfte bis zum Kinn. Vor ein paar Tagen wurde sie wieder untersucht, und es wurden ihr weitere zwei Wochen im Gipsverband verordnet. Hoffentlich wird der Verband am 10. Mai entfernt, und dann wollen wir sehen, wie es weitergeht. Das ist große Sorge und Traurigkeit – die Arme erträgt alles tapfer und geduldig. Doch leicht ist es nicht.

Von den Umständen hier weißt Du alles, man kann nichts hinzufügen. Nicht nur James Reston (von der »New York Times«) ist der Meinung, daß hinter allem, was hier geschieht, die Regie der Sowjets steckt: So wollen sie in den demokratischen Ländern das Vertrauen in die Institutionen erschüttern, um dann ohne Säbelrasseln (durch die Gewerkschaften und die Medien) vorzustoßen ins Vakuum und die Finnlandisierung des Westens zu verwirklichen. Möglich.

Wir haben beschlossen, in diesem Jahr nach Amerika, nach Südkalifornien zu übersiedeln. Das Intermezzo Europa ist für uns zu Ende. Nicht sosehr die veränderten politischen Verhältnisse (mit welchen wir persönlich nichts zu tun haben) veranlassen uns dazu, sondern eher Überlegungen, die mit der Gesundheit und dem Alter zusammenhängen. Wir gehen nicht gerne (spätestens im Herbst, aber vielleicht schon früher), schon hegten wir die Hoffnung, daß wir die verbleibende Zeit hier, am Dorfrand, verleben könnten. Doch das geht nicht. In den letzten zehn Jahren hat sich die Lage hier grundsätzlich verändert.

Die Wohnung wollen wir, wenn möglich, verkaufen – falls Du jemanden kennst, sag uns bitte Bescheid. (Als Kapitalanlage oder als Sommerresidenz könnte sie einen Deutschen interessieren.) Du kennst die Wohnung: Wir übergeben sie mit allen Möbeln und der ganzen Einrichtung und nehmen nur unsere persönlichen Sachen mit. Wie in Budapest vor dreißig Jahren. Die *petit histoire* ist ebenso monoton wie die andere, die große.

Mit dem Ujváry-Griff-Verlag [in München] habe ich vereinbart, daß er bis 1980 meine Rechte gegenüber den deutschen Verlagen vertritt. Persönlich kenne ich den Verleger kaum, mir gegenüber hat er seine Verpflichtungen immer korrekt erfüllt.

Es freut mich, daß Ildikó Lust zum Briefschreiben hat. Ich bin zur Zeit aus verständlichen Gründen eher faul. Aber ich wollte Dir schreiben – hier also der Brief.

In Freundschaft und mit vielen guten Grüßen

SALERNO, 19. Juli 1978

Lieber Tibor,

ich habe lange nicht mehr geschrieben, weil der winterliche Frühling nur langsam verging, und es gab keine besondere gute Nachricht, von der zu berichten es sich gelohnt hätte. Nun ist es schon soweit, daß Lola im Meer schwimmt, und das ist großer Fortschritt. Wir hoffen, daß wir uns im Sommer einigermaßen erholen und die nach wie vor geplante Herbstreise unternehmen können.

Nichts Neues beim Verkauf der Wohnung – das hat zwei Gründe: Die Käufer beeilen sich nicht, sie zu kaufen, und wir beeilen uns nicht, sie zu verkaufen. Jede vernünftige Argumentation spricht für den Verkauf und für die Umsiedlung – und dann gibt es andere, nicht eben vernünftige, aber emotionelle Argumente, die uns davon abraten. Aber es eilt nicht, wir warten ab.

Deine Ansichtskarte habe ich erhalten; es freut mich, daß der Gedichtband[1] unter den obwaltenden Postverhältnissen bei Dir doch eingetroffen ist.

Wahrscheinlich verbringst Du den Sommerurlaub wieder mit Ildikó. Wir wünschen Euch beiden gute Ruhe. In Freundschaft

SALERNO, 19.Oktober 1978

Lieber Tibor,

ich kann nicht behaupten, daß der Sommer erfrischend gewesen wäre, dunstige Hitzewellen und große Abkühlung wechselten ab. Ziemlich müde gehen wir dem Winter entgegen, aber Lolas Arm hat sich Gott sei Dank sehr gebessert. Wir planen, Ende November nach Kalifornien aufzubrechen, und wenn sich alles erwartungsgemäß ergibt, bleiben wir über den Winter dort. Doch wir behalten die Wohnung hier, und wenn drüben etwas nicht stimmt, kommen wir früher zurück.

Ohne Begeisterung treten wir die lange Reise an, doch irgendwie ist die Zeit reif geworden, alles in Augenschein zu nehmen.

---

1 Sándor Márai: *Der Delphin blickte zurück – Gesammelte Gedichte 1919–1978* (ungarisch), München 1978.

Es hat mich gefreut zu lesen, daß mit Dir und um Dich alles in Ordnung ist und daß Du planst, Biographien zu schreiben. Wenn man zu wählen hat zwischen der Biographie einer Dirne und der eines Staatsmannes, muß unbedingt die Dirne den Vortritt haben.

Die Italiener nehmen die Personenwechsel im Vatikan ziemlich gleichgültig zur Kenntnis. Die allgemeine Auffassung ist, daß es letztlich immer einen Papst gibt.

Wenn ich drüben eine Adresse habe, schreibe ich sie. Bis dahin grüßen wir beide Dich in Freundschaft –

POSTKARTE: 15. Dezember 1978

Seit einem Monat unterwegs, via New York, Kanada. Wir bleiben bis Ende April hier, dann kehren wir nach Salerno zurück. Hoffentlich treffen Dich diese Zeilen bei guter Gesundheit und mitten in der Arbeit an. In diesem Sinn wünschen wir Dir alles Gute im neuen Jahr, in Freundschaft

SALERNO, 23. April 1979

Lieber Tibor,

nach fünfmonatigem Lagerleben in Südkalifornien sind wir glücklich zurückgekommen in dieses schöne, aber aktuell eher balkanisierte Land. Die in San Diego verbrachten Monate haben bei uns in jeder Hinsicht die besten

Erinnerungen zurückgelassen – nach den Ortswechseln der letzten dreißig Jahre haben wir uns niemals und nirgends so heimisch gefühlt. Die Schönheit und die Eleganz der Stadt (sie ist nicht in mondänem, sondern in landschaftlichem und menschlichem Sinn elegant), das Herüberklingen des Mexikanischen, die Luftströme des Pazifiks, die Höflichkeit und die Aufmerksamkeit, der der Wanderer dort Schritt für Schritt begegnet – alles das tat uns gut nach den Erfahrungen in Europa. Wir wollen im Herbst, wenn es uns dann noch gibt, zurückkehren. Aber ich löse keine Retourkarte mehr. Es freut mich, daß Du während des Winters gearbeitet hast und daß Du Dich wohl fühlst. Ich wünsche Dir gute Gesundheit und erfolgreiches Arbeiten.

In Freundschaft der alte

SALERNO, 23. Juni 1979

Lieber Tibor,

ein alter Mann beginnt den Brief am liebsten mit einem meteorologischen Bericht, weil ihm das Wetter am wichtigsten ist. Also: Der Frühling war mies, der Sommer noch mieser, zumindest bis jetzt, triefender Dampfkessel. Alles andere hängt damit zusammen.

Um den Marxismus-Leninismus herum merkt man überall den Sonnenuntergang, hier auch. Doch während ich schreibe, stinkt der Müll vor dem Fenster bis ins sechste Stockwerk hinauf, weil die (sehr gut bezahlten) Müllabfuhrleute in der Hitze schon seit vier Tagen streiken. Die Post usw. funktioniert nach Lust und Laune. Ansonsten geht es uns gut. Man muß sich vom langen Schweben erholen.

Die Biographie-Industrie blüht bereits (besonders seit der fleißigen einschlägigen Populärliteratur von Zweig-Ludwig-Maurois[1] zu Beginn des Jahrhunderts). Die Biographie ist eine große Kunstgattung, sie hatte von Plutarch bis heute geniale Kultivatoren. Doch die Lebensbeschreibung ist etwas anderes als der Tratsch. Wie auch die Autobiographie etwas anderes ist als das »unbedingt aufrichtige« Herumreden, wie diese interessante Gattung heutzutage gepflegt wird. In seinem letzten Werk, den *Antimémoires*, sagt Malraux[2] treffend, nicht »aufrichtig solle man schreiben, sondern die Wahrheit«, denn man kann auch aufrichtig lügen.

Der Stimulus des privaten Unternehmens ist stärker als das Trödeln der Planwirtschaft – das stimmt. Die Frage ist aber, wie lange das Privatunterfangen die öffentlichen Lasten in einer vermaßten (und überanspruchsvoll gewordenen) Gesellschaft noch tragen kann.

Unsere Herbstpläne sind unverändert. Der Wohnungsverkauf ist hier eher Sport als Handelsunternehmen, doch etwas wird sein am Ende.

Wir wünschen Dir ruhige Sommerfrische, in Freundschaft

---

1 Stefan Zweig, 1881–1942, österreichischer Schriftsteller, weltberühmt durch seine Biographien von Fouché, Maria Stuart, Erasmus u. a. wie auch seine historischen Miniaturen *Sternstunden der Menschheit*. – Emil Ludwig, 1881–1948, seine bekanntesten Biographien: *Napoleon, Bismarck, Goethe, Lincoln, Hindenburg, Roosevelt*. – André Maurois (eigtl. Émile Herzog), 1885–1967, besonders bekannt sind seine Biographien von Shelley, Byron, Victor Hugo, Balzac, Proust.

2 André Malraux, 1901–1976, Romancier und Historiker.

SALERNO, 20. August 1979

Lieber Tibor,

Du hattest Glück, daß Du in Spanien noch etwas gesehen hast, was dort spanisch ist. In Madrid ist es schon schwieriger. Ich bin zuletzt in Ávila auf alte Fundstücke gestoßen.

Das Schicksal der Minderheiten ist weltweit tragisch. Sie sind Splittergruppen, die sich verzweifelt wehren gegen die zusammen mit den Mammutwesen und den Machtzentren üppig wachsenden Massenzivilisationen (lauthals die Basken und die Kurden, in erstarrter Hilflosigkeit die Magyaren in Oberungarn und Siebenbürgen) – von Gleichgültigkeit umgeben. Der ausgezeichnete Dichter[1], den Du in Deinem Schreiben erwähnst, schwieg dreißig Jahre lang wie der Kürbis im Gras vom Schicksal der Siebenbürger, obwohl er Gelegenheit gehabt hätte, seine Stimme zu erheben, denn er war öfter im Ausland. Wenn er sich jetzt zu Wort gemeldet hat, kann das auf höhere Anordnung hin geschehen sein: Vielleicht wollte Moskau den unbotmäßigen Ceauşescu[2] zurechtweisen, indem es die Möglichkeit der ungarischen Irredenta aufblitzen ließ. Nicht unmöglich – ist doch anders kaum vorstellbar, daß jemand heute in Ungarn in aller Öffentlichkeit in diesem Themenkreis das Wort ergreift. Gewiß, der Zwischenruf wurde auch bald aus dem Verkehr gezogen; man hat die Drohung in geschlossenem Kreis für ausreichend gehalten.

Boston habe ich mehrere Male besucht, ich habe keine starken Erinnerungen an die abgewirtschaftete Stadt – doch die waldigen Landstriche von Massachusetts sind im

1 Gyula Illyés, 1902–1983, ungarischer regimekonformer Dichter.

2 Nicolae Ceauşescu, 1918–1989 (hingerichtet), rumänischer kommunistischer Präsident, wich ab von der Moskauer Linie.

Herbst, zur Zeit der Gelbfärbung, malerisch. Hoffentlich sieht Ildikó auch das.

Der Sommer hier war triefend-heiße Waschküche. Erst jetzt beginnen wir uns zu erholen. – Viele gute Grüße

SALERNO, 17. Oktober 1979

Lieber Tibor,

Ildikós Geburtstag dürfte ein schönes Fest gewesen sein, auch wir gratulieren ihr.

Du schreibst, »erschrocken beobachtet die Mitte Amerikas Kraft- und Autoritätsverlust«. Meinst Du nicht, daß die Begriffe »Kraft« und »Autorität« präatomistisch sind?

Ich werde mich freuen, wenn ich Dein Buch bekomme.

Unsere Übersiedlungspläne haben sich nicht geändert, doch wir haben keine Eile mit der Realisierung, denn zur Zeit gibt es anderes zu tun.

Viele gute Grüße

PS: Wenn es Dir keine besondere Mühe macht, sei so lieb, bitte, gib die Manuskripte (Hörspiel, Einakter), die bei Dir sind, auf die Post. Ich versuche, Ordnung zu schaffen bei den vielen Papieren, ehe ich mit dem Packen beginne. Danke im voraus.

SALERNO, 15. November 1979

Lieber Tibor,

danke für Dein Buch[1], es hat uns noch hier erreicht, denn es kann sein, daß wir die Reise [Übersiedlung] auf das Frühjahr verschieben. Im Herbst hat es sich anders ergeben, und jetzt wollen wir nicht das Packen und das Reisen in den Winter hinein unternehmen. Die Pläne haben sich nicht geändert, aber die Ausführung ist ungewiß.

Die Ausstattung des dicken Buches ist gefällig, hoffentlich wird es bei den deutschen Lesern Widerhall auslösen, dort mag man gepflegte Biographien.

Der Winter ist kalt und rauh. Zum Trost habe ich mir Lektürendiät verordnet, ich lese wieder einmal die *Äneis* und zwischendurch Plutarch. In der zeitgenössischen Belletristik habe ich schon lange nicht geblättert.

Gute Gesundheit und weiterhin ruhige und erfolgreiche Arbeit wünscht Dir in Freundschaft

SALERNO, 13. Dezember 1979

Lieber Tibor,

in den vergangenen Wochen habe ich nur selten ferngesehen, weil ich nicht gesund bin, also weiß ich nicht, was das italienische TV in den nächtlichen Stunden zeigt. Doch tagsüber schalte ich manchmal die Nachrichten ein, und jedesmal schwingt die gleiche Masse die Faust: Manchmal

1 *Madame de Pompadour – Eine Biographie*, Düsseldorf 1979.

fordert sie den Kopf des Schahs, manchmal feiert sie den Papst, das andere Mal röchelt sie ob des brasilianisch-italienischen Fußballspiels. Die Geschichte beginnt monoton zu werden: Der Schwachsinn, den man manipuliert, ist bloß Krankheitsfall, aber nicht Geschichte.

Vor einigen Wochen habe ich mir infolge einer Virusinfektion einen Herpes eingehandelt, der nur langsam heilt (wenn er heilt), und die begleitenden Symptome sind unfreundlich. Und so haben wir die winterliche Reise sein lassen, denn es wäre umständlich, in diesem Zustand zu reisen. Unser Plan ist unverändert: Wenn es uns unsere Gesundheit erlaubt, übersiedeln wir nach Kalifornien, wahrscheinlich im März, vielleicht auch früher. Es scheint, daß die Wohnung einen Käufer findet – wir trennen uns von hier eher traurig, es ist schade für so manches, was wir zurücklassen. Die öffentlichen Zustände sind zum Weinen, doch ich fürchte, auch anderswo können wir Überraschungen erleben.

Ich hoffe, Dein Buch wurde gut empfangen, und Du verbringst den Winter bei guter Gesundheit in einer wohltemperierten Stadt. In diesem ungeheizten Land ist es schwierig. Alles Gute für die Feiertage, in Freundschaft

SALERNO, 27. Dezember 1979

Lieber Tibor,

mit Gewissensbissen las ich Deinen Brief: Ich habe Dir Sorge und Mühe verursacht, als ich Dir die Manuskripte zugeschickt habe. Ich danke sehr für Deine Bemühungen und bitte um Nachsicht. Der übersandte Zeitungsausschnitt und die Briefkopien erklären so manches. Du siehst die Lage richtig. Aber auch anderswo, etwa in Amerika, ist die geistige Perspektive nicht besser. Notorische Bestselleristen klagen in aller Öffentlichkeit, daß sie im Zeitalter der trustartigen Verlage nicht mehr schreiben können, und flehen kleine Verlage an, diese mögen doch publizieren, was die Großen nicht in die Wursthaut füllen. Die Krisenerscheinung einer Zivilisation ist manifest geworden. Und doch gibt es immer noch eine Beziehung zwischen Buch und Mensch; anders, beinahe im geheimen.

Ich habe das Pompadour-Buch gelesen, und der Leser verspürt Heimweh nach einer Welt, in der die Frauen ihre Macht nicht auf feministische Weise ausübten, sondern feminin waren.

Der Jahreswechsel naht, wir wünschen Dir gute Gesundheit, eine friedliche und arbeitsame Zeit. In Freundschaft

SALERNO, 5. März 1980

Lieber Tibor,

danke für die guten Wünsche, unsere Gesundheit betreffend; sie sind, leider, aktuell. Zu Beginn des Winters erkrankte ich an einer unklaren Virusinfektion, seitdem fummeln die unwissenden Ärzte an mir herum, ohne viel Erfolg.

Wenn es mir in den nächsten Wochen gelingt, wieder auf den Beinen zu sein, brechen wir auf in Richtung Kalifornien. Ungern. Dieses Lagerleben in Italien währte etwas mehr als ein Jahrzehnt – es war eine ansprechende Zeitspanne unseres Lebens. Wir waren gerne unter den Süditalienern, und wir verlassen das Land nicht, weil die öffentlichen Zustände (die bekanntlich wackelig sind) uns dazu veranlassen. Wir haben gehofft, die uns noch verbleibende, vermutlich kurze Zeit hier verleben zu können. Doch Alter und Gesundheitszustand zwingen uns, die Herberge in Salerno aufzugeben. Die täglichen Streiks und die schlechten gesundheitlichen Dienstleistungen haben das ihre dazu beigetragen, daß wir die Verwirklichung unserer Entscheidung nicht weiter hinausschieben.

Gewiß, so ein Aufbruch ist nun schon eher eine Änderung der Lage als die Änderung der Lebensform. Vor achtundzwanzig Jahren segelten wir vom Hafen Neapel in acht Tagen nach New York. Die gleiche Strecke legen wir heute mit dem Jumbo in acht Stunden zurück.

Was Du vom Sterben der Kritik genannten Kunstgattung schreibst, trifft auch in globaler Beziehung zu. So starke Kritikerpersönlichkeiten wie die Amerikaner Mencken[1] und Edmund Wilson[2] gibt es nirgends mehr – ein Kritiker, der Glaubwürdigkeit besaß, lehrte nicht nur die Schriftsteller schreiben, sondern auch die Leser lesen. Was bleibt, ist Werbung, manchmal in Form von Kritik.

Der Winter war rauh. Auch in diesem schlechtgeheizten Land scheint manchmal die Sonne, doch das ist nur wie die Glasur auf einer Eistorte.

Ich hoffe, wir hören noch voneinander, bevor wir aufbrechen.

In Freundschaft, mit den besten Wünschen, Dein

---

1 Henry Louis Mencken, 1880–1956, als Kritiker beeinflußte er das amerikanische literarische Schaffen der zwanziger Jahre.

2 Edmund Wilson, 1895–1972, Kritiker und Essayist, vierzig Jahre lang Amerikas führender Literat.

KÖLN, 28. März 1980

Lieber Sándor,

gestatte, daß ich Dir zum Geburtstag sehr ehrlich das Allerbeste wünsche. In einer Eintragung im *Tagebuch* schreibst Du: »Ich bin nicht mehr neugierig, nur noch aufmerksam.« Ich bitte Dich, bleibe weiterhin aufmerksam und – Selbstsucht des Lesers – notiere, was Du beobachtet hast. Für das Feuilleton der überregionalen Tageszeitung »Die Welt« habe ich einen kleinen Gedenkartikel geschrieben, ich schicke ihn Dir zu, wenn er erschienen ist.

Ich glaube, es ist wirklich am besten, wenn Ihr nach Amerika geht. Viele Jahre lang habe ich das Gefühl gehabt, es ist »beruhigend« zu wissen, daß Du in Salerno bist, also bloß einen »Katzensprung« von Köln. Das Wissen darum, daß Du in der »Nähe« bist, war für mich eine kaum definierbare Form des Widerstandes. Doch Du hast recht, wenn Du fortgehst. Ich tät' es auch gern. Bloß weiß ich nicht, wo ich es anfangen soll. Ich spiele mit dem Gedanken, daß ich im Sommer einen Sprung hinüber mache und irgendwo – wo? – ein Apartment kaufe. Für alle Fälle. Nur damit es in der Welt einen Ort gibt, an den ich mich zurückziehen kann, wenn alle Stricke reißen. Eine der schmerzlichsten Erkenntnisse meines Lebens ist, daß es Europa nicht mehr gibt. Das klingt gewiß pathetisch, aber ich kann nichts dafür, es ist die Wahrheit. Ich und noch viele meiner Generation glaubten an Europa. Im calvinischen Gymnasium in der Budapester Lónyaygasse brachte man uns im Englischunterricht absolut überflüssige Verhaltensregeln bei wie etwa diese: »A gentleman is known by the word he keeps.« Es gab mehrere Verhaltensweisen, die mit den Worten begannen: »A gentleman is known by...« Schade nur, daß keine dieser Verhaltensweisen mehr gültig ist. Also, ich würde gerne mal nach

Amerika. Nicht als ob es in Amerika viele solcher Gentlemen gäbe, sondern weil es in Europa zu wenige gibt. Und deswegen fühle ich mich hier nicht mehr »zu Hause« – in Amerika wäre es gleichgültig, ob es dort Gentlemen gibt, weil ich ja dort ohnehin nicht »zu Hause« wäre. Der Einfall, in Amerika ein Apartment zu kaufen, ist kein Hirngespinst. Denn Europa – oder die paar Länder, die von ihm noch übriggeblieben sind – wird sowieso bald abgewürgt. Gewiß, Amerika ist zur Zeit auch eher ein Schiff ohne Steuer, doch zu groß, um einfach geschluckt zu werden. Und hierzulande geht – bezeichnenderweise – der Spruch um (wenn auch nicht überall): »Lieber rot als tot.« Nun, ich kann mir nicht vorstellen, daß ich »rot« werde, gewiß aber auch nicht, daß ich »tot« werde. Darum denke ich daran, in Amerika Umschau zu halten nach einem Apartment.

Lieber Sándor, noch einmal alles Gute, beste Gesundheit – und damit verbunden: Lust zur Arbeit. Handküsse an Lola, in ehrlicher Freundschaft

KÖLN, 12. April 1980

Lieber Sándor,

anbei der Gedenkartikel, von dem ich in meinem letzten Brief sprach, ich hoffe, er trifft Dich bei guter Gesundheit an. Und das ist die Geschichte der Zeichnung: Der Redakteur wollte unbedingt ein Photo von Dir, doch ich hatte keines. Daraufhin schickte ich ihm ein Exemplar der Taschenbuchausgabe von *Verzauberung in Ithaka,* auf deren Rückseite ein älteres Photo von Dir zu sehen ist; nach diesem Photo zeichnete der Karikaturist der Zeitung das Porträt zum Artikel.

Übersiedelt Ihr nun nach Amerika? Und wann?

Handküsse und viele gute Wünsche von

SALERNO, 16. April 1980

Lieber Tibor,

danke, daß Du an mich gedacht hast [anläßlich seines 80. Geburtstages], und ich erwidere die guten Wünsche. Wir planen die Reise für die nächste Woche, wenn wir bis dahin über die Unordnung des lästigen Aufbrechens hinwegkommen. In den fossilen Grabungsfunden eines mehr als zehnjährigen italienischen Aufenthalts Ordnung zu machen – das ist keine einfache Sache. Doch nun sind wir schon am Ende – wir, und ebenso unsere Sachen.

»Ich verabschiede mich nicht, ich gehe bloß voraus«, sagte der sterbende Kardinal von Reims zu Richelieu[1]. Auch ich verabschiede mich nicht, aber ich gehe auch nicht voraus... Wir haben hier gern gelebt, unter den klug resignierten, letztlich immer menschlichen Süditalienern. Die öffentlichen Zustände sind miserabel, doch nicht das veranlaßt uns zum Ortswechsel, sondern Alter und gesundheitliche Fragen: Das ist die Wirklichkeit. Es hätte für uns keine Perspektive, hier zu bleiben. Wenn das Unvermeidbare eintritt, bleibt der andere sehr allein. Ansonsten: die

1 Armand Jean du Plessis, Kardinal und Herzog von Richelieu, 1585–1642, Frankreichs politischer und kirchlicher Machthaber während der Regierungszeit Ludwigs XIII.

zynische Finnlandisierung, der schmatzende Konsumismus (zu dem es an Rohstoffen und Energie mangelt), die krankhaften Verrenkungen, wo einst Literatur, Kunst, geistige Anstrengung gewesen ist – all das ist traurig, doch auch anderswo erfährt man ähnliches. Eine Zivilisation ist ausgebrannt, eine neue dämmert noch nicht.

Dein Plan, drüben nach einer Wohnung Ausschau zu halten, ist interessant und hat auch Logik. Ich würde mich freuen, wenn der Plan gelänge. In den letzten zehn Jahren war es stets beruhigend zu wissen, daß Du in der »Nähe« bist und man mit Dir, so oder so, ein Wort wechseln kann.

Schreib uns rechtzeitig, wie Deine Pläne sich entwickeln. Hier eine provisorische Adresse: La Cebra 10315, Fountain Valley, Ca. 92708, USA.

Lieber Tibor, gute Gesundheit und kluge, heitere Gleichgültigkeit. In Freundschaft grüßen wir Dich beide. Dein alter Freund

PS: Vor dem Briefschluß kam Dein Brief mit dem Ausschnitt aus der »Welt«. Es hat mich sehr gefreut, lieber Tibor, daß Du meiner gedacht hast. Die Zeichnung gleicht mir vollkommen, nur daß sie nicht spricht. Auch ich stelle mir mich so vor. Thanks, many thanks.

PPS: Vor dem Briefschluß kam auch der Abzug der Budapester englischsprachigen kommunistischen Drucksache, den Du mir freundlicherweise geschickt hast. Interessant, daß der eminente Pseudobauer und Pseudovolksmensch [Gyula Illyés, siehe Brief vom 20. August 1979] – nachdem er zweiunddreißig Jahre lang alle Vorteile der besonderen Bevorzugung durch die »Tyrannei«[1] eingesteckt hat (von jener Tyrannei, über die er vorsichtshalber für seine Schub-

1 Titel eines Gedichtes von Illyés.

lade ein Gedicht geschrieben hatte, um es dann im geeigneten Augenblick [während des Volksaufstandes 1956] im Ausland veröffentlichen zu lassen), jedoch über Jahrzehnte von der Tyrannei jeden Ersten die Zuschüsse des Privilegierten, und zwar »mit der Nüchternheit, die den Magyaren kennzeichnet« [ein Wort von Illyés] entgegennahm, den Tageslohn seiner Propagandareisen im Ausland bezahlen und seine hohlklingenden Verse und seine feierlich kantable Prosa übersetzen ließ – interessant also, daß er nun endlich niederschreibt: »freedom has to be fought for.« Das muß seinen Grund haben. Vielleicht wittert er mit einem feinen Seismographen etwas von der Erdbewegung, die nun schon spürbar ist in Polen und in Ostdeutschland. Nicht unmöglich. Bezeichnend auch, daß er die Diskussion über die Freiheit mit einem Toten[1] führt, der ein langes Leben lang die Gewaltherrscher eines freiheitsfeindlichen Systems mit serviler Unterwürfigkeit bedient hat; und der Dichter wie der Philosoph sprachen nie, mit keinem einzigen Wort, davon, daß der Monopolsozialismus genauso menschenwidrig und freiheitsfeindlich ist wie der Monopolkapitalismus. Als Symptom ist all das interessant – ansonsten aber nur zum Kotzen.

1 György Lukács, 1885–1971, marxistischer Philosoph; 1919 während der kurzlebigen Räterepublik Kulturkommissar; dann im Exil in Wien und von 1930 bis 1944 in Moskau; während des Volksaufstandes Minister; Deportation nach Rumänien; 1957 Rückkehr, übte Selbstkritik, arbeitete an einem mehrbändigen Werk über Ästhetik.

THE PARK MANOR HOTEL APARTMENTS

SAN DIEGO, 22. Mai 1980

Lieber Tibor,

den technischen Teil der Übersiedlung haben wir ohne besondere Schwierigkeiten hinter uns gebracht. Der Flug war störungsfrei. San Diego zeigte uns wiederum sein freundliches Gesicht. Doch das Unterfangen war natürlich eine große Strapaze, nun brauchen wir Zeit, um uns zu strecken. Vorläufig haben wir uns für sechs Monate in einem Hotel ein Zimmer gemietet – so viel Zeit braucht man ja, um zu sehen, wo man längerfristig wohnen kann. Die Miete hier ist angenehm, aber nur provisorisch. Ein Vorteil ist, daß das Hotel in der unmittelbaren Nähe des herrlich schönen Balboa-Parks liegt; die subtropische Pflanzenwelt am Ufer des Ozeans ist außerordentlich.

Von Eindrücken kann ich noch nicht schreiben, da wir ja erst vor einer Woche angekommen sind. Es gibt Probleme, aber die ordnende Kraft einer Zivilisation funktioniert immer noch.

So viel vorläufig. Bitte, gib bald Nachricht von Dir. Von uns beiden beste Wünsche, in Freundschaft

KÖLN, 26. Mai 1980

Lieber Sándor,

in der ersten Maihälfte war ich in Wien. Dort wird gerade ein Habsburger-Jahr veranstaltet: Vor zweihundert Jahren starb Maria Theresia, und Joseph II. bestieg den Thron, vor hundertfünfzig Jahren wurde Franz Joseph geboren. Wunderschöne Ausstellungen in Melk und Schönbrunn laden zur Besichtigung ein; in den Trafiken werden Ansichtskarten mit dem letzten Porträt Franz Josephs aus dem Jahr 1915 und dem Text der »Volkshymne« »Gott erhalte ...« feilgeboten. Man kann aber auch alte Amateurphotos bekommen, auch ich kaufte mir eines, auf dem im Hintergrund das königlich ungarische Wappen mit der Stephanskrone zu sehen ist. Sogar in Norditalien blüht eine Habsburg-Reminiszenz auf, so sonderbar es auch klingen mag: In Venedig, Mailand, Cremona und Triest wird der früheren Herrscher gedacht. Auch der Wienerwald blüht, das Backhendl beschwört die Erinnerung an heimische Geschmäcker herauf, und vom Wein kann man trunken werden, aber nicht bloß vom Alkoholgehalt. Und dennoch, das Ganze wirkt – das habe ich jetzt erst so richtig gespürt – wie eine riesengroße Kulisse, als hätte das Burgtheater sie eingerichtet. Es ist wunderschön, und so sollte man leben. Doch die Wirklichkeit ist anders: 47 Prozent der Energieversorgung Österreichs werden von der Sowjetunion, der Tschechoslowakei und Ungarn bestritten, nämlich Gas und Strom. Natürlich weiß man das auch in Wien, doch die Antwort darauf ist: »Der Papa wird's schon richten«[1]. Man glaubte immer, Österreich sei »eine Insel der Seligen«[2], nun wissen wir, es ist »eine Insel der selig sein Wol-

1 Refrain eines satirischen Schlagers von Helmut Qualtinger.
2 Ausspruch von Papst Paul VI.

lenden«. Wenn ich das sage, nickt mein Gesprächspartner und spricht schnell von etwas anderem.

Als ich von Wien zurückkam, erwartete mich hier Dein neues Buch *Judit … und der Nachklang*. Die Frische ist es, die mich sofort faszinierte, die einnehmende Frische der Darstellung … Der Prolet, der bei allem irdischen Wohlbefinden nicht wirklich glücklich sein kann, solange er den Herren das »verdammte Wohlgefühl« nicht weggenommen hat. Die Frage ist nur, wie lange gibt es noch »Herren«? – Gute Erholung, gute Gesundheit, Handküsse an Lola, in Freundschaft

KÖLN, 31. Mai 1980

Lieber Sándor,

es freut mich, daß Ihr bei guter Gesundheit in San Diego eingetroffen seid, und nun wünsche ich Euch gute Erholung.

Ildikó und ich, wir planen in der ersten Julihälfte einen etwa zweiwöchigen amerikanischen Rundflug – wenn es Euch genehm wäre, würden wir Euch in San Diego besuchen. Sobald ich den genauen Reiseplan kenne, schreibe ich Dir, wann wir in San Diego sein könnten.

Gute Ruhe und gute Gesundheit, Handküsse und liebe Grüße

SAN DIEGO, 7. Juni 1980

Lieber Tibor,

ich erhielt Deinen nachgeschickten Brief, und aus Köln ist die jüngste Epistel in zwei Tagen hier eingetroffen. Wir freuen uns, daß wir Dich und Ildikó im Juli hier sehen werden. Wir haben Telephon im Zimmer, und abends nach halb neun sind wir meistens zu Hause.

Die rhetorische Frage: »Gibt es denn noch Herren?« (nicht in dem Sinn, wie man das Wort in den Casinos, mit rollendem »r«, verstanden hat, sondern anders, in menschlicher Beziehung), ist ein quälendes Problem. Es scheint weniger eine gesellschaftliche Frage zu sein, eher eine biologische und evolutionäre. Fossilien gleich, aber es gibt noch Herren; gewiß, sie wirken wie Dinosaurier in einem paläontologischen Museum.

Die Rückkehr in die amerikanische Lebensform ging bis jetzt geräuschlos vor sich – wie wenn jemand nach einer langen Safari die alte Wohnung betritt, in der er nicht nach dem Schalter suchen muß und alles auf seinem alten Platz vorfindet. Wirtschaftskrise, Inflation, Arbeitslosigkeit – diese zeitgemäßen Probleme gibt es auch hier, doch dieses reiche und, alles in allem, gut organisierte Land verkraftet die Probleme, wie auch kleinere, an Rohstoffen weniger reiche Länder sie verkraftet haben. Offen bleibt die Frage, inwieweit diese Großmacht die Weltrolle, die ihr zugefallen ist, erfüllen kann. Das ist nicht klar.

Am Ufer des Pazifik hier ist so manches, nicht nur in geographischem Sinn, »weit weg«, was einen Ozean weiter penetrant nahe schien.

Von all dem und von vielem anderen werden wir, so hoffe ich, persönlich sprechen können. Wir erwarten Euch beide in Freundschaft

KÖLN, 22. Juni 1980

Lieber Sándor,

dann also treffen wir uns am 4. Juli oder am darauffolgenden Tag, ich freue mich schon darauf. Am 29. Juni fliegen wir von hier nach New York, von dort nach Washington, dann nach San Diego, wo wir im Islandia Hyatt Hotel, 1441 Quiviva Rd., Quartier nehmen. Von San Diego fliegen wir auf ein paar Tage nach San Francisco und von dort zurück nach Frankfurt.

In New York lebt ein lieber alter Bekannter von mir, er war zwei Jahrzehnte lang der europäische und nahöstliche Korrespondent der »New York Daily News«, mit Sitz in Bonn und später in Berlin. Als vor ein paar Jahren der Dollar im Ausland schwächer zu werden begann, wurde er wegen der Sparmaßnahmen zurückgerufen, seitdem ist er als UNO-Korrespondent für seine Zeitung tätig. Seine Frau ist Ungarin, eine liebe Freundin von mir, sie stammt aus einer alten siebenbürgischen Familie, ein feiner Mensch, ein bißchen verrückt und sehr gutherzig.

Ich überlege mir, ob ich nicht eine amerikanische Renten- oder Lebensversicherung kaufen sollte. Auf jeden Fall werde ich mich erkundigen, ob und unter welchen Bedingungen das möglich ist, schließlich gehöre ich schon der Generation der Senioren an (bitte, lächle nicht).

Ja, das Sein als »Herr« ist eine biologische wie eine Evolutionsfrage [Anspielung auf das Buch *Judit ... und der Nachklang*]. In einem kleinen Feuilleton schrieb ich vom Wiener »Kleinen Gulasch«, das um die Mittagszeit auf dem Leopoldsberg serviert wird, dazu ein Salzstangerl und ein kleines Bier, und ein Satz geht so: »Man muß seit mindestens fünf Generationen im Donauraum gelebt haben, um einen solchen Gulaschsaft zubereiten und genießen zu können.« Irgendwie so dürfte es auch mit den »Herren« sein.

Es ist nicht nur das Auto, nicht nur die Sommerfrische auf Teneriffa, nicht nur der gutbezahlte Urlaub und die ausreichende Nahrungsaufnahme, was aus dem Proleten einen »Herrn« und glücklichen Menschen macht – es gehört auch noch etwas anderes dazu. Aber so treffend wie in *Judit*... habe ich diese Erkenntnis noch nicht gelesen. Ich nehme jedoch an, daß Du weißt: Die Erkenntnis ist gar nicht »zeitgemäß«. Bloß wahr.

Handküsse an Lola, in wahrer Freundschaft grüßt Dich

KÖLN, 25. Juli 1980

Lieber Sándor,

nach angenehmem Flug (zehn Stunden und zehn Minuten) landeten wir genau vor einer Woche in Frankfurt. Und genau eine Woche brauchte der Organismus, um wieder zu erkennen, wann Morgen ist und wann Abend. Kolumbus und seine Leute hatten das noch nicht erfahren.

Sollte ich je in Amerika leben (oder leben müssen), dann am liebsten an der Westküste, in San Diego oder San Francisco. Frisco ist viel teurer. Im Hyatt in San Diego habe ich für zwei Eier, »any style«, 1,25 gezahlt, in Frisco 1,75. Aber nach San Francisco kommen viel mehr Touristen. Es gibt Stadtteile, die wirken wie kleine architektonische Kunstwerke. Wir haben auch eine ganztägige Sightseeing-Tour gemacht (für 18,50 pro Person, was vielleicht gar nicht zu teuer war), wir haben die Umgebung gesehen, sind im wunderschönen »Muir woods« gewesen, dort steht ein ganz kleiner »red wood«, der im Jahr der

»Revolution«, also 1776, gepflanzt wurde, und dieses Babybäumchen mit seinen zweihundert Jahren kommt unter den mehrhundert Jahre alten Greisen so zerbrechlich daher, daß man es kaum wahrnehmen könnte, würde nicht eine Tafel darauf aufmerksam machen. Die Bucht und die Weite des Ozeans sind ergreifend; wie auch das Gefühl der Geborgenheit, das einem die Weite vermittelt. Ich beneide die Jungen, die Zwanzig-, Dreißigjährigen, die auch in Europa so frei atmen können und nicht im Schatten der Sowjets leben, ja, die den Schatten gar nicht wahrnehmen.

99 von 100 europäischen Autofahrern würde ich auf ein halbes Jahr hinüberschicken, damit sie den Menschen achten lernen, den Menschen, wenn er auf die Fahrbahn tritt – nein, dort bleibt der Fahrer schon stehen, wenn er sieht, daß jemand sich anschickt, vom Gehsteig auf die Fahrbahn zu treten. An solchen Kleinigkeiten wird sichtbar – nicht theoretisch und ideologisch, sondern in der Wirklichkeit –, was hier (d. h. »drüben«) so verkündet wird: »Der höchste Wert ist der Mensch.« In Frisco wird es nicht verkündet, sondern praktiziert. Und da der Mensch wirklich der höchste Wert ist, wird mit dem Material nicht gespart. (Doch bald, wenn es am Ende des Jahrhunderts 6,4 Milliarden Menschen geben wird, werden sie mit dem Material sparen müssen.) Alles in allem: Ich bin mit sehr guten Eindrücken zurückgekommen, und mit etwas Hoffnung. Die sowjetische Ausbreitung wird sehr bald an ihre Grenzen stoßen, auch an die inneren. Dann erfolgt die Explosion. Wenn Europa das, mit Hilfe Amerikas, erlebt und überlebt, wird es vielleicht möglich sein, sich auf der Erde vernünftig einzurichten. Denn Afrika und Asien sind auch für die Russen eine Gefahr; man kann diese Kontinente nicht zu Tode hungern lassen, man muß sie erhalten, man muß ihnen beibringen, wie man industriell erzeugt und wie man die Industrieprodukte entsprechend verteilt. Wie es sein wird, wenn

die »underdeveloped« Völker dies selber zuwege bringen, läßt sich noch nicht sagen.

Gleichzeitig habe ich Huizingas[1] *Herbst des Mittelalters* eingeschrieben und mit Luftpost verschickt. Beigelegt habe ich ein paar photokopierte Seiten aus einem 1883 erschienenen »Késmárk-Führer« [Käsmark am Popper], der besonders die Umgebung der Hohen Tatra beschreibt, interessant sind auch ein paar Inserate und Hinweise. Vielleicht interessiert es Euch, die Ihr aus Oberungarn kommt.

Ich freue mich, daß ich Euch gesehen habe, bei guter Gesundheit gesehen habe. Ich wünsche weiterhin das Allerbeste. Handkuß an Lola, in Freundschaft

SAN DIEGO, 2. August 1980

Lieber Tibor,

Ihr hattet Glück, daß Ihr den Heimflug mit dem Vogel Greif rechtzeitig angetreten habt, denn inzwischen ist in San Francisco der Streik der Hotelangestellten ausgebrochen; das TV zeigt Reisende aller Kategorien, wie sie stöhnend ihre Koffer schleppen oder nach Unterkunft suchen, wie diese auch sei. Und vorige Woche erreichte Kalifornien eine Hitzewelle, die kein Spaß war. Heute ist der erste mildere Tag, darum schreibe ich.

Zuerst will ich für das Huizinga-Buch danken; ich habe lange danach gesucht, es ist eine große Freude, daß ich es

1 Johan Huizinga, 1872–1945, niederländischer Kulturhistoriker.

nun erhielt. Noch habe ich es nicht gelesen, weil ich mir zunächst und auf einmal den beigelegten Katalog von der Hohen Tatra einverleibt habe: Ich konnte damit nicht aufhören, es war, wie wenn man im Konzentrationslager ein Paket aus der Heimat erhält, in dem sich ein Laib daheim gebackenes Brot befindet, dann Csabajer Hartwurst, auch Honigkuchen, mit einem Wort wirkliche, echte Nahrung. Jede Zeile kam mir bekannt vor – und es überraschte mich, wie teuer 1883 die Reise gewesen ist; zwölf bis sechzehn Forint in der Woche, das war viel Geld. Ich erinnerte mich daran, daß wir Schulkinder 1914, vor dem Ausbruch des Krieges, einen Ausflug ins Vágtal unternahmen und daß ich von meinen Eltern für zwei Wochen zwei Forint bekam, und es reichte für alles. Ich danke Dir, daß Du mir den Prospekt geschickt hast; seit dreißig Jahren habe ich zum erstenmal so etwas wie Heimweh empfunden.

Es war schön, Euch hier gesehen zu haben. – Wir beide wünschen Euch das Allerbeste, in Freundschaft

SAN DIEGO, 16. September 1980

Lieber Tibor,

da nun der fünfundzwanzigste Jahrestag des Ungarnaufstandes naht, wird bei den Bahrgerichten oft die Rede vom Ausbleiben der westlichen Hilfe sein. Auch Du schreibst darüber, mit anderer Datierung. Im Fegefeuer des vergangenen Vierteljahrhunderts wurde sichtbar, daß das, was geschah – oder besser: nicht geschah –, »mehr war als bloß Sünde, denn es war ein Fehler« (dem Talleyrandschen Sager gemäß), doch es war eher mehr als ein Fehler, denn es war

Sünde. Es war eine der großen Gelegenheiten, bei der man den am paronoiden Starrkrampf der fixen Idee eines »security complex« leidenden Kreml mit kraftvollen Verhandlungsmethoden (vielleicht) hätte zwingen können, daß er irgendeiner normalen Entwicklung vom Baltikum bis zur Adria zustimmt, und zwar ohne Waffengewalt. Die noch nicht ganz abgeklungenen polnischen Ereignisse der nahen Vergangenheit zeigen, welch große Kraft das tektonische Nachbeben der ungarischen Revolution für die Zeitgeschichte bedeutet.

Bei uns nichts Neues – wir haben eine Wohnung gemietet und beziehen sie in der ersten Oktoberhälfte. Die Wohnung steht leer, wir wollen sie im Stil einer Klosterzelle einrichten, also Bett und Tisch, alles andere ist überflüssig. Wenn wir dort hausen, schreibe ich Dir die Adresse – einige Häuser weiter vom Hotel, an der Sixth Avenue.

Weitere gute Nachrichten erwartend, grüßen wir Dich in Freundschaft – Dein greiser Freund

PS: An die Begegnung mit Thomas Mann erinnere ich mich aus einer Entfernung von 55 Jahren nur dunkel. Sein Verhalten damals war sympathisch. Später habe ich ihn nicht mehr getroffen.

Das Huizinga-Buch las ich mit unvermindertem Interesse, stellenweise mit Bewunderung. Großes Schrifttum – die Art Geschichtsschreibung, die das Geschehene nicht »beschreibt«, sondern dem Leser die Möglichkeit bietet, es zu »erleben«. Das Buch ist wahre Geschichte, denn es enthält nicht die Aufzählung von Schlachten und hinterlistigem Handeln, sondern es ist das Leben von Menschen einer Epoche, das es aufzeigt; wie aus der Idee inhaltlose Form wird – immer, zu allen Zeiten. Ein großes Buch.

KÖLN, 11. Oktober 1980

Lieber Sándor,

mein Freund Á. Sz. sprach begeistert von der Begegnung mit Dir. Sein Enthusiasmus ist so rührend, daß ich hier wiedergebe, was er mir noch aus San Diego auf einer Ansichtskarte vom Balboa-Park schrieb: »Gerade jetzt verabschiedete ich mich von dem lieben Sándor Márai, mit dem ich eine volle Stunde verleben durfte, ich durfte seinen klugen Worten lauschen und seine geistige Frische bewundern. Ich muß Dir sagen, allein schon für diese eine Stunde hat sich der Flug nach Amerika gelohnt.« Es freut mich, daß ich diese Begegnung arrangiert habe.

Du schreibst, zum fünfundzwanzigsten Jahrestag der ungarischen Revolution werde man viel vom Ausbleiben der westlichen Hilfe reden; daß das Ausbleiben der Hilfe mehr war als Fehler, es war Sünde. 1967 erschien im Wiener Europa-Verlag mein Buch *Der Raub Europas – Biographie eines Kontinents*. Auf den hier beiliegenden anderthalb Seiten spreche ich in einer zeitlichen Entfernung von zehn Jahren genau von dieser sündhaft und dumm versäumten Gelegenheit. Besondere Bedeutung verleiht dem zur Geschichte entwachsenen Histörchen das zitierte Radiogramm Eisenhowers. Die Interpellation wurde nicht gesprochen, der Congressman reichte sie schriftlich ein. Eine Antwort erhielt er nicht, zumindest nicht laut Congressional Record.

Du schreibst, Jüngere integrieren sich in Amerika eher. Das trifft gewiß zu, zumindest wäre die Integration in meinem Alter schon schwieriger. Doch hierbei ist etwas Sonderbares im Gange: Ich habe das Gefühl, daß ich mich hier desintegriere. Und das ist gewiß keine Frage des Alters, auch keine Folge davon, als ob ich nicht bereit oder fähig wäre, das »Neue« zur Kenntnis zu nehmen. Doch was gewisse Kreise unter dem Stichwort »neu« oder »Fortschritt« fordern, ist nichts anderes als die Auflösung von Formen. Selbst das wäre nicht schlimm, denn wenn eine Form erstarrt, ist sie nicht länger eine lebendige, sondern eine tote Form. Das Schlimme ist, daß diese Kreise die noch lebenden und wirksamen Formen mit Gewalt auflösen wollen, ohne an ihrer Statt etwas zu bieten. Oder anders gesagt: Was sie bieten, ist das Nichts.

Ich fürchte, es geht wirklich darum, daß es Europa nicht mehr gibt, daß es »geraubt« wurde. (In Wien erfuhr ich, denn in Budapest war es meiner Aufmerksamkeit irgendwie entgangen, daß Du dort unter dem Titel *Der Raub Europas* Reiseberichte veröffentlicht hast.) Europa gibt es nicht mehr, also desintegrieren sich die Europäer. Das nehme ich mit Verwunderung wahr. Dieses Gefühl der Desintegrierung vermag ich nicht genau zu definieren.

Hoffentlich fühlt Ihr Euch in der neuen Wohnung wohl – ich wünsche Euch dazu gute Gesundheit, gute Lust. Ganz bestimmt werde ich Euch auch dort besuchen.

Handküsse an Lola, in bester Freundschaft

SAN DIEGO, 19. Oktober 1980

Lieber Tibor,

das Eisenhower-Telegramm, falls es verifizierbar ist, kann von entscheidender Bedeutung sein. Und es kann auch wahr sein[1].

---

1 Das erwähnte Telegramm des Präsidenten Dwight D. Eisenhower vom 2. November 1956, also zwei Tage vor dem so-

Die Übersiedlung aus dem Hotel in die Wohnung war eine mühsame Schlepperei, doch nun haben wir sie hinter uns. Die erste Impression von der Wohnung ist nicht schlecht, doch die Wirklichkeit wird auch hier erst nach den Flitterwochen sichtbar. Besondere Einrichtungsgegenstände des Hauses sind die beiden stockwerkhohen Palmen, die nach dem Zeugnis der Jahresringe ein halbes Jahrhundert alt sind.

Deine Zweifel [bezüglich einer etwaigen Übersiedlung nach Amerika] verstehe ich. Keine leichte Entscheidung. Wenn Du aber die Deichsel Deines Wagens in diese Richtung lenkst, dann hoffe ich, daß Du Dein Versprechen hältst und Dich hier zeigst.

Lola erinnert oft und liebevoll an Ildikó, wie vernünftig, wohlerzogen und sympathisch sie sei. Auch ich denke von ihr so, und wir wünschen ihr das Allerbeste.

An das Gespräch mit Á. Sz. erinnere ich mich gerne, es war eine Freude, in der Fremde einem gebildeten und objektiven Ungarn zu begegnen.

Viele gute Wünsche (ich bin zur Zeit schrecklich müde, darum schreibe ich nicht mehr) und freundschaftliche Grüße

---

wjetischen Überfall auf Budapest, ist im »Congressional record«, 8–13, 1960, S. 14706–14708, enthalten und wurde durch eine Interpellation des Congressman Michael A. Feighan bekannt. Das Telegramm wurde aber weder schriftlich noch in Form einer Verbalnote an die Sowjetregierung weitergeleitet. Das Radiogramm lautet, zitiert nach dem Congressional Record: »The government of the United States does not look with favor upon governments unfriendly to the Soviet Union on the border of the Soviet Union.«

SAN DIEGO, 6. Dezember 1980

Lieber Tibor,

nach mehreren vergeblichen Versuchen ist es mir heute endlich gelungen, eine Telephonverbindung mit Salerno herzustellen [nach einem verheerenden Erdbeben]. Die Nachbarn beruhigten mich, daß das Haus und seine Bewohner unversehrt geblieben seien. Das ist große Beruhigung, ja, Erleichterung, denn in den letzten Wochen empfand ich irgendwie persönliche Verantwortung im Zusammenhang mit dem Unglück – wie jemand, der vor der Katastrophe davongelaufen ist. Auch ist kein Trost, daß das Schicksal keine Entfernung kennt und einen überall erreicht, denn, wie Euripides im Schlußwort von *Iphigenie* sagt: »Das Schicksal ist stärker als die Götter.« In den letzten Wochen begriff ich etwas von dem schwer definierbaren Seelenzustand, von dem Menschen sprechen, die vor den Höllenkreisen der Auschwitz und der Gulag fliehen konnten und die nach dem Abklingen der Erleichterung von Schamgefühl und Selbstanklage gequält werden. Auch das gibt es, wenn auch nicht immer aufrichtig.

Die »politische Witterung«, von der Du schreibst, ist zunächst eher vorsichtiges Abwarten als Vertrauensäußerung. Man hofft, daß die republikanische Regierung versucht, die Inflation abzubremsen. Das Leben beginnt überraschend teuer zu werden.

Die kleinen Städtebilder [aus Oberungarn und Siebenbürgen] beschwören einen Begriff herauf, den man einst »Nation« nannte. Ich kenne diese aus Stein gehauenen Erinnerungszeichen gut, habe fast alle gesehen, manche mehrere Male. In diesen Steinen und in einigen Gedichten lebt die oft besungene »Identität« fort. Danke, daß Du mir die Bildchen geschickt hast.

Das »Freedom of Information« macht möglich, daß man das odiöse Telegramm verifiziert. Auf meine ersten Anfragen erhielt ich die Antwort, daß das Telegramm seinerzeit [1956] nicht einmal in Form einer Verbalnote aus Belgrad [nach Moskau] weitergeleitet wurde. Es bleibt unklar, ob das zutrifft.

In puncto Gesundheit entweder Gutes oder nichts. Daher zur Zeit eher nichts.

Wir beide grüßen Dich in Freundschaft. Dein alter

SAN DIEGO, 9. Januar 1981

Lieber Tibor,

mit der süditalienischen Tragödie stehen wir wie Du: Immer wieder erscheinen uns die bekannten Gestalten, die Nachbarn, die Freunde, arme süditalienische Leute – sie bitten nicht, sie klagen nicht, sie sind bloß da, und wie sie verstehen auch wir nicht, was der Sinn des Daseins ist. Als sich drüben die Tragödie ereignete, las ich in der Nacht gerade eine 1849 erschienene Euripides-Übersetzung – im Schlußwort des Iphigenie-Dramas *(Tauris)* sagt Pallas Athene: »Das Schicksal ist stärker als die Götter.« Die Göttin wußte, wovon sie sprach. Selbstverständlich empfanden auch wir Erleichterung, daß wir das Schlimmste nicht erleben mußten, und es war vielleicht gar nicht das Unglück, denn vor dem Fatum kann man nicht davonlaufen, es erreicht einen überall – schlimmer ist eher die Zeit, die auf die Tragödie folgt, wenn nicht mehr das Verhängnis spricht, sondern der Mensch. Und zwei alte Fremde unter mehreren hunderttausend obdachlosen und aus ihrem Lebensrahmen gefegten Menschen: Diese Situation nicht erleben zu müssen war gut. Zugleich regt sich ein sonderbar quälendes, beinahe schamvolles Gefühl in uns, daß es nicht kameradschaftlich sei, sich, wenn auch ungewollt, aus dem gemeinsamen Schicksal davonzustehlen, wenn Gefahr droht. All das ist nicht ganz klar. Aber das »Überleben« bringt nicht nur Erleichterung, es ist ein komplizierterer Seelenzustand; die Überlebenden von Auschwitz und Gulag wissen darum.

Ich habe versucht, das Telegramm von 1956 überprüfen zu lassen, und erhielt die Antwort, daß es aus Belgrad nicht weitergeleitet wurde nach Moskau, man hat es abgestellt und auch nicht in Form einer Verbalnote weitergegeben. War es denn so? – es bleibt unklar. Gewiß ist nur, daß in den vergangenen vierzig Jahren im Westen stets geheimnisvolle Hände sich erhoben, die erfolgreich versuchten, den Sowjets Schonzeit zu verschaffen, wenn diese sich auf etwas vorbereiteten.

Die Weihnachtszeit brachten wir mit dem »flu« genannten triefenden Zwischenspiel zu; von der Influenza heilte uns das Antibiotikum, nun müssen wir uns nur noch von dem Antibiotikum erholen. Das ist schwieriger.

Lola erhielt von Ildikó einen lieben Brief, der sie sehr gefreut hat. Wir wünschen aus ganzem Herzen, daß sie bleibt, wie sie ist.

Du schreibst, Du hast mittels einer guten Maschine die Musik in Deiner Wohnung installiert. Ich verstehe das. Doch es ist so, wie wenn man auf der Tombola einen Löwen gewinnt. Die Musik sagt etwas, was Worte nicht sagen können. Doch man darf von dieser Droge nur beschränkt Gebrauch machen. Der alte Tolstoi weinte, wenn er Chopin hörte, und brüllte wutentbrannt: »Que me veux cette musique!« In letzter Zeit habe ich zur Lektüre eine schlechte Beziehung. Über ein langes Leben habe ich mich bemüht, aufmerksam zu »lesen«, aber zeitgenössische Belletristik nehme ich nur noch ungern in die Hand. Irgendwie mangelt es der Prosa unserer Zeit an Sensualität, die mehr ist als das bloß Erotische und die die großen Prosawerke der Jahrhundertwende, manchmal auch die ungarischen, durchströmte – an dem Strom mangelt es ihr, den man nicht ersetzen kann durch Stil oder interessante Erzählung.

Manchmal sehe ich vieles – »Europa«, »Ungarn« – aus einer Ferne, wie der Astronaut aus dem Raumschiff die Erde sehen mag.

Ich bitte von Zeit zu Zeit um gute Nachrichten. Zum Beispiel, daß Du arbeitest. Wir grüßen Dich in Freundschaft

SAN DIEGO, 23. Februar 1981

Lieber Tibor,

im allgemeinen habe und hatte ich nie Heimweh, aber wenn ich »Feuilleton« höre oder lese, ist, als ob so etwas wie »Heimweh« dämmerte. In der Presse einer andersartigen Zivilisation war das »Feuilleton« das Überflüssige, das dem Notwendigen Geschmack, Duft und einen anderen Inhalt verlieh. Eminente Feuilletonisten, wie etwa Alfred Polgar[1], kamen, als sie hierher verschlagen wurden, in hiesigen Druckwerken nie zu Wort.

Auch hier breitet sich der sauer-herbe Rauch des polnischen Kellerbrandes aus[2]. Furchterregend, wenn nichts geschieht und dem schleichenden Feuer Luft zugeführt wird.

Die Euphorie, die auf die Wahl[3] folgte, wird langsam umgestimmt durch die Wirklichkeit des Alltags. Vorläufig gibt es kaum Zeichen dafür, daß die Inflation zu welken begänne.

1 Alfred Polgar, 1873–1955, führender österreichischer Publizist seiner Zeit, Übersetzer von Franz Molnárs *Liliom*.

2 Anspielung auf die Unruhen in Polen wegen Solidarność nach der Ernennung General Jaruzelskis zum Staatsoberhaupt am 11. Februar 1981.

3 Ronald Reagan wurde im November 1980 Präsident der USA.

Auf die Satellitenländer könnte Moskau im Ernstfall kaum rechnen. Amerika ist stark, aber auch hier scheint es Mangel an geeigneten Männern zu geben. Einen gewissen Optimismus kann man dennoch wahrnehmen.

Von uns und den hiesigen Umständen kann ich nur sagen, daß die Wohnung und die Umgebung einander entsprechen. In bezug auf die Gesundheit würden wir kaum die Note »gut« erhalten, unter anderem mühen wir uns ab mit den Umständlichkeiten der hiesigen Krankenversicherung.

Im Januar und Februar brach über die Region eine richtige Hitzewelle herein, tagsüber hatten wir 80° F[ahrenheit], die Nächte waren kühl. In den letzten neun Monaten, seit wir hier sind, hat es nur zweimal geregnet, und auch dann nur wenig. Großes Jammern.

Wir freuen uns, daß Ildikó die kleine Prüfung hinter sich gebracht hat, nun kann sie sich auf die größeren Prüfungen vorbereiten. Wir beide denken in Freundschaft an Euch, mit vielen lieben Grüßen

SAN DIEGO, 12. April 1981

Lieber Tibor,

die »frohe Botschaft«, von der Du in Deinem Brief sprichst, ist hoffentlich wirklich eine, wenn auch nicht im Sinne des Evangeliums. In Köln hast Du Dich nie so richtig einleben können, es wird also Erleichterung sein, wenn Du fortgehst. Die Tätigkeit beim Rundfunk wird Dir vermutlich nicht fehlen, aber die Gebundenheit an eine Arbeit ist nicht abträglich, zumindest in einem gewissen Alter. Aber Du wirst schon einen Ersatz finden. Ich verstehe wohl, daß Du in die »Umgebung« von Wien gehen möchtest; von dort aus läßt sich leicht finden, was in Wien unverändert reizvoll ist, und man kann den täglichen Kontakt mit dem Ordinären und Lümmelhaften vermeiden. Und Du wirst in der Nähe von Ildikó sein, was eine verständliche Anziehung bedeutet. Auch wir denken mit Liebe und Vertrauen an sie.

Das Unglück mit Reagan [Attentat auf den Präsidenten am 30. März] hat irgendwie auch uns nahe berührt. Bei dem Unglück waltete ein Glück von sechs Zentimetern, er blieb am Leben, wurde heute »geheilt« entlassen. Hoffentlich ist er geheilt. Vor und nach Julius Cäsar ereignete sich oft solches »Unglück«, doch im gegenwärtigen Weltmoment wären die Konsequenzen wirklich unabsehbar. Die Wahl [Reagans] brachte etwas über das Zeitgemäße hinaus Bedeutsames: die Möglichkeit, gefährliche Strömungen, wenn auch nicht abzustellen, so doch zu verlangsamen. Ein nicht ganz gesunder siebzigjähriger Präsident sagt in entscheidenden Augenblicken nicht so leicht ein Ja oder ein Nein.

Du fragst, was Deine Rente in Amerika wert wäre. Ich glaube, genausoviel wie drüben. Die langsame, manchmal gar nicht so langsame Inflation ist Welterscheinung, auch Amerika stöhnt darunter. Die Deutschen haben sich teils überverausgabt, teils beginnen sie die Konsequenzen der Ölerpressung zu spüren. Man kann nicht voraussehen, was die D-Mark auf den Märkten im nächsten Jahr oder nach ein paar Jahren wert sein wird. Von diesem Gesichtspunkt aus gesehen scheint ein Niederlassen in Wien doch festeren Boden zu versprechen. Wir würden natürlich bedauern, daß Du nicht in der »Nähe« sein wirst, verstehen aber, wenn Du Dich so entscheidest, wie Du schreibst.

Ein Seelenforscher posaunte dieser Tage hinaus, daß die Gerontologie (von deren Inanspruchnahme Du noch weit entfernt bist) ein trüber Wissenschaftszweig sei, doch aus persönlichen Erfahrungen könne er sagen, daß gegen das »tiefe Alter« die »Kultur« guten Schutz biete. Er meinte nicht, daß die Greise gegen Senilität Nachhilfekurse an den Universitäten besuchen sollten, sondern sie sollten sich jeden Tag über die alltäglichen Aufgaben hinaus eine Stunde lang mit etwas »anderem« beschäftigen: ein Buch lesen, das nicht »nützlich« ist; Musik hören, die man nicht mit dem Ohr allein in sich aufnimmt; mit einem Wort, man sollte jeden Tag eine gewisse Zeit dem »Unnützen« widmen. Der Rat ist nicht so einfältig, wie er sich zunächst anhört. Das Altern ist tägliche Anstrengung, man muß das Nachlassen zurechtbasteln – doch darüber hinaus muß man Neugier reservieren für das »andere«. (Mein »Hobby« bleibt nach wie vor die Schreiberei, nach Mitternacht eine oder anderthalb Stunden. Für die restliche kurze Zeit wechsle ich nicht mehr das Pferd.)

Leider haben wir unverändert gesundheitliche Probleme, besonders Lola. Das bereitet uns Sorge und Kummer.

Nächstens, wenn Du schreibst, wirst Du vielleicht schon in Wien sein. Wir denken in Freundschaft an Dich und wünschen Dir das Allerbeste –

SAN DIEGO, 16. Mai 1981

Lieber Tibor,

hoffentlich treffen Dich diese Zeilen schon »intra muros« an, und es gestaltete sich alles so, wie Du es geplant hattest. Ich glaube, Deine Entscheidung war richtig, Du kennst das Terrain und wirst Dich zurechtfinden und die Arbeit erfolgreich fortsetzen. Es gibt viel Gutes in Österreich, leider herrschen auch Attitüden vor, die den Aufenthalt erschweren, denn der geizigen und aufstoßend aggressiven Kleinbürgerlichkeit vermögen alter Geschmack und edle Gesinnung nicht immer Paroli zu bieten. Dennoch hoffe ich sehr, daß Deine Entscheidung richtig war. Natürlich wird Ildikós Nähe für Dich das große Positivum sein; wir denken liebevoll an sie.

Die Terrorepidemie verbreitet sich nun schon global, und vorläufig gibt es keinen Schutz gegen das Virus. Der arme Papst[1] ist das traurige Beispiel dafür, daß nicht einmal Gottes Stellvertreter auf Erden in Sicherheit ist; was sollen dann die Gläubigen und die Ungläubigen sagen?

Die Flötentöne, wie auch Du Deinem Brief einen beigegeben hast, ertönen in letzter Zeit regelmäßig[2]. Vergangenen Monat veranstaltete man in einer »heimatlichen« Zeitschrift auf sieben Seiten ein Bahrgericht – angeblich hatte man den Artikel mehrmals umgeschrieben, ehe man ihn veröffentlichte. Ob hinter solchen Symptomen eine Neuorientierung steckt? Man kann es nicht wissen. Meine Antwort bleibt immer die gleiche: Ich willige nicht ein, daß meine vor 1948 in Ungarn erschienenen Bücher wieder auf-

---

1 Attentat auf Papst Johannes Paul II. am 13. Mai 1981.

2 Gemeint sind Aufforderungen an Márai, nach Ungarn zurückzukehren oder wenigstens zu erlauben, daß einige seiner nach 1948 eingestampften Bücher wieder herausgegeben werden.

gelegt werden (die Versfassung des Romans *Begegnung in Bolzano* wurde vertont, man wollte sie in der Oper aufführen, aber ich willigte nicht ein). Wenn aber die kommunistische Regierung der Meinung ist, die ungarische Literatur sei eine Einheit und es gebe keine »heimische« und »ausländische« ungarische Literatur, so ist das ein richtiger Standpunkt – dies zu dokumentieren bedarf es nur einer Handlung, nämlich der, daß man die Quarantäne aufhebt, mit der man bis jetzt verhindert hat, daß im Ausland geschriebene und veröffentlichte Bücher in das Schutzgebiet gelangten; und ich werde mich freuen, wenn auf diese Weise eines meiner im Ausland verfaßten und publizierten Bücher, *zusammen mit den Werken meiner emigrierten Schriftstellerkollegen und mit den ausländischen ungarischen Zeitungen und Zeitschriften,* frei und ohne Zensur die ungarischen Leser in der Heimat erreicht... Das ist natürlich nicht wahrscheinlich, denn die Brüder haben vor nichts so große Angst wie davor, daß ein Geistesfunke den mit qualmendem Rauch sich verbreitenden Kellerbrand in den Satellitenländern zum Lodern bringt.

Die österreichische Staatsschuld, Du hast recht, macht keine große Sorge. Etwa gleichviel, an die zwanzig Milliarden Dollar, schuldet Polen dem Westen: Das ist der gewisse Leninsche Strick, den die Kapitalisten den Kommunisten verkaufen, mit dem diese sie dann aufhängen. Doch das ist die kleinere Sorge, am Ende bezahlt die Große Glocke alles, wie Keynes[1] es prophezeit hat.

Freue Dich Deiner Wohnung, Ildikós, des friedvollen Rentendaseins. Letzteres ist hier problematisch, weil die So-

---

1 John Maynard Keynes, Lord Keynes of Tilton (seit 1942), 1883–1946, britischer Nationalökonom. Unter dem Eindruck der Weltwirtschaftskrise gelangte er zu der Auffassung, daß die Grundlagen der bisherigen ökonomischen Theorie in Frage zu stellen seien.

cial Security bis über die Ohren verschuldet ist. Doch man wird schon etwas erfinden.

Wir beide grüßen Dich in Freundschaft und wünschen alles Gute

SAN DIEGO, 29. Juni 1981

Lieber Tibor,

es war schön, endlich einen Brief zu erhalten, dessen Schreiber von Zufriedenheit spricht. Heutzutage sind die Briefe, aus welcher Himmelsrichtung sie auch kommen mögen, eher Jeremiaden. Du bist der glückliche Briefschreiber, der Kunde davon gibt, verwirklicht zu haben, was zu verwirklichen er sich vorgenommen hatte, und zufrieden ist. Wir wünschen Dir, daß sich weiterhin alles so gestaltet, wie Du es planst. Alles, was Du von der Wohnung und der Umgebung schreibst, ist verständlich sympathisch. Wahrscheinlich berühren die großen Wellenschläge, die drüben nun schon Dauerzustand geworden sind [Ost-West-Konflikt], Österreich nicht unmittelbar, und im friedlichen Heim kannst Du lange und ungestört leben und arbeiten, wie es Dir gefällt.

Der Kaufpreis der Wohnung ist vernünftig, gemessen an hiesigen Preisen nicht zu hoch; 2001 gehört sie dann Dir, wie Du schreibst. Ich hoffe, so wird es auch sein.

Von uns nichts Neues; wir haben gesundheitliche Probleme, Lolas Augen machen uns Sorgen, auch ich bin kein Kraftprotz. Im Alter muß man lernen, mit den körperlichen Behinderungen zu leben. Das ist gewiß keine »friedliche Koexistenz«.

Die Ungarn, die Polen, die Tschechen und die Slowaken nehmen die französische Variante [Beteiligung von Kommunisten an der Regierung] wahrscheinlich mit vergnüglichem Kopfnicken zur Kenntnis: Diese Völker wissen bereits, was es heißt, wenn eine demokratische Regierung mit den Kommunisten eine Koalition eingeht. Doch niemand lernt dazu, und der klassische römische Rechtssatz »volenti non fit injuria« [nicht ungerecht, wenn jemand bekommt, was er wollte] ist auch heute noch gültig. Doch um die Franzosen muß einem nicht bange sein.

Die Weinheber[1]-Zeilen sind weise-resigniert. Ich denke manchmal an Kaschau, wenn ich in den Erinnerungen nach einem Toreingang suche. Doch sonst empfinde ich keine Nostalgie. Es ist mir wieder gelungen, Tag und Nacht so einzuteilen, daß ich Zeit und Muße finde zum Lesen. Und ich ordne die alten Manuskripte. Vieles darunter ist fremd und überflüssig.

Von seiten Budapests erklangen in letzter Zeit mehrere Bahrgerichte. Man bietet den ausländischen Schriftstellern die Halbfreiheit an, die schlimmer ist als die Sklaverei, weil sie demütigender ist.

Ildikó, an die wir uns immer gerne erinnern, brachte also die leichtere Prüfung [Abitur] hinter sich, nun bereitet sie sich auf die schwerere vor. Ein gutes Gefühl für Dich, daß sie in Deiner Nähe ist. Was die Liebe betrifft, hat Frigyes Karinthy weise festgestellt, daß »die Liebe vergeht, aber jagen läßt sie sich nicht«.

---

1 »Da und dort ein Tor / hat noch breiten Schwung …« aus *Alt-Ottakring* von Josef Weinheber. »Dem Range nach setzt Weinheber die Linie unserer großen neueren Lyriker fort: George–Rilke–Hofmannsthal–Kraus–Trakl. Jedenfalls ist er – zeitlich gesehen – der bisher letzte große Vollendete unter jenen unbedingten, folgerichtigen Sprachkünstlern, die sich der Sprache als Form und nicht (oder nur sehr untergeordnet) zur Mitteilung bedienen.« (Friedrich Sacher)

Hier wird etwas Hoffnung spürbar. Zunächst nimmt man die wirtschaftlichen Belange in Angriff – höchste Zeit. Angeblich ist die Inflationsrate niedriger geworden, doch bei den Preisen nimmt man das vorläufig noch nicht wahr. Es wäre aber schon Erfolg, wenn alles bliebe, wie es ist.

Der Sommer hier weist Extreme auf, manchmal eine Hitzewelle, doch seit zwei Tagen hätten wir Lust zu heizen. Alles in allem ist es nicht schlecht, hier zu sein – eher »sein« als »leben«. Doch die Stadt kann nichts dafür.

Wir beide wünschen Dir das Allerbeste.

In Freundschaft

SAN DIEGO, 17. August 1981

Lieber Tibor,

in Salerno klebte der »bagnino« um diese Zeit bereits die freundliche Mahnung auf die Wände der Badekabinen, daß der Sommer zu Ende geht. Das Trinkgeld kann kommen. Doch hier haben wir keine Möglichkeit zum Trinkgeldgeben, weil wir uns während des ganzen Sommers eher gebrechlich fühlten, wir konnten uns nicht zu einer Reise an den Ozean aufraffen – ein großer Fehler, denn das Meer ist mehr wert als alle Vitamine. Vielleicht gelingt es uns im September, in der Nachbarschaft, am Ufer des Ozeans, ein paar warme Tage zu verbringen. Man hat hier die elektrische Bahn entdeckt (es fehlen nur noch der Hosenträger und das Nachthemd, damit die Wunder des 19. Jahrhunderts wiederentdeckt werden); Senioren können von hier für 40 Cents mit der Elektrischen an die mexikanische Grenze fahren, das ist nicht teuer.

Ich kenne die Gedichte von Weinheber nicht; was Du zitierst, ist berührend. In der nahen Vergangenheit verstarb in der Emigration in Toronto ein großer ungarischer Dichter: Ferenc Fáy, einer der Hervorragendsten der Dichtergeneration, die auf den »Nyugat«[1] folgte; sein Zyklus *Keresztút [Weggabelung]* ist von bleibendem Wert.

San Diego beginnt auch schon offiziell, eine mehrsprachige Stadt zu werden, und inmitten des spanisch-aztekisch-englischen Radebrechens muß man daran denken, ob ein föderales Europa möglich ist, solange es keine gemeinsame Sprache hat, wie es, zumindest im offiziellen und kulturellen Sprachgebrauch, vom 9. Jahrhundert an eine Zeitlang das Lateinische gewesen ist. Die wahnwitzigen und gefahrvollen Gegensätze kann man ohne gemeinsame Sprache nicht synchronisieren. Doch welche könnte in Europa die gemeinsame Sprache sein? Das Englische ist außerkontinental, das Französische überreif und überheblich, das Deutsche hat einen hegemonialen Hauch. Vielleicht das Italienische? Das Spanische, sagt man, befinde sich in Expansion, vor allem in Südamerika, aber auch anderswo. (So träumen wir vor uns hin.)

Der Sommer hat wieder ein paar Hitzewellen gebracht, doch im allgemeinen ist das Klima angenehm; die Abende und die Nächte sind kühl. Die gesundheitlichen Probleme muß man ertragen.

Es freut und beruhigt mich, daß die Übersiedlung gelungen ist und daß Ildikó sich frohen Mutes auf die große Prüfung vorbereitet, die schwieriger ist als Mathematik.

Ich danke für Deine freundliche Bereitschaft, doch im Augenblick brauche ich keine Bücher, es gibt hier genug

1 »Westen«, literarische Zeitschrift und Sammelpunkt fortschrittlicher Dichter am Anfang des 20. Jahrhunderts.

entsprechenden Lesestoff. – Auch im weiteren gute Gesundheit, Lust zur Arbeit und Zufriedenheit wünschen wir Dir beide. In Freundschaft

SAN DIEGO, 17. Oktober 1981

Lieber Tibor,

Du fragst, ob ich nicht »Heimweh« nach Salerno hätte. Ich kann nur antworten, daß ich im allgemeinen keinerlei Heimweh habe, und in diese Sehnsuchtslosigkeit ist die schöne Stadt mit eingebunden. Doch oft denken wir an die Dachterrasse, an die Aussicht, an unsere klug, resigniert und zynisch menschlichen wohlmeinenden italienischen Bekannten. Doch ich vermag nicht mehr, mich zu »sehnen«, höchstens mich zu erinnern.

Du hast recht, wenn Du für den Rundfunk arbeitest, und ich bin auch damit einverstanden, was Du vom Journalismus im allgemeinen schreibst. Dieses interessante Handwerk scheint nun auf sonderbare Weise verunstaltet. Der Präsident eines der größten hiesigen Pressetrusts, des »Time Inc.«, erklärte dieser Tage, Amerika bedürfe dringend der Pressefreiheit – aber nicht »freedom *of* the press«, sondern »freedom *from* the press«. Denn die Verunstaltung sei schon wie die »Facies Hippocratica«[1].

Im Sommer kamen Besucher aus verschiedenen Gegenden, auch aus Deutschland. Die Nachrichten, die sie auspackten, klangen nicht vertrauenerweckend: Terrorismus, Defätismus, Amerika-Feindlichkeit. Doch es gab auch einen

1 In der Pathologie Gesichtsausdruck des Sterbenden.

Besucher, der andeutete, hinter dem deutschen Linksruck könne sich die Absicht verbergen, die beiden Deutschland sogar um den Preis der »Finnlandisierung« oder der »Kommunisierung« zu vereinen – und wenn dann die Vereinigung vollzogen würde, dann würden die achtzig oder mehr Millionen wirtschaftlich und militärisch gut gerüsteten Deutschen schon sagen, welche Art Hauswirtschaft sie sich wünschen. Wahrscheinlich weiß man darum auch in Moskau.

Von Ildikó haben wir einen sehr lieben Brief erhalten, sie ist frohen Mutes, bereitet sich auf die verschiedenen Prüfungen vor, ist vertrauensvoll. Sie hat recht, wenn sie keine Lust hat, Leichen zu sezieren. Was die Linguistik betrifft, so prophezeit man überall die Verbreitung des Spanischen. Vielleicht ist es richtig, wenn Ildikó damit rechnet.

Von uns kann ich nicht viel Gutes berichten, zumindest was die Gesundheit betrifft. Lolas Sehstörungen bereiten uns Sorge und Kummer, ich selbst spüre nach und nach die langweiligen Symptome des Greisenalters. Also schleppen wir die Tage, einen nach dem anderen, wie's halt geht.

Wir waren in Mexiko, für vierzig Cents; es gibt Leute, die behaupten, wir hätten den Ausflug überbezahlt. Eine niederdrückende und beunruhigende Patria ist Mexiko. Jetzt keuchen die Mexikaner vor Freude, weil Öl aus dem Boden sprudelt. In den vergangenen dreißig Jahren hat sich ihre Zahl verdreifacht. Und überall der sonderbare »Todesgeruch«, von dem Lawrence[1] spricht. Es ist nicht ratsam, aus der Steinzeit rasch in die Atomzeit hinüberzuwechseln.

In Freundschaft, beste Grüße von uns beiden

---

1 D(avid) H(erbert) Lawrence, 1885–1930, bedeutender englischer Romancier, Dichter und Essayist; besonders umstritten war sein Roman *Lady Chatterley's Lover*.

SAN DIEGO, 30. November 1981

Lieber Tibor,

es ist interessant und im allgemeinen logisch, was Du im Zusammenhang mit der deutschen Frage schreibst – es erinnerte mich, ergänzend, an den grotesken »Friedensplan«, den ich vor Jahren in einer Tagebuchaufzeichnung vor mich hin murmelte: Aufgelöst werden sowohl die Nato als auch der Warschauer Pakt, die beiden schlagfähigen Großmächte ziehen ihre Armeen aus dem europäischen Raum ab, und zwar *in die gleiche geographische Entfernung:* Die Amerikaner gehen nach Hause nach New Jersey (8000 km), auch die Russen gehen nach Hause, hinter den Ural (ebenfalls 8000 km); die von dem unmittelbaren militärischen Druck befreiten Völker halten nationale Heere, welche die sowjetischen Interessen nicht bedrohen. Mein »Plan« wurde nicht beherzigt, verständlich, denn es wußte keine Seele davon. Aber vielleicht wird er eines Tages aktuell.

An die Rollenbesetzung des Schauspiels *Die Bürger von Kaschau* erinnere ich mich nur dunkel. Nach der Uraufführung am Budapester Nationaltheater zeigte man die Vorstellung auch in Kaschau und Klausenburg. Der damalige Kultusminister namens Szinyei-Merse, ein nicht sehr bedeutender Verwandter des großen Malers[1], ließ das Stück nach etwa dreißig Vorstellungen am Nationaltheater verbieten; der Direktor des Theaters mietete daraufhin das Stadttheater, und in diesem riesengroßen Gebäude spielte man das Stück noch ein paar Wochen lang. Das habe ich dann nicht mehr gesehen, weil ich krank in der Klinik lag.

---

1 Pál Szinyei-Merse, 1845–1920, ein Meister der Pleinairmalerei, besonders berühmt sind die Bilder »Maifest« und »Faun und Nymphe«.

Den Winter gibt es auch hier, wenn auch ohne Schnee, ohne Schlittengeläute und ohne Skiläufer – anders als anderswo, aber auch das ist Winter.

Gesundheitliche Probleme gibt es nach wie vor. Es scheint, daß wir einen vernünftigen Feldscher gefunden haben. Zumindest hoffen wir's.

Es war gut zu lesen, daß Du in Wien zufrieden bist. Da nun die Sowjets Polen und Ungarn zähneknirschend erlaubt haben, der Institution namens International Monetary Fund beizutreten, wird es interessant sein zu beobachten, wie sich die fremden Kontrolleure im Dschungel der Planwirtschaft orientieren wollen.

Neben vielen anderen großen Sorgen bereitet hier der institutionalisierte Terrorismus das aktuelle Kopfweh. Wenn eine Gangsterinstitution oder ein Gangsterstaat sich Nuklearwaffen aneignet, kann eine Erpressung ihren Anfang nehmen, wie sie die Welt noch nicht gesehen hat. Beängstigende Aussichten.

Wir wünschen Dir und Ildikó schöne Feiertage. In Freundschaft, viele Grüße

SAN DIEGO, 29. Januar 1982

Lieber Tibor,

der Ausklang der Rechenschaft »Ich habe Europa gesehen« in Deinem Brief, der Ausklang nämlich, daß Du »Europa nicht nur gesehen, sondern auch verloren hast«, ist für mich hier, am Ufer des Pazifiks, ein bekanntes Nachsinnen. Doch gleichzeitig, und ebenfalls dank des Pazifiks, meine ich, blinzelnd auch etwas anderes zu »sehen«: eine kontinentale Schrumpfung, nicht nur in verkehrstechnischem, sondern auch in geistigem Sinn, in kultureller Perspektive. »Das« Europa, wie es hinüberdämmert, gibt es nicht mehr, doch an seiner Stelle läßt sich ein Planet erkennen, auf dem der jährliche Menschenzuwachs achtzig Millionen beträgt, und so gestaltet in jedem Jahr eine weitere kleinere Großmacht eine neue Zivilisation, und die ist manchmal erschreckend, aber auf jeden Fall neu. San Diego ist zur Zeit ein Tor, wie es New York in der ersten Hälfte des Jahrhunderts gewesen ist: Statt der europäischen Einwanderer strömen hierher Menschen aus dem Fernen Osten mit ihrer Lebensform, ihren Sprachen, ihren Gerichten, ihren Literaturen und ihren Künsten... Nach einem Menschenalter wird diese Stadt eine farbige Region sein. Begriffe wie Liberalismus gibt es im Wortschatz der ankommenden Gäste nicht (mein Vater, und wahrscheinlich auch der Deine, also der konservative Liberale, hat das geschaffen, was in Ungarn »modern« gewesen ist) – die jetzige Völkerwanderung bringt Fetische und soziale Begriffe, von denen wir nicht einmal gehört haben.

Und weil wir nicht anders handeln können, bleiben wir also auf der Erde und genießen das, was man genießen kann. Hier etwa die Witterung und den Sonnenschein. Mit schlechtem Gewissen hören wir die Schreckensnachrichten vom Wetter, die aus Europa und von der Ostküste zu uns gelangen. In gesundheitlicher Hinsicht kann ich nichts Gutes schreiben, aber auch nichts Schlechteres. Ich bemühe mich, die tägliche Routine einzuhalten (gib mir meine tägliche Seite...) – bis jetzt ist es mir gelungen.

Was in Polen geschieht, scheint eine Abwandlung der Worte von Clemenceau[1] zu sein: Die Revolution ist eine so ernste Sache, daß man sie nicht den Revolutionären anver-

---

1 Georges Clemenceau, 1841–1929, französischer Staatsmann, Ministerpräsident 1917–20, Hauptgestalter der Friedensdik-

trauen darf. In solchen Zeiten tritt der ordensgeschmückte General in Erscheinung, die Köpfe der privilegierten Kommunisten rollen, und es beginnt wieder das gleiche, nur in Uniform [die Machtübernahme durch General Jaruzelski]. Das kann auch in der Sowjetunion passieren.

Vor kurzem las ich eine Auswahl aus den Erinnerungen der »kleinen Leute« der großen Französischen Revolution. Ein interessanter Bericht: Robespierre, der Unbestechliche, stahl den von Tränen nassen Brief Marie Antoinettes, den sie einige Stunden vor ihrer Hinrichtung [16. Oktober 1793] ihrer Schwägerin geschrieben hatte, und versteckte ihn in seiner Matratze. Dort fand man den Brief, nachdem der große Tugendhafte hingerichtet worden war.

Dir und Ildikó wünschen wir im neuen Jahre gute Gesundheit, Frieden und Ruhe. In Freundschaft

SAN DIEGO, 28. März 1982

Lieber Tibor,

wenn jemand in Amerika die Höhe der Schuldbeträge der österreichischen Sozialversicherungen liest (wie ich jetzt), ruft er aus: »Felix Austria«. Wenn man die Schuldbeträge in Dollar angibt, stellt sich heraus, daß das österreichische Passivum geradezu ein Aktivum ist gegenüber den hiesigen Milliarden, die fehlen, um jeden Monat zum Beispiel die Altersrenten und die Zuwendungen der Krankenversi-

---

tate von Versailles 1919/20; ihm wird das Bonmot zugeschrieben, der Krieg sei eine so ernste Sache, daß man ihn nicht den Generälen überlassen dürfe.

cherungen aus den Einnahmen zu decken. Dreißig Millionen Greise wie ich müssen von weiteren sechzig Millionen sogenannten Werktätigen erhalten werden; man wagt nicht, die Steuern zu erhöhen, weil die Jüngeren ja ohnehin schon murren (es gibt viele, die weniger an Einkommensteuer zahlen als für die Rentenvorsorge und die Krankenversicherung), doch niemand traut sich, die Konkursmasse anzutasten, weil jeder Alte zugleich auch Wähler ist, der im Falle einer Rentensenkung dem Abgeordneten seine Stimme entzieht, während die Jüngeren nur widerwillig, wenn überhaupt, in die Wahllokale gehen: Lieber spielen sie an den Wahltagen Basketball. Niemand kennt die Lösung. In Melanesien, so habe ich unlängst gelesen, hat man die Altersversorgung während der Obsternte gelöst: Die Alten wurden gezwungen, sich mit beiden Händen an einem Ast des Obstbaumes festzuhalten, dann schüttelte man den Baum so lange, bis Früchte fielen und der Alte in hängendem Zustand verblieb – ließ er den Ast los und fiel auch auf den Boden, dann wurde er erschlagen.

Was Du von der rechten Seite der Speisekarte schreibst, welche die in der Illusion des Wohlfahrtsstaates gezüchteten Generationen nur noch, wenn überhaupt, gleichgültig anschauen, ist wahrscheinlich ein sich selbst regulierendes und korrigierendes Phänomen, denn es kommt eine Zeit, in der an der rechten Seite der Speisekarte nichts mehr zu sehen sein wird. (Wie etwa zur Zeit in Polen.) Das mit der Vermassung einhergehende Anwachsen der Ansprüche ist ein Weltphänomen. Die Annahme, daß ein System des individuellen Unternehmens den Massen mehr zu bieten vermag als das soziale Wirtschaftssystem, ist in vielen Relationen richtig, doch die Frage wird laut, wie lange das freie Wirtschaftssystem die sozialen Lasten tragen kann. Hoffentlich kann es das für die kurze Zeit, die uns noch bevorsteht... Dann folgt der astronomische Zaubertrick der Inflation und der Staatsverschuldung, aber auch das dauert nicht lange. (Die Verschuldung der Vereinigten Staaten übersteigt jetzt schon tausend Milliarden Dollar.)

Doch der Dollar ist zur Zeit stabiler, als er während der demokratischen Regierung gewesen ist; für das Jahresende verspricht man das Ende der Wirtschaftsflaute, die Regierung Reagans bemüht sich, die Budgetposten des Parasitismus zu verringern. Das Land ist reich und stark, bis jetzt hat es alle Schwierigkeiten überwunden. Die allgemeine Stimmung ist abwartend, doch in der Presse läuft schon die oppositionelle Wühlarbeit an. Die Arbeitslosigkeit beträgt acht Prozent, die Inflationsrate ebenfalls, das ergibt noch ein Gleichgewicht. Wait and see.

Was Du vom »understatement« schreibst, ist vollkommen richtig, doch nun ist nicht die Zeit, etwas mehr oder anderes von der nahen Vergangenheit zu sagen. Die »Karikatur«[1] war in ihrer Wirklichkeit trauriger als vieles, was diesem Regime vorangegangen war. Trianon[2] ist für so manches verantwortlich. Beneš und Konsorten, Osteuropas Totengräber, sorgten dafür, daß in den zerstückelten Landesteilen die liberale ungarische Intelligenz, die das Land aus dem vergangenen Jahrhundert als Erbschaft mitbekommen hat, verkümmert. Als der Häuptling [Horthy] befreit war von der Vormundschaft des Oligarchen Bethlen, der

1 Des Horthy-Regimes 1920–44 in Márais Buch *Land, Land!*. – Miklós von Horthy, 1868 (in Ungarn) – 1957 (in Portugal), am 1. März 1921 mit Zustimmung der Alliierten des Ersten Weltkrieges von der Nationalversammlung zum Reichsverweser gewählt, am 16. Oktober 1944 von der SS verhaftet, dann in amerikanischer Gefangenschaft und später in der Emigration in Portugal.

2 Im allgemeinen Sprachgebrauch die Bezeichnung für das Friedensdiktat von 1920, das Ungarn im Schlößchen »petit Trianon« annehmen mußte.

doch über staatsmännische Perspektiven verfügte, öffnete er erleichtert für Gömbös[1] und Konsorten den Weg zur Machtergreifung – die zynische, verlogene und habgierige Gentrywirtschaft führte logischerweise zur Katastrophe[2]. Von Politik mag ich gar nicht mehr lesen oder sprechen, in der Zeitung schaue ich mir zuerst die Wirtschaftsrubrik an, dort gibt es noch Spuren der Wirklichkeit.

Der Winter hier war gnädig, im März erst zeigte sich etwas, was nach hiesigen Begriffen Winter genannt werden kann, doch das bereitete uns keine ernste Sorge. In gesundheitlicher Hinsicht kann ich nicht viel Gutes schreiben. Lolas Augen machen uns weiterhin Sorgen; bei mir tritt zutage, was die Techniker »Materialermüdung« nennen. Es gibt dafür keine Panazee.

Es ist, als ob die Seelenwanderung, die man früher »Literatur« nannte, einen Schlaganfall erlitten hätte. Hie und da stottern noch einsame Seelen, doch ihre Stimmen hört man nicht in dem Lärm, den die lohn- und blutgierigen Dilettanten erzeugen. Es kann jedoch immer schon so gewesen sein, bloß der Lärm war gedämpfter.

Es freut mich, daß Du Dich in Wien wohl fühlst. Wir lagern schon seit zwei Jahren hier und können uns nicht beklagen. Das Klima ist sehr gut, die Stadt ist freundlich, und interessant ist die Nachbarschaft des Stillen Ozeans.

Ildikó und Dir wünschen wir das Allerbeste. In Freundschaft, der greise S. M.

---

1 Gyula Gömbös, 1886–1936, Ministerpräsident von 1932 an bis zu seinem Tod in München; rechtsgerichteter Politiker, orientierte sich am italienischen Faschismus und am deutschen Nationalsozialismus, »Erfinder« der »Achse Berlin–Rom«.

2 Besetzung des Landes durch die deutsche Wehrmacht am 19. März 1944, Deportation von etwa 400000 jüdischen Bürgern, Verwüstung Ungarns infolge der Kampfhandlungen bis April 1945.

SAN DIEGO, 28. Mai 1982

Lieber Tibor,

die Jeremiade des Intendanten des österreichischen Rundfunks ist nicht nur in lokaler Beziehung gerechtfertigt – die Schreibwut ist Weltepidemie, sie tobt auf allen Kontinenten, in den entwickelten wie in den »Entwicklungsgesellschaften«. Wenn ich manchmal die hiesige ausgezeichnete Bibliothek aufsuche, gehe ich an den Regalen mit der Aufschrift »New Books« besorgt vorbei, als ob man befürchten müßte, daß aus den aufgestockten vielen neuen Büchern ansteckende Strahlung strömt... Familienmütter im Klimakterium, pensionierte Tierärzte, vom Schlaganfall heimgesuchte Konteradmirale, prahlende Päderasten, grimassierende Sportzentauren – jeder schreibt, wer und was er ist. Diese Bücher erscheinen auf geheimnisvoll organisierte Weise und verschwinden auch gleich wieder; doch die höllische Bücherflut erstickt die Literatur, die – wenn es sie noch gibt – kaum noch wahrzunehmen ist inmitten der schmutzigen Überschwemmung. Faires Urteil und glaubwürdige Kritik gibt es nicht mehr. Doch auch die Werbung ist nicht überzeugend. Benommen und unbeteiligt starrt der Leser die Regale an, die vollgestopft sind mit künstlichem Schund (was schlimmer ist als der ehrliche Krimi). Die Schriftsteller, wenn es sie noch gibt, führen ein Leben wie in den Katakomben. Proust[1], der vielleicht der bedeutendste gewesen ist in diesem Jahrhundert, gelangte erst mit sechzigjähriger Verspätung nach Amerika; in drei Bänden gab man die *Temps perdu* heraus, und im darauffolgenden

---

1 Marcel Proust, 1871–1922, französischer Schriftsteller; sein siebenteiliger Romanzyklus *À la recherche du temps perdu (Auf der Suche nach der verlorenen Zeit)* erschien in Frankreich von 1913 an.

Monat bot man schon dem uninformierten Leser die drei Bände in ganzseitigen Inseraten für ein Fünftel des ursprünglichen Preises an. Es ist, als ob die zeitgemäße Bücherflut das Vorzeichen des Armageddon wäre: Menschen aller Art und jeden Ranges wollen noch schnell erzählen, daß sie gelebt haben, hier gelebt haben, so und so gelebt haben ... Ehe alles zu Ende ist.

Denn das Unglück gibt immer wieder ein Zeichen. Es lohnte sich wahrscheinlich nicht, wegen der 500 000 Schafe auf den Falklandinseln einen Krieg[1] vom Zaun zu brechen, aber man tat es. Wie von einer großen Hoffnung spricht man davon, daß Amerika und die Sowjetunion ihre nuklearen Bombenreserven einfrieren, die Dracheneier auf Eis legen könnten; aber sie vernichten sie nicht.

Gerade habe ich das ausgezeichnete Buch *The Universe Around Us* des englischen Astronomen Sir James Jeans[2] zu Ende gelesen – es ist kein wissenschaftlicher Schund, gerade deswegen verstehe ich zwei Drittel des Buches nur schwer, ist mir doch der Jargon der neuzeitlichen Kosmogonie fremd. Die Schlußfolgerung: Im Sonnensystem sei die Erde der einzige Planet, auf dem organisches Leben möglich ist, und die Wahrscheinlichkeit sei sehr gering, daß es unter den mit irdischen Zahlenwerten nicht erfaßbaren Himmelskörpern des Universums noch einen weiteren gebe, auf dem organisches Leben entstehen könnte. Das klingt arrogant, zugleich läßt es erschaudern. Wenn es zutrifft, dann wäre es schade, diesen sonderbaren Planeten zu vernichten.

Unabhängig von den Sternen und der Menschheit zittern wir bei dem eiseskalten Frühlingswetter, das sich nach dem

1 Der Krieg zwischen Großbritannien und Argentinien dauerte von April bis Juni 1982 und endete mit der Niederlage Argentiniens.

2 Sir James Jeans, 1877–1946, englischer Physiker und Mathematiker.

freundlichen Winter hier eingestellt hat. Auch sonst ist etwas »uneasy« in der hiesigen gesellschaftlichen Himmelsrichtung: Die Inflationsrate ist niedriger geworden, die Arbeitslosigkeit größer, und die Menschen sind lustlos. Doch Du siehst es richtig: Das Land ist reich, und die Produktion ist gut organisiert. Irgendwie wird es schon sein.

Lolas Augen machen uns nach wie vor Sorgen; keine Besserung, einzig die Hoffnung, daß auch keine wesentliche Verschlechterung festzustellen ist.

Den Nachrichten, die aus den Ländern hinter dem Eisernen Vorhang zu uns gelangen, kann man nur entnehmen, daß die neue Generation (die Vierzigjährigen) manchmal genau sagt, was sie nicht will, doch zugleich sagt sie beinahe nie, was sie wirklich will. Wahrscheinlich deswegen, weil niemand es weiß.

Das Greisenalter ist ein Zustand, an den man sich gewöhnen kann, wie sich Philoktetes[1] an die Wunde durch den Schlangenbiß gewöhnte. Am Ende bleibt dann nur noch die Wunde, von der man sich nur schwer trennen könnte, eben weil es nichts anderes gibt.

Dir und Ildikó wünschen wir alles Gute. In Freundschaft

---

1 Philoktetes, trefflicher Bogenschütze, wurde auf dem Zug gegen Troja von einer Schlange in den Fuß gebissen; die Wunde eiterte und verbreitete einen so unerträglichen Gestank, daß die Griechen ihn auf den Rat des Odysseus an der Küste von Lemnos aussetzten. Da er aber im Besitz des Bogens und der Pfeile des Herakles war, holten sie ihn wieder, um Troja erobern zu können. Philoktetes erlegte den Paris, und Troja wurde genommen. Die Geschichte hat Sophokles zu einem Trauerspiel inspiriert.

SAN DIEGO, 12. Juli 1982

Lieber Tibor,

Ildikós Krankheits-Zwischenspiel hat uns beiden Sorge bereitet. Die zeitgemäßen Antimittel können Leben retten, zugleich haben sie fast immer unabsehbare Nebenwirkungen. Noch immer paßt sich der menschliche Organismus langsamer dem an, was der menschliche Geist erdacht hat; langsamer, als die Zauberlehrlinge hoffen. Zugleich klagen die Zauberer einmal das hundert Jahre alte Aspirin an, daß es gefährlich sei, ein andermal das Sacharin, und so der Reihe nach alles, woran sich die Menschen bereits gewöhnt haben. Die Pharmaindustrie, wie auch die Kriegsindustrie, ist erfinderisch. (Wenn die Zeitungen zynisch von den humanen Eigenschaften der »konventionellen Waffen« schreiben, ahnt man, wohin wir gekommen sind.) – Ildikó ist ein kluges, direktes und urteilsfähiges Mädchen (als solches ist sie uns während des kurzen Beisammenseins in Erinnerung geblieben), und sie wird hoffentlich ohne Folgen den Unfall überstanden haben. Sag ihr, daß wir gerne an sie denken.

Es gibt bei uns in gesundheitlicher Hinsicht keine Änderung, unverändert sind Lolas Sehstörungen, wir suchen immer wieder Ärzte auf, denn einer schickt uns zum anderen – auch hier ist die menschliche Beziehung des Heilens nicht anders als anderswo. Mit großer Anstrengung erträgt Lola die schwere Situation.

Die Weisheit der »linken« Theorien heißt in der Praxis, daß »kommun« ist, was man von dem anderen nehmen und dann ins Fertige tunken kann, solange die Tunke reicht. Die großen und die kleinen Völker wachen nun schon auf aus der globalen Gaudi, sie beginnen zu begreifen, daß die Ratschläge Keynes' in der Wirklichkeit etwas anderes bedeuten als in der Theorie; daß Völker, wie auch

Individuen, nur so lange im Gleichgewicht bleiben, wie sie weniger ausgeben, als sie haben. Wenn die ungarischen Kommunisten vom wachsenden Lebensniveau sprechen, erwähnen sie nicht, daß das Lebensniveau nur in dem Maß wachsen kann, in dem Prinzip und Praxis des Kommunismus eliminiert werden; in dem man die Wiederbelebung der Privatwirtschaft duldet und sogar unterstützt und solange die westlichen Kapitalisten zu alledem harte Valuten beisteuern. (Ungarns Schulden an den Westen betragen siebeneinhalb Milliarden Dollar, davon entfallen auf jeden ungarischen Staatsbürger 800 Dollar.)

Vor kurzem habe ich ein paar neue und alte Bücher gelesen – de senectute. Keines hat mir etwas Neues vermittelt. Das eine gibt an und brüstet sich, das andere wehklagt und wimmert, Cicero[1] wie Simone de Beauvoir[2] stellen fest, daß das Alter nicht gut sei. Im Klub der Achtzigjährigen gibt es nur selten einen, der objektiv genug ist herzumurmeln, daß das Greisenalter, ohne schwere Krankheit (die jedoch in jedem Lebensabschnitt drohen kann), eine überraschend interessante Zeitspanne des Lebens ist. Das Klubmitglied nimmt jeden Tag wahr, daß *ihm* etwas widerfährt (Abnutzungserscheinungen, das Krachen in den zum Dasein notwendigen Gelenken), doch »er«, das »Ich«, bleibt unverändert. Das überrascht manchmal.

Auch wir wollen nicht in die Sommerfrische, die Stadt in ihrer Gesamtheit ist ohnehin wie eine Sommerresidenz, und das Herumzigeunern der Sommerfrischler in Massen ist nicht eben anziehend. Ich schreibe, gehe spazieren und

---

1 Marcus Tullius Cicero, 106–43, Staatsmann, Jurist, Schriftsteller, bekannt als der größte Redner des alten Rom.

2 Simone de Beauvoir, 1908–1986, Schriftstellerin, Lebensbegleiterin von Jean-Paul Sartre.

lese – meistens historische Abhandlungen, die alle Gibbon[1] rechtfertigen, der am Ende festgestellt hat, daß die Geschichte in ihrer Ganzheit nichts anderes sei als die Summe von Missetaten, Morden und Grausamkeiten.

Um auch von der Witterung etwas zu vermelden: Die sogenannten Alten stellen fest, daß es so etwas noch nicht gegeben habe – Anfang Juli wie auch in den vergangenen drei Monaten mußte man abends und morgens einheizen, um nicht zu frieren. Die Alten meinen, das sei kein gutes Zeichen.

Nochmals alles Gute für Ildikó. Und Dir beste Gesundheit zum Wiener kleinen Gulasch. Beste Wünsche in Freundschaft

WIEN, 8. August 1982

Lieber Sándor,

in diesen Tagen erhielt ich Dein jüngstes Buch[2] und danke dafür. Das Buch ist der Beweis für das, was Du in Deinem letzten Brief vom »tiefen Alter« schreibst, in dem das »Er« und das »Ich« unverändert sind. Diese Erkenntnis ist die »Nebenwirkung« des Buches, eine persönliche, zumindest für den Leser, das heißt für mich. Denn es freut mich zu erkennen, daß Du unverändert »Du« bist. Bei allem »tiefen

1 Edward Gibbon, 1737–1784, Geschichtsschreiber, bekannt durch sein großes Werk *The History of the Decline and Fall of the Roman Empire.*

2 *Hiob ... und sein Buch,* Fernseh- und Hörspiele, Einakter, München 1982.

Alter«. Oder gerade dadurch. Und es hat mich auch gefreut, im Buch einigen alten »Bekannten« zu begegnen. Von den neuen Stücken sprechen mich besonders »Bauchrede« und »Die Rolle« an. Doch das sagt wahrscheinlich mehr über den Leser als über den Autor. Nochmals: danke.

Und sogleich eine Bitte. Ich würde eine Liste Deiner Publikationen brauchen, die nicht in ungarischer Sprache erschienen sind: Welche Bücher sind in welchen Sprachen und unter welchen Titeln herausgegeben worden. Früher einmal hast Du mir eine gedruckte Publikationsliste geschickt, die muß bei meinen vielen Umzügen verlorengegangen sein. Wenn Du eine solche zur Hand hast, steck sie bitte in ein Kuvert.

In Wien erleben wir dieser Tage großen Rummel: Auf dem Messegelände (beim Prater) und auf dem Heldenplatz wird die »Unispace 82« genannte Attraktion gezeigt; man kann auch das europäisch-amerikanische »Spacelab« bewundern, dann den ersten »Sputnik«, und Wissenschaftler und Politiker diskutieren, ob sie den Ländern der Dritten Welt Technologie liefern dürfen, und wenn ja, wieviel. Währenddessen schlachten einander im Nahen Osten Juden und Araber, die, wenn sie gerade einmal über Frieden verhandeln, stolz darauf hinweisen, daß sie einen gemeinsamen Ahnherrn haben: Abraham. Doch offenbar hilft auch Abraham nicht. Was für Interessen, welche Interessenverflechtungen dort aufeinanderprallen, weiß ich nicht, obwohl ich täglich Lageanalysen von klugen Menschen lese. Kräfte der Vernunft vermögen nicht länger menschliche Ordnung zu schaffen. Ich fürchte, es wirken dort Instinkte, die nur in einer Katastrophe aufgelöst werden können, oder die Katastrophe vernichtet sie alle. Dann dürfen wir die Folgen analysieren.

Zugleich tagt in der Hofburg eine Konferenz: »UN World Essambly on Aging«. Man bespricht das Schicksal der Alten, deren es immer mehr gibt. Man sagt, im Jahr

2025 werden so viele Übersechzigjährige, also Rentner, leben, daß man sie nicht wird erhalten können. Die Jahreszahl beruhigt mich. Ich habe beschlossen, im Jahr 2024, im zarten Alter von hundert Jahren, zu sterben, und dann pfeife ich auf alle, sie müssen mich ja nicht mehr erhalten. Doch die Wirklichkeit ist nicht so lustig. In einer Studie ist nachzulesen, daß in den USA im Jahr 1950 sechzehn Beschäftigte einen Rentner erhielten, heute aber ist das Verhältnis 3,2 : 1. In Österreich ist die Lage noch schlimmer, hier erhalten bereits zwei Beschäftigte einen Rentner. Man sagt, daß große Unternehmen ihre noch nicht Sechzigjährigen in die sogenannte Frühpension schicken, um Arbeitsplätze zu gewinnen für Jüngere, die billiger sind. Und noch dazu werden die Rentner vom »Staat« bezahlt, nicht vom Unternehmen.

Ildikó verabschiedete sich vor zwei Wochen: Mit Freunden machen sie in zwei Autos eine Europe-Tour. Über Italien und die Provence fahren sie nach Spanien, vom südlichsten Zipfel Europas setzen sie mit der Fähre hinüber nach Marokko, von dort treten sie die Heimreise an der spanischen Küste entlang an. Die Autos stopften sie voll mit Konserven, zwei Zelten, mit Spirituskochern und anderen modernen Utensilien. Solche Ausflüge erinnern ein klein wenig an die Völkerwanderung. Die modernen Wanderer aber legen die langen Strecken leichter zurück, denn sie verkehren nicht bloß mit der Kraft eines einzigen Pferdes, sondern mit 80 und noch mehr Pferdestärken. Europa ist wieder einmal ein großer Spielplatz geworden. Ich selbst gehe nicht in die Sommerfrische, bleibe bescheiden zu Hause, besuche einmal das Burgenland, ein andermal die Wachau. Ich stieß unlängst auf eine schöne Zeile von Goethe: »Wie es auch sei, das Leben, es ist gut!« Das schrieb er 1826, im Alter von 77 Jahren.

Beste Wünsche, besonders was die Gesundheit betrifft, Handküsse an Lola und liebe Grüße

SAN DIEGO, 16. August 1982

Lieber Tibor,

beruhigt lasen wir die gute Nachricht, daß Ildikó ganz gesund ist und eine längere Safari angepeilt hat. Im nachhinein gestehe ich, daß die Nachricht, sie sei in die Hände von Ärzten geraten, uns beide beunruhigt hat – während des kurzen Beisammenseins haben wir sie liebgewonnen, und nun ist es gut zu wissen, daß alles in Ordnung ist. Mir ist um jeden bange, der in die Hände von Ärzten gerät, denn wenn auch wahr ist, daß die ärztliche Kunst im letzten halben Jahrhundert außerordentliche Entwicklung erfahren hat, so ist auch wahr, daß die praktischen Ärzte nicht immer Schritt gehalten haben mit der Entwicklung der Wissenschaft. Natürlich, es gibt immer kleinere und größere Ausnahmen.

Was die Zeitungen von der »Atomkriegswelle« wimmern, ist bloß ein Symptom der unheilvollen Lustlosigkeit, die weltweit winselt. Zum Glück gibt es auch Gegensymptome. Der heulende Chor, der vom nahenden Armageddon, von der Vernichtung des menschlichen Weltbildes jault, erstickt von Zeit zu Zeit. So etwa in Kanada, wo die Futurologen, die neuen Schamanen, zusammenkamen und feststellten, daß das Ende der Welt nicht gewiß sei. Es gab ihrer mehrere tausend, sie verkündeten, daß die Gefahren – eine nukleare Katastrophe, die Vermassung, die Verschmutzung, die anarchische Auflösung von historischen Machtregionen, das Herrschaftssystem von Guerillastaaten, die durch Kohlendioxyd verpestete Luft, die haarig-dreckige zynische Herumtreiberei der Popgeneration – bloß Übergangssymptome seien, es gebe noch Zeit und Mittel, die Schrumpfung und Zerstörung zu regulieren. Die zeitgemäße Übernahme von Rollen durch Frauen (mit allen Nebeneffekten), ein gewisser religiöser Anspruch der Jugend (bestimmt nicht im Sinn der fundamentalen Religionen) und vieles andere mehr beschwören Hoffnungen herauf... Schöne Träume. Nur eben, während man träumt, tickt die Bombe unter dem Bett.

Ad vocem: Ärzte. In der Nacht las ich Montaigne, der meint, jeder Arzt sei ein Scharlatan, am besten meidet man sie. Wie Molière verflucht auch er die Feldscher. Gewiß, der eine starb um die Sechzig, der andere um die Fünfzig, und das galt in jener Zeit als hohes Alter. Ich wäre schon lange nicht mehr am Leben, wenn es die Ärzte nicht gäbe. Vor kurzem sah ich hier eine Ausstellung mit den Zauberinstrumenten der Schamanen aus der Maya-Zeit, ihren Liturgien und mythischen Heilmethoden: Der Schamane war »himmlischer Reisender«, Vermittler zwischen irdischen und überirdischen Kräften. Vielleicht haben sie auch geheilt – wir kennen ihre Statistik nicht.

Das Buch *Hiob ... und sein Buch* ließ ich Dir aus München zukommen, die Widmung schreibe ich einmal persönlich hinein (?).

Viele gute Wünsche (deren auch wir bedürfen) von uns beiden. In Freundschaft

SAN DIEGO, 26. Oktober 1982

Lieber Tibor,

die Weltlage ist nicht nur »entsetzlich«, wie Du schreibst, sondern auch erschreckend stupid, weil doch die Lösung der zeitgemäßen Probleme in den Gefahrenzonen auf keinerlei rationale Hindernisse stieße. Allein die Rationalität fehlt, darum ist so manches hoffnungslos. Vertragschließende Parteien sind nicht mehr nur im nachhinein bereit, die internationalen Vereinbarungen – von Jalta über Helsinki bis Camp David – zu brechen, sondern schon im Augenblick der Unterschriftleistung.

Von Ernst Jünger[1] habe ich nur ein Buch, Tagebuchaufzeichnungen, gelesen – ein gebildeter und anspruchsvoller Schriftsteller, er kennt die französische Literatur gut. Die Preisverteiler haben diesmal einen würdigen Schriftsteller belohnt. Er war nicht Nazi, doch er hat im nationalsozialistischen Deutschland gelebt und publiziert. Später verzieh man ihm nicht, daß er nicht genug gelitten hat.

Lola wurde am linken Auge operiert (Katarakt), nun warten wir auf das Ergebnis des langen (achtwöchigen) Heilungsprozesses. Das Schicksal ihres rechten Auges (Netzhautinfektion) ist noch ungewiß, auch in diagnostischer Hinsicht. Seit zwei Jahren schon hält dieser sehr schwere Zustand an. Wir wollen hoffen.

Aus mehreren Briefen aus Budapest erfahre ich, daß ich an der Universität Studiengegenstand geworden bin. Es ist zweifellos eine Genugtuung zu wissen, daß es auch Studenten gibt, die wegen mir durchfallen.

In einer hiesigen ernstzunehmenden Zeitschrift ist zu lesen, daß Österreich im allgemeinen um zehn Prozent teurer ist als Amerika. Preissenkungen kann man hier allerdings auch nicht erkennen, eher kennzeichnet wirtschaftliche Flaute die Lage.

Wir wünschen Dir beide gute Gesundheit. In Freundschaft

1 Ernst Jünger, 1895–1998, deutscher Schriftsteller, besonders bekannt sind die Bücher *In Stahlgewittern, Der Friede, Auf den Marmorklippen.*

SAN DIEGO, 12. Dezember 1982

Lieber Tibor,

Du hast recht, wenn Du Dich nicht so sehr mit der Krimigeschichte der Gegenwart beschäftigst als vielmehr mit den Taten von Meister Kaunitz[1], denn es ist besser, in die Vergangenheit zu schauen. Jules Renard[2] meinte: »Ein großer Irrtum der Richter ist, wenn sie annehmen, die Angeklagten hätten logisch gehandelt.« Zur Zeit Kaunitz' war die Geschichte wenigstens noch romantisch.

Du beklagst, daß die ungarische Lyrik im allgemeinen pessimistisch sei. Das ist wahr, doch manchmal klingt auch anderes an. So etwa verabschiedet sich Babits[3] in einem seiner letzten Gedichte mit den Worten: »Vielleicht ist der Tod eine gar nicht so große Sache.« Das ist ermutigender als das »aller Hoffnung bar«[4].

---

1 Wenzel Anton Fürst von Kaunitz, 1711–1794, österreichischer Staatsmann.

2 Jules Renard, 1864–1910, französischer Schriftsteller, der durch das Vermeiden überflüssiger Worte großen Einfluß hatte auf Schriftsteller, die auf den naturalistischen Trend folgten. *Poil de carotte* ist Renards bekanntestes Werk.

3 Mihály Babits, 1883–1941, einer der bedeutendsten ungarischen Lyriker des 20. Jahrhunderts. »Mensch und Werk sind ein Wert, auch unabhängig vom künstlerischen Wert des Werkes, als eine kulturelle Tatsache, als die neue Synthese des ungarischen Geistes mit Europa«, meint Antal Szerb in seiner *Geschichte der ungarischen Literatur*, 1934; seitdem mehrmals aufgelegt.

4 Mihály Vörösmarty, 1800–1855, großer Lyriker und Epiker, den Todesbewußtsein und über den Tod triumphierende Phantasie kennzeichnen. Die Anspielung auf »aller Hoffnung bar« bezieht sich auf Vörösmartys vielleicht pessimistischstes Gedicht »Die Menschen«, daraus diese Zeilen:

»Ob Tier, ob Teufel, Wut, Verstand,
Wer auch gesiegt, der Mensch, er schwand,

Du schreibst von der Kleinen Entente[1]. Als Beneš[2] und Konsorten diese historische Region mit Gewalt zerstückelten und balkanisierten, gelangten die dortigen Völker und Länder in das Gravitationsfeld des slawischen Reiches, das – wie das Schwarze Loch die es umgebenden Himmelskörper – diesen organischen Bestandteil Europas mit ständigem Rufen in sich aufsaugt und ihn von Europa entfernt. So will es scheinen. Doch die ethnischen Spannungskräfte hören nicht auf zu wirken, und vielleicht haben jene recht, die meinen, daß sich das Sowjetreich bis zum Jahrhundertende auflöst und die übriggebliebene Großmacht sich mit ihrem Gewicht dem Fernen Osten zuwendet. Das wäre »logisch«. Wenn es in der Geschichte Logik gäbe.

Der irre Staub, ein Bild aus Gottes Schar,
Aller, aller Hoffnung bar.«

1 Kleine Entente, 1920–38, ihr Ziel war die Aufrechterhaltung der durch das Versailler System 1919 und 1920 geschaffenen Grenzen in Mitteleuropa, ihre Mitglieder: Tschechoslowakei, Rumänien und Jugoslawien. »Am 15. März 1939 wurde die Tschechoslowakei von den Deutschen völlig zerstückelt. Das Land wurde auch von Ungarn angegriffen, was im Sinne der Verträge der Kleinen Entente einen Casus belli bedeutete. Sowohl Rumänien als auch Jugoslawien hätten der Tschechoslowakei zu Hilfe eilen müssen. Jugoslawien protestierte nicht einmal verbal. Rumänien beschäftigte sich eher mit dem Gedanken, sein Territorium zum Schaden des Verbündeten zu vergrößern. Die Kleine Entente war somit nach achtzehnjährigem Bestehen auch de jure aufgelöst. Bei der ersten Schicksalsprüfung fiel sie wie ein Kartenhaus zusammen. Sie scheiterte, als die Geschichte die fast zwei Jahrzehnte betonte Einheit und den Zusammenhalt ihrer Mitglieder auf die Probe stellte.« (Magda Ádám: *Die Kleine Entente 1920–1938 – Richtung Selbstvernichtung*, Wien 1988.)

2 Eduard Beneš, 1884–1948, neben Masaryk Gründer der Tschechoslowakei, deren Außenminister, später Präsident. Nach dem deutschen Überfall 1938 flüchtete er nach London und gründete eine Exilregierung, kehrte 1945 als Staatspräsident heim, mußte 1948 die kommunistische Machtübernahme akzeptieren.

Lolas Augen bessern sich langsam. Die Operation war nicht bloß die eines grauen Stars, das ist Routine, sondern komplizierter: eine Katarakt-Operation, aus dem linken Auge wurde die Linse entfernt; die Prognose des rechten Auges ist noch ungewiß. Der Heilungsprozeß beträgt drei Monate, danach bekommt sie eine Spezialbrille, die die Linse ersetzt. All das ist mühsam und enervierend.

Wir wünschen Dir weiterhin Zufriedenheit im österreichischen Wohlfahrtsstaat, wo vorläufig der Staat noch nicht mehr ist als die Wohlfahrt (?). Dir und Ildikó wünschen wir gute Gesundheit und ein friedvolles Neues Jahr. In Freundschaft

SAN DIEGO, 4. Januar 1983

Lieber Tibor,

der harte Winter war ermüdend. Wir auf dem Hügel mußten über zwei Monate Stürme und biblische Regenfälle über uns ergehen lassen, doch den Küstenbereich verwüstete der Stille Ozean mit einer Wut, die seinen Namen Lügen strafte. Hoffentlich kommt bald die Zeit der Photosynthese, wenn morsche Baumstrünke durch die Berührung des Lichtes wieder Laub bekommen. Etwas anderes kann man gar nicht mehr erhoffen.

Zur Mitternachtszeit lese ich zum Trost wieder jeweils ein paar Seiten Gibbon – er ist der seltene Geschichtsschreiber, der nicht folgert und charakterisiert, sondern nur feststellt. In der Hoffnungslosigkeit, die er in Noten setzt, ist etwas Befriedigendes und Einschläferndes.

Die mexikanische Einsickerung belebt hier den Alltag; die Berichte sprechen von hunderttausend illegalen Gästen in diesem Jahr. Brzezinski, Präsident Carters früherer Sicherheitsberater, erklärte gerade heute, Mexiko könne für die Reagan-Regierung ein ähnliches Problem werden, wie es für die Carter-Regierung Iran[1] gewesen ist. Korruption, moralische Selbstherrlichkeit, wirtschaftliche Auflösungserscheinungen, dazu das erschreckende Ausmaß der Überbevölkerung (in den vergangenen dreißig Jahren wuchs Mexikos Bevölkerung von 30 auf 70 Millionen), der Fehlschlag der Bodenreform, die Einsickerung der verarmten und besitzlosen Bauern in die Slums der Großstädte – das alles gibt wahrhaftig zu denken. An der Grenze hier beobachten wir Tag für Tag die Symptome.

Die Nachricht, daß Ildikó sich wohl fühlt und Lust zur Selbstbildung hat, freut uns. Sie ist klug und sympathisch, sie verdient es, daß sie den richtigen Weg findet.

Bei uns nichts Neues – das ist gut, oder auch nicht. Was die Gesundheit betrifft, müssen wir das Gegebene ertragen und möglichst umgehen, was noch kommen könnte. Ansonsten ist das Leben erträglich. Bald ist es drei Jahre her, seit wir hierher übersiedelten, und bis jetzt hatten wir keinen Grund, es zu bereuen.

Wir wünschen Dir alles Gute. In Freundschaft

---

1 Die Besetzung der US-Botschaft in Teheran durch islamische Revolutionäre im Herbst 1979.

SAN DIEGO, 31. Januar 1983

Lieber Tibor,

die sogenannten Ältesten sagen, daß es einen solchen Winter hier seit fünfunddreißig Jahren nicht gegeben habe. Keine Spur von Schnee in der Stadt, aber die umliegenden Sierras sind schneebedeckt; das Thermometer allerdings könnte weniger fleißig sein mit dem Vorzeigen von Warnzeichen. Abends und dann in der Nacht muß man die Heizung anwerfen, was hierzulande Seltenheit ist. Dazu gesellt sich seit ein paar Tagen das Murren des Stillen Ozeans: Meterhohe Wellen belagern die Wohngebiete an der Küste, die Flut verwüstet Häuser, Hunderttausende bleiben tagelang ohne Strom. Als ob die Natur die Menschen warnen wollte, daß sie das letzte Wort noch nicht gesprochen habe.

Die Warnung ist zeitgerecht, denn menschliche Dummheit und Bösartigkeit beginnen apokalyptische Perspektiven anzunehmen. Ist die Menschheit verrückt geworden? Im Besitz von etwa zehntausend Megatonnen Nuklearbomben (eine Megatonne entspricht der Explosivkraft von einer Million Tonnen Nitroglyzerin, ich habe im Lexikon nachgeschlagen), debattieren die Fachleute kleiner und großer Staaten, wie man die astronomischen internationalen Schulden mit neuen Krediten prolongieren könnte. Zugleich diskutieren Dichter leidenschaftlich darüber, ob in der Dichtkunst die Vernunft noch Berechtigung habe, und Militärs erarbeiten Pläne, wie man im und aus dem Weltraum Reiche vernichten könnte. Und alles kann innerhalb von Sekunden auf einen Knopfdruck in die Luft fliegen. Seit das Mensch genannte Säugetier sich auf die Hinterbeine gestellt hat, gab es immer Kriege, Reiche blühten und verblühten, es gab entsetzliche Grausamkeit, und es gab Hungersnöte. Aber die Möglichkeit, daß man mit einem

Knopfdruck auf den Computer in Sekunden alles vernichten könnte, was Menschen je erschaffen haben – das gibt es jetzt zum erstenmal.

Neuerdings schlafe ich erst spät ein, doch dann schlafe ich tief, als ob der Organismus sich mit Schlaf narkotisierte gegen alles, was er tagsüber in sich aufgenommen hat.

Carpe diem, lieber Tibor. Die Gesundheit ist bei uns unverändert, nicht viel Besserung, aber vielleicht auch keine Verschlechterung. Am Ende wird man bescheiden. Wir beide wünschen Dir das Allerbeste. In Freundschaft

SAN DIEGO, 10. März 1983

Lieber Tibor,

was man früher Geschichte und Schicksal nannte, gibt es im ursprünglichen Sinn nicht mehr, es gibt nur noch die Statistik – wie am Wochenende die tödlichen Unfälle auf den Straßen, deren Summe das Amt mit überraschender Genauigkeit voraussagt. Der Nachruf ist, wie Du schreibst, routinemäßig gelangweilt. In der nuklearen Sackgasse hat nichts mehr dauerhafte Konsequenz – wenn eine Schurkentat begangen wird, ertönt ein paarmal ein »bis hierher und nicht weiter«, doch der Missetäter wie auch jene, die Rechenschaft verlangen, wissen, daß dies keine wesentliche Konsequenz nach sich zieht, weil das »bis hierher« ein außerordentlich dehnbarer Begriff ist. Die fuchtelnde Impotenz der Demokratien ermutigt den Angreifer. Wahr ist zugleich aber auch, daß die alles zerredenden Demokratien in diesem Jahrhundert in den Weltkriegen zweimal siegreich geblieben sind – also war doch der Augenblick gekommen, da das »bis hierher« Wirklichkeit wurde. Hoffentlich wissen das auch die russischen Marschälle.

Deine Nachrichten über die neue Wohnung sind beruhigend, ich selbst habe mich schon vor langer Zeit für die Mobilien anstelle der Immobilien entschieden. Wien kann schließlich ein angenehmer Aufenthaltsort sein – ich habe mich neuerdings in Salzburg besser gefühlt, aber das ist keine Kritik. Unsere Umwelt hier ist unverändert angenehm, Aufenthalt und sogar die Wohnung sind es auch. Die Stadt ist farbenfroh, das spanische Kauderwelsch melodienreich. Auch hier können die Moderatoren im Rundfunk und im TV kaum auf eine allgemeinverständliche Art sprechen, die verschiedenen Varianten der vielen Dialekte überraschen. Daß Lesen und Schreiben langsam »obsolet« wird, aus der Mode kommt, ist eine resigniert angenommene Vorhersage. Eine Überraschung im Greisenalter (ich weiß es aus den Mitteilungen der Enkelgeneration): daß wir all das, was sie in der Schule gähnend lernen, erlebt haben.

Unbarmherzig und ermüdend war der Sommer, sogar der September war es noch, nicht so sehr die Hitze, vielmehr die Dämpfe und Gase verpesteten Luft und Wasser, in dem und mit dem man leben muß.

Genieße das neue Dach und gib Nachricht von Dir. In Freundschaft

SAN DIEGO, 29. April 1983

Lieber Tibor,

nach dem 80. lohnt es nicht mehr, die Jahre zu beziffern, eines mehr oder weniger, das ist da schon egal. Aber ich danke, daß Du hierher gedacht hast [zu seinem 83. Geburtstag am 11. April].

Angeblich wird es hier früher oder später frühlingshaft, so habe ich in der Zeitung gelesen. Es war ein grimmiger Winter. In der Gesundheitsgeschichte nichts Neues, vielleicht ist das ein Zeichen der Besserung.

In Freundschaft und mit gutem Gruß

SAN DIEGO, 22. Mai 1983

Lieber Tibor,

Höflichkeit und Herzlichkeit waren in der Vergangenheit stets das Markenzeichen Wiens, darum überraschten mich bei meinem letzten Besuch die Symptome, die Du erwähnst. Mit ein Grund für die unfreundliche, nasal murrende, abweisende Haltung, die ich Schritt für Schritt erfuhr, ist vielleicht die volksdemokratische Nachbarschaft: Das Durchgangshaus ist geprägt vom miesen Ton und den Manieren, welche die Gäste mitbringen. In den vergangenen Wochen habe ich mehr als einen Brief erhalten [aus Ungarn], dessen Schreiber klagt, daß man »es nicht ertragen kann« (sic, wörtlich). Was? Ich zitiere: Der Richter, der in der Früh vollbetrunken zur Verhandlung erscheint und seine Stelle riskiert, aber er trinkt, weil »man es nicht ertragen kann«; der Schwerkranke, der, aus dem Spital kommend, rezividiert und den Arzt anfleht, er möge die häusliche Behandlung übernehmen, nur solle man ihn nicht ins Krankenhaus zurückschicken, weil »man es nicht ertragen kann«. Hinter dem »liberalen« Glanz die Wirklichkeit: die Verrohung des Alltags. In der Familie, auf dem Arbeitsplatz, in der Straße, in der Straßenbahn, überall der ordinäre Ton, die schonungslose, drängelnde Leidenschaftlichkeit. Zugleich gibt es die Vácistraße[1] mit glänzenden Schaufenstern, es gibt Lebensmittelüberfluß, es gibt Restaurants mit Zigeunermusik, und es gibt zähneknirschend zugelassene privatwirtschaftliche Kleinstunternehmen. Im Zusammenhang mit den Ereignissen in Polen[2] beginnt man bei dem durch Samisdat und Liberalität gekennzeichneten Zwischenspiel die Schraube anzuziehen. So geht es seit fast vierzig Jahren. Voraussagen kann man nichts, weil man in dieser mit Dracheneiern vollgestopften Welt jeden Augenblick mit Akzidenzien rechnen muß. Doch es ist nicht wahrscheinlich, daß das Sowjetsystem das Jahrhundert überlebt: Die ethnischen Spannungskräfte bringen es zum Bersten. Möglicherweise.

Die Besteuerung des ältesten Gewerbes der Menschheit wäre vernünftig und logisch, doch sie ist schwer zu verwirklichen. De Gaulle vorgreifend, hat man vor zwanzig Jahren in New York damit experimentiert, doch der Versuch erlebte einen kläglichen Mißerfolg, weil die Damen körperschaftlich zum Rathaus marschierten, protestierende Spruchbänder tragend mit der Aufschrift: »Do it yourself«. Der Steuerentwurf wurde zurückgenommen.

Hierzulande läßt sich im Wirtschaftsleben ein gewisses Gleichgewicht erkennen – die Arbeitslosigkeit ist unverän-

---

1 Eine einst vornehme Einkaufsstraße in der Budapester Innenstadt.

2 Das harte Regiment des Generals Jaruzelski.

dert groß (zehn Prozent), doch die Inflation wurde, soweit es ging, niedergedrückt, und es will scheinen, daß die Produktion einen Aufschwung erlebt.

Von uns kann ich nur schreiben, daß der lange und grimmige Winter ermüdend war und daß Lolas Auge nicht so heilt, wie wir gehofft haben. Wir denken daran, im Sommer ein paar Wochen in Mexiko zu verbringen, wenn wir einen entsprechenden Platz finden. Doch das ist nur ein Plan.

Wir wünschen Dir und Ildikó gute Gesundheit und friedliche und erfolgreiche Beschäftigung. Mit freundschaftlichem Gruß

SAN DIEGO, 10. Juli 1983

Lieber Tibor,

im Zeitalter der beweglichen Zinsen wird auch der Begriff von Immobilien beweglich. Ich glaube nicht, daß es einen Finanzweisen gibt, der auf fünfundzwanzig bis dreißig Jahre etwas verläßlich voraussagen könnte. Es mag schon sein, daß Du recht hattest mit dem Verkauf der Wohnung, weil so ein auf Wucherzinsen für längere Zeit gekauftes »Gut« keine »Investition« ist, sondern bloß Schuld. Und es ist besser, im Zelt zu wohnen, als bis über die Ohren verschuldet zu sein.

Langsam bekommen die liberalen Konservativen wieder Spielraum, aber auch das wird nicht von Dauer sein. Die Franzosen schnaufen schon, weil die sozialistische Wachablösung ein teures Experiment ist, die Engländer und die Deutschen haben die Marschrichtung geändert, die Italiener haben die absolute Interesselosigkeit an den zeitgemäßen Möglichkeiten erklärt, jeder politisiert individuell, die Glaubwürdigkeit der Parteien ist brüchig. Hier wurde mit dem strategischen Geplänkel der im nächsten Jahr fälligen Präsidentenwahl begonnen. Spürbar ist eine gewisse wirtschaftliche Änderung, eher Stabilisierung als ernsthafte Besserung. Auch etwas.

Ich habe mich mit einem vor kurzem aus Ungarn gekommenen jungen Mann unterhalten (38 Jahre alt, hineingeboren also in die jetzige Lage); er hat das Land verlassen, weil die Jugend, so sagte er, das Gefühl habe, die Zukunft sei aussichtslos. Die kleinen Privatisierungen auf dem Land und im Gewerbe, die die Kommunisten zähneknirschend angekündigt haben, erleichtern den Alltag, aber eine wirklich anziehende Perspektive sähe die Jugend nicht.

Ich ließ Dir aus München ein Buch schicken *[Tagebücher 1976–1983]*, das erst im Herbst ausgeliefert wird – ich hoffe, ich werde noch Gelegenheit haben, eine Widmung hineinzuschreiben.

Wir sind für eine längere Reise zu müde; nicht nur der grimmige Winter ist schuld daran. In Mexiko ist das Leben zur Zeit etwas abenteuerlich. Wir wollen den Sommer abwarten.

Wir wünschen Dir und Ildikó einen friedvollen Sommer, in Freundschaft

SAN DIEGO, 15. August 1983

Lieber Tibor,

in diesem Monat jährt sich zum fünfunddreißigsten Male der Tag, an dem wir Budapest verlassen haben, wo ich unter anderem zwei Immobilien hinterlassen habe (eine Eigentumswohnung, die ich aus den Tantiemen des Theaterstücks *Das letzte Abenteuer* gekauft hatte, und einen geerbten Anteil an einem Mietshaus). Vor kurzem erhielt ich die Nachricht, daß ein Bekannter im Grundbuch nachgesehen habe: Laut offizieller Notiz nahmen die Kommunisten 1949 die Immobilien, die auf meinen Namen eingetragen waren, in »staatliches Eigentum« und schenkten sie dann einem gläubigen Genossen.

Ich stimme dem zu, was Du vom »bescheidenen Äußeren« des Romans *Die dreißig Silberlinge* schreibst. Auch ich war überrascht. Das Originalmanuskript war umfassender, doch aus Gründen der Sparsamkeit verdichtete der Verleger den Satz auf zehn Bogen. Das ist verständlich, weil sich das ungarische Buchwesen im Ausland im Zustand der Schrumpfung befindet. Die ältere Generation der ungarischen Leser stirbt allmählich aus oder ermüdet, die Jüngeren verstehen die Sprache kaum noch, und so werden nur wenige Exemplare gekauft. Zugleich registriert man in Ungarn Interesse an der ausländischen ungarischen Literatur – es scheint, daß die Jüngeren, die Vierzigjährigen, der linientreuen Texte überdrüssig geworden sind. Doch die Kommunisten lehnen es nach wie vor ab, die Kontrolle über die Post aufzuheben, denn sie haben ja vor nichts größere Angst als vor den Folgen eines geistigen Funkens.

Lola erhielt von Ildikó einen lieben Brief, wir denken immer gerne an sie.

In bezug auf die Gesundheit hat keiner von uns Grund, sich zu rühmen. Die feucht-heiße Witterung des Sommers ist auch hier belastend. Man kann nicht anders, als im verdunkelten Zimmer das Ende abzuwarten.

Wir wünschen Dir gute Gesundheit und einen fröhlichen Sommer. In Freundschaft

SAN DIEGO, 2. November 1983

Lieber Tibor,

ich bedauere, aber ich kann das fehlende Exemplar nicht ersetzen, denn auch ich habe nur ein einziges abgenutztes Stück, die anderen hat der Sturm verweht. Die Zeilen, die Du zitierst, sind bekannt[1]. Aus der Entfernung eines halben Jahrhunderts beschwören sie den ähnlich klingenden Seufzer eines großen Dichters herauf: T. S. Eliot[2] hat erkannt, daß etwas dahinsiecht, was man nicht ersetzen kann. In den dreißiger Jahren verließ er seine Heimat und ging nach England, gründete dort die Zeitschrift »The Criterion«, doch 1939 verzichtete er auf die Redaktion. Zum Abschied

1 Aus dem Schlußwort der Autobiographie *Bekenntnisse eines Bürgers,* Budapest 1936: »Wer heute schreibt, scheint Zeugnis ablegen zu wollen, Zeugnis davon, daß das Jahrhundert, in dem wir geboren, einst den Triumph der Vernunft auf sein Banner geschrieben hatte. Bis zum letzten Augenblick, solange es mir erlaubt bleibt, Worte niederzuschreiben, will ich bezeugen: Es gab ein Zeitalter, und es lebten Generationen, die den Sieg der Vernunft über den Trieb verkündet und an die Widerstandskraft des Geistes geglaubt haben, der imstande sei, die Todessehnsucht der Herde einzudämmen.«

2 Thomas Stearns Eliot, 1888–1965, bedeutender britischer Dichter, Dramatiker und Kritiker amerikanischer Herkunft; literarischer Doyen seiner Zeit.

schrieb er: »In der kommenden Zeit und vielleicht sogar auf längere Zeit noch vermag nur eine ganz kleine Anzahl Menschen die Kontinuität der Kultur aufrechtzuerhalten.« Dann fügte er hinzu: »Der europäische Geist ist unsichtbar, die literarische Bildung schwindet.« Die Erfüllung seiner Prophetie erlebte er nicht mehr – der »europäische Geist« wurde vernichtet in der Barbarei, die in der Welt der Massen alles, was Anspruch und Kritik ist, als Feind ansieht. Es gibt nur noch Büchererzeugung und Bücherkonsumenten.

Das TV zeigte soeben die mit lauter Werbetrommelei angekündigte nukleare Blutgerinnung namens *The Day After*. Manche meinen, der Film sei optimistisch, weil die Wirklichkeit schlimmer sein könnte als die Prophezeiung. Die Gefahrenregionen werden nun schon in globalen Perspektiven immer mehr. Doch was man sowohl in Washington als auch in Moskau – so scheint's – eher fürchtet als den Krieg, das ist der nukleare Terrorismus. Etwas in der Welt und in den Menschen ist zur Explosion gelangt, und die Kohäsionskräfte Tugend, Geschmack, Gesetz funktionieren nicht mehr.

Den Herbst gibt es hier nicht, auch den Frühling nicht. Der Winter ist barmherzig, der Sommer kann grausam sein, auch dieses Jahr gab es oft Hitze wie im Krematorium. Ein bißchen angeröstet zwar, aber wir sind noch da.

Wir beide denken mit den besten Wünschen und in Freundschaft an Dich.

SAN DIEGO, 7. Januar 1984

Lieber Tibor,

der Titel des Orwellschen Superschunds *[1984]* müßte nun schon Wirklichkeit werden, doch vorläufig sieht man kein Zeichen der Allmacht von Big Brother. Du sprichst nostalgisch vom 19. Jahrhundert – doch ich, der ich über die Schwelle in das 20. Jahrhundert getreten bin und persönlich die Nachbeben des 19. Jahrhunderts erlebt habe, empfinde keinerlei Nostalgie: Die Erinnerungen an meine Kinder- und Flegeljahre, also an die anderthalb Jahrzehnte vor dem Ersten Weltkrieg, zeigen jene Zeit mühsamer, ungesünder und unmenschlicher als das, was sich in »unserem Jahrhundert« später geändert hat und gefolgt ist. Wenn Du Dir die Landkarte anschaust und die Geschichte liest, siehst Du, daß sich im 19. Jahrhundert die Änderungen im Schneckentempo vollzogen. Die Napoleonischen Kriege und was an Geplänkel danach noch kam, dann die Revolutionen und die Machtverschiebungen, alles das geschah zwar langsamer und in kleinerem Ausmaß, doch es war ebenso Wirklichkeit wie die Ereignisse des 20. Jahrhunderts. Zu Beginn des 19. Jahrhunderts betrug die Zahl der Erdbewohner eine Milliarde, gegen Ende des 20. Jahrhunderts wird es sechs Milliarden Menschen geben. Napoleon ist mit 600000 Mann in den russischen Winter marschiert, und den Männern der Grande armée froren Füße und Ohren ab – mengenmäßig ist das heute keine große Sache mehr, wenn man aber die Angaben zusammennimmt, ist das Endresultat nicht geringer als das der Katastrophen unserer vermaßten und beschleunigten Welt. Heute wird sogar das Elendsdasein irgendwie unter sichereren und menschlicheren Bedingungen gefristet als vor hundert Jahren. Was auszusterben droht, das ist die Kunst, die Literatur, alles, was die Menschen anspruchsvoll anspricht. Das war in der Vergangenheit dann doch besser. In diesem ruhmreichen 20. Jahrhundert haben zum Beispiel Tolstoi, Rilke, Proust, Kafka und auch Jókai keinen Nobelpreis bekommen – im 19. Jahrhundert wäre das vielleicht aufgefallen.

Das Jahrhundert vergeht, was bleibt, ist der heutige Tag. Für mich auch noch das Greisenalter, das täglich Kraftanspannung erfordert. In der nahen Vergangenheit sind ein paar Menschen fortgegangen; es fällt schwer, mich an das Alleinsein zu gewöhnen.

Wir wünschen Dir und Ildikó gute Gesundheit und ein erfolgreiches, friedliches, arbeitsames Jahr. In Freundschaft, mit den besten Wünschen

SAN DIEGO, 9. März 1984

Lieber Tibor,

mit Interesse erwarte ich die »Österreichischen Osthefte«[1]. Es ist kein Wunder, daß ein Druckwerk heutzutage nur mit knapper Not Platz erübrigt für literarische Besprechungen, denn sogar die großen deutschen (und auch anderssprachigen) Zeitungen rezensieren nur etwa drei Prozent der aktuellen belletristischen Publikationen in ihren Kritikspalten; mehr Platz haben sie nicht, oder aber es lohnt nicht zu rezensieren.

Ich glaube, das Kaunitz-Buch[2] wird interessant sein, denn dieser österreichische Staatsmann ist dem Publikum wenig bekannt. Auch ich weiß nicht viel mehr von ihm als

1 Zeitschrift des Österreichischen Ost- und Südosteuropa-Instituts.

2 *Kaunitz oder Die diplomatische Revolution* von Tibor Simányi.

die lexikalen Daten: Zur Zeit Maria Theresias spielte er eine gewisse Rolle bei der Schlesienfrage und verhandelte mit den Franzosen. Es gibt solche im Halbdunkel schlummernden historischen Gestalten, so zum Beispiel Cavour[1], nach dem manchmal eine Straße benannt wird, ansonsten spricht niemand mehr von ihm, obwohl er ja der Baumeister gewesen ist, der aus dem Melodrama des Risorgimento handfesten Alltag gemacht hat. Er war eher Franzose als Italiener; er überließ Garibaldi[2] die Rolle des Heldentenors und begann schleunigst, den Straßenbau und das Steuersystem zu organisieren. Was in Italien »modern« ist, verdanken die Italiener Cavour – nur schweigen sie von ihm.

Wir befinden uns hier bis über die Ohren im Wahlkampflärm, das wird bis November andauern. Die Reagan-Regierung hat in den letzten drei Jahren die Inflation an die Kandare genommen (das ist natürlich nur zeitbedingtes Aufatmen), der Blutkreislauf des Wirtschaftslebens ist zwar nur so-so, aber doch angelaufen – würde heute gewählt, dann bekäme Reagan wahrscheinlich für weitere vier Jahre die Miete im Weißen Haus. Seit einem Jahr sind die Preise stabil, und die Arbeitslosigkeit hat abgenommen. Aber das Defizit des Staatshaushalts ist katastrophal, und niemand weiß ein Heilmittel.

Du schreibst: Eisenhowers[3] Versäumnis im Jahr 1956... [zur Zeit des Ungarnaufstands]. Das stimmt. Zwischen

---

1 Camillo Benso, Graf von Cavour, 1810–1861, italienischer Staatsmann, erster Ministerpräsident des unter dem Haus Savoyen vereinten Italien.

2 Giuseppe Garibaldi, 1807–1882, militärischer Führer der Guerilla in den Kämpfen um die Vereinigung Italiens.

3 Dwight David Eisenhower, 1890–1969, 34. Präsident der Vereinigten Staaten. »Eisenhower-Doktrin«: militärische und wirtschaftliche Hilfeleistung an Staaten des Mittleren Ostens in ihrem Widerstand gegen kommunistische Aggression, datiert vom 5. Januar 1957.

dem 30. Oktober und dem 3. November gab es drei Tage, an welchen man die nach dem Harakiri von Jalta[1] entstandene Lage hätte korrigieren können – ohne Krieg, ohne bewaffnete Auseinandersetzung. Am 30. Oktober verkündete Moskau seine Verhandlungsbereitschaft, und wenn dann ein verantwortlicher Staatsmann (Vizepräsident Nixon?) der Einladung der ungarischen Regierung folgt und nach Budapest fliegt (es hätte keine technischen Hindernisse gegeben, weil ja die Flughäfen in den Händen der Regierungstruppen waren) und seine »guten Dienste« zwecks einer friedlichen Lösung anbietet – es hätte dann vielleicht in Osteuropa eine tektonische Erdbewegung stattgefunden. Doch das blieb aus. Was jetzt in Ungarn geschieht, erinnert an die »elastischen Absetzbewegungen«, wie das Oberkommando der Wehrmacht 1944 rücksichtsvoll die Rückzüge nannte. Doch letztlich liegt alles im dunkeln. Hie und da entzünden sich kleinere oder größere Präriefeuer.

Eine Bitte: Würdest Du in einer Wiener Buchhandlung nachfragen, ob ein Exemplar des Buches *Portugiesische Briefe* von Mariana Alcoforado[2] zu haben ist? Es sind fünf Briefe, Rilke hat sie ins Deutsche übertragen; früher einmal hat die Insel-Bücherei die Texte in einer preiswerten Ausgabe herausgebracht. Hier kann ich es nicht bekommen.

Der Winter war hier menschenfreundlich. Lolas Augen bessern sich kaum, auch ich verspüre die Lustlosigkeit des Greisendaseins.

Ich freue mich, daß Du gesund bist und daß auch die Deinen sich wohl fühlen. Wir beide denken in Freundschaft und mit den besten Wünschen an Euch.

---

1 Konferenz der Alliierten USA, Großbritannien und UdSSR vom 4. bis 11. Februar 1945.

2 Mariana Alcoforado, 1650–1723, Nonne, verliebt sich in einen Offizier; in den fünf »Portugiesischen Briefen« beschreibt sie ihre Liebe und ihre Enttäuschung.

SAN DIEGO, 16. April 1984

Lieber Tibor,

als ob Regie geführt worden wäre: Der Briefträger klingelte am 11. April, »am Tag der Sanktionierung der 1848er Gesetze«[1], und übergab das Couvert mit den Büchern. Ich habe Deinen Bericht[2] zweimal gelesen, zunächst für mich, dann habe ich ihn Lola vorgelesen, da sie immer noch Sehstörungen hat. Ich befinde mich in einer schwierigen Lage, denn irgendwie wäre alles fehl am Platze, was ich schreiben könnte. Summierend nur dies: Was Du geschrieben hast, ist die Art Rechenschaft, die, nach einem französischen Ausspruch von Sainte-Beuve[3], den Leser lesen lehrt. Wenn man ein ganzes Leben lang nur schreibt, wird die »Erinnerungen an meinen Werdegang« genannte Kunstgattung bloß die Summierung von Mißverständnissen. Dein *Land, Land!* ist ein seltenes Beispiel des Verstehens. Die Aufmerksamkeit, die Hingabe, die Auswahl, die Gesichtspunkte, und dann das Schreiben selbst, wie Du es gemacht hast – all das hat mich tief gerührt. Erlasse mir die Dankesworte. Besonders was Du vom Kapitel Berten schreibst, dann von der Aktualität der Rolle, die die Bürger von Kaschau spielen, so plastisch dargestellt habe ich es noch nicht gelesen, und das hat mich beruhigt. Du mußt damit viel Arbeit gehabt haben, und auch die Veröffentlichung dürfte nicht einfach gewesen sein unter den heutigen Umständen. Das mußte ich sagen, the rest is silence.

---

1 Ungarn löst sich aus dem österreichischen Gesamtstaatsverband; 84. Geburtstag von Sándor Márai.

2 »Land, Land!, Porträt des Dichters Alexander Márai« von Tibor Simányi in den »Österreichischen Ostheften«.

3 Charles Augustin Sainte-Beuve, 1804–1869, französischer Schriftsteller und Literaturkritiker. 1865 von Napoleon III. zum Senator ernannt.

Rückblickend ist die Sensibilität bezeichnend, mit der die sogenannte Rechte und die Linke das Theaterstück gleichermaßen mit ablehnendem Aufmurren bedacht haben. Der »Bürger« als Katalysator ist für beide Feind. Dennoch klären sich, wenn auch langsam und schwerfällig, die Begriffe. Vom Wohlfahrtsstaat hat sich schon herausgestellt, daß in ihm mehr Staat ist als Wohlfahrt, und es werden Zeichen sichtbar, die global den Bedarf nach Privatem signalisieren. Dieser Tage meinte jemand, man sollte die Rolle der »Zipser« [Deutschstämmige in Oberungarn] in Ungarn untersuchen. Man sieht vor dem Naziwald die Bäume nicht – doch als ob auch hier sich der Horizont klärte...

Was Berten betrifft... – es gibt immer mehr Zeitgenossen, die nicht so sehr in einer politischen, eher in einer beruflichen Opposition verharren. Was T. S. Eliot zu Beginn der dreißiger Jahre vorausgesagt hat[1], stimmt. Doch vielleicht gibt es dieser Menschen gar nicht so wenige, bloß ist es schwierig, mit ihnen Worte zu wechseln. Es ist, als würden sie mit den Signalen einer Verschwörung, ohne Abzeichen und Losung, miteinander kommunizieren – wie etwa jene sechshundert, für die es sich lohnt, mit kunstvoll gestochenen Buchstaben bedruckte Buchseiten auf feinstem Papier in der Kassette herauszugeben: die Briefe der Mariana Alcoforado in der wunderschönen Übersetzung von Rilke. Mit schlechtem Gewissen blättere ich im herrlichen Druckwerk, weil ich Dir mit meiner Bitte Ausgaben aufgebürdet habe – ungewollt, denn ich habe es nicht so gemeint, ist doch das Heftchen ursprünglich in der Insel-Bücherei erschienen, und ich dachte, daß ein Exemplar antiquarisch irgendwo aufzutreiben wäre. Die bibliophile Seltenheit, die Du mir geschickt hast, ist edle Übertreibung – ich danke dafür, aber ich mißbillige es. Und doch: Das Phänomen ist

1 »... es vermag nur eine ganz kleine Anzahl Menschen die Kontinuität der Kultur aufrechtzuerhalten.«

irgendwie trostvoll, daß es hie und dort Menschen gibt, eben die gewissen sechshundert, für die solche Druckwerke herzustellen lohnend ist. Du bist zum Beispiel einer von ihnen, der solches zu schätzen weiß. Vielen Dank. Ich werde es als wertvolles Zeugnis aufbewahren.

Von uns kann ich nichts Begeisterndes schreiben. Der Winter war barmherzig, der Aufenthaltsort ist nach wie vor freundlich.

Ich bin mit der Auswahl von Tagebuchaufzeichnungen, 1976–1983, für einen Band fertig geworden, er soll noch in diesem Jahr erscheinen. Während der Auswahlarbeit überraschte mich, wie schnell sich alles in unseren Tagen verändert: Eintragungen, die vor acht bis zehn Jahren noch lebendig gewirkt haben, klingen heute veraltet, sie haben einen anderen Klang als im Original. In der Vergangenheit waren für solche begrifflichen und klanglichen Veränderungen nicht Jahre, sondern Jahrzehnte nötig, manchmal noch längere Zeit.

Lieber Tibor, ich danke für die gute Absicht und die Mühe. Ich kann nicht sagen, Du hättest mir »Freude bereitet«, denn das wäre ungenau. Eher hast Du mich zum Nachdenken darüber veranlaßt, daß das geschriebene Wort vielleicht doch nicht ganz ziellos und überflüssig ist.

In diesem Sinne von uns beiden freundschaftliche Grüße,
Dein alter Freund

SAN DIEGO, 12. Juni 1984

Lieber Tibor,

wenn Herr Brandt und seine Genossen dem deutschen Arbeiter zureden, er möge in Zukunft nur noch 35 Stunden arbeiten für den Lohn von 40 Stunden (der deutsche Arbeiter arbeitet zur Zeit 1800 Stunden im Jahr, der amerikanische 1900 Stunden), dann kommt man nicht umhin, über die sozialen und wirtschaftlichen Folgen dieses Vorschlags hinaus auch daran zu denken, was der Arbeiter mit dem fünfstündigen Mehr an Freizeit anfangen wird. Worin investiert er diese Zeit, wozu verwendet er sie? Das ist unklar. Ein globales Herumtreiben scheint sich anzubahnen – wie im Zusammenhang mit dem Alter. Es gibt immer mehr Greise, und in den meisten Fällen nutzen sie das geschenkte Mehr an Lebensjahren nicht, sie sind bloß in vegetativer Weise da. Selten der Künstler, der Wissenschaftler oder der Schriftsteller, der es vermag, den Schwung des Planens und des Ausführens in das Alter hinüberzuretten. Es existieren Millionen, aber sie leben nicht mehr.

Ich habe den Sonderdruck [des Aufsatzes mit dem Titel »Land, Land!«] erhalten und danke noch einmal für die mühevolle und ausgezeichnete Arbeit. Man hat aus München telephoniert, daß »Freies Europa« den Aufsatz in zwei Teilen auf ungarisch senden möchte. Ich nehme an, man hat sich inzwischen an Dich gewendet.

Hie und da glimmen noch literarische Wachfeuer, doch immer öfter wird sichtbar, wie schnell in »unserem Jahrhundert« der Klang des geschriebenen Wortes sich ändert. Zu Beginn des Jahrhunderts durfte ein Schriftsteller noch hoffen, daß das, was er zu Papier brachte, auch noch nach einem halben Jahrhundert das bedeutet, was er erdacht hat. Heute reichen fünf Jahre, daß ein Satz in der Formulierung zwar unverändert, im Klang aber völlig anders ertönt.

Hier rührt man die Wahltrommeln. Hielte man heute die Wahlen ab, dann würde Reagan wahrscheinlich wiedergewählt werden. Seine Regierung bremste die Inflation, die Arbeitslosigkeit wurde geringer. Die Arbeiter fordern nicht so sehr Lohnerhöhung, vielmehr die Sicherheit des Arbeitsplatzes. Geblieben sind das horrende Budgetdefizit, die passive Außenhandelsbilanz und die internationalen Probleme, die man nur hätscheln kann, wirklich lösen nicht.

Wir freuen uns, daß Du mit Ildikós Lebensgang zufrieden bist. Wir wünschen Euch beiden schöne Sommerferien und denken in Freundschaft an Euch

SAN DIEGO, 17. Juli 1984

Lieber Tibor,

Deine Sommerpläne klingen interessant, doch beeile Dich, Umschau zu halten Richtung Spanien, weil es dort kaum noch Don Quijotes gibt, um so häufiger Sancho Pansas. Ortega schreibt, er habe sich gezwungen gesehen, sowohl aus dem monarchischen wie auch aus dem darauffolgenden volksfrontregierten Hispanien auszuwandern, weil es dort keine »Aristokraten« mehr gab – in dem einen gab es Hidalgos und Granden, im anderen doktrinäre Mandarine, aber »Aristokraten« im geistigen Sinn schienen ausgestorben zu sein. Nicht nur in Spanien.

Seit einer Woche weht hier tropische Luft: verschmutzte Hitze, Übergang zwischen dem Dampfkessel und der Gaskammer. Greise, wie ich einer bin, werden offiziell davor gewarnt, auf die Straße zu gehen. Es ist am gescheitesten, im Zimmer zu bleiben und zu denken. Zumindest rät Konfuzius dazu.

Eine Geschichte der ungarischen Literatur in deutscher Sprache wäre zeitbedingt. Was Du davon schreibst, daß ein solches Werk die deutschen Verlage nicht interessiert, mag in kommerzieller Hinsicht zutreffen – doch akademische Verlage (zumindest in Amerika) verhalten sich solchen Projekten gegenüber nicht gleichgültig. Es wäre an der Zeit, ein solches Buch zu publizieren, weil die ungarische Literatur im Ausland bis dato keinen informativen Niederschlag gefunden hat.

Du erwähnst, eventuell ein Interview mit mir zu machen. Danke für die gute Absicht, aber ich gebe keine Erklärungen, weder jetzt noch später – überlassen wir diese Kunstform den Politikern und den Kinosternen.

Nur noch dies: Gesundheitlich ist es bei uns nicht zum Besten bestellt. Wir beide wünschen Euch beiden das Allerbeste. In Freundschaft

SAN DIEGO, 16. September 1984

Lieber Tibor,

seinerzeit, als wir von 1923 bis 1929 in Paris lebten, suchten wir recht oft die sanften Wiesen der Provence auf. Was Du von der Umgebung von Arles schreibst, ist uns durchaus bekannt. Damals hatte ich ein Auto, einen Ford T (eher Besonderheit denn Verkehrsmittel), damit bereisten wir die Grande Corniche und ihre Umgebung, die Riviera. Die Reise endete meistens in Monte Carlo, wo ich auch den kümmerlichen Rest meines Geldes verlor, und dann mußten wir auf der Rückreise den Benzinbedarf besorgt berechnen. Ich bin in Verehrung des französischen Geistes und Geschmacks, der französischen Literatur erzogen worden, und meine Hochachtung für das französische Geistesniveau hat sich auch im Greisenalter nicht geändert. Dennoch muß ich sagen, daß ich mich mit der menschlichen Mentalität der Franzosen niemals anfreunden konnte, und vielleicht habe ich mich nie und nirgends so fremd gefühlt wie in den Jahren, als wir in Paris gelebt haben. Doch in der Provence wurde dieses Fremdheitsgefühl gemildert; ich verstehe, was Du von den Südfranzosen schreibst.

Man wird Reagan, wenn er es erlebt und wenn kein Erdbeben dazwischenkommt, wiederwählen; das ist nach der Carterschen Verantwortungs- und Bedeutungslosigkeit verständlich, da sich die Wirtschaftslage seitdem gebessert hat, und wenn in außenpolitischer Hinsicht auch nichts Besonderes geschehen ist, so herrscht wenigstens Ruhe. Es gibt Beobachter, die meinen, es sei die Ruhe vor dem Sturm, und sie weisen auf Symptome hin, die vom Baltikum bis zur Adria eher zu spüren als wahrzunehmen sind. Es ist wie bei der Verschiebung der Kontinente. Voraussagen können ja nur die Wahrsagerinnen, doch es ist nicht unvorstellbar, daß die aus hundert Millionen menschlicher Wesen erbaute Maginotlinie[1] sich für die Sowjets eher als Gefahrenzone denn als Verteidigungsgürtel erweist. Wenn der Kreml zur Lösung seiner inneren und äußeren Probleme nicht die verhängnisvolle »Flucht nach vorne« wählt (wovor Gott uns bewahren möge), dann ist es wahrscheinlich, daß diese Völker in gar nicht ferner Zeit die »organische Lösung« anpeilen, nur eben in einer anderen Richtung, als es ein Beamter des State Department vorschlug: Sie kehren organisch zu

1 Maginotlinie: Anfang der dreißiger Jahre entlang der nordöstlichen französisch-deutschen Grenze erbaute, nach dem Verteidigungsminister André Maginot benannte Befestigungsanlage, die im Sommer 1940 von den deutschen Truppen allerdings nicht frontal angegriffen, sondern umgangen wurde.

dem Westen zurück, dem sie historisch und kulturell angehören. Daran glaube ich wie an den Sonnenaufgang.

Wir haben Probleme mit der Gesundheit, wir versuchen, sie zu ertragen, wie es nur geht, meistens mit Geduld.

Ildikós spanische Orientierung zeigt in die richtige Richtung. Mittel- und Südamerika beginnen sich zu Wort zu melden in der Welt, und da wird es bald einer international verstandenen Sprache bedürfen.

Gute Gesundheit, lieber Tibor, gib von Dir Nachricht von Zeit zu Zeit. Wir beide grüßen Dich in Freundschaft.

PS: Die neueste Budapester Literaturgeschichte (eher Lesebuch für Anfänger) vergißt, an *Die Bürger von Kaschau* zu erinnern. Das ist verständlich, denn man kann sich ja vorstellen, daß es nicht wünschenswert ist zu erwähnen, die Bürger, an der Spitze Meister Johann, hätten 1943 im Senatssaal Fäuste schwingend gerufen: »Es gibt kein menschenwürdiges Leben ohne Recht!« Schon damals war dies dem anwesenden Kultusminister unangenehm, er verließ die Ehrenloge und eilte hinter die Kulissen, um gegen so mißverständliche Worte zu protestieren.

Bitte um Nachsicht wegen der Tippfehler, doch auch bei mir machen sich Sehstörungen bemerkbar (das linke Auge taugt weder beim Lesen noch beim Schreiben), und wenn ich auch noch so sehr aufpasse, tippe ich manchmal daneben.

SAN DIEGO, 10. Dezember 1984

Lieber Tibor,

eine Abhandlung in deutscher Sprache, die objektiv (»sine ira et studio«, das klingt wissenschaftlicher) aufzeigt, was einer Literatur während einer vierzigjährigen Diktatur widerfährt, in der die Schriftsteller in der Zwangsjacke schreiben und die Leser in der Zwangsjacke lesen – eine solche Abhandlung wäre auch über ihren ungarischen Aspekt hinaus ein lohnendes Unterfangen. Aber nur dann, wenn sie absolut objektiv geschrieben wird, ohne die Leidenschaft des Zeitgenossen – wie auch der Chirurg nicht böse ist auf den Krebs, den er operiert. Das jahrhundertelange Ringen der ungarischen Literatur um die sprachliche, gesellschaftliche und kulturelle Entwicklung; dann ein halbes Jahrhundert lang die zugelassenen, kosmetisch behandelten, taktisch geduldeten und doch hinterlistig abgewürgten Anstrengungen, dabei Samisdat als Mimikry, die ein ehrliches Unternehmen sein kann, aber in einer Diktatur immer auch ein schlau kontrolliertes – und wie dann doch manchmal, nicht so sehr in den Werken, eher in einzelnen Zeilen, die »Literatur« erklingt: dies zu dokumentieren wäre eine würdige und interessante Aufgabe, bedeutsam auch vom universalen geistesgeschichtlichen Gesichtspunkt aus. (Vor kurzem erschien eine ungarische Literaturgeschichte in englischer Sprache, Lóránt Czigány: *The Oxford History of Hungarian Literature – From the Earliest Times to the Present*, Clarendon Press, Oxford 1984. Den Autor kenne ich nicht, das Buch habe ich nicht gelesen, aber die Clarendon Press ist ein angesehener akademischer Verlag; interessant, daß er das Buch herausgebracht hat.)

Interessiert warte ich auf das Kaunitz-Buch, denn von diesem Staatsmann und seinen Taten weiß ich so gut wie nichts. Von Ferdinand I.[1] weiß ich nur, daß er versucht hat, seine Residenz in die geographische Mitte seines Reiches, also nach Buda, zu verlegen, doch die türkische Invasion vereitelte seine Pläne. Neben den großen Experimentatoren der Geschichte sollte man auch jene Staatsmänner aufzählen, die, auf die Träumer und Visionäre folgend, immer wieder in Erscheinung treten, um die großen Pläne in die Wirklichkeit des Alltags umzusetzen (z. B. Cavour, Poincaré und Deák)[2].

Neuerdings lese ich wieder Geschichte, das heißt also Plutarch, die Doppelbiographien; nicht zum erstenmal, aber vielleicht zum letztenmal. Ich lese gerade über Lucullus, nicht über den Feinschmecker, sondern den Staatsmann.

Ich habe mich wieder bei »Free Europe« wegen der Sendung des Aufsatzes erkundigt, erhielt zur Antwort, daß er nach der Wachablösung gesendet werden wird. Es scheint, sie veranstalten vorher Seelenübungen.

Das Neue Jahr naht, wir schicken beste Wünsche. In Freundschaft

---

1 Ferdinand I. (Habsburg), 1503–1564, jüngerer Bruder Kaiser Karls V., Infant von Spanien, Erzherzog von Österreich, König von Böhmen, König von Ungarn seit 1526, seit der Schlacht von Mohács, in der sein Schwager Ludwig II. von Ungarn fiel; Römischer Kaiser.

2 Ferenc Deák, 1803–1876, ungarischer Staatsmann, Baumeister des österreichisch-ungarischen Ausgleichs von 1867; »Weiser des Vaterlandes« genannt.

SAN DIEGO, 29. Dezember 1984

Lieber Tibor,

das Kaunitz-Buch ist eingetroffen, und schon lese ich es, jede Nacht etwa fünfzehn Seiten, nun bin ich schon am Ende des Kapitels »Quer durch Europa«. Wahre Freude ist mir die Lektüre – *was* das Buch sagt und *wie* der Autor es sagt. Es ist nicht das heutzutage modische Schema der »monographischen Geschichtsschreibung«, sondern tastbare Geschichte. Große Erudition ist das Buch, es ist gut zu lesen, denn es ist auch Beweis dafür, daß Dir die veränderten Lebensumstände zugute kommen. Im Buch ist Energie, ist achtenswerter historischer Überblick und Zusammenfassung. Es freut mich, daß Du die Kraft hattest, es zu schreiben. Was Du davon schreibst, daß das 19. Jahrhundert hinübergetönt hat bis 1914, ist sehr wahr. Ich habe es, wenn auch sehr jung, erlebt; ja, es klang noch weiter: Als wir von 1923 bis 1930 in Paris lebten, da war noch etwas von der Belle Époque zu spüren. Wenn Du Otto von Habsburg ein Exemplar schicken wolltest, er würde es gewiß auch mit großem Interesse lesen.

Soviel für heute, ansonsten kann ich nicht viel Gutes berichten.

In Freundschaft

SAN DIEGO, 27. Januar 1985

Lieber Tibor,

es ist nicht wahrscheinlich, daß sich das Schicksal des Kaunitz-Buches auf dem weihnachtlichen Buchmarkt erfüllt. Dieses Buch ist von bleibendem Wert, und viele Leser werden es noch öfter in die Hand nehmen, nicht nur die gewissen »Zehn«[1]. Ich lese das Buch langsam, zehn bis fünfzehn Seiten jede Nacht, bevor ich das Licht abschalte, und jedesmal beruhigt mich die Lektüre, denn sie ist nicht nur mit Erudition geschrieben (das Register ist überzeugend ausführlich), sondern es zeigt auch eine den Eifer des Seminaristen weit überragende schriftstellerische vergegenwärtigende Kraft. Das Buch läßt den Leser die eigenartige Atmosphäre des 18. Jahrhunderts über die sorgsam aneinandergereihten historischen Daten hinaus erahnen – nicht eben im Sinne des Talleyrandschen Spruchs: »Wer nicht im Ancien régime gelebt hat, kennt nicht die Süße des Lebens«, sondern anders, unmittelbar, aus menschlicher Nähe. Die Art, wie der Autor auf der Zeittafel mit der Stecknadel das Wesentliche festhält, wie er aus der menschlichen Eventualität die Geschichte herausarbeitet – all das ist eine anziehende Lektüre. Es freut mich, daß Du Kraft und Ausdauer hattest zu der großen Arbeit. Das Buch ist für den österreichischen Leser ein Weihnachtsgeschenk, das bleibt es auch dann, wenn auf dem Papier-Trödelmarkt nicht sehr viele, wie Du schreibst, nach einem so anspruchsvollen Buch suchen. Es wird auf den Bücherregalen als ein mit Kraft geschriebener Wegweiser der europäischen Geschichte verbleiben.

Hoffentlich läßt Du den Plan einer zeitgemäßen ungarischen Literaturgeschichte in fremder Sprache nicht ein-

---

1 Anspielung auf einen Ausruf des Dichters Dezső Kosztolányi: »Wenn es nur zehn lesen würden! – aber wo sind die Zehn?«

schlafen. Die kooperativen Ausgaben [ungarische in Zusammenarbeit mit westlichen Verlagen] sind nun schon sonder Zahl – Verlage in staatlichem Eigentum [in Ungarn] stellen mit Leichtigkeit solche falsch etikettierten Bücher her. Angeblich haben die Budapester Literatur-Politruks die Postzensur aufgehoben, und es darf nun ungarische Literatur aus dem Westen frei ins Land eingeführt werden. Ob es wirklich so ist, weiß ich nicht. Jedenfalls sind bei dem Münchner Griff-Verlag [eines ungarischen Emigranten] Emissäre aufgetaucht, sie kauften die dort erschienenen und lagernden Exemplare der ungarischen Emigrantenliteratur auf und ließen sie nach Budapest transportieren. Bibliotheken, Schulen und die gewissen »Zehn« haben nun – wieder: angeblich – Zugang zu den Büchern. Das wäre die Erfüllung einer jahrzehntelangen Forderung der emigrierten Schriftsteller – doch es kann sein, daß all das nur das Sammeln von Skalpen bedeutet; man demonstriert dem Land und der Welt, daß nun schon jeder »kooperiert«, denn was jetzt ist, ist ja nicht mehr das, was einst gewesen ist ... Doch in Wirklichkeit ist das eine falsche Deutung. Es kann schon sein, daß man mit einer gewissen »Finnlandisierung« experimentiert, das heißt mit einem immerwährenden Katzbuckel vor der Hohen Pforte, einem vorsichtigen Unabhängigkeitsstreben – aber das weiß man ja auch in Moskau. Wenn man damit rechnet, daß die Sowjets die mit Zwangsarbeit bewerkstelligte Aufrüstung wegen wirtschaftlicher – vielleicht auch ethnischer – Probleme nicht weiter fortsetzen könnten und gezwungen wären, die inneren Belange des Imperiums etwas lockerer zu handhaben – das dürfte zutreffen. Aber es ist nicht ratsam, sich zu früh zu begeistern. Ich erteile meinerseits keinem ausländischen Verlag die Erlaubnis zu irgendwelcher »Kooperation«, und sollten solche Bücher auf tauchen, dann werde ich öffentlich protestieren.

Die über die europäische Eiszeit hinausposaunten Schreckensnachrichten haben wir hier in Südkalifornien mit schlechtem Gewissen gelesen. Doch auch hier gibt es »Winter«, besonders wenn die arktischen oder antarktischen Windböen an die Tür hämmern.

In gesundheitlicher Hinsicht entweder Gutes oder nichts – daher eher nichts.

Danke für die Zusendung der in der »Voice of America« ausgestrahlten Rezension. Es ist schwer, die Zahl der Hörer zu schätzen, doch wahrscheinlich werden die Sendungen auch heute noch von vielen gehört.

Wir wünschen Dir beide gute Gesundheit und Kraft zur weiteren erfolgreichen Arbeit.

In Freundschaft

SAN DIEGO, 5. März 1985

Lieber Tibor,

ich habe das Kaunitz-Buch zu Ende gelesen (langsam, gegen Mitternacht zehn bis fünfzehn Seiten). Es wundert mich nicht, daß man im weihnachtlichen Buchrummel nicht oft nach dem Band gegriffen hat, denn er ist für eine andere Art Leser zu anderen Zeiten bestimmt. Das Buch hat mich bis zum Ende gefesselt, es freut mich, daß Du Kraft und Lust hattest, diese bedeutende Monographie zu schreiben. Die Linienführung ist sicher, der Autor kennt den Stoff wie der Dirigent die Partitur, wenn er mit einer Handbewegung das fällige Instrument und die Arie aufruft. Das Quellenverzeichnis ist nicht nur für Seminaristen von Interesse, auch dem Laien erschließen sich Perspektiven. Das eröffnende Kapitel »Die Welt seiner Zeit«, dann die biographischen Daten, das Kapitel »Zeitenwende« und vieles mehr bleiben dem Leser in Erinnerung. Und die »Schlußbetrachtung«, der »Rückblick« und der »Ausblick«, die Analogie in der Geschichte sind klar und mahnend. Viele Leser werden noch in dieser Arbeit von bleibendem Wert blättern. Ich danke, daß ich sie kennenlernen durfte, und – vivant sequentes.

Felix Austria...? Vielleicht. Es konnte den großen Rollenverlust ohne Erschütterung und Identitätsverlust überleben. Nicht ausgeschlossen, daß es in einem Augenblick des Wechsels wieder der Nukleus sein wird. Otto von Habsburg hat das Buch gewiß mit Interesse gelesen. Es ist bedauerlich, daß die Zeit auch über ihn bereits hinweggeschritten ist und daß er wohl kaum die Rolle erhalten wird, zu der er die Fähigkeit und auch den Rechtstitel hätte: Er wäre berufen, in einer europäischen oder osteuropäischen Neuordnung (wenn es je eine geben wird) als führende Persönlichkeit mitzuwirken.

Die Analogie vom Papst und der Erlösung ist zutreffend[1]. Zur Zeit versucht man in Budapest, den Kommunismus weicher zu machen und zu würzen, die Fäden der Zwangsjacke zu lockern, aber die Idee will man nicht aufgeben, denn dann müßte man auch den Kommunismus aufgeben. Und dazu ist man nicht bereit, was auch verständlich ist. Ihr Taktieren ist gefährlich, weil sie die Waffe in der Hand haben, und das könnte sie dazu verführen, mit der schrecklichen Fuite en avant zu experimentieren. Wovor uns Gott bewahre.

Doch nicht nur »Geschichte geschieht«, wie Marx uns lehrt, sondern dazwischen »geschieht« auch das Individuum. Das führt nicht immer zum Happy-End. Dieser Winter hat mich ermüdet. Ich treibe mich weniger herum als noch vor einem Jahr, lesen tue ich immer noch, aber

1 Den Kommunismus offiziell abzuschaffen würde gleiches bedeuten, wie wenn der Papst vom Balkon seines Arbeitszimmers verkündete, Christus habe die Welt doch nicht erlöst.

möglichst nur ungarische Bücher, weil die »Heimat« für mich die ungarische Sprache ist, in jeder Hinsicht.

Die Nachricht, daß Du uns im Frühjahr besuchen kommst, ist für uns beide große Freude. Schreib rechtzeitig, damit ich im benachbarten Hotel, in dem wir vor fünf Jahren gehaust haben, ein Zimmer reservieren lassen kann.

Dir und Ildikó alles Gute. Bis zum erhofften Wiedersehen grüße ich in Freundschaft

SAN DIEGO, 14. Juli 1985

Lieber Tibor,

Dein Brief ist hier beinahe gleichzeitig mit den Tonbändern eingetroffen[1]. Ich will nicht leugnen, daß es mich gefreut hat, den schön vorgetragenen Text zu hören. Die Hoffnung, daß die »Voice« in Ungarn Hörer findet – vielleicht die Jungen, die Vierzigjährigen, die hineingeboren wurden in diese Zeitenwende und die nun aufzuwachen beginnen –, ist in der Taubheit der letzte Ansporn, nicht in die Gleichgültigkeit des Nichts abzugleiten. Ich danke Dir für die Mühe – und es tut mir sehr leid, daß wir auf ein persönliches Treffen verzichten mußten, doch die Lage war hier tatsächlich so (und sie hat sich seitdem kaum geändert), daß Du Dich lieber nicht hierher bemühen solltest[2].

Die Kommunisten hofieren neuerdings die Emigranten, auch ich habe ein paar Schulterklopfer abbekommen. Was

1 Gedenksendung der »Voice of America«, Washington, zu Márais 85. Geburtstag am 11. April.

2 Von Washington nach San Diego; mit »Lage« ist Lolas schwere Krankheit gemeint.

sich hinter der Schöntuerei verbirgt? – schwer zu ergründen. Vor ein paar Jahren schien die Finnlandisierung ein Trumpf der sowjetischen Strategie zu sein, doch im Westen scheiterte der Versuch – sogar in den zum Farbwechsel neigenden lateinischen Demokratien wie Frankreich, Italien, Spanien –, es scheiterte der Versuch, das Gerüst der demokratischen Einrichtungen zu belassen und diese aufzufüllen mit einem Hilfspersonal, das gehorsam mit den Sowjets zusammenarbeitet. Kann sein, daß sie wieder einmal Ähnliches versuchen. Es wäre interessant, den Bericht eines guten Schriftstellers oder Publizisten darüber zu lesen, was in diesen Jahren in Wirklichkeit in Finnland geschah. Wie hat sich dort die »Finnlandisierung« gestaltet? Dort herrscht tiefe Stille. Ob Kraftanspannung oder Erschöpfung – man weiß es nicht.

Bei uns nichts Neues. Wir sind beide müde von der dreimonatigen Krankenpflege, die Kranke ebenso wie der Pfleger. Vielleicht wird es doch noch besser.

In Freundschaft, mit den besten Wünschen

SAN DIEGO, 26. Juli 1985

Lieber Tibor,

mein am 5. März aufgegebener Brief ist also tatsächlich fünf Monate lang unterwegs gewesen, das ist schon eine beachtliche Zeitspanne. Im März, als ich den Brief schrieb, freute ich mich noch auf ein Wiedersehen – am 6. April ist Lola gestürzt und hat sich den Arm gebrochen; das Weitere ist Dir bekannt.

Inzwischen ist Lolas Arm geheilt, sie kann ihn bewegen und hat keine Schmerzen mehr, doch die Augen (von uns beiden) machen uns große Sorgen.

Die Tonbänder habe ich inzwischen mehrmals abgehört, Sendung und Vortrag sind ausgezeichnet. Ob man in Ungarn die »Voice« hört? Wäre gut zu wissen. Mit Sirenengesängen locken die Kommunisten die Emigranten. Wie Du schreibst: Moskau sieht sich gezwungen, dieses und jenes zu erdulden, weil es nicht in der Lage ist, seinen Satelliten beizustehen. Alles ist dunkel.

Große Sorge bereitet auch Reagans Krankheit. Er begann wie ein Schauspieler, der eine gute Rolle bekam, doch schon in der ersten Runde bewies er, daß er Staatsmann ist, der hineingewachsen ist in seine Rolle. Hoffen wir, daß er Kraft hat für die restlichen Aufgaben.

Den Gürtel, den Ildikó auf die Reise mitgenommen hat, habe ich schon vor langem erfunden, weil ich in Neapel einmal bestohlen wurde, und bei Reisen ist so etwas unangenehm. Man kann in Fachgeschäften solche Gürtel fertig bekommen, diese »bäuchlichen Rettungsringe« können hilfreich sein.

Ich hoffe, die Ruhepause im Sommer und dazu die Arbeit sind nicht zu anstrengend, auch nicht zu monoton..

Wir denken beide in Freundschaft an Dich. Mit vielen guten Grüßen

SAN DIEGO, 12. August 1985

Lieber Tibor,

vom Bestseller *Die Welt als Wille und Vorstellung* [Arthur Schopenhauer] wurden in den zwei Jahren nach Erscheinen dreihundert Exemplare verkauft, das Honorar des Autors betrug zehn Exemplare. Der zunächst bescheidene Empfang des *Kaunitz* unter den Lesern bedeutet gar nichts, das Buch bleibt auf den Regalen bestehen, und in der kommenden Zeit werden es viele aufmerksam lesen, sie werden das ganze Buch lesen und dann die »Schlußbetrachtung« allein, wie ich sie dieser Tage zum zweitenmal gelesen habe. Ich glaube, das ist die Kunstform, bei der Du Deiner Aufgabe begegnet bist, der monographischen Geschichtsschreibung (die manchmal zur Tratschliteratur verdünnt wird); Du bist der Aufgabe begegnet: wie der Geschichtsschreiber anhand eines Menschenlebens ein ganzes Zeitalter aufzeigt, im Wald die Bäume kennzeichnet.

Der österreichische Weinskandal ergänzt nur den Katalog der allgemeinen zeitgenössischen Fälschungen – doch die Nation überlebt so manches, zum Beispiel hat sie zwei Weltkriege in relativ guter Kondition überlebt. Ich vertraue auf die österreichischen Nationaltugenden, auf die ererbte Fähigkeit des Überlebens. Ich selbst habe das Weintrinken schon lange aufgegeben, nicht aber die Achtung vor dem guten Wein.

Von uns kann ich nur die Phrase des »no news good news« schreiben, was nicht immer die Wirklichkeit widerspiegelt.

Hoffentlich wirst Du Zeit finden, weiterhin zu schreiben. Mit den besten Wünschen denken wir an Dich. In Freundschaft

SAN DIEGO, 23. September 1985

Lieber Tibor,

seit drei Tagen heult der lokale Rundfunk die Schreckensnachrichten vom Erdbeben in Mexiko, und während ich die Nachrichten höre, erinnere ich mich an die Naturkatastrophe in Salerno und Kampanien vor fünf Jahren. Auch diesmal werden nach dem Abklingen der Tragödie die Toten aus den Trümmern herausgegraben, die Spenden werden teils verteilt, teils gestohlen – business as usual. Nicht einmal von so tragischen Augenblicken kann man pädagogischen Nutzen erhoffen, die Menschenart, die wir sind, bleibt, wie sie ist, ein unverändert grausamer und übelmeinender Bewohner dieses zerbrechlichen Planeten.

Was Ildikó in portugiesischen Gefilden erfahren hat, ist immer die große Prüfung: der Rollenverlust im Leben von Völkern und Individuen. In diesem Jahrhundert ging die Prüfung schneller vor sich als in den vergangenen Jahrhunderten. Selten das Volk, das gut geantwortet hat: Die Engländer antworteten in sportlicher Manier, die Franzosen mit dem vorübergehenden Starrkrampf der Grandeur, die Italiener tosend, aber in Wirklichkeit ohne besondere Erschütterung, weil sie ohnehin nichts zu verlieren hatten, Österreich mit resignierender Gemütlichkeit. Die Deutschen antworteten mit buchhalterischer Gründlichkeit, wie Vorstandsmitglieder eines in Konkurs geratenen Großunternehmens... Ich war vor zwanzig Jahren in Portugal (damals hatten sie noch ihr Angola), in Erinnerung blieb mir die nervöse, manchmal unhöfliche Abneigung, mit der die Portugiesen die Fremden betrachteten. Nun haben sie vermutlich keine Aussicht auf eine neue Rolle.

Von uns kann ich nichts Besonderes schreiben, der Gesundheitszustand ist unverändert und nicht erfreulich.

Viele gute Grüße von uns beiden. In Freundschaft

SAN DIEGO, 18. November 1985

Lieber Tibor,

Du schreibst viel Wahres in Deinem letzten Brief, doch warum sollten die Geschichtsschreiber gewissenhafter sein als jene, die die Geschichte machen? Alles, was man vor dem Atomzeitalter erdacht hat und was logisch war, ist nur noch zeitvergeudende Träumerei. Es ist, als ob Entscheidungen nicht mehr von Menschen, sondern von Naturkräften getroffen würden. Wie etwa gestern in Kolumbien, vorgestern in Mexiko... [Anspielung auf die Erdbeben.] In all dem ist keine »Logik«, es gibt nur noch Tatsachen.

Und die Tatsachen sind manchmal persönlich schmerzhaft. Lola liegt schon seit drei Wochen im Krankenhaus, ihr Zustand ist bedenklich. Zu den Sehstörungen, die in den letzten Jahren immer schwerer geworden sind, kamen in den letzten Monaten Schwindelgefühl und Ohnmachtsanfälle. Klinische Untersuchungen ergaben, daß sie an Kreislaufstörungen litt, diese verursachten die gefährlichen Schwächeanfälle. Die Hauspflege mit Medikamenten unter der Aufsicht einer Krankenschwester reichte nicht mehr aus, sie mußte in ein »Convalescence hospital« eingeliefert werden, dort wird sie nun gepflegt. Sie hat keine Schmerzen, doch ansonsten sind die Ärzte mit ihrer Meinung eher zurückhaltend. Nicht schwer, sich vorzustellen, was das für mich bedeutet. Ich versuche alles, um stark zu sein und zu bleiben, solange sie mich braucht.

Ich kann jetzt auch nicht mehr schreiben, aber ich denke in Freundschaft an Dich

SAN DIEGO, 22. Dezember 1985

Lieber Tibor,

Lola ist seit sechs Wochen im Krankenhaus. Ihr Zustand ist kritisch, doch eine Zeitprognose wagt man nicht. Das ist alles, was ich jetzt schreiben kann.

In Freundschaft

SAN DIEGO, 6. Januar 1986

Lieber Tibor,

Lola ist fortgegangen. [Am 4. Januar.] Das beiliegende Büchlein wollte sie Ildikó zu Weihnachten schicken, doch dazu kam es nicht mehr. Ich schicke es Dir nun.

Paß auf Dich und auf die Deinen auf.

In Freundschaft

WIEN, 15. Januar 1986

Lieber Sándor,

die Nachricht hat mich erschüttert, ihre feine Gestalt wird mir immer in Erinnerung bleiben. Bitte, sei stark. Viele, sehr viele brauchen Dich.

In wahrer Freundschaft und mit aufrichtigem Mitgefühl

SAN DIEGO, 26. Februar 1986

Lieber Tibor,

danke für Deine fragende Karte, leider kann ich mich nicht so richtig zusammennehmen, dazu trägt vielleicht auch die Jahreszeit bei, seit ein paar Tagen herrscht hier tropische Hitze. Aber auch das vergeht.

In Freundschaft

SAN DIEGO, 1. April 1986

Lieber Tibor,

Dein Brief ist in einer Stunde gekommen, da ich es sehr nötig hatte, eine Freundesstimme zu hören in der tauben Leere, in der ich neuerdings lebe. Meine Tageseinteilung scheint durcheinandergeraten zu sein, manchmal nehme ich die Mittagsmahlzeit um drei Uhr nachts ein, das Abendbrot um zehn Uhr früh. Vielleicht verursacht dies die Schwäche, denn das Greisendasein sitzt mir mit all seinen unangenehmen Begleiterscheinungen im Nacken. Man tröstet mich, daß es nicht mehr lange dauert.

Was Du von Euch schreibst, beruhigt. Lola dachte oft an Ildikó und meinte (sie hinterließ eine Notiz in diesem Sinn), sie, Ildikó, werde eine »menschengerechte Frau« werden. Wir wollen hoffen, daß die Welt, in der sie sich zurechtzufinden hat, ebenfalls menschengerecht ist.

Als wir die Urne mit Lolas Asche ihrem Wunsch gemäß auf einem kleinen Schiff in eine Bucht des Stillen Ozeans brachten, um sie dort ins Meer zu streuen, verabschiedete sich Charon, der Schiffer, der Beamte also, der die Zeremonie leitete, nach Übernahme des Obolus mit breitem Lächeln wie jemand, der sagt: »Thank you, call again.« Ich beruhigte ihn, daß ich mich melden würde, sobald die Zeit gekommen ist.

Es freut mich, daß Du Lust zum Arbeiten hast. Was mich betrifft, ich will nichts mehr publizieren. Da ist noch ein Manuskript, das ich vor einem Jahr, ehe Lolas Krankheit kritisch wurde, fertig geschrieben habe, vielleicht wird es eines Tages noch herausgegeben. Ansonsten schreibe ich manchmal noch Notizen, aber nicht mehr für die Öffentlichkeit. Going out of business. Das ist gut so, man soll nichts übertreiben.

Es wäre schön, Du wärst näher. In Freundschaft, mit guten Wünschen

WIEN, 28. April 1986

Lieber Sándor,

es hat mich gefreut, von Dir wieder einmal einen längeren Brief erhalten zu haben, und ich hoffe, die Entscheidung von »going out of business« ist nur vorübergehend, und nach dem Manuskript aus der Schiffslade kommen noch andere.

In der großen ungarischen Diaspora ist das Gesicht des Lesers viel unbekannter, als es gewesen ist, als in Ungarn Bücher noch unzensiert erscheinen durften. Aber es gibt bestimmt ungarische Leser in der weiten Welt – bescheiden, untergetaucht, irgendwo zwischen dem »Business« und der Erinnerung –, ihre Zahl läßt sich nicht feststellen, aber es gibt sie. Und es lohnt sich vielleicht, für sie zu schreiben.

Ildi überraschte mich unlängst mit folgenden Worten: »Papa, ich bin eine alte Studentin« (sie wird im Oktober 25). Auf meine Frage meinte sie, unter den Achtzehn- bis Zwanzigjährigen fühle sie sich alt, und es sei höchste Zeit, daß sie ihr Studium beende, voraussichtlich nächstes Jahr.

Sie möchte im Rahmen der Universität bleiben. Das ist zwar nicht mit üppiger Entlohnung verbunden, dafür aber sicher, und das sei heutzutage wichtig – da die Universitäten in Österreich, und wohl auch anderswo, in rauhen Mengen Diplomierte ausspucken, die die Wirtschaft nicht aufnehmen kann. Facharbeiter werden eher benötigt denn Rechtsanwälte oder auch Ärzte. – Im Augenblick sieht die Welt, in der sich Ildikó einzurichten haben wird, nicht so aus, als wäre sie »auf den Menschen zugeschnitten«. Zur Zeit ist sie abstoßend. Nicht nur wegen des allgemeinen Terrors (es soll, so munkelt man, auch bei Szeged an der Theiß ein Ausbildungslager geben), sondern auch deswegen, weil die menschliche Reaktion auf alles gewaltsam, wütend, unmanierlich, proletenhaft ist. Das kann man Tag für Tag wahrnehmen. In Deutschland versucht man (doch der Versuch ist noch sehr jung), den gesellschaftlichen Niedergang dadurch aufzuhalten, daß man die Notwendigkeit einer »Elite« predigt. Man will mit Privatkapital Eliteuniversitäten gründen, an welchen Diplomierte weitergebildet werden sollen. In Österreich ist davon nicht die Rede, hier herrscht noch die Partei vor, das Stichwort des gesellschaftlichen Fortschritts lautet: »Massenuniversität«. Durchfallen lassen darf man nicht, denn das sei »gesellschaftsfeindlich« – könnte doch der dumme Sprößling vielleicht sogar eines Proletariers nicht an die Universität! Aber auch hier werden schon Stimmen dagegen laut. Ich weiß nicht, wie es anderswo ist. Aber auch Großbritannien und Frankreich dürften den Rollenverlust nicht sehr gut kompensiert haben. Sie, die »großen« Westlichen, durchlebten nach 1945, was wir in Mitteleuropa nach 1920 erlitten haben: die gewaltsame Auflösung jahrhundertealter staatlicher Strukturen. Mitteleuropa antwortete darauf mit dem Nationalsozialismus. Nun sind Großbritannien und Frankreich an der Reihe zu antworten. Auf jeden Fall ist die Welt in Europa nicht nach europäischem Maß. Modisch ist die

Amerikafeindlichkeit (woran Amerika nicht ganz schuldlos ist). Es gibt Fernsehen, Rundfunk und Telephon – aber trotzdem wissen wir zuwenig voneinander, viel zuwenig, damit der eine Kontinent Verständnis für den anderen aufbringen könnte.

Mitte Mai fahre ich auf etwa zehn Tage nach Bonn und Köln.

Bitte, paß auf Dich auf. In Freundschaft und mit den besten Wünschen

SAN DIEGO, 20. Mai 1986

Lieber Tibor,

irgendwann kommt die Zeit, wenn man nicht »auf sich aufpassen« kann, wie man auch nicht auf den Herzschlag oder die Atmung »aufpassen« kann. Eher stellt sich die Aufgabe, den Tag über das Existieren hinaus mit Inhalt zu füllen. Auch das ist nicht leicht: Mir scheint, meine Tagesordnung ist durcheinandergeraten... Es gibt den Tag und die Nacht, es gibt Finsternis und Licht, aber es gibt nicht das »zehn Minuten nach halb zwei«. Wie es unmittelbar nach der Geburt keine mit dem Sekundenzeiger meßbare Zeiteinteilung gibt, so gibt es sie auch in der Zeit unmittelbar vor dem Abgang nicht. Ich habe keine besonderen körperlichen Beschwerden, aber die »Materialermüdung« ist allgemein. Das ist natürlich, wenn auch, eben, ermüdend.

Der Rollenverlust ist in der gegenwärtigen Runde nicht nur das Schicksal von Nationen – auch Kunstgattungen erleiden ihn. In letzter Zeit erhalte ich oft genug Briefe aus Ungarn, versehen mit genauen Absenderangaben, es sind mit überraschender Offenheit notierte Episteln. Unlängst schrieb mir die Direktorin einer öffentlichen Budapester Bibliothek, daß in der Abteilung Belletristik, die sie leitet, Tage vergehen, an denen niemand sich ein Buch ausleiht. Auf den langen Regalen im großen Saal stehen Tausende belletristische Bücher aneinandergereiht, unter ihnen auch bemerkenswerte Werke begabter junger Schriftsteller – sie bleiben unberührt. Video, Kassette, Radio, Fernsehen und all die neuen Mitteilungsinstrumente allein liefern keine Erklärung für diese Gleichgültigkeit. Es ist auch kein politischer Protest, es muß einen anderen Grund haben. Kann sein, daß auch die »Literatur« ihre Rolle verloren hat.

Der Fall Waldheim[1] wirkt hier eher grotesk als dramatisch. Angeklagter wie Ankläger verlieren gleichermaßen ihre »Rollen« bei dieser unappetitlichen Prüfung. Österreich nützt es gewiß nicht, aber alles in allem schadet es ihm auch nicht.

Ildikó könnte (vielleicht mit Hilfe ihres Vaters) einen »How to be«-Bestseller schreiben mit dem Titel: »How to be a bachelor«. Hunderte Millionen zweibeiniger Wesen sehen sich neuerdings gezwungen, die tägliche Technik des einsamen Lebens zu erlernen. Die Auflösung der Familie ist Welterscheinung.

Ich denke in Freundschaft an Euch, mit vielen guten Wünschen

1 Kurt Waldheim, *1918, Diplomat, 1971–81 Generalsekretär der Vereinten Nationen; österreichischer Bundespräsident 1986–92; Anschuldigungen, er habe über seinen Militärdienst in Jugoslawien während des Zweiten Weltkrieges die Unwahrheit gesagt, zwangen ihn zum Verzicht auf eine zweite Amtsperiode; in den USA wurde er auf die sogenannte »Watchlist« gesetzt, ihm wird die Einreise in die Vereinigten Staaten verwehrt.

SAN DIEGO, 24. Juli 1986

Lieber Tibor,

wenn das Bett im Schlafzimmer sich auf surrealistische Weise zu bewegen anschickt, erlebt man ein mit nichts anderem vergleichbares Unsicherheitsgefühl – ich habe schon auf dem Wasser und in der Luft verdächtige Augenblicke durchlebt, aber das Erdbeben ist wie die absolute Hilflosigkeit. Grübeln darüber ist sinnlos, man muß es ertragen.

Vermutlich wäre die Waldheim-Groteske schon früher zur Aufführung gelangt, hätte sich der Genannte in seiner Zeit als Generalsekretär nicht so diplomatisch vorsichtig verhalten, wie es den Erwartungen der Russen entsprach. Der Kreml erwähnte damals keinerlei Unanständigkeiten aus Waldheims Vergangenheit, denn er hielt es für wichtiger, die Angelegenheit mit stillschweigender Fernbedienung zu handhaben (Hammarskjöld[1] war nicht so glücklich in seinem Amt). Was man jetzt in aller Plötzlichkeit hinausposaunte, hat man schon früher gewußt, nur jetzt erst knallte man es auf den Tisch, vielleicht auch, um dem Kandidaten auf diese Weise zum »Sieg« zu verhelfen. Aber man kann nicht wissen, ob nicht Planmäßigkeit dahintersteckt, um den Mann in seiner Position und auch die ganze Lage zu manipulieren.

---

1 Dag Hammarskjöld, 1905–1961, Generalsekretär der Vereinten Nationen von 1953 bis 1961. Nachdem Belgisch-Kongo in die Freiheit entlassen worden war, entsandte Hammarskjöld UN-Truppen dorthin, um den Ausbruch eines Bürgerkrieges zu verhindern. Dies mißfiel den Sowjets; sie forderten seinen Rücktritt und schlugen ein Dreimannkollegium anstelle des Amtes des Generalsekretärs vor. Bald darauf, am 18. September, stürzte Hammerskjölds Flugzeug über der Provinz Katanga ab, und der Generalsekretär fand den Tod.

Du schreibst, »Literatur« in ihrem sterndeutenden Sinn gebe es nicht mehr. Der Industriezweig, der bedrucktes Papier produziert, nähert sich langsam der Peripherie der Saturation – wie wenn sich eine künstlich genährte Generation an den Kopf griffe bei der Erkenntnis, daß der Spruch »Im Anfang war das Wort« kein weihrauchschwangeres Wortbild in der Bibel wäre, sondern die Bezeichnung einer geheimnisvollen Wirklichkeit. Manchmal gelangen auch noch hierher sonderbare Nachrichten von einer Generation, die nicht weiß, was sie erwartet, aber zu ahnen beginnt, daß der Geist Energie ist, die die kleine und die große Welt ebenso in Bewegung hält wie die Libido.

Von mir will ich lieber nichts schreiben. Gesund bin ich nicht, das ist in meinem Alter nur zu natürlich, wenn auch nicht gerade angenehm. Ein Lebewesen meines Alters kann nur hoffen, daß das Urteil nicht zu bunt gemacht wird. Der Tod ist nicht »Problem«, sondern Mystik und Wirklichkeit zugleich – was im Greisenalter »Problem« ist, das ist die Einsamkeit, die kein noch so wohlgemeintes Beisammensein ausfüllen kann.

Es tut mir leid, daß Du nicht näher bist. Ich denke in Freundschaft an Euch

SAN DIEGO, 10. September 1986

Lieber Tibor,

ich antworte mit Verspätung, weil ich den größeren Teil des August im Krankenhaus, den Rest an einem Kurort verbracht habe – nun bin ich schon »zu Hause«, Nurses und Therapeuten besuchen mich regelmäßig, doch das alles ist nicht leicht. Es war eine Unterleibsoperation, man hat gründlich reinegemacht. Die Wohnung kann ich noch immer nicht verlassen, ich stolpere mit Hilfe eines sogenannten »Walker« dahin. Man sagt, auf so eine »Schnitzelei« folge manchmal ein mehrmonatiger Zimmerarrest. Vielleicht gehört auch das zur »Ganzheit«, die Du meinst.

Ich denke in Freundschaft an Dich und hoffe, nächstens mehr schreiben zu können. Mit vielen guten Grüßen

WIEN, 17. September 1986

Lieber Sándor,

ich habe mich hie und da erkundigt, ob man in Amerika *Kaunitz* herausgeben könnte. Stets erhielt ich die Antwort, daß man nicht an eine kommerzielle Ausgabe denken könne. Das trifft gewiß zu, denn *Kaunitz* hat nicht einmal hier, in seinem Heimatland, kommerziellen Erfolg erzielt, im ganzen deutschen Sprachraum wurden nur ein paar tausend Exemplare verkauft, und das ist kein Erfolg. Es könnte jedoch sein, daß eine University Press, die subventioniert wird, auf die Empfehlung eines Professors das Buch herausbringt. Daraufhin schrieb ich Deinem Freund, dessen Adresse Du mir vor zehn Jahren angegeben hast. Eine Antwort erhielt ich noch nicht, aber zehn Jahre sind eine lange Zeit.

Westeuropa scheint an der Reihe zu sein: Der Terrorismus nimmt solche Ausmaße an, daß die Menschen sich fast schon einigeln. Österreich, von dem ein Papst [Paul VI.] meinte, es sei eine »Insel der Seligen«, ist vorläufig die Ausnahme, als ob der freche und aufgeblasene Spruch »Mir san mir« die Probe bestünde – der Spruch und Kreiskys araberfreundliche Politik. Doch das alles zeigt sich nur an der

Oberfläche. Denn Österreich ist hilflos gegenüber den Terroristen: Sie fahren hier durch, bequem, mit dem Auto, oder sie fliegen mit dem Flugzeug; der Drogenschmuggel nimmt entsetzliche Ausmaße an, auch wenn die Polizei jährlich mehrere hundert Kilogramm Drogen beschlagnahmt – diese dunklen Figuren lachen sich ins Fäustchen. Gleichzeitig beschließen die Regierungen der EG Sanktionen gegen Südafrika – gewiß, nicht aus eigenem Gutdünken, sondern auf Wunsch der »Massen« (die wiederum von der Sowjetpropaganda indoktriniert werden), wider besseres Wissen, denn man weiß wohl, daß man mit Sanktionen nicht die Politik eines fremden Landes ändern kann. Zugleich treibt man mit den Sowjets und ihren Satelliten lebhaften und erfolgreichen Handel. Die Frage, um wieviel besser die Sowjets sind, als Südafrika schlecht ist, hat noch niemand gestellt. Auch nicht die Amerikaner. Denn den Sowjets kann man den amerikanischen Getreideüberschuß verkaufen. Südafrika ist »schlecht«, die Sowjetunion »gut«, auch wenn sie manchmal amerikanische Journalisten verhaftet. Als hätten die ungarische Revolution, der »Prager Frühling« und manch andere Ereignisse gar nicht stattgefunden. Als ob nicht Millionen und Abermillionen Menschen in sowjetischer Sklaverei lebten – Nationen, die zur Herausbildung einer gemeinsamen Kultur beigetragen haben.

Gute Erholung und schnelle Besserung wünscht in Freundschaft

SAN DIEGO, 30. September 1986

Lieber Tibor,

die verkauften Exemplare *Kaunitz* bedeuten wirklichen Erfolg: Ein Buch so schweren Inhalts kann auch anderswo nicht auf breitere Akzeptanz rechnen. Sollte es gelingen, einen akademischen Verlag für das Buch zu interessieren, dann könnte es auch hier erscheinen.

Was Du vom »Papillom« schreibst, ist im fortgeschrittenen Alter eine alltägliche Sache. Ich hoffe, Du wirst das Nachspiel bald hinter Dich bringen. Bei mir dauert die Nachbehandlung lange, ich bin immer noch in den Händen von Ärzten, aber mit einem Spazierstock gehe ich schon auf die Straße.

Der Terrorismus ist Welterschütterung. Otto von Habsburg schrieb dieser Tage in einem kleinen Essay: »Man hat die Altäre gestürzt – anstelle der vertriebenen Götter erschienen die Dämonen.« Darin könnte Wahrheit stecken. Der Dämon kann abergläubische Phantasterei sein, doch auch etwas anderes: grinsende, fehlgesteuerte Energie. Nicht nur Swedenborg[1] und Goethe glaubten das. Das Dämonische durchbricht das Äußere einer Zivilisation. Neuerdings, scheint's, geht es wieder um.

Gegen Ende meines Lebens wünsche ich mir nichts anderes als die Solidarität einiger guter Freunde. Hier mangelt es leider gerade daran. Schade, daß Du nicht in der Nähe lebst.

Mit vielen guten Wünschen und freundschaftlichem Gruß

---

1 Emanuel Swedenborg, 1688–1772, Wissenschaftler, Mystiker, Philosoph und Theologe, der großen Einfluß auf die moderne Literatur und die Religion ausübte.

SAN DIEGO, 28. Oktober 1986

Lieber Tibor,

leider hat sich meine Nachbehandlung hinausgezögert, ich bin kraftlos und fühle mich nicht wohl. Körperliche Kraftlosigkeit hat sich meiner bemächtigt, das Gehen und jede andere Bewegung verlangt Kraftanstrengung. Doch irgendwie wird es schon sein.

Ich habe aus Ungarn Zeitungen und Zeitschriften erhalten, auch dort beklagt man die Verschlechterung des »allgemeinen Empfindens«. Man sieht keinen Ausweg, und die Verhältnisse werden schlechter.

Vor dem Krankenhausaufenthalt erhielt ich einen langen, teils erklärenden, teils einladenden Brief vom Präsidenten der Rundfunkanstalt Free Europe. Ich konnte nichts anderes antworten, als daß ich auf das Angebot zurückkomme, sobald ich die Operation hinter mir habe. Mich im Radio wieder zu Wort zu melden, das kann ich nur akzeptieren, wenn jemand ausgewählte Passagen aus meinen in den letzten vier Jahrzehnten im Ausland erschienenen Büchern ins Mikrophon spricht, vielleicht einmal im Monat, jeweils für zehn Minuten. Ich habe festgehalten, daß Du unter meinen nahen und fernen Bekannten der einzige bist, dem ich dies anvertrauen würde. Bekanntlich kann man sogar aus der Heiligen Schrift einen Strauß Pornographie zusammenstellen, und so darf man diese Rundfunkarbeit nicht einem Fremden überlassen. Ich habe keine Lust, mit einem aufgewärmten Programm hervorzutreten, und da Du nun schreibst, Du würdest es machen, dann wäre mir das große Beruhigung. Doch laß uns zunächst einmal schlafen darüber. Sollten wir so etwas machen, dann nur um anzudeuten, daß ich die *ursprünglichen* Ziele der Organisation billige. Ansonsten würde ich lieber weiter schweigen. Wenn es aktuell wird, sprechen wir darüber.

Ich danke Ildikó für die guten Wünsche und erwidere sie. Schreibe über Deinen Gesundheitszustand. In Freundschaft

SAN DIEGO, 4. Dezember 1986

Lieber Tibor,

nun muß ich mich besonders zusammennehmen, weil dieses Jahr eine Reihe Schicksalsschläge gebracht hat: In den Monaten vor und nach Lolas Fortgang verlor ich drei Geschwister in Budapest: meine jüngere Schwester und zwei jüngere Brüder. Die drei Todesnachrichten sind die Quelle nie vergehenden Schmerzes. Mein Bruder Géza [Radványi, Filmregisseur] kehrte vor zwei Jahren aus der Emigration nach Budapest zurück; schwerwiegende persönliche Gründe müssen ihn dazu bewogen haben. Die Nachricht von seinem Tod erreichte mich vor drei Tagen. Die anhaltende Familientragödie ist, wie wenn ein magischer Kreis sich schlösse. In jeder Familie ist etwas Magisches. Ich bin allein geblieben, habe keine Blutsverwandten mehr. Wie eine alte Krähe auf einem winterlichen Ast, hätte ich zu krähen Lust. Doch ich krähe nicht, ich stolpere nur noch ein paar Schritte weiter, der letzte in dem Gänsemarsch.

Ich danke für Deine Hilfsbereitschaft in Sachen »Free Europe«, und sollte es soweit kommen, wird es mir eine Beruhigung sein, daran zu denken. Doch vorläufig habe ich die Sache beiseite gelegt – nachdem ich mir alles durch den Kopf habe gehen lassen, und ich meine, daß die Auswahl niemand außer dem Autor selbst treffen sollte. Und zur

Zeit habe ich keine Lust dazu. Gewiß ist nur, daß ich nicht den Wunsch habe, bei »Free Europe« oder anderswo das Wort zu ergreifen... Lassen wir die Sache offen.

Zu Weihnachten werde ich niemanden einzeln grüßen, also wünsche ich Euch jetzt und auf diese Weise gute Gesundheit und Frieden.

In Freundschaft denkt an Euch der alte

SAN DIEGO, 26. Januar 1987

Lieber Tibor,

ich schreibe nur ein paar Zeilen, weil mein Gesundheitszustand nicht mehr zuläßt. Ich bin nicht »krank«, doch wie sich aus der Taschenlampe der Strom verflüchtigt und die Lampe zu flackern beginnt, so nimmt im Greisenalter die körperliche Schwäche zu. Noch strenge ich mich jeden Tag an, um vor dem Haus einen kurzen Spaziergang zu absolvieren, doch es fällt mir immer schwerer. So muß ich also weiter tun, solange es geht. Dennoch schreibe ich, weil ich seit dem 11. Dezember keine Nachricht von Euch habe. Ich hoffe: no news good news.

In Deinem letzten Brief sinnst Du darüber nach, daß irgendwo das gewisse Haus mit den dicken Mauern stehen muß, in dem Du Dich »zu Hause« gefühlt hast. Das Haus steht vielleicht noch, aber die Atmosphäre, die es umwoben hatte, wurde zerstört. Ich wünsche mir nur noch Stille – eine Stille, in der alles ruht, was mich rückwirkend im Wachen oder im Halbtraum beschäftigt.

Die Nachrichten vom Winter in Europa klingen hier dramatisch. Doch auch bei uns grinst der Winter unaufhörlich, allerdings anders als drüben, denn man ist hier nicht darauf vorbereitet.

Danke Ildikó für die lieben Grüße, ich hoffe, sie erträgt es besser, was man heutzutage zu ertragen hat. In der Hoffnung, daß Deine Lust und Deine Pläne nicht zugefroren sind in der Winterkälte, wünsche ich Dir in Freundschaft alles Gute.

SAN DIEGO, 6. März 1987

Lieber Tibor,

der Wetterbericht ist in diesem Winter überall obligatorisches Korrespondenzthema; auch hier ist es nicht anders. Schnee und Frost gibt es nicht, aber die ozeanischen Winde rütteln an den »spanischen Wänden«, mit welchen die Wohnungen unterteilt sind, und die Einheimischen tätscheln beleidigt den Ofen, der hier nicht gegen den Gefrierpunkt konstruiert ist. Es gab Tage, an denen ich das schlechtgeheizte Zimmer nicht verließ. Doch nicht nur wegen der Witterung. Die Schwäche, die das Greisendasein mit sich bringt, ist ein terminales Siechtum. Der Arzt tröstet mich, daß es nicht mehr lange dauert.

Was die Militärs so sagen: »Die Artillerie belegt das Terrain mit Trommelfeuer, ehe die Infanterie zum Sturm ansetzt«, knallt hier mit voller Instrumentalisierung – zwei Jahre vor den Präsidentenwahlen steigt schon das übliche Marktspektakel. Inflation und Arbeitslosigkeit sind minimal. »Außenpolitik« gibt es nicht, in der nuklearen Sackgasse kann es nur Meinungsaustausch geben.

Als Kaiser Ferdinand [Anspielung auf mein Buch *Er schuf das Reich – Ferdinand von Habsburg*] sich mit der

Errichtung des »Reiches« abmühte, konnte man noch planen, denn alles entstand langsam; langsam in der Zeit wie im Raum, auch die Politik. Dazu fehlt heute die Zeit sowohl als auch der Raum. Ein anderer Kaiser, Franz von Österreich (Napoleons Schwiegervater), meinte gegen Ende seiner Regierungszeit, wenn er höre, daß in seinem Reich jeder seiner Untertanen gleichermaßen unzufrieden sei, dann wisse er, daß er gut regiert habe. Das ist heutzutage leider nicht mehr möglich.

Das Schreiben und Lesen ahme ich eher nur nach; ein Grund dafür ist meine schwindende Sehkraft, ein anderer, daß Schreiben wie Lesen nur dann aufregend sind, wenn man es für jemanden tun kann. Am Ende muß man entscheiden, was richtiger ist: allein oder in Gesellschaft einsam sein. Ich habe das Einsamsein mit mir allein gewählt.

Dir und Ildikó alles Gute, ich habe ihre liebe Karte erhalten und danke dafür. In Freundschaft

WIEN, 9. April 1987

Lieber Sándor,

vor einigen Minuten rief mich J. Th. vom Flughafen Schwechat unterwegs nach Budapest an und teilte die entsetzliche Nachricht mit[1]. Man kann nur stottern, hilflos. Ich weiß, daß jeder Trostversuch hoffnungslos ist, aber wenn ich

1 Der plötzliche Tod von Márais 46 Jahre altem Adoptivsohn János.

irgendwie helfen kann, ich täte es mit Freude. Ich wünsche Dir Kraft, alles zu ertragen. – In ehrlicher Freundschaft

PS: J. bat mich, sein Mitgefühl zu vermitteln. Aus New York, wo er wieder am 24. sein wird, schreibt er Dir.

SAN DIEGO, 15. April 1987

Lieber Tibor,

ich kann nicht in Worte fassen, wie es auf mich gewirkt hat, als ich in Deinem Brief den Namen Babocsay[1] las. Das war der Name unseres Adoptivkindes János, das nach dem Tod unseres Sohnes Kristóf in unser Leben trat. Während der vergangenen zweiundvierzig Jahre begleitete er uns in der Emigration mit allen Zeichen der Treue, der Ehrlichkeit und der Rücksicht. Er war stark und gesund, er schuf sich und seiner Familie (drei Mädchen) eine schöne Position. Vor drei Wochen starb er in den frühen Morgenstunden, ohne irgendein Vorzeichen, an Gehirnblutung. Er wurde 46 Jahre alt.

In den letzten zwei Jahren wiederholten sich die Schicksalsschläge mit epidemischer Monotonie. Es gingen fort: Lola, dann in Budapest meine jüngere Schwester Kató und meine beiden jüngeren Brüder Géza und Gábor. Nun ist auch János fort. Ich bin vollkommen allein geblieben.

Paß auf die Deinen auf. In Freundschaft denkt an Dich

1 Anspielung auf mein avisiertes Buch *Die Österreicher in Berlin – Der Husarenstreich des Grafen Hadik anno 1757 – Ein österreichischer Beitrag zur 750-Jahr-Feier Berlins*, Wien 1987.

SAN DIEGO, 27. Mai 1987

Lieber Tibor,

ich danke für Deinen Brief. Auch das Buch ist eingetroffen, und ich habe es mit Freude betrachtet, weil es zeigt, daß Du arbeitest und daß Deine Arbeit erfolgreich ist. Noch habe ich es nicht gelesen, doch sobald ich mich der Lektüre mit Aufmerksamkeit widmen kann, nehme ich es in die Hand.

Ich lebe irgendwie – wie jemand, der zu lebenslänglicher Einzelzelle verurteilt wurde.

In Freundschaft, mit guten Wünschen,

WIEN, 24. Juni 1987

Lieber Sándor,

ich habe mich über Deinen Brief sehr gefreut. Hier ein kurzer Bericht von uns. Zuerst Ildi: Sie verlebt die Monate und Wochen in höchster Anspannung, denn sie muß ihre Diplomarbeit bis 15. Juli abliefern. Sie forscht und schreibt, liest mir vor, was sie geschrieben hat, und wir korrigieren, wenn eine Korrektur angebracht ist. Diese Woche muß sie noch drei Prüfungen ablegen, und wenn das alles vorbei ist, dann wird sie die Universität absolviert haben und darf den Titel »Magister« führen. Im Herbst beginnt sie dann mit der Dissertation. Das Thema ihrer Diplomarbeit hat eine ungarische Beziehung: Vor hundert Jahren entdeckte Ludwig Ritter von Höhnel (ehemaliger Admiral und Adjutant von Franz Joseph) im Norden Afrikas einen bis dahin unbekannten See, dem er nach dem Thronfolger den Namen

»Rudolf« gab. Die Expedition hat Graf Sámuel Teleki von Szék, ein Freund Rudolfs, finanziert. Und wenn Ildikó ihre Diplomarbeit abgeliefert hat, fliegt sie nach Indien, denn, so sagt sie, sie wird wahrscheinlich zum letztenmal so richtig auf die Walz gehen können, da sie im Oktober 26 Jahre alt wird und dann voraussichtlich an einem Universitätsinstitut arbeitet. Vorbei also die glückliche Studentenzeit.

Die Causa Waldheim schlägt hier wieder einmal Wellen. Ein Artikel des Kommentators »Sapire« in der »New York Times« mit dem Titel »Austria is a pariah of the nations« hat hier böses Blut geschaffen. Mit Recht, denn die Dummheit des Artikels ist nicht zu überbieten. Wenn sich mir Gelegenheit bietet, erkläre ich den Unwissenden, daß mehr als 60 Prozent der österreichischen Bevölkerung zur Zeit des Anschlusses und des Krieges noch nicht lebten oder Kinder waren und vom Nazismus erst in der Schule gehört haben – und zitiere Ildis teils verwunderte, teils empörte Frage: »Wie komme ich dazu, daß ich als Nazi abqualifiziert werde?«

Gute Gesundheit, in Freundschaft,

SAN DIEGO, 20. Juli 1987

Lieber Tibor,

mit Freude habe ich gelesen, daß Deine Arbeitslust nicht nachläßt. Langsam lese ich *Ferdinand von Habsburg*, denn der Augenarzt genehmigt mir nur 45 Minuten zum Lesen, dann muß man den Augennerven Ruhe gönnen. Ich habe das Kapitel »Puffer zwischen zwei Welten« beendet: Der Vortrag und die Gruppierung der Ereignisse sind wohltuend gewissenhaft und objektiv; es ist eine gute Lektüre.

Du hast Deine »Kunstform« gefunden, und das ist Glück; viele begabte Schriftsteller erkennen nicht die wahre Kunstgattung für das, was sie sagen wollen. Der Lyriker, der Romane schreibt, der Prosadichter, der mit dem Drama experimentiert – sie alle greifen oft daneben. Deine Kunstgattung ist zur Zeit, so scheint es, die Monographie. Das kann sich natürlich ändern.

Dieser Tage erhielt ich ein ganzes Paket heimischer Zeitschriften, literarische, aber auch solche aus den Randgebieten. Zu denken gibt die Unzufriedenheit, die in den meisten anklingt. Jeder klagt, außer den drängelnden Parasiten. Und man hat Angst, daß die Änderung nichts Gutes bringt.

Von mir selbst kann ich nichts Neues schreiben. Ich lebe wie in einer Einzelzelle, mein Gesundheitszustand erlaubt keine andere Lebensweise.

Eine Überraschung hier ist der besonders kalte Frühling und Sommer, manchmal muß man in der Nacht den Ofen anwerfen, das ist hier ungewöhnlich. Doch das ist das kleinere Übel.

Ich wünsche Euch wohltuende Sommerruhe; ich hoffe, Ildikó bringt die Wanderjahre erfolgreich hinter sich. In Freundschaft und mit den besten Wünschen

SAN DIEGO, 22. August 1987

Lieber Tibor,

das Hadik-Buch und Dein Brief sind hier gleichzeitig eingetroffen, danke für beides. Der kleine historische Krimi ist eine ausgezeichnete Lektüre. Vor zweihundert und etlichen Jahren gab es noch die Atmosphäre für ähnliche Unterfangen, es gab noch Menschen, die, »allerunterthänigst und treugehorsamst«, sich in solche Abenteuer stürzten. Die Darbietung ist überzeugend, das Buch eine gute Arbeit. Das Ferdinand-Buch habe ich ausgelesen, und es ist nicht unmöglich, daß ein Budapester Verlag danach greift. Neuerdings hofieren sie begeistert die Emigration. Endlos Loch mit Loch stopfen kann man nicht, sie brauchen jedes Kopfnicken. Sichtbar wird, daß ihnen nicht um die durchgefallene Idee bange ist, sondern um die Beute.

Das Ferdinand-Buch beschwor die Methode zweier Geschichtsschreiber herauf, Gibbon und Huizinga, die für mich anziehender ist als die Toynbee[1]-ähnlichen Prophezeiungen.

Von mir in gesundheitlicher Hinsicht »entweder Gutes oder nichts« – zur Zeit also eher nichts.

Dir wünsche ich das Allerbeste, ungebrochene Arbeitslust. In Freundschaft

WIEN, 17. September 1987

Lieber Sándor,

»La Stampa« veröffentlichte die beiliegende Rezension[2]. Man sagt, in Italien sei die Habsburg-Vergangenheit in Mode gekommen. In der Tat: Ein Verleger in Görz bekundete sein Interesse am Buch. Auf ungarisch wird es natürlich nicht erscheinen können, denn ich bin nicht bereit, die Hinweise zu streichen, welche die Parallelität zwischen der osmanischen und der sowjetischen Besetzung augen-

1 Arnold Toynbee, 1889–1975, weltbekannter englischer Historiker, untersucht in seinem Hauptwerk *A Study of History* die Bedingungen des Aufstiegs und Verfalls großer Zivilisationen.

2 Über mein Buch *Er schuf das Reich – Ferdinand von Habsburg*.

scheinlich machen und aufzeigen, daß bereits die osmanische Diplomatie bemüht war, die Kräfte Europas zu teilen, wie es das natürliche Ziel jeder außereuropäischen Großmacht ist. Und ich bin nicht bereit, die Kursivseiten nach dem Kapitel »Die Schlacht« zu streichen, welche die Parallelität zwischen der Schlacht von Mohács [1526 gegen die Osmanen] und 1956 [Ungarnaufstand] darlegen[1]. Denn dann hätte das Buch keinen Sinn. Die Person Ferdinands ist für mich das Modell, an dem ich die Pufferrolle Ungarns beschreibe im Kampf von zwei Weltmächten wie auch in den gegen Europa gerichteten Bestrebungen raumfremder Großmächte. Vor einiger Zeit wurde in Wien im Österreichischen Ost- und Südosteuropa-Institut ein Buch präsentiert: die dreibändige Geschichte Siebenbürgens, ein Werk der Ungarischen Akademie der Wissenschaften. In der anschließenden Diskussion wurde klar, daß man in Ungarn über alles reden darf: über die Wirtschaftskrise, die Inflation, die Fehler der Planwirtschaft usw., nur über eines nicht: den Volksaufstand von 1956. Das ist Tabu. Vor kurzem ist in Budapest ein Buch darüber erschienen, daß das ungarische Offizierskorps in der Zeit von 1938 bis 1945 doch nicht so nazistisch war, wie allgemein angenommen, es habe sogar ausgesprochen nazismusfeindliche Offiziere gegeben. Darüber darf man sprechen. Über den Volksaufstand nicht.

J. Th. machte eine Bemerkung, daß Du an einer »sechsbändigen Gesamtausgabe« arbeitest. Das wäre eine frohe Botschaft. Aber die Nachrichten von J. Th. darf man nicht immer ernst nehmen.

---

1 In Kursivschrift wird aus dem Aufsatz von Milan Kundera zitiert: »Die Tragödie Mitteleuropas – Über den Verlust der europäischen Identität«, in »Versunkene Welt«, Wien o. J., aus »New York Review of Books«, 1984.

Ildikó ist zurück aus Indien, ihre Erlebnisse hat sie noch nicht verdaut, aber sie ist froh, dort gewesen zu sein.

Der Herbst hier ist wunderschön. In Freundschaft und mit den besten Wünschen

SAN DIEGO, 4. November 1987

Lieber Tibor,

irgendeine Ursache hat die Müdigkeit gewiß, doch ich frage nicht den Feldscher nach der Wahrheit, weil er ohnehin nur antworten kann, daß man den Preis des Greisendaseins bezahlen muß. Der Preis ist hoch. Ich habe keinen Grund zur besonderen Klage, doch in einem bestimmten Alter hört die Anregung unweigerlich auf, den Tag und die Nacht, die Lebensweise und die Arbeitsordnung mit dem Lebensrhythmus der Jüngeren zu synchronisieren. Bis fünfundsiebzig geht es noch irgendwie, danach der Sturz.

Die Rezension [meines *Ferdinand*-Buches in »La Stampa«] ist Anerkennung, aber die Annahme, daß die Italiener Nostalgie empfänden bei der Erinnerung an die österreichische Herrschaft, ist wenig wahrscheinlich. In Südtirol gibt es keine österreichisch-italienische Symbiose, und es hat sie in der Geschichte niemals gegeben.

Die »Bestandsaufnahme«, die ich in diesem Jahr zu Allerseelen vorgenommen habe, zeigt, daß niemand von meinem Jahrgang mehr lebt, dem ich entweder durch Blutsverwandtschaft oder beruflich verbunden wäre. Ich verstehe Ernő Szép, der – als er nach der Belagerung[1] aus der Ver-

1 Ernő Szép, 1884–1953, Budapester Publizist und Dichter; Belagerung von Budapest im Winter 1944/45.

borgenheit auftauchte – sich so vorstellte: »Bis Ernő Szép – gewesen.«

Das sechsbändige Unterfangen ist ein schwieriges Experiment: in zwei Bänden zusammenzufassen, wofür sechs Bände nicht reichen. Am Ende muß jeder Skribent lernen, daß das Streichen schwierigere Kunst ist als das Schreiben.

Mit guten Wünschen an Dich der alte

WIEN, 4. Dezember 1987

Lieber Sándor,

J. Th. hatte also doch recht, als er davon berichtete, daß Du an einer sechsbändigen Gesamtausgabe arbeitest, er hatte auch dann recht, wenn Du die sechs Bände auf zwei zusammenziehen sollst. Und das ist wirklich eine frohe Botschaft – nämlich die Tatsache des Arbeitens und auch die Aussicht, daß wir wieder einmal etwas von Dir bekommen. Auch dann ist die Botschaft eine frohe, wenn – wie Du schreibst – im hohen Alter die Anregung aufhört, die eigene Lebensweise mit der der Jüngeren zu synchronisieren. Doch Du arbeitest, und dann ist es gar nicht so sehr wichtig, daß Du nicht synchron bist mit dem Lebensrhythmus Deiner Umgebung. Auf jeden Fall bist Du synchron mit Dir selbst, mit Deiner Arbeit. Und das freut mich.

Die Besucher der diesjährigen Frankfurter Buchmesse durften wieder einen »Rekord« bewundern. Voriges Jahr hatte man bloß 300000 Bücher ausgestellt, diesmal, posaunte man hinaus, sei es gelungen, 320000 Bücher auszustellen. Und so braucht man nur nach jeder Bucherscheinung ein, zwei Monate zu warten, um die besten Bücher (es gibt auch solche) um ein Drittel des Ladenpreises zu bekommen. Der Verleger kalkuliert, daß auf jeden Fall 1500 Exemplare ausgeliefert und verkauft werden, das deckt die Herstellungskosten, und es bleibt auch noch etwas Gewinn übrig. Der Autor verdient natürlich kaum etwas. *Kaunitz* ist relativ gut gegangen, das Ergebnis: 20000 S. Auf die italienische Ausgabe von *Ferdinand* bekomme ich einen Vorschuß, viel mehr wird es am Ende auch nicht sein. Vielleicht vergleichst Du diese Zahlen mit den Zeiten, als man doch noch gelesen hat und der Schriftsteller manchmal davon leben konnte, was er zusammenschrieb. Oder er konnte sich eine kleine Sommerhütte kaufen.

Ich habe gelesen, daß die Erde bebte bei Euch. Doch San Diego wurde verschont. Ich hoffe, uns verschont der Winter.

Ich wünsche Dir gute Arbeit und einigermaßen gute Gesundheit. In Freundschaft und mit den besten Wünschen

WIEN, 9. März 1988

Lieber Sándor,

neulich blätterte ich wieder im Erinnerungsbuch *Land, Land!*, ich las den Absatz über den »Anschluß« wieder, aber auch anderes. Und entdeckte etwas, was ich bis jetzt irgendwie nicht wahrgenommen hatte: manch Erschütterndes in Nebensätzen, in Klammern.

Weiters: Ein Kölner Kollege besuchte als Mitglied einer Delegation den ungarischen Schriftstellerverband in Budapest. Dessen Präsident kündigte an, man werde die Werke ungarischer Schriftsteller im Ausland wieder herausgeben, unter anderen auch ein paar Bücher von Dir. Ich wurde gefragt, ob ich davon wisse. Ich verneinte, sagte aber, ich werde Dich fragen. Denn das ist bereits Literaturgeschichte.

Mit den besten Wünschen, in Freundschaft

SAN DIEGO, 16. März 1988

Lieber Tibor,

Deine Zeilen haben mich beruhigt, weil ich Dein Schweigen nicht erklären konnte, und nun ist es gewiß, daß ein Brief von mir im festtäglichen Post-Niagarafall verlorengegangen ist. Solches kommt heutzutage vor.

Dieser Winter war für mich besonders kalt und rauh, innerlich wie äußerlich. Das Dasein erstarrt vor Kälte in der Grube des Greisenalters. Man tröstet mich, daß es nicht mehr lange dauert – wie wenn der Arzt dem Patienten sagt: Sie dürfen essen und trinken, was Sie wollen, doch fangen Sie nicht an, einen Fortsetzungsroman zu lesen.

In letzter Zeit beschäftigt man sich in der heimatlichen Presse – in Begleitung kleinerer und größerer Ehrenbeleidigungen – des öfteren mit meinen Schriften, und ich erhalte Aufforderungen, in die Neuausgabe meiner Bücher einzuwilligen. Meine Antwort bleibt immer die gleiche: Es wäre für mich große Ehre, wenn eines meiner Bücher in die Hände der ungarischen Leser gelangte, doch ich gebe zur heimatlichen Ausgabe meine Einwilligung nur, wenn die sowjetischen Besatzungstruppen aus dem Land abgezogen würden und wenn das ungarische Volk bei freien demokratischen Wahlen – unter der Aufsicht vertrauenswürdiger ausländischer Beobachter – bestimmt hat, unter welchem Regime es zu leben wünscht. Früher willige ich nicht ein, daß ein Text von mir publiziert oder vorgetragen werde.

In diesem Jahr jährt sich zum vierzigstenmal, daß ich Ungarn verlassen habe. Die Verpackung hat sich geändert dort, doch der Inhalt ist der gleiche geblieben. Aber der Kommunismus frißt sich überall selbst auf, weil er nicht auf den Menschen zugeschnitten ist.

Ich hoffe, Du und Ildikó seid wohlan. Ich kann von mir nicht viel Gutes berichten.

In Freundschaft der alte

WIEN, 3. April 1988

Lieber Sándor,

Dein vorletzter Brief scheint im »Post-Niagara« untergegangen zu sein, aber vielleicht kommt er nach einem halben Jahr doch an, wie schon einmal in der Vergangenheit. Dein letzter Brief umrundete die Erde: Der Stempel von San Diego zeigt »17 mar«; man sieht auf dem Kuvert auch einen Rundstempel mit 24-Stunden-Einteilung, der Pfeil ist auf die »7« gerichtet, und auf dem Stempel ist der Text zu lesen: »Received / 25 mar / Missent Sydney / NSW Australia« – und so kam der Brief hier erst am 31. März an. Auf dem Kuvert sind zwar die Wörter »Europe/Austria« gut lesbar, aber, mein Gott, der einheimische Postbeamte in San

Diego muß wirklich nicht wissen, wo denn dieses europäische »Austria« liegt – Australia ist jedenfalls näher, während die Existenz eines »Austria« zweifelhaft ist. (Zur Ehre des Postbeamten in Sydney sei gesagt, daß er den Irrtum erkannt und den Brief hierher geleitet hat.)

Es scheint, daß dieses kleine postale Mißverständnis das große offenbart, mit dem sich Amerika, noch immer, Europa zuwendet. Doch wir sind aufeinander angewiesen! Nicht so sehr wegen des Kommunismus – der fiebert, langsam zwar, aber doch, seinem Ende entgegen, und wenn die Perestroika durchgeführt wird, kann man auf die Frage von Radio Jerewan, ob man den Kommunismus verwirklichen könne, ruhig antworten: Ja – aber wozu? Vielmehr sind wir deswegen aufeinander angewiesen, weil in ein paar Jahrzehnten Indien mit seinen 700 Millionen Menschen und China mit seiner Milliarde Bürger eine Produktions- und Verteilungskraft darstellen werden, mit der nur schwer zu konkurrieren ist. Es wird wahrscheinlich auf die Qualität ankommen – die Qualität, mit der allein die 300–350 Millionen Menschen der Europäischen Wirtschaftsgemeinschaft und die 250 Millionen Bürger der USA auf die Herausforderung von Asien entgegnen können. (Nolens volens wird sich auch der Sowjetblock anschließen, weil ja die Atomdrohung sich selbst ad absurdum geführt hat.)

Und die Japaner! In Wien leben viele Japaner – Technokraten, Geschäftsleute –, und es heißt, sie leben hier gerne. Und sie lassen ahnen, daß sie ihre Wirtschaftsmacht weiter entwickeln wollen, um Amerika zu überflügeln (wie etwa auf dem Gebiet der Elektronik und der Autoproduktion). Wirtschaftlich wollen sie Amerika besiegen – aus Rache für Hiroshima und Nagasaki; das sagen sie nicht, aber man kann so etwas ahnen. Denn – so wird gedeutet – die Rooseveltsche Regierung habe den Angriff auf Pearl Harbor provoziert, obwohl sie, im Besitz des japanischen Kodes, den Zeitpunkt des Angriffs kannte und es doch unterließ, den

Kommandanten auf Pearl Harbor zu warnen (zu diesem Thema sind schon viele Publikationen erschienen); darauf folgte die erwartete deutsche Kriegserklärung an Amerika. Die Rooseveltsche Regierung habe den Eintritt der USA in den Krieg provoziert, um eine Massenproduktion durch 400 Millionen Europäer unter der verabscheuenswerten deutschen Vormacht und die Verwirklichung der asiatischen »Großraumwirtschaft« unter japanischer Führung zu verhindern, die ebenfalls viele hundert Millionen Menschen mobilisiert hätte. Gleichzeitig sei der US-Regierung gelungen, die französischen und britischen Kolonialreiche aufzulösen, die sie als Absatzmarkt für amerikanische Produkte zu gewinnen trachtete. Doch Roosevelt in seiner »Selbstgefälligkeit« (G. F. Kennan)[1] habe die sowjetische Gefahr und Stalins wirklichen Charakter und wahre Ziele nicht erkannt, war nicht bereit, die vor Angst vor den Russen bebenden warnenden Stimmen der kleinen mitteleuropäischen Völker – Ungarn, Tschechen, Polen, Rumänen – zu hören (auch darüber gibt es schon Publikationen). Ja, mir scheint, es ist tatsächlich fünf vor zwölf: Wir müssen die Kräfte Europas und Amerikas aufeinander abstimmen – nicht deren militärische Kräfte, sondern ihre Produktionsmacht, ihr Ingenium. »Elite« ist in den Augen der Linken ein rotes Tuch, doch ich glaube, wir können nur überleben, wenn wir in der Welt die »Elite« bilden. Die Japaner tun das schon in mancher Hinsicht. Angeblich kommt 1992 der Gemeinsame Markt zustande, der »Binnenmarkt«. Österreich wird sich gewiß anschließen wollen, muß sich aber anstrengen.

Ildikó hat ihre Diplomarbeit eingereicht, dann wird sie »Magister«. – Es naht der 11. April – ich wünsche das Beste, was man nur wünschen kann. In Freundschaft

---

1 George F. Kennan, *1904, Historiker und Diplomat, stand von 1931 bis 1983 im diplomatischen Dienst der USA, ein besonderer Kenner der Sowjetunion und Rußlands.

SAN DIEGO, 10. Mai 1988

Lieber Tibor,

es ist nicht verwunderlich, daß ein hiesiger Postbeamter »Austria« mit »Australien« verwechselt, es gibt zu viele Briefe, und kurz ist die Zeit, die für das Sortieren bleibt – weniger verständlich ist, daß ein Brief hier an eine Adresse drei Straßen weiter eine Woche lang unterwegs ist. Es gibt auch andere Symptome der Ermüdung, und nicht nur hier. Vermassung und Vergreisung sind das furchterregende Problem unseres Jahrhunderts – von einer »Lösung« wird nur in den Sonntagsbeilagen der Tageszeitungen phantasiert. Ich für mich habe eine private Lösung gewählt: Ich lebe allein und gehe möglichst nicht an bevölkerte Orte. Das ist wahrscheinlich senile Sturheit, doch für mich erträglich.

In Budapest unternimmt man zur Zeit alles, um die emigrierten ungarischen Intellektuellen ins Land zurückzulocken. (Der emigrierten Proleten bedürfen sie nicht, Proleten gibt es auch dort genug.) Und wenn ich antworte, ich ginge schon, wenn ich könnte, aber nur, wenn vorher die sowjetischen Besatzungstruppen aus dem Land abgezogen würden und man freie demokratische Wahlen abhielte, dann schütteln die Zuständigen den Kopf, denn sie verteidigen nicht mehr den Kommunismus, der sich überlebt hat, sondern nur noch die Beute.

Auch Handlung ist das Greisendasein. Der Film wird rückwärts gedreht, und es ist unglaublich, was für Abfälle aus der Lumpenkammer eines unverschämt langen Lebens ans Tageslicht gelangen. Der Mechanismus des Erinnerns ist geheimnisvoll. Man kann die begrifflichen Erinnerungen eines Lebens nicht in Zahlen festhalten, die Masse der Erinnerungen an Bilder, Stimmen, Farben, Düfte, ans Berühren und Schmecken nicht aufzählen; das biologische Silikon, das all das endlagern könnte, gibt es nicht. Vielleicht gibt es doch die »Seele«: In ihr sammelt sich alles, und nicht in den Zellen...? Keine Antwort.

Es war gut zu lesen, daß Ildikós Zukunft Gestalt anzunehmen beginnt. Ich hoffe, auch Dir geht es gut.

In Freundschaft, der alte

WIEN, 26. Mai 1988

Lieber Sándor,

die Einsamkeit als Lösung ist wahrscheinlich die einzig mögliche, sofern man seine Ansprüche nicht aufgeben und nicht versinken will in einem dünnen Beisammensein. Das sage ich deswegen so bestimmt, weil ich mich auch für die Einsamkeit entschieden habe. Ich glaube, über Sechzig schließt man keine neuen Freundschaften mehr, auch Liebschaften nur selten. Die bescheidene Rente bietet mir die Möglichkeit, von Wien das zur Kenntnis zu nehmen, was schön ist, und zu meiden, was abstößt. Ich komme mit ein, zwei alten Freunden zusammen und besuche im Laufe des Sommers, wenn schöne, alte, herrlich restaurierte Stifte und Klöster ihre Pforten öffnen, manch anspruchsvolle Ausstellung; die Vergangenheit wird sichtbar, und es wird vieles relevant, woran die Menschen glaubten und wie sie ihrem Glauben bleibende Gestalt gaben. So etwa Melk an der Donau – das Stift feiert nächstes Jahr sein neunhundertjähriges Bestehen. Im 10. Jahrhundert verlief die ungarisch-österreichische »Grenze« quer durch Melk: Eine Tafel an einer alten römischen Mauer erinnert daran. Und dann schreibe ich, wenn ich annehme, daß es sich lohnt.

Auch in Ungarn geschieht die zeitbedingte Wende. Es prasseln die Schlagwörter: »Perestroika«, »Glasnost«, »Entstalinisierung«. Wenn ich von »Entstalinisierung« höre und dann sehe, wie die Leute im Westen zustimmend nicken und sich und der Welt Vertrauen einflößen, frage ich manchmal: Wo eigentlich ist hier die Entstalinisierung? Man ließ Stalin das halbe Europa besetzen und gleichschalten – eine wahre Entstalinisierung müßte damit beginnen, daß man in den besetzten Ländern Volksabstimmungen abhält, durch welche die Völker ihren Willen kundtun, ob sie weiterhin in dem mit Gewalt konstruierten sowjetischen Staatsgebilde leben wollen. Und Stalins Erben würden dann abziehen. Das wäre die wirkliche Entstalinisierung.

Vor kurzem erhielt ich aus München einen Aufsatz mit dem Titel »Das Paradoxon der Unabhängigkeit – Sándor Márais zweiter Karriereanfang«. Ich nehme an, Du hast den Aufsatz auch bekommen, wenn nicht, schicke ich gerne eine Photokopie. Eine etwas schwerfällige Schrift, aber im Grunde akzeptabel. Vor allem ist sie sehr wissenschaftlich, mit numerierten Fußnoten. Doch hier stimmt etwas nicht. Denn was dann, wenn der geneigte und vor allem interessierte Leser beim Studium der Fußnoten meint: Ach, ich möchte mehr darüber wissen, worauf die Fußnote 22 aufmerksam macht, nämlich über das Buch *Land, Land!* – und dann kann er sich das Buch nicht besorgen? Denn der Sinn von Anmerkungen ist eben auch, daß der Leser das Geschriebene kontrollieren und sagen kann: Autor, du! – das zitierst du falsch! In Ungarn hat der Leser offenbar nicht die Möglichkeiten dazu.

Du schreibst vom »Mechanismus des Erinnerungsvermögens«, davon, daß der Film rückwärts rollt; daß aus der Abstellkammer eines »unverschämt langen Lebens« Abfälle zum Vorschein gelangen. Kann ein Leben unverschämt lang sein? Ich glaube es noch nicht – die Betonung liegt auf »noch«. Doch es kann sein, daß ich eines Tages ebenso denke. Das ist gewiß etwas sehr Persönliches. Du schreibst über die Masse der Erinnerungen, die – vielleicht – in der Seele lagern. Ich weiß nicht, ob Du es tust, aber vielleicht lohnte es sich, die Erinnerungen niederzuschreiben.

In Freundschaft, mit den besten Wünschen

SAN DIEGO, 15. Juli 1988

Lieber Tibor,

Wachablösung bedeutet nicht auch Systemablösung; an die Stelle des einen Kommunisten tritt der andere und verspricht, daß er auf andere Weise schlecht machen wird, was schon sein Vorgänger schlecht zu machen gezwungen war, weil man ein System, das nicht auf den Menschen zugeschnitten ist, nicht auf menschliches Maß zuschneiden kann. Möglich ist aber, daß der Kommunismus in diesem Jahrhundert bereits – wie die Physiker es nennen – die »kritische Masse« erreicht hat: Das Selbstgewicht seiner Probleme läßt das Phänomen in Stücke zerbersten. So zerfallen Großmachtsysteme, in diesem Jahrhundert zum Beispiel die österreichisch-ungarische Monarchie oder das britische Weltreich oder das französische Kolonialreich. Es kann sein, daß auch der Kommunismus sich selbst auffrißt. Die Tschechoslowakei war die einzige Ausnahme: Dort hatte man bei freien, demokratischen und geheimen Wahlen für den Kommunismus optiert und dachte dann zwanzig Jahre lang nach, ehe man erklärte, nun sei die Zeit gekommen, daß in Prag Frühling werde. Man schweigt noch immer. Aber in der Sowjetunion spricht man schon viel und vielerlei; kann sein, daß das Gerüst auseinanderfällt. Zeit wäre es.

Was Du davon schreibst, daß »dort hinter den Gittern« der Wohlmeinende Bücher von emigrierten Schriftstellern nicht bekommen könne, selbst wenn er wollte, scheint nun anders zu werden: In den letzten Monaten habe ich drei Angebote bekommen von offiziellen Verlagen (Belletristischer Verlag, Akademischer Verlag usw.), sie wären bereit, mein sogenanntes ganzes Lebenswerk gesammelt herauszugeben. Meine Antwort war, wie auch in der Vergangenheit, daß zunächst die sowjetischen Truppen abgezogen werden sollten, dann stelle man das Mehrparteiensystem wieder her, halte man, in Anwesenheit ausländischer Beobachter, demokratische, freie und geheime Wahlen ab – bis dahin erlaube ich nicht, daß einer meiner Texte in welcher Form auch immer in Ungarn publiziert werde. Das ist der Stand der Dinge.

Meine Gesundheit ist nicht gerade florierend.

Mit guten Wünschen denkt an Euch der alte

WIEN, 4. August 1988

Lieber Sándor,

was Du davon schreibst, daß der Kommunismus den Zustand der »kritischen Masse« erreicht hat, trifft zu. Anders gesagt: Der Kommunismus als menschliche Existenzform hat sich selbst ad absurdum geführt. Das bedeutet freilich nicht, daß das Regime nun plötzlich human geworden sei. Das kann es auch nicht. Die Indoktrination von sieben Jahrzehnten – vierzig Jahre in den Satellitenländern – kann man nicht von einem Tag auf den anderen vergessen machen: Lokale Interessen spielen mindestens eine ebenso große Rolle wie der Glaube, der nicht bereit ist, die eigene Absurdität zur Kenntnis zu nehmen. Kommunismus kann man nur auf die Stalinsche Art machen, anders gemacht ist er kein Kommunismus – nur daß man das nicht sagen darf, wie man auch nicht sagen darf, daß der Kaiser in Wirklichkeit nackt ist. Konkurs und Pech des Kommunismus sind es, daß der Glaube nicht ausgereicht hat – man hätte auch Beweise liefern müssen. Doch die Beweisführung schlug fehl. Also muß man jetzt schnell die Lebensbedingungen verbessern, um dann doch noch beweisen zu können. Doch eines ist gewiß: Der Stalinismus kommt nicht wieder – vielleicht werden Palastrevolten stattfinden, doch die einzig mögliche Daseinsbedingung des Kommunismus, der Stalinsche Terror, gehört der Vergangenheit an. Das ist keine Frage mehr. Die Frage ist vielmehr: Was kommt? Was, wenn die Perestroika »gelingt«? Hier gibt es keine Antwort. Die »Zukunftsforschung« halte ich für Scharlatanerie: Die Zukunft ist nichtexistent, folglich unerforschbar. Man kann nur auf Grund gegebener und bekannter Fakten diesen oder jenen Trend vorzeichnen. Doch ein Trend enthält so viel Unbekanntes – nukleare Katastrophen (Tschernobyl), Seuchen (Aids), Erdbeben, Ozonloch und den Menschen selbst –, daß verantwortungslos ist, wer die Zukunft voraussagen will.

In der kommunistischen Version der guten alten »Pester Lloyd«[1] wollen sie für den Westen den »Beweis« führen, um Sympathie werben. In einem Artikel wirst auch Du erwähnt – aber nicht zitiert; andere werden zitiert. Ich nehme an, daß Du bei dem öffentlich geführten Gespräch[2] ungefähr das gesagt hast, was etwa auch in *Land, Land!* steht. Und das ist nicht zitierfähig, noch immer nicht. Darum be-

1 Am 1. Januar 1854 gegründete, in Budapest einst zweimal täglich erschienene deutschsprachige liberale Zeitung.
2 Von diesem Gespräch berichtete die »Pester Lloyd«.

zweifle ich, daß das Angebot, Dein »Lebenswerk« in Ungarn herauszugeben, aufrichtig ist. Ich glaube nicht, daß sie *Das Wunder des San Gennaro* oder *Land, Land!* oder gewisse Eintragungen aus den *Tagebüchern* herausgeben wollten – sie wissen, daß Du Deine Einwilligung dazu ohnehin nicht geben würdest, also können sie gefahrlos ihr Angebot machen. Außerdem, so vernehme ich, gibt es mehrere Schriftsteller und Dichter, die sich aus der Zeit von Stalin und Rákosi[1] herübergerettet haben, und die würden gewiß schäumend gegen manche Seiten von *Land, Land!* protestieren. Doch ich glaube schon, daß sie zum Beispiel den *Sindbad*-Roman[2] gerne wieder auflegen würden, denn er paßte gut in die gelenkt-genehmigte, im Westen gut verkaufbare »nationale« Tendenz, besonders jetzt, da sich der rumänische Mini-Caligula [Ceauşescu] anschickt, die ungarisch-sekler und die deutsch-sächsische Bauernkultur [in Siebenbürgen] auszulöschen. In Österreich nennt man Siebenbürgen oft »altösterreichisch« und erinnert daran, daß es noch Ältere gibt, die »als unsere Landsleute« die Welt der schneebedeckten Karpaten gekannt haben.

Meinem *Ferdinand*-Buch widerfährt die Ehre, daß es auch auf italienisch erscheint – ein kleiner Verlag in Görz, Libreria Editrice Goriziana, verlegt es in 1200 Exemplaren, für Norditalien, wo zur Zeit die »absburgico«-Vergangenheit in Mode gekommen ist. 1200 Exemplare! – mein Gott, hat das einen Sinn? Laut Statistik wurden im vergangenen Jahr mehr als 800 000 Bücher verlegt; in Frankfurt werden in diesem Jahr 340 000 Bücher ausgestellt. Wo bleibt das »Buch«?

Ildikó verbringt den Sommer wieder in Indien, denn nächstes Jahr wird sie wahrscheinlich nur noch drei Wo-

1 Mátyás Rákosi, 1945–56 Moskaus Statthalter in Ungarn.
2 Über den feinfühligen Dichter vergangener Zeiten Gyula Krúdy, 1878–1933.

chen Urlaub haben, und das ist nicht genug für Indien. Sie hat ihre Diplomarbeit abgeliefert, nun darf sie sich »Magister« nennen. Zu meiner Universitätszeit nannten sich nur die Apotheker Magister.

Soviel über die Welt und uns. Mit den besten Wünschen und in aufrichtiger Freundschaft

SAN DIEGO, 9. Oktober 1988

Lieber Tibor,

auf Deinen Brief vom August antworte ich erst jetzt, weil ich in den letzten Wochen auf schwachen Füßen stand, manchmal wörtlich. Mein Gesundheitszustand ist noch immer nicht zufriedenstellend, aber irgendwie habe ich mich an die täglichen obligatorischen Akrobatenkunststücke des Greisendaseins gewöhnt und mache weiter, solange es geht.

Hoffentlich geht es Dir gut. Du bist noch weit vom wirklichen Alter entfernt, das außerordentlich ermüdend ist, aber nicht uninteressant – wie Beckett[1] schreibt: Auch die Dekomposition ist Leben, nur irgendwie umgekehrt.

Der alte Faust hatte recht, wenn er fluchte: »Nun laß ich alles gehen, wie es Gott gefällt.« Ich lebe gänzlich allein, also langweile ich mich nicht; bin nur scheußlich müde.

Ein Buch ist unterwegs an Dich, der kanadische Verleger schickt es direkt, vielleicht läßt sich die Widmung einmal nachholen. Es ist wie ein »dixi et salvavi animam

---

1 Samuel Beckett, 1906–1989, irischer Schriftsteller und Dramatiker *(Warten auf Godot)*.

meam«[1] – sonderbar anders ist der Klang einer Schrift im Manuskript, dann im Abzug, zum Schluß als fertiges Buch. Am Sinn habe ich nichts geändert, das Ganze ist dennoch anders als vor fünfzehn Jahren, als ich das Monstrum zu schreiben begann.

Ich denke in Freundschaft an Dich und Ildikó, die sich inzwischen die Welt erwandert hat. Mit vielen guten Wünschen der alte

WIEN, 4. November 1988

Lieber Sándor,

Dein Brief vom Oktober hat mich sehr erfreut, besonders die Nachricht vom neuen Buch, von dessen Entstehung ich ja wußte. Das Buch ist noch nicht eingetroffen, aber das ist nicht weiter verwunderlich; von meinem *Ferdinand* habe ich auch noch kein einziges Exemplar, obwohl das Buch in Bologna, Turin und Mailand bereits »präsentiert« wurde (der Görzer Verleger vertreibt seine Bücher nur in Norditalien). Der Autor ist immer der letzte, schlimm ist nur – ich meine, schlimm für die Verlagsindustrie –, daß bis dato der buchschreibende Computer noch nicht erfunden wurde, ein Computer, der den Autor ersetzt. Doch aufgehoben heißt nicht aufgeschoben, und gewiß werden wir bald vom Computer geschriebene Bücher lesen. Aber gespannt erwarte ich Dein Buch[2].

1 »Ich habe gesprochen und meine Seele gerettet«, ein auf Hesekiel 3 beruhendes Sprichwort.

2 Márais letztes Buch: *Das Werk der Garren* – Roman in zwei Bänden, Toronto 1988.

Fast »von Amts wegen« beschäftige ich mich mit dem, was man in Ungarn früher »unseren Ruf in der Welt« nannte. Nun, unser Ruf ist etwas zerzaust. Ich zitiere nur einen Satz: »En 1898 (!) le gouvernement invite les fonctionnaires des nome magyars: l'orientaliste Bamberger (?) devient Vambery[1], le poète Petrovics devient Petöfi. Les vieux noms historiques sont remplacés par de vocables inconnu (!): Presbourg, Hermannstadt deviennent Poszony[2], Nagy-Szeben.« Du irrst, wenn Du meinst, wie ich auf den ersten Blick gemeint habe, daß dieses wundersame Werk irgendwann im vorigen Jahrhundert erschienen sei – nein. Das Jahr der Ausgabe: 1963, Paris, Dalloz, der Titel: *Histoire générale contemporaine*, der Verfasser: Félix Ponteil, Universitätsprofessor, Direktor des Institut d'Études Politiques. Nach der Lektüre solcher Machwerke kann man nur resignieren. Sie nehmen sich nicht einmal die Mühe, in einem Lexikon nachzuschlagen, wann denn jener Petrovics-Petőfi, den die Regierung 1898 eingeladen hat, gestorben ist[3]. Und wenn sie schon mit historischen Daten so umspringen, was kann man dann von ihnen in Hinsicht auf literarische Werke erwarten?

Ildikó hatte am 17. Oktober die feierliche Sponsion zum Magister, zusammen mit 25 Kommilitonen; das war um 10 Uhr vormittags. Um 11 Uhr kamen weitere 25 an die Reihe, so ging's weiter wie am Fließband. Die Hymne und das Gaudeamus wurden vom Band gespielt, denn ein kleines Orchester mit drei Musikern hätte zuviel gekostet, es

1 Ármin Vámbéry, 1832–1913, weltbekannter Reisender und Forscher.

2 Richtig: Pozsony, aus dem lateinischen Posonium.

3 Sándor Petőfi, einer der größten Lyriker ungarischer Zunge, geb. 1. Januar 1823, fiel am 31. Juli 1849 in der Schlacht von Segesvár/Schäßburg gegen die von der Wiener Kamarilla ins Land gerufene zaristische Armee.

lohnte sich nicht, so viel Geld für die kleine Feier auszugeben. Ansonsten geht es uns gut.

Lieber Sándor, ich melde mich, sobald ich das Buch erhalten habe, und wünsche das Allerbeste, weniger Mühe, bessere Gesundheit und Kraft zur Kraftanstrengung. In Freundschaft

WIEN, 11. November 1988

Lieber Sándor,

heute ist *Das Werk der Garren* eingetroffen – ich danke, danke. Aufgeregt blätterte ich in den beiden Bänden hin und her, schüttelte die Hände der Bekannten aus *Bekenntnisse eines Bürgers* und *Die Beleidigten,* suchte nach den Neuen. Der Satz, der Druck, die Ausstattung sind wunderschön, es ist auch eine sinnliche Freude, die Bände in Händen zu halten. Und Freude ist vor allem, endlich ein wahres Buch zu lesen inmitten der entsetzlichen Bucherzeugungsindustrie. Und Freude bereiten die beiden Bände auch darum, weil sie beweisen, daß Dein Geist – auch wenn Du körperlich »aasig müde« bist – nicht ermüdet ist. Das ist wahre Freude.

Ich danke. In Freundschaft

WIEN, 12. Dezember 1988

Lieber Sándor,

es naht, was man traditionell das »Fest der Liebe« nennt, nur weiß ich nicht, ob die Menschen damals, als man die schöne Definition erfand, einander heftiger liebten als heute und ob es mehr Menschen »guten Willens« gab. Doch zu dieser Zeit ist es Sitte, einander zu gedenken, und darum wünsche ich Dir das Allerbeste, zu Weihnachten wie auch im kommenden Jahr.

Über das *Werk der Garren* habe ich schon eine Vorankündigung abgeschickt, in der zweiten Dezemberhälfte schreibe ich eine größere Rezension. Ich habe die Rundfunkleute gebeten, Dir einen Mitschnitt zu schicken, vielleicht tun sie es wirklich. Auf jeden Fall mache ich es mit Durchschlag, solltest Du also die Kassette nicht bekommen, dann schicke ich Dir den Durchschlag zu. Hier und jetzt möchte ich nur einen Gedanken – Gedanken? vielleicht nur ein Gefühl – festhalten: Wenn man nach einem weltliterarischen Vergleich sucht (und wenn man hineingelesen hat in die Weltliteratur, sucht man unwillkürlich nach Zusammenhängen), dann treten zwei Namen in den Vordergrund; der eine ist der Name von Proust, von dem Du immer schon wie von einem Verwandten gesprochen hast, der andere ist der Name von Anthony Powell[1] mit seinem Romanzyklus *A Dance to the Music of the Time*. Nicht »Ähnlichkeit« nimmt der suchende Leser wahr, sondern eine Art Verwandtschaft, die in der Unterschiedlichkeit nur noch stärker manifest wird. Ich glaube, wenn ein Genosse des 21. Jahrhunderts einst nach dem belletristi-

1 Anthony Powell, 1905–2000, englischer Schriftsteller. Hauptwerk ist der Romanzyklus über das englische Gesellschaftsleben zwischen 1914 und 1975 (12 Bände, 1951–75).

schen Ausdruck unseres Jahrhunderts sucht, greift er nach diesen drei Werken, vielleicht auch noch nach Thomas Manns *Buddenbrooks* und du Gards *Les Thibaults*[1]. Und dann weiß er alles von uns Menschen des 20. Jahrhunderts. Weiß er dann auch das, was in diesem Jahrhundert das »Mehr« war? Über den Zahnarzt und die Laseroperation hinaus? Ich weiß nicht, was das »Mehr« war; das »Mehr«, das man woran messen kann? Vielleicht daran, daß die Armen – in Europa und in Amerika nur! – menschenwürdiger arm sind als in den vergangenen Jahrhunderten? Ich sage, ich weiß es nicht. Ich bin noch nicht soweit, um nach der Antwort zu suchen auf diese wichtigen Fragen.

Die italienische Ausgabe von *Ferdinand* ist schöner als die deutsche, was den Satz, das Papier und die Abbildungen betrifft. Der Görzer Verleger und die Gorizia Provincia haben einen Florentiner Historiker eingeladen, damit er das Buch im Rahmen eines Vortrags einführt; man sagt, Franco Cardini sei ein bekannter Name. Vielleicht nützt etwas der Aufwand. Mal sehen bei der Abrechnung.

Das Allerbeste, in wahrer Freundschaft

---

1 Roger Martin du Gard, 1881–1958, französischer Schriftsteller. Schildert in seinem achtteiligen Romanzyklus den Niedergang einer Pariser Bürgerfamilie. 1937 Nobelpreis für Literatur.

SAN DIEGO, 11. Januar 1989

Lieber Tibor,

Deine Zeilen waren einen ganzen Monat unterwegs, ehe sie hier eintrafen. Beruhigend war zu lesen, daß Du und die Deinen wohlan seid. Von mir selbst kann ich nicht viel Gutes vermelden, die Schwäche hält ohne Besserung an, und es gibt keine Heilung. Ich lebe einsam, wie ich nur kann, und warte auf den Stellungsbefehl – ich ersehne ihn nicht, wehre mich aber auch nicht gegen ihn.

Es beruhigt mich, daß das Buch, das ich Dir von Kanada aus zukommen ließ, gut eingetroffen ist. Es wäre umständlich gewesen, es von hier aus zu schicken, vielleicht kann ich noch die Widmung einmal nachholen. Dieses Buch wird schwerlich seinen Platz finden in den heimatlichen, aber auch in den ausländischen literarischen Gefilden, doch vielleicht taucht es hie und da auf wie ein unterirdischer Bach.

Was Du davon schreibst, daß nach heutigen Berechnungen die Menschen in Amerika und Europa menschenwürdiger ärmer seien als in der Vergangenheit und anderswo – nun ja: tags und nachts ziehen an meinem Fenster die sogenannten Obdachlosen vorbei. Gewiß, viele von ihnen wollen gar kein Obdach. Doch Elend gibt es auch hier, nur ist es organisierter.

Dieser Winter ist besonders ermüdend, weil böse arktische Winde an den Orangenbäumen rütteln, und die hiesige Architektur rechnet nicht mit so kalter Witterung. Die Mauern sind eher aus Brettern und Zement zusammengefügte Tapeten als wirkliche Mauern, vergebens das Heizen, sie halten die Wärme nicht. Und im kalten Zimmer herumsitzen mag auch der Höhlenbär nicht.

Mit großem Interesse erwarte ich die in der »Voice of

America« gesendete Rezension[1]. Ich denke in Freundschaft an Euch und wünsche Euch gute Gesundheit und Frieden – der alte

1 Am 26. Januar sandte ich die Rezension an Márais Adresse ab. Es kam keine Antwort. In der Nacht vom 22. auf den 23. Februar erhielt ich die Nachricht von seinem Freitod.

Zu einigen in den Briefen erwähnten Titeln

Von Sándor Márai:

Die Bürger von Kaschau (A kassai polgárok).

Ein historisches Drama, uraufgeführt im Dezember 1942 am Budapester Nationaltheater. Auf Geheiß des damaligen Kultusministers wurde das Bühnenwerk nach dreißig Vorstellungen vom Programm abgesetzt, jedoch an einem Privattheater weitergespielt. Die »Pfeilkreuzler«, die ungarischen Nationalsozialisten, veranstalteten Straßendemonstrationen gegen das Werk und seinen Autor. Während der kommunistischen Herrschaft wurde es nicht mehr aufgeführt.

Inhalt und Aussage: Das Drama spielt im Jahr 1311. Nach dem Tod des letzten Árpáden bekämpften einander die sonderbarsten Thronprätendenten, 1308 wurde endlich der mütterlicherseits mit den Árpáden verwandte Karl Robert aus dem Hause Anjou zum König gewählt. In Kaschau, am nordöstlichen Rand des Karpatenkranzes – »Cassovia Superioris Hungariae Civitas Primaria« –, arbeiteten mehrere Generationen, auch deutsche und italienische Meister, am gotischen Dom. Für diesen ist auch die Statue bestimmt, an der der Steinmetz Johann meißelt. Rund um die Stadtmauern schleichen furchterregende Schatten, sie bedrohen die bürgerliche Ordnung. Der neue König hat die Stadt an seinen Gefolgsmann, den Statthalter Amadeus, verschenkt, und dieser Raubritter rüstet nun, um die Stadt mit Gewalt in Besitz zu nehmen.

Der Stadtrat tagt, man bittet auch Johann zur Beratung, aber er stellt sich blind und taub, er wolle nicht Held sein, er habe eine andere Aufgabe zu erfüllen, er kämpfe mit dem Marmor: »Dieser Marmor und dieses Antlitz, das ich aus dem Marmor mit dem Meißel herausgeschält habe, sind mein Mut, mein Krieg und mein Heldentum. Nur hier kann ich kämpfen, nur hier kann ich siegen, nur hier kann ich fallen. Beschaut dieses Antlitz. Es spricht: Gnade, ewige Gnade. Und ruft: Mitleid, menschliches Mitleid. Ich vermag nicht mehr für die Menschen zu tun, als ihnen dies mitzuteilen. Sagt jedem, der danach fragt, sagt den Bürgern Kaschaus, daß ich nicht Held sein will, weil meine Sache eine andere ist.«

Das Modell der Statue, Genoveva, die schöne und junge Pflegetochter Johanns, die im alternden Künstler die letzte Leidenschaft und die höchste Schaffenskraft geweckt hat, fordert ihn auf, alles zurückzulassen und mit ihr zu fliehen. Johann spricht: »Du sagtest, Held sei, der nicht fragt, sondern handelt, wenn der Augenblick gekommen ist. Du hast die Wahrheit gesagt. Der Augenblick ist da. Doch etwas weißt du nicht, Genoveva. Du weißt nicht, daß ein Held seinem Charakter nach handelt, auch wenn sein Schicksal anderes von ihm fordert.«

Im Stadtrat, vor den versammelten Vertretern der Stände und Zünfte, spricht Johann ein Wort, das dem Augenblick entspringt und doch weiterhallt in kommende Jahrhunderte: »Es gibt kein menschenwürdiges Leben ohne Recht.«

In der Nacht des Kampfes tötet Johann den Statthalter. Die Stadt ist gerettet. Das königliche Gericht erkennt Kaschau das Recht der Selbstverwaltung zu. Die Bürger nehmen die Klage, den Statthalter getötet zu haben, auf sich.

Sie wollen kein billiges Urteil: Nicht der Meißel des Bildhauers habe den Statthalter getötet, sondern die Wahrheit, die sich wehrte: »Wir wollten nicht töten und wir wollten keinen Aufstand. Wir wollten mehr. Wir wollten die Wahrheit.«

»Viel wünschest du, wenn du die Wahrheit willst«, sagt der richtende Bischof.

»Das meiste, Herr. Es lohnt nicht, weniger zu wollen.«

Es trug sich etwas zu in Rom (Rómában történt valami), Toronto 1971

In einer einzigen Nacht, von Sonnenuntergang bis Morgendämmern, spielt der Roman und umfaßt die ganze altrömische Welt: Es ist die Nacht nach der Ermordung Cäsars. Drei Sklaven in den Weingärten sehen erstaunt, wie ein vornehmer Wagen nach dem anderen mit wahnsinniger Geschwindigkeit in Richtung Neapel fährt, und der eine meint: »Es trug sich etwas zu in Rom.« Ja, Cäsar wurde ermordet, und jeder, der ihn kannte und nun aus Rom flieht, liefert einen Mosaikstein zu dem Bild, das die Menschheit von Cäsar hegt: Sklaven und Veteranen des Gallischen Krieges; der Hofberichterstatter und sein Verleger; Eunuchen und gelegentliche Liebhaberinnen; Kleopatra; der Advokat und der Juwelier, einst im Dienste Cäsars; die Hofdirne – sie alle fragen, ob der Tote wahrhaftig Größe besaß. In diesem köstlich zynischen Roman wendet Márai bewußt die klassische Regel der Erzählung an: Einheit von Ort, Zeit und Geschehen.

Der Bestärker (Erösitö), Salerno 1975

Der Bericht eines spanischen Mönchs aus Ávila, den sein Orden nach Rom geschickt hat, damit er die letzten Griffe der heiligen Inquisition erlerne. Die »Bestärker« sind eifrige Laien, die den zum Tode auf dem Scheiterhaufen Verurteilten bis an die Flammen begleiten und noch in letzter Minute in ihn dringen, auf daß er seinem Ketzertum abschwöre. Selbst die Ironie, die in den Worten immer wieder aufflackert, ist erschütternd. Man schreibt das angehende Jahr 1600: Der Leser wohnt dem Flammentod Giordano Brunos bei. Márai hat eingehende Studien betrieben in der Confraternitas »San Giovanni decollata«, in deren Klostergarten die Urnen mit der Asche der Verbrannten aufbewahrt werden, wo sich die Massengräber mit den Gebeinen der gehenkten oder enthaupteten Ketzer befinden.

Das Wunder des San Gennaro (San Gennaro vére), München 1977

In einem Gartenhaus in Posillipo lebt ein Zugereister, der die Welt erlösen will... Denn spricht man die Welt mit aller Konsequenz an, dann entgegnet sie, meint der Fremde, der seine Heimat verloren hat, endgültig und bedingungslos, wie man die Heimat nicht anders verlieren kann. Eines Morgens findet man ihn am Meeresstrand tot auf, unter dem Felsen, von dem er auf das Meer zu abgestürzt ist. Unfall oder Selbstmord? Der Polizeipräfekt, der Priester und die Gefährtin suchen, jeder auf seine Art, nach einer Antwort. Doch gibt es eine Antwort? Dieses *Wunder des San Gennaro* ist von so leidenschaftlicher, so zarter, so herber, so berührender, es ist von solch zwingender Schönheit, daß der Leser mit stockendem Atem fragt: Haben alle die heiligen Wahnsinnigen unserer Geschichte, Dichter und Priester, so die Welt angesprochen? – Und es ist so geheimnisvoll italienisch, wie das Flüssigwerden des geronnenen Blutes des heiligen Januarius im Dom von Neapel in einem zaubervollen Augenblick geheimnisumwoben ist.

Land, Land! (Föld, föld!), Toronto 1973

Das Buch umfaßt die vier Jahre von der Besetzung Ungarns durch die Wehrmacht am 19. März 1944 bis zur Abreise des Dichters aus dem Land im August 1948. Es ist ein Bericht von der Begegnung mit dem »russischen Menschen«, dessen Reflexe auf das abendländisch Geformte nicht zu berechnen sind, in welcher Begegnung aber auch die Frage lauert, ob es jenen »neuen«, den »kommunistischen Menschen« denn auch gibt. Es ist die Rede vom Karikaturesken der nahen Vergangenheit, wie es nun aus den rauchenden Ruinen von Budapest hervorgrinst; vom Verrat der Dichter, die die Treue zur Sprache und zum Volk gegen die mit der Rollenerfüllung und mit Auszeichnungen dotierte »Parteilichkeit« eintauschten; von der Geburt des Terrors. Márai stellt die Frage: »Was ist der ›Bolschewismus‹? ... Was ist der Sinn von alledem? Die Schreckensherrschaft nur? Der grausame, gierige Terror einer auf Macht und Beute hungrigen kleinen Gruppe? Oder ist es möglich, daß dieses System am menschlichen Elend etwas ändern kann?« Die Antwort hat die Zeit gegeben.

Das Urteil von Canudos (Itélet Canudosban),
Toronto 1970

Schauplatz ist eine kleine Dschungelstadt in Brasilien, Ende des 19. Jahrhunderts. Der Klassiker der brasilianischen Literatur, Euclides da Cunha, hat vor hundert Jahren von der anarchischen Revolution geschrieben, die in Canudos stattgefunden hatte. »Als ob da noch etwas wäre«, schreibt Márai, »das man sagen müßte... Als ob da Cunha mehr als nur die Geschichte der kurzlebigen Anarchie hätte erzählen wollen. Denn das wilde Abenteuer von Canudos hat sich nach mehr als einem halben Jahrhundert wiederholt – ja, die ›Anarchie‹ begann, wieder modisch zu werden. In zivilisierten Ländern, so in den Stadtghettos der Vereinigten Staaten und an den Universitäten, später in Frankreich, Italien und anderswo, flammten anarchische Symptome auf...« Es ist die atemberaubende Geschichte der verwirklichten Anarchie, die uns so fremd nicht ist.

Die dreißig Silberlinge (Harminc ezüstpénz),
San Diego 1983

Ein erschütterndes Psychogramm des Verräters, hineingesetzt in eine magische Landschaft. Márai in der Schlußnotiz: »Der Schriftgelehrte, der sich von der Partei als Lohnschreiber einstellen läßt, denn auf diese Weise möchte er ersetzen, was seinem Talent und seinem Charakter mangelt. Und mit mißbilligendem Kopfschütteln die Abfälle der Verwöhnung in die Tasche steckt, händereibend die Privilegien entgegennimmt. Der Priester, der die Religion verrät, wenn er zuläßt, daß man ihn erpreßt oder kauft. Der Revolutionär, der alles verrät, was in der Revolution gerechtfertigte Forderung gewesen ist, denn nur um diesen Preis bekommt er eine Rolle, und auch Bakschisch dazu. Der Verräter ist immer liebenswürdig. Auf diese Weise hofft er das schmerzend-beißende Bewußtsein zu narkotisieren, daß er ein Mensch verminderten Wertes ist. Manchmal kommt er aus Kerioth, ein andermal anderswoher. Wie vor zweitausend Jahren. Wie heute. Wie morgen, wenn es noch ein Morgen gibt.«

Von Tibor Simányi:

Madame de Pompadour – Eine Biographie,
Düsseldorf 1979

Der Autor schildert den Aufstieg der Kleinbürgerin Jeanne-Antoinette Poisson zur einflußreichen Marquise de Pompadour am Hof Ludwigs XV., Königs von Frankreich, und entwirft das Bild einer schönen, klugen, vom Ehrgeiz besessenen Frau. Und er schildert die sinnliche, farbenprächtige Epoche des Rokokos.

Kaunitz oder Die diplomatische Revolution,
Wien / München 1984

Kaunitz war der Staatskanzler des Hauses Österreich in der zweiten Hälfte des 18. Jahrhunderts. Er lenkte nicht nur das Geschick der habsburgischen Länder, sondern bestimmte auch die Geschichte Europas mit. Nach den Schlesischen Kriegen, dem Österreichischen Erbfolgekrieg erkannte er, daß die alten Bündnissysteme unwirksam geworden waren, und er vollbrachte 1756 mit brillanter Verhandlungstaktik und überzeugender Argumentation ein historisches Wunder: die Versöhnung der Häuser Bourbon und Habsburg, letztlich Frankreichs und des Reiches. Durch die »Umkehr der Bündnisse«, das »Renversement des alliances«, entkräftete er die bereits seit zweihundert Jahren praktizierte Bündnisstrategie Frankreichs, sich mit der Vormacht des Ostens und deren Satelliten, dem Osmanischen Reich und dessen Zwangsverbündeten, gegen die europäische Mitte zu verbünden. Das war seine »diplomatische Revolution«.

Er schuf das Reich – Ferdinand von Habsburg, Wien / München 1987 – *Ferdinando I d'Absburgo*, Görz 1988

Am Schnittpunkt zweiter Welten, der christlichen und der islamischen, begründete im 16. Jahrhundert Ferdinand I. die Donaumonarchie. Religionskämpfe und Bauernkriege, der Kampf um die Vorherrschaft zwischen Kaiser Karl V. und Franz I. von Frankreich lähmten die Kräfte des Abendlandes, während die Osmanen gegen das Christentum rüsteten. Auf dem Schlachtfeld von Mohács an der Donau besiegte Sultan Suleiman II. das Heer Ludwigs II. von Ungarn, dessen Schwager Ferdinand erbte für sein Haus die Länder der Stephanskrone und der Wenzelskrone. Dieses geschichtsträchtige Datum ist der 29. August 1526. Habsburg herrschte hier bis 1918, während in Spanien die habsburgische Herrschaft 1714 zu Ende ging.

Die Österreicher in Berlin – Der Husarenstreich des Grafen Hadik anno 1757 – Ein österreichischer Beitrag zur 750-Jahr-Feier Berlins, Wien / München 1987

»Was für Zeiten, was für Jahre!« rief Friedrich II. von Preußen aus, als man ihm in seinem Lager Eilenburg die Nachricht überbrachte, seine Hauptstadt Berlin sei vom Feind besetzt worden. In der Tat: Der habsburgische Feldmarschalleutnant Graf András Hadik hatte mit 3500 Mann Husaren, Infanterie und Artillerie heimlich die preußischen Linien umgangen, tauchte aus dem Nebel vor der Köpenicker Vorstadt auf und schickte einen Trompeter mit der Aufforderung in die Stadt, man möge binnen einer Stunde 300000 Taler Brandschatzung zahlen. Als der Berliner Generalpolizeimeister, der den Hof in Sicherheit bringen mußte, Zeit gewinnen wollte, ließ Hadik zum Sturm blasen und drang nach einem turbulenten Gefecht in die Stadt ein. Vierundzwanzig Stunden lang war er Herr über Berlin. Nun beschafften die Kaufmannschaft und die Judenschaft, teils in bar, teils in Wechseln, die geforderte Summe. Hadik untersagte seinen Mannen die freie Plünderung, und die verwegene Schar zog eilig wieder fort – die Späher hatten Hadik gemeldet, daß die preußische Armee unter dem Befehl des Königs im Anmarsch sei ... So geschehen im Siebenjährigen Krieg, am 16. Oktober 1757.

Personenregister